Silvester. Du dachtest, alles wird wie immer.
Alte Freunde, viel Sekt, ein bisschen Hoffnung.
Doch dann folgt der absolute Albtraum.
Eine der Töchter verschwindet. Die Panik steigt.
Die Beziehungen eskalieren.
Wer lügt hier und warum?

»Hinter den perfekten Fassaden von Freunden, Paaren, Eltern und Kindern lauern die Geheimnisse. Unerbittlich nähert sich die Geschichte dem bösen Kern.« *Aftonbladet*

»Ein schwedischer Krimi der Extraklasse.« *Augsburger Allgemeine*

Malin Stehn ist fasziniert von der Vielschichtigkeit zwischenmenschlicher Beziehungen. Für ihr Werk wurde die schwedische Autorin vielfach ausgezeichnet. »Happy New Year« eroberte sofort die Bestsellerlisten und erscheint in mehr als 15 Sprachen. Malin Stehn hat zwei erwachsene Kinder und lebt mit ihrem Mann bei Malmö.

Weitere Informationen finden Sie auf www.fischerverlage.de

Malin Stehn

HAPPY NEW YEAR

ZWEI FAMILIEN
EIN ALBTRAUM

Roman

Übersetzt von Maria Poets

FISCHER Taschenbuch

Erschienen bei FISCHER Taschenbuch
Frankfurt am Main, Dezember 2023

Die Originalausgabe erschien 2021 unter dem Titel
»Ett Gott Nytt År« im Verlag im Albert Bonniers Förlag, Stockholm

Übersetzt unter Verwendung der englischen Übersetzung
von Rachel Willson-Broyles
Published by arrangement with Ahlander Agency

Satz: Dörlemann Satz, Lemförde
Druck und Bindung: CPI books GmbH, Leck
Printed in Germany
ISBN 978-3-596-70781-2

Für meine Eltern

SILVESTER 2018

MONTAG

1

FREDRIK

Als Nina ins Schlafzimmer kommt, stehe ich vor dem Kleiderschrank.

»Sehe ich darin dick aus?«, fragt sie.

Ich werfe meiner Frau einen flüchtigen Blick zu.

»Du siehst klasse aus.«

Mein Blick kehrt zurück zum Schrank und zu den drei Krawatten, die darin hängen. Die mintgrüne von meiner Abiturfeier geht gar nicht. Die Trauerkrawatte passt zu meiner Stimmung, aber nicht zum Hemd. Seufzend nehme ich die hellblaue mit den silbernen Streifen heraus, ein Weihnachtsgeschenk von meiner Schwiegermutter, die schon altmodisch war, als sie sie mir vor fünf oder sechs Jahren geschenkt hat.

»Du hast mich gar nicht richtig angeschaut.«

Nina ist zum großen Bodenspiegel gegangen, dreht sich hin und her und betrachtet sich stirnrunzelnd.

»Es sitzt perfekt«, sage ich.

Nina zupft am grünen Stoff des Kleides. Ich stelle mich zu ihr vor den Spiegel und rieche ihren vertrauten Geruch. Meine Frau benutzt schon seit vielen Jahren dasselbe Parfüm, so lange, dass selbst ich weiß, wie es heißt: Acqua di Giò. Sie zupft erneut am Stoff und murmelt etwas, das ich nicht verstehe. Ich versuche, den Knoten meiner Krawatte zu binden, komme aber nicht sehr weit.

»Willst du die dieses Jahr schon wieder tragen?«

Nina schaut immer noch in den Spiegel, doch ihr Blick ist von ihrem Kleid zu meiner Krawatte gewandert.

»Ich habe keine andere.«

Sie macht einen großen Schritt zum Kleiderschrank, gibt aber auf, als sie sieht, was da am Haken hängt.

»Nächstes Jahr musst du dir unbedingt eine neue anschaffen.«

Ich nicke und höre gleichzeitig die Türklingel.

»Das muss Jennifer sein.« Nina dreht sich zur offenen Tür um. »Smilla! Machst du auf?«

Oben rumpelt es, Smilla poltert die Treppe herunter, und schon bald hören wir zwei Stimmen aus dem Flur.

Nina sieht mich an.

»Wie spät ist es?«

»Zwanzig nach fünf.«

»Zwanzig *nach*?« Sie rennt zur Kommode und durchwühlt ihre Strümpfe. Ein Paar nach dem anderen landet auf dem Boden neben ihren Füßen. »Mist. Warum vergesse ich immer, mir neue Strümpfe zu kaufen?«

Kurz darauf verlässt Nina das Zimmer mit etwas Schwarzem in der Hand.

»Was ist mit den Jungs?«, fragt sie auf ihrem Weg in den Flur. »Sind sie fertig?«

»Ich sehe nach, wie weit sie sind.«

»Vilgot soll sein Hemd anziehen!«, ruft Nina aus dem Badezimmer. »Es hängt über dem Stuhl.«

Ich knöpfe meine Hose zu, ziehe den Blazer an und kontrolliere das Ergebnis im Spiegel. Mit der Krawatte sehe ich aus wie ein Clown. Es fehlt nur noch die rote Nase.

Vilgot und Partykleidung sind keine gute Kombination. Unser Sechsjähriger würde am liebsten nur in Jogginghosen herumlaufen, und manchmal frage ich mich, warum wir darauf bestehen, ihn herauszuputzen. Anton ist in diesem Punkt umgänglicher geworden. Er trägt gern schicke Klamotten und steht jeden Morgen vor dem Spiegel, um sich die Haare zu stylen. Eine Auswirkung der weiterführenden Schule.

»Nettes Hemd«, sage ich, als wir nach unten gehen.

Anton zuckt die Achseln, schenkt mir aber eines seiner seltenen Lächeln.

Auf Höhe der Küche bleibe ich kurz stehen, sehe die beiden Mädchen an der Arbeitsplatte stehen und versuche, mein rasendes Herz zu beruhigen. Jennifer ist kein Ungeheuer. Sie ist eine ganz normale Jugendliche, die Freundin meiner Tochter. Ich muss mich mehrere Male räuspern, bevor meine Stimme wieder trägt.

»Tschüss«, verabschiede ich mich.

Jennifer reagiert nicht, sie scheint beschlossen zu haben, mich nicht zu hören. Sie schneidet einfach weiter den Salat und wendet mir dabei den Rücken zu. Ihr kurzes, enges Kleid lässt nur wenig Raum für Phantasie, und ich tue alles in meiner Macht stehende, um mit meinem Blick nicht an den falschen Stellen hängen zu bleiben.

Trotzdem fühle ich mich ertappt, als Smilla sich umdreht. Sie strahlt mich an, dreht den tragbaren Lautsprecher leiser und kommt zu mir.

»Tschüss.« Ich bekomme eine feste Umarmung. »Danke, dass du geholfen hast, Mama zu überreden.«

Als ob ich eine Wahl gehabt hätte.

Mit einem Arm um meine Siebzehnjährige blitzt ein bescheuerter, aber immer wiederkehrender Gedanke in mir: Ich wünschte, es wäre möglich, seine Kinder im Alter von neun Jahren zu konservieren. Neunjährige sind perfekte Geschöpfe. Sie sind klug und vernünftig, haben aber noch diesen unerschütterlichen

Glauben, dass ihre Eltern alles regeln können. Ein Nachmittag in Leos Spieleland genügt, um ihr Bedürfnis nach Aufregung im Leben zu stillen.

»Du weißt, was wir besprochen haben.« Ich trete einen Schritt zurück und sehe meiner Tochter in die Augen. »Lasst niemanden rein, der nicht eingeladen ist, niemanden …«

Smilla hält sich die Ohren zu.

»Ich weiß!« Sie lässt die Hände sinken. »Ihr nervt mich schon seit zwei Wochen damit.«

Ich lasse sie los.

»Wir machen uns einfach Sorgen um dich.«

2

NINA

Das Auto steht in der Einfahrt, der bläuliche Schimmer von drei Displays beleuchtet den Innenraum. Ich öffne die Autotür, lasse mich auf den Beifahrersitz sinken und verstaue die Tasche mit dem Nachtisch zwischen meinen Beinen, damit die Schüssel darin nicht umkippt.

»Puh.« Ich sehe meinen Mann an. »Ich bereue es fast.«

Fredrik drückt den Startknopf, und der Motor springt an.

»Was bereust du?«

»Die Party. Ihre Party. Wie verrückt sind wir eigentlich, zwanzig Teenager in unserem Haus Silvester feiern zu lassen?«

Fredrik seufzt.

»Es wird schon gut gehen. Smilla und Jennifer kriegen das hin.«

Wir biegen auf den Agnesfridsvägen ein, fahren an der Schule und dem Videdals Markt vorbei. Hinter dem Kreisverkehr taucht Vita Höja auf, ein neunstöckiger Wohnkomplex. Die erleuchteten Fenster bilden ein gelbes Mosaik über der hellgrünen Leuchtreklame des Supermarkts.

Ich habe Bauchschmerzen. Ich will mir wirklich nicht den Abend verderben, indem ich mir Sorgen um die Mädchen mache, aber meine Besorgnis wird immer größer, je größer die Entfernung zwischen uns und unserem Haus wird.

Eben bin ich kurz an der Haustür stehen geblieben. Plötzlich gab es so vieles, was ich meiner Tochter sagen wollte. Wie heimtückisch hochprozentiger Alkohol sein kann, dass sie niemals etwas tun soll, das sich nicht richtig anfühlt, dass sie so wundervoll ist und dass – in einer perfekten Welt – jeder sich so kleiden können sollte, wie er möchte, dass aber ein durchscheinendes Top unbeabsichtigte Signale aussenden kann. Und so weiter.

Natürlich war es da schon zu spät für einen Haufen Ermahnungen. Und die Mädchen wissen ja Bescheid: höchstens zwanzig Leute, keine Drogen (absolut keine Drogen), nur Apfelwein und Bier. Die Hausbar ist abgeschlossen, und der Schlüssel steckt in meiner Tasche.

Ich wende mich an Fredrik.

»Vielleicht kriegen Smilla und Jennifer das hin. Aber wir kennen nicht einmal die Hälfte der Leute, die kommen. Smilla behauptet, sie hätten nur Klassenkameraden eingeladen, aber das kann jeder sein.«

»Wir müssen lernen, ihr zu vertrauen.«

»Ich bin sicher, dass wir Smilla vertrauen können, aber Jennifer …« Ich versuche, die richtigen Worte zu finden. »Jennifer ist immer schon … über Grenzen gegangen. Du weißt, wie anstrengend sie war, als sie kleiner war, was für einen Scheiß sie ständig angestellt hat. Und Smilla hat einfach mitgemacht.«

»Sie sind jetzt siebzehn«, sagt Fredrik. »Nicht elf.«

Ich sacke in mich zusammen. Diese Diskussion bringt nichts, schon gar nicht jetzt, wo die Entscheidung bereits gefallen ist.

Es gibt unzählige Gründe, warum minderjährige Teenager nicht unbeaufsichtigt feiern sollten. Aber meine Skepsis gegenüber der Party der Mädchen beruht vor allem auf einer Tatsache: Ich kann Jennifer nicht leiden. Ich traue ihr nicht, und ich mag sie nicht.

Es ist mir unangenehm, das zuzugeben. Ich arbeite mit Kindern und kann normalerweise den Schlüssel zu jedem kleinen

Herzen finden. Oder zumindest einen Weg, mich allmählich hineinzuschleichen.

Doch Jennifers Herz war für mich immer verschlossen. Als kleines Mädchen war sie wild und laut und wollte immer im Mittelpunkt stehen. Wenn Jennifer und Smilla gespielt haben, war ich ständig in Sorge, dass etwas passieren könnte. Später, als sie Teenager waren, hatte ich richtig Angst. Ich legte für Smilla klare Regeln fest und sagte ihr, was passieren würde, wenn sie diese Regeln brechen sollte.

Die Freundschaft der beiden Mädchen war immer ein schwieriger Balanceakt. Ich wollte nie, dass meine Gefühle auf Smilla überschwappen, Jennifer war wie eine Schwester für sie. Und Fredrik hat immer gefunden, dass ich übertreibe. Er hat immer für Jennifer Partei ergriffen.

Ich persönlich bin erleichtert, dass die Mädchen heute nicht mehr so viel Zeit miteinander verbringen. Die Idee, zusammen eine Silvesterparty zu schmeißen, war für mich eine ziemliche Überraschung. Eine sehr unerfreuliche Überraschung.

»Es geht um Freiheit und Verantwortung«, sagt mein Mann, als könnte er meine Gedanken lesen.

Freiheit und Verantwortung. Fredrik wiederholt unser Mantra aus den Diskussionen der letzten Wochen, und ich muss mir auf die Zunge beißen, um nicht meine Einwände aus denselben Diskussionen zu wiederholen.

Zugegeben, er hat sich zwar nicht gerade positiv über die Party geäußert, aber er hat die ganze Zeit daran festgehalten, dass es viel besser sei, wenn sie zu Hause in unserem Reihenhaus feiern würden, als »sich irgendwo in der Stadt rumzutreiben«.

Dieses Argument akzeptiere ich. Das Problem ist nur, dass wir trotzdem keine Möglichkeit haben werden, nach ihnen zu sehen. Wir werden auf einer anderen Party in einem anderen Teil der Stadt sein. Und jetzt, wo es so weit ist, fallen mir tausend Dinge ein, die auf einer Silvesterfeier mit Jennifer Wiksell schiefgehen können. Auch in einer Reihenhaussiedlung.

Ich drehe den Oberkörper und schaue über meine Schulter. Zwei Augenpaare starren konzentriert auf leuchtende Displays, in den Ohren stecken weiße Plastikstöpsel. Ich gebe den Versuch auf, Kontakt herzustellen, und schaue wieder nach vorn.

Auf dem Inre Ringvägen herrscht dichter Verkehr, vermutlich sind die meisten Leute unterwegs, um irgendwo Silvester zu feiern. Ich versuche, nicht an die Party der Mädchen zu denken, und zwinge mich, meine Gedanken auf unsere eigene Feier zu lenken, bei der wir bald ankommen werden.

Hoffentlich wird die Mousse reichen. Sie wird mit Passionsfrucht und Haferkeksen serviert. Eigentlich hatte ich, in einem kindischen Akt des Protestes, vorgehabt, einfach fertige Kekse im Laden zu kaufen. Aber im letzten Moment habe ich mich doch umentschieden und sie selbst gebacken. Zur Silvesterparty bei Lollo und Max mit Keksen aus dem Supermarkt aufzutauchen, käme einem gesellschaftlichen Selbstmord gleich.

Ich schaue meinen Mann an. Es ist noch nicht lange her, da hätte ich meine Gedanken mit ihm geteilt. Wir hätten uns über das perfekte Haus unserer Freunde und das Chaos in unserem eigenen lustig gemacht, und Fredrik hätte mich beruhigt. Er hätte gesagt, dass erstens Lollo und Max nur Jennifer hätten, um die sie sich kümmern müssten, und dass zweitens Innendekoration und Kochen schon immer Lollos Lieblingsbeschäftigungen gewesen seien.

Früher haben wir gern über die Stärken und Schwächen unserer Freunde geredet, und ich weiß, dass es oft vor allem darum ging, uns unserer eigenen Überlegenheit zu vergewissern. Denn wir kamen immer zu dem Schluss, dass unser Leben das bessere war.

Doch seit einiger Zeit sind diese Gespräche weniger geworden. Eigentlich sprechen wir überhaupt nicht mehr über unsere Freunde, über uns oder über irgendetwas anderes. Das Einzige, worüber wir noch reden, ist Familienlogistik, Dinge, die mit den Kindern gemacht werden müssen. Ich vermisse unsere Gespräche, ich vermisse *uns.*

Ich könnte all die Jahre dafür verantwortlich machen, in denen wir uns um kleine Kinder kümmern mussten. Aber Vilgot ist letzten Herbst in die Schule gekommen und schon ziemlich selbständig. Anton ist in der siebten Klasse, und Smilla ist fast achtzehn. Unsere Kleinkindjahre sind also vorbei.

»Sind wir schon da?«

Ein kleiner Finger kratzt an meiner Jacke, und ich drehe mich um.

»Fast. Weißt du nicht, wo wir sind?«

»Nö.« Vilgots goldene Locken wippen, wenn er den Kopf schüttelt. »Draußen ist es total dunkel.«

»Siehst du das da drüben, wo es ein wenig heller ist?« Ich deute in die Richtung. »Das ist Klagshamn.«

Vilgot gibt sich damit zufrieden und widmet sich wieder seinem Tablet.

Ich schaue aus dem Fenster in die flache Landschaft, die an uns vorbeirauscht. Die Felder sind mit nackten Weiden gesäumt, die sich dem Meer entgegenneigen. Nebelschwaden hängen über dem morastigen Boden, es ist schwer zu sagen, wo der Himmel anfängt und wo er endet. Winter in Skåne.

»Scheußliches Wetter.« Fredrik schaltet die Nebelscheinwerfer ein und gleich wieder aus, weil sie nichts bringen. »Heute Abend werden wir wohl kein Feuerwerk zu sehen bekommen.«

»Musst du unbedingt so negativ sein?«, frage ich.

»Negativ? Ich sage nur, wie es ist.«

»Haben sie Silvesterknaller nicht verboten?«, fragt eine Stimmbruchstimme von der Rückbank.

»Die Raketen an Stäben sind verboten«, sagt Fredrik und biegt in Richtung Dorf ab. »Aber Feuerwerksbatterien sind erlaubt.« Er schaut zu mir. »Ich wette, Max hat die größte Batterie gekauft, die er kriegen konnte.«

Max gibt gern an, und Fredrik ist noch nie gut damit klargekommen. Mein Mann ist der Meinung, dass der Hauptgrund für alles, was Max tut, eigentlich nur der ist, aller Welt zu zeigen, dass er es sich leisten kann. Und vielleicht ist das ein Teil der Wahrheit. Aber ich glaube, dass Max einfach nur gern verrückte Sachen macht. Er will einfach Spaß haben, der Kerl sein, der immer irgendeine coole Idee hat.

Max ist ein erfolgreicher Immobilienmakler mit einem Büro in der Innenstadt von Malmö, das von seinem Vater gegründet wurde. Max Wiksell hat in seinem ganzen Leben wahrscheinlich noch nie ein Buch gelesen, aber er hat ein Händchen fürs Geschäft und ist extrem zielstrebig. Laut Lollo arbeitet er ununterbrochen, und es scheint sich auszuzahlen.

Max fährt immer neue Autos, trinkt alten Whisky und trägt teure Uhren. Fredrik sagt zwar, dass ihm solche Statussymbole egal seien, doch ist es offensichtlich, dass er das Bedürfnis hat, sich neben Max zu behaupten. Oft indem er genau das Gegenteil von dem tut, was Max tut. Manchmal indem er mit seinem Wissen in Bereichen angibt, in denen Max gern der Experte wäre (Whisky), in Wirklichkeit aber wenig zu bieten hat.

Ich für meinen Teil kann – anders als Fredrik – über Max lachen, wenn er anfängt, herumzuprotzen, oder den Besserwisser heraushängen lässt. Und weil Fredrik – im Gegensatz zu mir – über Lollos selbst gebackenes Sauerteigbrot lachen kann, sind wir wohl quitt. Ich habe es noch nie geschafft, mich nicht mit meiner attraktiven, schlanken und patenten Freundin zu vergleichen. Obwohl ich weiß, dass ich davon schlechte Laune bekomme.

Wir parken ein kleines Stück die Straße runter, weil der Fuhrpark der Wiksells den gesamten Platz auf der großen Auffahrt einnimmt. Ein Meer aus Kerzen brennt draußen vor dem riesigen weißen Haus, und durch das Panoramafenster des Wohnzimmers kann ich Menschen mit Champagnergläsern in den Händen sehen. Ich entdecke Malena, die gerade die Haare zurückwirft und ihr berühmtes Lachen lacht, und zum ersten Mal seit langer Zeit ist mir nach Feiern zumute.

Vielleicht wird der Abend doch gar nicht so übel. Wir werden das neue Jahr mit guten Freunden einläuten. Die Jungs sind bei uns, und Smilla ist ja eigentlich schon fast erwachsen. Es wird Zeit, sich abzunabeln.

»Es tut mir leid.« Ich lege Fredrik eine Hand auf den Oberschenkel.

Er sieht mich an. »Was tut dir leid?«

»Es war unfair zu sagen, dass du negativ bist. Du hast recht. Das Wetter ist beschissen.«

Er lächelt, aber das Lächeln reicht nicht bis zu seinen Augen. »Das hatte ich schon vergessen.«

3

FREDRIK

In sechs Stunden wird es vorbei sein. Oder nein, halt, in sieben Stunden. Wir werden ganz sicher nicht Punkt zwölf nach Hause fahren. Aber in spätestens sieben Stunden werde ich diesen Weg in entgegengesetzter Richtung entlanggehen. Und wenn ich darüber nachdenke, sind sieben Stunden, im Nachhinein gesehen, ziemlich schnell rum. Das ist nicht einmal ein ganzer Arbeitstag. Ich werde es schon schaffen. In sieben Stunden werden all diese Kerzen heruntergebrannt sein. Ich werde den schlafenden Vilgot raustragen, und auf der Straße wird das Taxi warten.

Moment mal. Ich gehe schneller.

»Hast du ein Taxi reserviert?«

Nina bleibt stehen und dreht sich um. Partyfrisur und Glitzer auf den Lidern.

»Das solltest *du* doch machen.«

Verdammt! Wie konnte ich das vergessen, wo ich doch sowieso nur von hier wegwill?

Sie starrt mich an.

»Du willst mir doch nicht sagen, du hättest *vergessen,* ein Taxi vorzubestellen?«

»Es wird schon irgendwie klappen. Ich lass mir was einfallen.«

»Und was genau willst du dir einfallen lassen?« Nina hebt ihre Brauen. »Normalerweise muss man ein Taxi eine Woche vorher reservieren. Mindestens.«

»Ich sage doch, ich lass mir was einfallen.«

Mit meinem Gehirn muss irgendwas ernsthaft nicht stimmen. Ich vergesse Dinge. Wichtige Dinge. Das passt gar nicht zu mir, und das macht mir eine Scheißangst. Kriege ich Alzheimer?

Nina seufzt.

»Nun, ich habe nicht vor, zwei todmüde Kinder mitten in der Nacht zu irgendeinem Bus zu schleifen. Nur, damit du es weißt.«

Sie schiebt die Lippen vor, und Anton sieht uns an.

»Bleiben wir etwa über Nacht?«

»Nein«, sagt Nina entschieden. »Wir fahren nach Hause.« Sie sieht mich demonstrativ an. »Papa wird sich etwas einfallen lassen.«

Die Haustür wird aufgerissen, und eine strahlende Lollo erscheint. Sie hält Chanel auf dem Arm, den Pudel der Familie, der zur Feier des Tages eine riesige, glitzernde Schleife auf dem Kopf trägt.

»Hallo und willkommen!« Lollos Kleid ist wie Jennifers knapp und schwarz. »Kommt herein!« Unsere Gastgeberin tritt zurück, und wir folgen. »Wow, ihr Jungs seid aber groß geworden. Anton, du bist ja fast so groß wie dein Vater. Und Vilgot! Was für ein süßer kleiner Kerl!«

Lollo setzt Chanel ab und umarmt jeden von uns. Nina, die ihr einen üppigen Blumenstrauß in Zellophan überreicht, drückt sie besonders lange.

»Endlich seid ihr da!« Lollo lässt sie los, doch eine Hand bleibt auf Ninas Schulter liegen. »Unglaublich, wie schnell die Zeit vergeht. Wann haben wir uns das letzte Mal gesehen? War das wirklich am Mittsommerabend?«

Ich weiß, dass es so war, aber mir ist nicht danach, etwas zu sagen. Nina widerspricht schnell und sagt, dass wir uns auf jeden Fall seitdem getroffen haben *müssen.* Während sie reden, hänge ich Vilgots Jacke auf. Er steht immer noch am Schuhregal, plötzlich eingeschüchtert von all diesen neuen und vergessenen Gesichtern.

Ich wische meine Schuhe an der Fußmatte ab.

»Ist es in Ordnung, wenn ich meine Schuhe anbehalte?«

»Selbstverständlich.« Lollo lächelt. »Keine Party auf Socken, sonst bleiben alle hocken.«

Hat sie sich das ausgedacht, oder ist das tatsächlich eine Redensart? Wie auch immer, es ist bescheuert.

Nina tauscht ihre Stiefel gegen hochhackige Schuhe und scheucht Vilgot und Anton ins Wohnzimmer.

»Komm schon«, lockt sie den zögernden Vilgot. »Ich bin sicher, dass Lollo Chips und Limo für dich besorgt hat.«

Das funktioniert. Der Snackradar unseres Jüngsten springt an.

Ich bewundere meine Frau für ihre Fähigkeit, mit kleinen Kindern umzugehen. Ihre Geduld mit ihnen ist nicht von dieser Welt. Sie ist die geborene Vorschullehrerin. Sie liebt ihre Arbeit, und ich weiß, dass sie nicht nur von den Kindern, sondern auch von den Eltern und ihren Kollegen geschätzt wird.

»Fredde!« Max schlägt mir kräftig auf den Rücken. »Wie geht's?«

Niemand außer Max nennt mich Fredde.

»Ganz gut. Und dir?«

»Verdammt gut. Großartig. Hast du schon was zu trinken? Der Schampus ist da drüben.« Max streckt einen langen Arm aus und greift nach einem Glas Champagner. »Hier.«

Dom Perignon, natürlich. Bloß keine Abstriche bei der Qualität, sonst könnten die Leute noch denken, die Geschäfte liefen schlecht.

»Danke.« Ich hebe mein Glas. »Also wieder ein Jahr rum.«

»Und wir werden nur jünger.« Max beugt sich zu mir und senkt die Stimme. »Hast du schon Malenas neuen Freund gesehen?«

Ich schaue mich im Raum um, doch ich entdecke weder Malena noch irgendjemanden, der heute Abend ihr Begleiter sein könnte. Nina hilft Vilgot, Cola in ein kleines Glas zu füllen, und vor ihnen stehen zwei Paare, die letztes Jahr ebenfalls auf der Party waren. Beide Paare sind Nachbarn von Max und Lollo, und mir fällt ein, dass ich letztes Mal neben einer der beiden Frauen gesessen habe, aber ich weiß echt nicht mehr, neben welcher. Sie sehen auch dieses Jahr fast identisch aus: blonde Haare, schwarze Kleider, schwarze Pumps.

Ihre Männer dagegen kann ich unterscheiden. Jens Stenman ist beinahe so breit, wie er groß ist, Magnus Göransson ist so dünn, dass er schon fast mager ist. Zusammen erinnern sie mich an Laurel und Hardy.

»Malenas Freund ist Muslim«, flüstert Max und sieht mich erwartungsvoll an.

Ich kenne Max Wiksell, ich weiß genau, welche Reaktion er erwartet. Und um ehrlich zu sein, bin ich jetzt tatsächlich auch etwas neugierig auf Malenas Freund. Aber diesen Gedanken auszusprechen, würde Max in seiner ohnehin schon recht voreingenommenen Art, die Welt zu betrachten, nur bestärken.

»Na und?«, sage ich. »Die Hälfte meiner Schüler sind Muslime.«

»Schon klar. Aber er ist mit *Malena* hier, hier in unserem Haus. Ich meine, wer hätte je gedacht, dass du das neue Jahr mit einem …«

»Ist er religiös?«, unterbreche ich ihn.

Max runzelt die Stirn.

»Wie meinst du das? Er ist ein Muslim.«

»Ja, aber ist er ein praktizierender Muslim? Geht er in die Moschee? Betet er jeden Tag? Trinkt er Alkohol?«

»Keine Ahnung«, sagt Max achselzuckend. »Das musst du ihn selbst fragen.«

In diesem Moment betritt Malena in Begleitung eines dunkelhaarigen Mannes das Wohnzimmer. Ich weiß nicht, was ich erwartet hatte, aber er sieht aus wie ein ganz gewöhnlicher Mann mittleren Alters auf einer Silvesterparty. Anzug, Hemd und Krawatte.

»Fredrik!« Malena steuert mit ihm auf mich zu. »Schön, dich zu sehen.« Sie umarmt mich lange und dreht sich dann zu ihrer neuen Liebe um. »Das ist Adem.«

Wir geben uns die Hand, und Max ergreift die Gelegenheit, sich unter die Leute zu mischen.

»Malena besteht darauf, mich als Adem vorzustellen«, sagt der dunkelhaarige Typ mit einem starken Malmöer Akzent. »Aber bitte nenn mich Adde. Jeder nennt mich so.«

»Fredrik«, sage ich. »Nett, dich kennenzulernen. Ich bin mit Nina da hinten verheiratet, die in dem grünen Kleid.« Meine Frau hat sich von den Snacks zu den beiden Nachbarpaaren weiterbewegt. Sie lacht und stößt mit ihnen an.

Als wir zu der kleinen Gruppe rübergehen, ist es, als würde ich die Dinge durch die Augen eines Fremden betrachten. Ich habe das Gefühl, Nina zum ersten Mal zu sehen, und bin beeindruckt, wie wunderschön sie ist. Ihre bernsteinfarbenen Augen, die braunen Locken. Ich liebe sie – diese Erkenntnis kommt fast überraschend. Und ich liebe es, dieses schallende Lachen zu hören. Wann habe ich es das letzte Mal gehört?

»Jetzt kennst du also Nina und Lollo, meine alten Freundinnen vom Gymnasium«, erklärt Malena an Adde gewandt.

Er lächelt.

»Also deine Komplizinnen, wenn ich recht verstehe.«

»Genau.« Malena sieht ihn schmachtend an. »Als Teenager waren wir ziemlich gefährlich.« Sie wendet sich an mich. »Wie ich höre, haben jetzt Jennifer und Smilla den Staffelstab übernommen. Den Alkohol habt ihr aber weggeschlossen, oder?«

»Wie alt sind sie?«, fragt Adde.
»Siebzehn«, sage ich. »Smilla wird im Februar achtzehn.«
»Die besten Jahre im Leben«, sagt Adde mit einem Lächeln.
»Was?« Malena tut beleidigt. »Ich dachte, die beste Zeit wäre *jetzt,* wo du mich kennengelernt hast.«
Adde küsst sie auf die Wange.
»Natürlich. Die beste Zeit ist genau jetzt.«

4

LOLLO

Nina steht im Eingang zur Küche. Sie hat ein Champagnerglas in der einen und ein paar fettige Erdnüsse in der anderen Hand. Das erbsengrüne Kleid steht ihr, sie sieht heute Abend ungewöhnlich schick aus. Schick, aber zu dick. Nina hat es schon immer an Charakter gefehlt. Es ist merkwürdig, dass sie sich nicht beherrschen kann. Mit zehn Kilo weniger würde sie so gut aussehen.

»Brauchst du Hilfe?«

»Danke, aber es läuft alles wie am Schnürchen«, sage ich. »Malena hat die Vorspeise gemacht, sie steht schon auf dem Tisch. Alles unter Kontrolle.«

Nina schiebt sich eine Erdnuss in den Mund, kommt einen Schritt näher und senkt die Stimme.

»Hast du schon mit dem neuen Star geredet? Adde heißt er, stimmt's?«

»Ich habe nur hallo gesagt. Aber er wirkt ganz nett.«

»Und er sieht gut aus«, sagt Nina mit einem Lächeln.

Ich drehe den Wasserhahn auf und halte den Spülschwamm unter heißes Wasser.

»Das tun sie doch eigentlich immer. Gut aussehen, meine ich.«

»Hoffen wir, dass es dieses Mal hält.« Meine Freundin stößt einen leisen Seufzer aus. »Wenigstens Theo zuliebe.«

»Ja, in der Tat.« Ich wringe den Schwamm aus und fange an,

über die zwei braunen Flecken zu reiben, die aussehen, als wären sie bereits in die weiße Marmorarbeitsplatte eingezogen.

»Sind Theo und Anton oben? Sie kümmern sich um Vilgot, oder?«

»Ich war gerade oben.« Nina schaut zur Decke hinauf. »Theo und Anton spielen Computerspiele, und Vilgot guckt zu. Bis jetzt scheint er vollkommen zufrieden damit zu sein.« Sie nippt an ihrem Champagner und sieht sich in der Küche um. »Wie schön das mit diesen gemusterten Fliesen geworden ist. Viel lebhafter.«

»Ich weiß, und ich liebe es! Sie sind handgemacht, Direktimport aus Marokko.«

Nina fährt das Wellenmuster mit dem Zeigefinger nach.

»Klingt teuer.«

»Wir haben sie über die Firma gekauft, die Mehrwertsteuer fällt also weg«, sage ich. Ich ärgere mich über mich selbst, kaum, dass ich es sage.

Warum versuche ich, mich zu rechtfertigen? Ich will nicht über Geld reden. Wir landen immer beim Geld, und ich weiß nicht, ob es bei Nina Neugier oder Eifersucht ist. Sie und Fredrik müssen bei zwei Lehrergehältern und drei Kindern ziemlich knapp bei Kasse sein. Aber das ist ihre eigene Entscheidung. Niemand hat sie gezwungen, sich einen schlecht bezahlten Beruf auszusuchen. Fredrik hat sogar seinen Job als Ingenieur aufgegeben, als Smilla klein war, weil er etwas »Sinnvolles« tun wollte. Das ist mir absolut unbegreiflich. Wie kann man freiwillig auf die Hälfte seines Gehalts verzichten? Nina hätte ihn davon abhalten sollen.

Ich sehe sie an. »Max fand das ganze Projekt überflüssig. Die vorigen Fliesen waren erst drei Jahre alt. Aber ich habe es geschafft, ihn zu überzeugen.«

Nina lächelt.

»Darin bist du auch ziemlich gut.«

»Wir haben alle unsere Talente.«

Ich spüle einen Teller ab und stelle ihn in das Abtropfgestell. Ich werde nicht verraten, dass ich mir diese Fliesen mit Tränen erkämpfen musste. Nicht wegen der Kosten, die spielen für Max fast nie eine Rolle. Es ging mehr darum, dass er nicht begriffen hat, *warum* ich sie wollte. Es war einfacher, ein paar Tränen zu verdrücken, als zu versuchen zu erklären, dass die anderen Fliesen hoffnungslos veraltet waren und dass ich als Einrichtungsexpertin immer auf dem neuesten Stand sein muss.

»Und du hast einen Haufen Talente.« Nina nippt erneut an ihrem Champagner und lehnt sich an die Arbeitsplatte. »Wie läuft es mit dem Blog?«

Niemand scheint zu begreifen, wie viel Arbeit es macht, sich die Themen auszudenken, Bilder zu machen, sie hochzuladen, etwas dazu zu schreiben und alles zusammenzufügen. Ich schätze, ich verbringe gut fünfzehn Stunden pro Woche mit diesem verdammten Blog – obwohl ihn bisher kaum jemand liest. Aber ich weiß, dass mein Blog irgendwann ein phantastisches Portal für meinen Laden und das Onlinegeschäft sein wird, ich muss ihn nur besser bekannt machen.

Nina wartet meine Antwort nicht ab.

»Deine Fotos sehen richtig professionell aus«, fährt sie fort. »Ich habe ein oder zwei Mal hineingeschaut.«

»Du kannst meine Posts gern auf Facebook teilen«, sage ich. »Meine Kunden sind vor allem Frauen in unserem Alter oder älter, wir treiben uns dort immer noch rum. Anders als die Kinder.«

»Apropos Kinder …« Zwischen Ninas Brauen taucht eine Falte auf. »Hast du etwas von Jennifer gehört?«

»Nein. Aber das ist wahrscheinlich ein gutes Zeichen.«

Nina nickt, aber sie wirkt nicht überzeugt und fängt an, neben dem Küchentisch auf und ab zu laufen.

»Wir waren uns nicht ganz einig, Fredrik und ich.«

»Worin?«

Ich trockne meine Hände ab und hänge das Handtuch auf.

»Ob wir zwanzig Teenager in unser Haus lassen sollen oder nicht. Unter anderem.«

Für Bedenken ist es jetzt etwas zu spät. Im letzten Monat haben wir mindestens drei Mal wegen der Party telefoniert, aber dabei ging es eigentlich immer nur um Alkohol und Drogen. Nina hat nie ein Wort darüber verloren, dass der Ort ein Problem sein könnte.

»Na ja, ich meine …« Lächelnd hebt sie die Arme. »Ich habe allem zugestimmt, also war's das … Aber du weißt, wie das ist. Ich mache mir trotzdem ein wenig Sorgen.«

Ich versuche, nicht laut zu seufzen. Nina ist eine Expertin im Sorgenmachen. Überall sieht sie Probleme, oft schon, bevor es überhaupt welche gibt. Es ist fast immer Smilla, um die sie sich sorgt. Smilla dies und Smilla das. Armes Kind, es kann nicht einfach sein, mit einer Glucke wie Nina zusammenzuleben.

Man muss fähig sein, seinen Kindern zu vertrauen, insbesondere wenn sie im Alter der Mädchen sind. Sie müssen ihre eigenen Fehler machen dürfen. Wenn man ihnen jedes Hindernis aus dem Weg räumt, wie sollen die Kinder dann später mit Schwierigkeiten im Leben klarkommen?

»Ach, hier seid ihr, quatschend in der Küche.«

Malena tanzt zu »Happy New Year« von ABBA, das im Hintergrund dröhnt. Ihr paillettenbesetztes Kleid ist vielleicht etwas zu viel des Guten, aber es sieht klasse aus.

»Darf ich nicht mitmachen?«, fragt sie.

»Doch, natürlich darfst du.« Ich deute mit einem Nicken in Ninas Richtung. »Du kannst damit anfangen, deine Freundin hier dazu zu bringen, sich nicht so anzustellen.«

Malena umfasst ihr Kinn mit einer Hand und tut so, als würde sie Nina von Kopf bis Fuß mustern.

»Lass mich sehen …« Sie lässt ihr Kinn los und hebt einen Zeigefinger. »Meine gründliche Analyse verrät mir, dass du dir Sorgen machst wegen dem ganzen Spaß, den Smilla und Jennifer heute Abend haben werden. Stimmt's, oder hab ich recht?«

Ich kann mein Lachen nicht unterdrücken. In diesem Punkt waren Malena und ich uns schon immer einig. Unserer Meinung nach ist es sinnlos, sich im Vorhinein Sorgen zu machen. Es ist so unnötig. Und langweilig. Ohne uns hätte sich Nina vermutlich inzwischen zu Tode gesorgt. Zumindest hätte sie ein sehr viel öderes Leben geführt.

»Was?« Nina sieht mich finster an. »Es ist nichts Komisches daran, sich Sorgen zu machen. Ja, Smilla war schon auf anderen Partys, aber jetzt feiern sie das erste Mal bei uns, und …«

»Ach, komm schon.« Malena berührt Nina am Arm. »Es wird alles gut gehen. Sie sind praktisch schon erwachsen. Außerdem – denk doch nur an uns in diesem Alter und was wir damals alles angestellt haben.«

Nina verzieht das Gesicht.

»Genau das tue ich.«

Malena fängt an zu prusten, und ich muss mitlachen. Schließlich muss selbst Nina lachen. Doch dann wird sie wieder ernst.

»Wie geht es eigentlich Theo?«

Malena sieht sie verwirrt an.

»Theo? Was soll mit ihm sein?«

»Na ja …« Nina wird rot. »Ich meine, Anton hat erwähnt, dass Theo gerade eine schwere Zeit durchmacht. Ich habe nicht ganz begriffen, worum es ging, aber …«

»Ach, das.« Malena winkt ab. »Der letzte Herbst war ein wenig hart für ihn, mit dem Umzug und allem. Eine neue Klasse und eine Menge neuer Leute. Ihr kennt Theo.« Sie lächelt breit. »Aber wir können nicht hier herumstehen und Trübsal blasen. Lasst uns mit den anderen drüben anstoßen.«

Ninas Schampus schwappt über, als Malena sich bei uns unterhakt und uns ins Wohnzimmer zieht.

»Du musst aufhören, dir um die Mädchen Sorgen zu machen, Nina!« Malena muss schreien, um die Musik und das zunehmende Stimmengewirr zu übertönen. »Vertrau ihnen. Solange wir nichts hören, ist alles in Ordnung.«

5

FREDRIK

»Und wisst ihr, was ich gesagt habe?«, brüllt Stenman. »›Zum Teufel‹, habe ich gesagt, ›für diesen Preis bekommst du nicht einmal eine verdammte Jolle.‹«

Der Kerl hat die Grenze zwischen angeheitert und betrunken längst überschritten. Sein Gesicht ist gerötet, und er lacht so laut, dass sein Hemd über seinen wogenden Bauch nach oben rutscht. Seit mindestens zehn Minuten erzählt er uns, wie er vorletzten Sommer versucht hat, sein Segelboot zu verkaufen, und die Muskeln in meinem Kiefer verkrampfen sich.

Ich habe absolut nichts gegen Boote, Papa hatte einen alten Motorsegler, der in Gottskär lag, und im Sommer fuhren wir regelmäßig damit raus. Das Problem ist Jens Stenman. Wie die meisten von Max' Bekannten ist er ein selbstgerechter Angeber. Ich *weiß*, dass Jens nur deswegen von seinem Boot schwafelt, weil er uns sagen will, für wie viel er es verkauft hat. Und das ist mir so was von egal.

»Verdammt richtig«, sagt Magnus Göransson. »Die Leute haben heute einfach keine Ahnung. Sie glauben, sie könnten um alles feilschen.«

Stenman nickt.

»Wenn ich etwas verkaufe …« Er schwankt und hält sich an der Tischkante fest. »Wenn jemand anruft und kein Schwedisch spricht, lege ich sofort auf. Ich meine, die stammen aus eher primitiven Kulturen. Bei denen zu Hause läufst du auf dem Markt herum und feilschst die ganze Zeit.«

»Ganz genau.« Magnus fängt an, sich zu ereifern, und beugt sich vor. »Ein Tipp. Als ich meine Arcona 465 verkauft habe, habe ich einen Makler damit beauftragt. Es war verdammt gut, sich nicht mit dem ganzen Scheiß befassen zu müssen. Seriöse Makler haben Kontakte überall in Europa, und sie können den Preis echt in die Höhe treiben. Am Ende zahlen sich die Kosten aus.«

Ich halte mein Glas hoch. »Ich hole mir nur kurz was zu trinken.« Meine Füße gleiten über schwarz gestrichenes Eichenparkett und flauschige Teppiche, weg vom Club für gegenseitige Bewunderung. Männer in Gruppen haben etwas an sich, von dem ich Ausschlag kriege. In den meisten Fällen hat man noch nicht einmal Zeit, hallo zu sagen, bevor der Hahnenkampf losgeht. Und dann wird nur noch von Jobs, Autos, Booten und Geld geredet.

In einer Ecke des Raumes steht Nina zusammen mit Malena und den Blondinen, die mit Jens und Magnus verheiratet sind. Ein Lacher folgt auf den nächsten, und ich umrunde die Gruppe, weil ich spüre, dass meine Anwesenheit ihre ausgelassene Stimmung ruinieren würde.

Lollo eilt zwischen den Räumen hin und her.

»Brauchst du Hilfe?«

»Auf keinen Fall.« Sie lächelt, aber sie hört nicht auf, herumzulaufen. »Nimm dir noch etwas Champagner und entspann dich, Fredrik.«

Ich kann mich nicht entspannen. Mein Kragen kratzt, das Preisschild muss noch dran sein. Ich gehe raus in den Flur, öffne die Haustür und bleibe auf der Schwelle stehen. Die kühle Dezemberluft erinnert mich daran, dass wir bald gehen werden, dass es nur noch ein paar Stunden sind.

Atme, Fredrik, atme.

Ich gehe wieder hinein, stelle mein Glas auf die Kommode beim Spiegel und schleiche mich hinauf in den ersten Stock.

Theo und Anton sitzen auf dem Sofa. Jeder von ihnen bedient einen Controller mit geübten Bewegungen. Vilgot sitzt wenige Zentimeter vor dem Fernseher und erlebt jede Biegung der kurvenreichen Strecke mit. Auf dem ovalen Glastisch steht eine unberührte Schüssel Chips.

»Hi, Jungs.« Ich setze mich neben Anton. »Alles okay?«

»Super.« Anton wendet den Blick nicht eine Sekunde vom Bildschirm ab. »Ich gewinne.«

»Nur in deinen Träumen«, murmelt Theo.

Als das Stimmengewirr im Erdgeschoss lauter wird, lehne ich mich zurück, beobachte die Rennwagen und wünschte, ich könnte den ganzen Abend hierbleiben. Aber als ich hochschaue, gucke ich direkt in Jennifers Zimmer, und sofort ändere ich meine Meinung.

Theo flucht leise, als sein Wagen über eine Klippe fliegt. Die schwarz-weiße Fahne flattert für Anton.

»Das ist nur fair«, ruft er.

Ich gucke zu Theo hinüber.

»Du musst ihn in der nächsten Runde unbedingt schlagen, sonst bildet er sich noch was ein.«

Theo grinst mich an, während Vilgot nach Antons Controller greift. Anton hält ihn fest, doch Theo gibt seinen sofort her.

»Eine Runde«, knurrt Anton seinen kleinen Bruder an. »Nur eine, kapiert?«

Theo war immer schon nett zu Vilgot und hat ihn trotz Antons Protesten mitspielen lassen. Es muss wenigstens zum Teil daran liegen, dass Theo keine eigenen Geschwister hat, mit denen er sich auseinandersetzen muss. Aber er ist einfach auch ein guter Junge. Offenbar hat er Schwierigkeiten, Freunde zu finden, vielleicht verbringt er deswegen Silvester mit zwei jüngeren Kindern. Er ist zwar nur zwei Jahre älter als Anton, aber der Unterschied zwischen dreizehn und fünfzehn kann riesig sein.

Theo zeigt Vilgot, was er machen muss. Seine Stimme ist leise, die Augen teilweise hinter seinen braunen Pony verborgen.

Und plötzlich ist es nicht mehr Theo, der dort sitzt, sondern Simon. Ich blinzle ein paarmal, damit Theo wiederkommt, und dabei denke ich daran, dass er genau im selben Alter ist wie Simon, als er starb.

Mein kleiner Bruder war auch ein schüchterner und ruhiger Junge.

»Und, wie geht's sonst so?«

Ich muss mich anstrengen, nicht mit der Stimme zu zittern.

»Wie, sonst?«

Theo beugt sich über den Tisch und greift nach den Chips.

»Du hast die Schule gewechselt, oder? Gefällt es dir in Tygelsjö?«

Er zuckt mir den Schultern.

»Komm schon, Papa.« Anton gibt mir einen Stups in die Seite. »Es ist Silvester. Wir spielen. Musst du hier sein?«

»Entspann dich.« Ich stehe auf. »Ich geh ja schon.«

Die offene Tür ist wie ein Magnet, mein Blick wird davon angezogen. Ich kann nicht anders.

Ein weißer Spitzen-BH hängt über dem Kopfteil des Bettes. Es sieht aus, als sei er in aller Eile auf dem Weg zur Dusche dorthin geworfen worden. Aber es könnte sich genauso gut um ein wohlüberlegtes Arrangement handeln.

Ich schlucke hart und laufe eilig die Treppe hinunter.

6

NINA

»Ich finde, es ist Zeit anzustoßen!«

Ivanka steht auf und schwenkt ein Weinglas in der Luft.

Ich bin selbst schon etwas angetrunken, aber im Vergleich zu Ivanka Stenman bin ich stocknüchtern. Ihre Lider sind auf Halbmast, und auf ihren Schneidezähnen klebt hellroter Lippenstift.

»Gute Idee.« Max steht ebenfalls auf. »Sollen wir nicht zuerst etwas singen?«

»Natürlich!«, brüllt Magnus Göransson so laut, dass mein rechtes Ohr taub wird. »Komm schon, Anka. Hau das schmutzigste Lied raus, das du kennst.«

Ivanka kichert und streicht ihr kurzes Kleid glatt.

»*Ich* kenne keine schmutzigen Lieder.«

»Komm schon, Anka. Anka! Anka!«, skandiert Magnus.

Jens Stenmans feuert sie ebenfalls an und klopft dabei auf die Tischplatte.

»Entschuldigung.« Eine angespannte Stimme durchdringt den Lärm. »Bitte denkt daran, dass Kinder anwesend sind.«

Für einen Moment wird es ganz still im Raum, und alle drehen sich in Richtung der Stimme um.

Sie gehört meinem Mann. Ich suche Augenkontakt zu ihm, doch Fredrik starrt Max und Ivanka direkt an. Er sieht aus, als wollte er sie umbringen. Was ist denn mit ihm los?

»Nur ein Vorschlag.« Mein Sitznachbar bricht das Schweigen. »Ich könnte ein *richtig* schmutziges Lied singen. Auf Arabisch.«

»Das geht nicht.« Ich stupse Adde in die Seite. »Das ist Betrug. Woher sollen wir wissen, dass es *wirklich* schmutzig ist?«

Er grinst und steht von seinem Stuhl auf.

»Ihr müsst mir einfach vertrauen.«

Mit seinem Weinglas in der einen Hand und die andere als Taktstock nutzend, beginnt Adde zu singen. Ich klatsche im Takt, Lisen stimmt mit ein, und Ivanka macht irgendwelche Verrenkungen, die vermutlich einen Bauchtanz darstellen sollen. Es dauert nicht lange, bis alle aufgesprungen sind und diesen selbst kreierten Bauchtanz tanzen oder im Takt klatschen. Alle bis auf Anton, Theo und Vilgot, die sich von ihrem Computerspiel losgerissen haben, um etwas zu essen. Und Fredrik, der natürlich auch nicht mitmacht.

»Diese Bilder werden in die Geschichte eingehen«, ruft Lollo und fuchtelt mit ihrem Smartphone herum.

Ivanka, die ganz scharf darauf ist, vor der Kamera zu posieren, tanzt so wild, dass sie umkippt.

»Prost, verdammt …«, sagt Max und zieht sie auf die Füße.

Ich setze mich, wische mir mit meiner Serviette die Lachtränen aus den Augen und trinke einen Schluck Weißwein. Er schmeckt himmlisch. Nicht zu sauer und nicht zu süß, und dazu ist er perfekt gekühlt.

»Mama.« Vilgot quetscht sich zwischen Magnus und mich. »Darf ich jetzt gehen?«

Als ich mich umdrehe, um ja zu sagen, schwankt die Welt. Hoppla. Wie viele Gläser Champagner hatte ich eigentlich schon vor dem Essen? Ich habe den Überblick verloren. Ich sollte besser noch etwas essen.

»Natürlich darfst du.«

Ich versuche, Vilgot einen Kuss auf die Wange zu geben, doch er weicht mir aus, und ich wende mich wieder Adde zu.

»Köstlicher Wein. Und die Vorspeise ist auch gut.« Ich verschlinge eine kleine Pirogge und rücke meinen Stuhl näher zu meinem Gesprächspartner. »Und wovon handelt es? Dieses Lied, das du gesungen hast?«

»Das kann ich dir nicht sagen.« Addes dunkle Augen funkeln. »Das ist nichts für deine unschuldigen Ohren.«

»Unschuldig?« Ich habe Schluckauf. »Entschuldigung. Das passiert mir immer, wenn ich trinke.«

»Es war ein Wiegenlied«, sagt er.

»Was?« Ich lache prustend. »Echt?«

Adde nickt und nimmt sich ein paar Oliven von seinem Teller.

»Aber jetzt musst du mir etwas über Malena erzählen.« Er schiebt sich eine Olive in den Mund und lehnt sich zurück. »Erzähl mir etwas richtig Peinliches.«

»Da ist die Auswahl auf jeden Fall groß.« Ich drehe mich zur anderen Seite des Tisches um. »Malena! Dein Freund hier will, dass ich ihm von deinen Jugendsünden erzähle.«

Sie unterbricht ihr Gespräch mit Lisen.

»Was meinst du damit? Meine Vergangenheit ist absolut makellos.«

Alle lachen, und gleichzeitig erfüllt Jens Stenmans polternde Stimme den Raum.

»Prost!« Stenman ist wieder aufgestanden und greift ein paarmal in die Luft, bevor er sein Weinglas zu fassen kriegt. »Ein Hoch auf unsere wunderbare Gastgeberin und auf eine unvergessliche Silvesterparty!«

7

FREDRIK

Es ist faszinierend, dass Menschen so lange auf einem Haufen zusammensitzen, sich über nichts unterhalten und sich anscheinend trotzdem gut amüsieren können. Ich sehe mich um und finde keine einzige Person an diesem großen Esstisch außer mir, die sich zu langweilen scheint.

Mit einem Neuzugang in der Gruppe hat Max die Gelegenheit ergriffen, all seine alten Anekdoten aus der Jugend hervorzukramen. Diese Geschichten werden mit jeder Wiederholung dramatischer, und da ich Max Wiksell seit mehr als zwanzig Jahren kenne, haben sie inzwischen den Level klassischer Heldenlegenden erreicht.

Niemand am Tisch verrät, dass diese Geschichten immer wieder aufgewärmt werden. Stattdessen spielen sie alle mit und lachen an den richtigen Stellen laut auf. Adde lacht ebenfalls pflichtbewusst. Oder er findet sie tatsächlich lustig.

Malenas neue Liebe ist Ninas Tischgenosse, und sie scheinen sich gut zu verstehen. Wann immer Max zwischen zwei Geschichten eine Pause macht, stecken sie die Köpfe zusammen und unterhalten sich, soweit ich sagen kann, ziemlich vertraulich. Es ist nicht zu übersehen, dass Nina schon ziemlich was intus hat, ihre Gesten sind ausschweifend, und sie kichert albern.

Ich fühle mich außen vor. Und ich bin mir bewusst, warum das so ist: Alle trinken Alkohol. Alle außer mir.

Die Entscheidung fiel nach dem Aperitif. Mir wurde klar, dass Nina recht hat – es wird unmöglich sein, ein Taxi zu bekommen. Hier zu übernachten, kommt absolut nicht in Frage. Sieben Stunden hier in diesem Haus sind mehr als genug, und ich bin derjenige, der vergessen hat, ein Taxi vorzubestellen. Anstatt also den Abend damit zu verbringen, die Apps von jedem Taxiunternehmen in der Stadt herunterzuladen, habe ich beschlossen, mich beim Trinken zurückzuhalten. Ein kleines Glas Champagner zur Begrüßung, ein Glas Wein beim Essen und einen Schluck Schampus um Mitternacht. Dann sollte es kein Problem sein, nach Hause zu fahren.

»Du bist Lehrer, richtig?«

Meine Tischnachbarin dreht sich zu mir um. Wir haben im Laufe des Abends ein paar Höflichkeiten ausgetauscht, und ich habe immer noch nicht herausgefunden, ob sie dieselbe Nachbarin ist, neben der ich vor zwei Jahren gesessen habe. Aber es klingt, als wäre sie es.

»Stimmt. Sport und Mathe. In der Oberstufe.«

»Gefällt es dir?« Sie legt den Kopf schräg. »Heutzutage hört man fast nur noch Schlechtes aus der Schule. Kinder, die sich nicht benehmen können, überlastete Lehrer … Unser Jüngster hat vor fünf Jahren seinen Abschluss gemacht, deswegen bin ich nicht mehr so ganz auf dem Laufenden. Ist es so schlimm, wie man hört?«

»Ich persönlich finde, es läuft ganz gut. Natürlich hat es auch viel damit zu tun, wo du arbeitest, aber an meiner Schule haben wir einen guten Direktor, der sich um alle Probleme kümmert. Bei zweihundert Teenagern unter einem Dach gibt es unweigerlich Probleme. Und ich mag meine Kollegen.«

»Hat es sich denn verändert? Findest du, dass die Kinder keinen Respekt mehr vor dir als Lehrer haben?«

Ich zucke die Achseln.

»Wir müssen uns den Respekt auch verdienen. Aber sicher, im Vergleich zu vor zehn Jahren hat sich etwas verändert.«

Ich zerbreche mir den Kopf, wie ich das Thema wechseln kann. Ich rede nicht mehr gern über meinen Job. Ich bin ein guter Lehrer, und ich fand es immer lustig und inspirierend, meine Zeit mit Jugendlichen zu verbringen. Aber jetzt hängt alles in der Schwebe, und ich will nicht darüber nachdenken.

Außerdem erinnert mich diese Unterhaltung schmerzlich daran, dass in diesem Moment eine Party in unserem Haus stattfindet. Ich schaue zu Nina hinüber und stelle fest, dass der Alkohol eine beruhigende Wirkung auf sie zu haben scheint. Am liebsten möchte ich ins Auto springen, nach Hause fahren und die ganze Sache abblasen. Jeder, der selbst einmal siebzehn war, weiß, dass die Partys in diesem Alter die schlimmsten sind. Oder die besten. Kommt auf den Standpunkt an.

Meine Tischnachbarin öffnet den Mund, um noch etwas zu sagen, doch Lollo rettet mich davor, weiter verhört zu werden.

»Hey alle zusammen!«

Sie steht an ihrem Platz und schlägt mit dem Dessertlöffel gegen ihr Glas.

»Willst du eine Rede halten?«, lallt Max. »Verdammt, das ist doch langweilig. Aber wenn's sein muss, dann mach schnell!«

Alle lachen. Vielleicht, um seine Bemerkung zu entschärfen. Ich sehe mich um. Sind wir auf unseren Partys immer so betrunken? Bin ich besonders genervt von den anderen, weil ich nüchtern bin, oder haben sich die Leute heute besonders großzügig eingeschenkt?

»Also, ihr wisst, es ist schon fast …« Lollo schaut auf ihre Uhr und grinst. »In einer Stunde fängt schon das *neue Jahr* an!« An dieser Stelle bricht großer Jubel aus, und unsere Gastgeberin muss eine Pause machen, bis wieder Ruhe eingekehrt ist. »Ich finde, wir sollten alle ein paar Worte darüber sagen, was wir für ein Jahr hatten. Vielleicht erzählen, was das Beste war, was uns passiert ist. Und dann können wir sagen, was wir uns vom neuen Jahr erhoffen. Wäre das nicht lustig? Nur eine schnelle Runde, meine ich.« Sie wendet sich an ihren Mann. »Hast du das gehört, Max? Kurz und knapp, bekommst du das hin?«

Wieder lachen alle.

Mein ganzes Wesen protestiert gegen diesen Vorschlag. Mein Kopf hämmert, meine Hände sind schweißnass, und mein Blick flackert. Ich will weglaufen, doch ich bleibe wie erstarrt auf dem weichen Polsterstuhl sitzen.

»Eine wunderbare Idee!«, ruft meine Tischnachbarin. »Ich fange an.«

»Ausgezeichnet.« Lollo lächelt. »Dann los, Lisen.«

Lisen. Jetzt weiß ich's wieder.

Und Lisen fängt an zu reden. Sie ergeht sich in einer ausführlichen Beschreibung ihres neuen Jobs und eines oder mehrerer Enkel. Dann kommen ihre Hoffnungen auf diverse Reisen und so weiter und so fort.

Ich schenke mir Wasser aus der Karaffe ein und bete zu höheren Mächten, dass die Runde nach rechts weitergeht und wir es niemals ganz um den Tisch herum schaffen.

Doch natürlich deutet Lollo auf mich, als Lisen fertig ist.

»Du bist dran, Fredrik.«

Mein Herz pocht. Ich versuche zu lächeln, aber ich merke, dass meine Lippen sich aktiv widersetzen. Alles, was ich zustande bringe, ist eine steife Grimasse.

»Komm schon, Herr Lehrer.« Max' Stimme dröhnt quer über den Tisch. »Irgendwelche Leichen im Keller oder so?«

»Entschuldigt mich.« Ich stehe auf. »Ich werde nur kurz nach den Jungs sehen. Ich habe Vilgot rufen hören. Warum macht ihr nicht in die andere Richtung weiter?«

»Glaub bloß nicht, dass du davonkommst!«, brüllt Max.

Ich würde ihn am liebsten erwürgen, aber ich sage so etwas wie »Bin gleich wieder da« und verlasse eilig das Zimmer.

8

NINA

»Du bist dran, Süße.« Lollo sieht mich an. »Wir sind ganz Ohr. Was war für dich das Beste in diesem Jahr? Was erhoffst du dir für das nächste?«

Ich nehme einen Schluck vom Dessertwein, um Zeit zu gewinnen. Am Anfang dieser Runde fand ich es noch eine witzige Idee, typisch Lollo eben, aber plötzlich scheint es sehr wichtig zu sein, etwas Gutes zu sagen.

In ein paar Minuten beginnt das neue Jahr, die perfekte Gelegenheit, um die alte Weihnachtsdekoration rauszuwerfen und frische Tulpen reinzuholen. Warum denke ich an Blumen? Ich habe viel zu viel getrunken, ich fühle mich etwas benommen.

Adde stupst mich in die Seite.

»Hallo Tischdame. Hast du Lampenfieber?«

Ich will nicht kichern, aber das Kichern bricht trotzdem heraus, eine Verlängerung der früheren Lachanfälle an diesem Abend. Es ist lange her, dass ich auf einer Party so viel Spaß hatte. Adde ist wirklich nett und witzig. Ich hoffe, Malena bleibt mit ihm zusammen, er scheint genau der richtige Typ für sie zu sein. Eine gestandene Persönlichkeit, und er hat immer noch dieses gewisse Funkeln in den Augen.

»Also, mal sehen …« Ich lächele Lollo an und versuche, meine Gedanken zu sammeln. »Es war ein gutes Jahr, aber ich weiß nicht, ob mir besondere Höhepunkte einfallen.«

Lollo legt den Kopf schräg.

»Dir fällt doch bestimmt *eine* gute Sache ein!«

Je länger ich darüber nachdenke, desto schwerer wird es. Bei genauerer Betrachtung war das letzte Jahr überhaupt nicht gut. Fredrik und ich waren uns selten einig, wir haben uns entweder angeschwiegen oder gestritten. Vilgot hatte vier Ohrentzündungen, Smilla und ich haben uns im Grunde über alles gestritten, über das man sich streiten kann, und unser Urlaub ist wegen eines Wasserschadens in der Küche ausgefallen.

»Okay«, sage ich schließlich. »Das Beste ist, dass alle in unserer Familie gesund sind und dass wir so wunderbare Freunde haben.« Ein leiser Pfiff ist zu hören, wahrscheinlich von Max, der das Kompliment sofort auf sich bezieht. »Und für nächstes Jahr hoffe ich …« Mein Blick wandert um den Tisch und bleibt an Fredriks leerem Stuhl hängen. »Ich hoffe, dass es uns weiterhin gut geht.«

Du liebe Güte. Auf einer Skala von eins bis zehn, wie langweilig bin ich? Ist das Wohlergehen meiner Familie der einzige Wunsch, den ich für die Zukunft habe? Das ist jämmerlich. Alle anderen haben von neuen Herausforderungen bei der Arbeit gesprochen, von aufregenden Reisen oder davon, einen Marathon zu laufen.

Bin ich eine langweilige alte Tante geworden? Wahrscheinlich. Will Fredrik deswegen nicht mehr mit mir reden? Weil ich zu alt und zu langweilig für ihn bin? Und zu hässlich?

Wir haben keinen Sex mehr. Ich habe vorher kaum über unser nicht existierendes Sexleben nachgedacht, aber plötzlich trifft es mich wie ein Schlag: Wir haben keins.

Wir hatten so lange kleine Kinder im Haus, dass wir das Verlangen mehr oder weniger zur Seite geschoben haben. Und um ganz ehrlich zu sein, ich vermisse den Sex auch nicht besonders. Ich habe so viele andere Sachen im Kopf: die Arbeit, die Organisation der Familie und Gott weiß was noch alles. In dieser Situation fühlen sich Entspannung und Hingabe wie eine unlösbare mathematische Gleichung an.

Wann haben wir das letzte Mal miteinander geschlafen? Kann das sechs Monate her sein? Wenn ja, dann muss das ein Rekord sein – nicht einmal nach den Geburten der Kinder waren wir so lange enthaltsam.

Mein Mann ist immer noch gut in Form, die grauen Strähnen in seinem Haar sind charmant, und er kleidet sich sportlich und jugendlich. Ich dagegen habe, seit wir zusammen sind, ein paar Kilo zugelegt, und meine grauen Haare sind nicht annähernd so apart wie seine.

Wie aus dem Nichts taucht ein Gedanke auf: Hat Fredrik eine Affäre? Trifft er sich mit einer anderen Frau? Mit einer, die jünger, schlanker und witziger ist?

Ich greife nach meinem halbleeren Glas und trinke einen großen Schluck. Der Wein schmeckt immer noch gut. Mein Blick wandert nach unten, und ich ziehe mein Kleid zurecht, das in der Mitte Falten schlägt. Ich stelle fest, dass es zumindest an meinen Brüsten nichts auszusetzen gibt. Und *so* fett bin ich nun auch wieder nicht.

»Okay«, ruft Lollo. »Fredrik versteckt sich irgendwo, also hat Max das letzte Wort.« Sie sieht ihren Mann an. »Du hast drei Minuten, keine Sekunde mehr. Wir müssen vor Mitternacht draußen sein.«

Niemand ist aufgestanden, um diese kleine Rede zu halten, doch Max tut es natürlich und beginnt mit einem theatralischen Räuspern.

»Liebe Freunde.« Er schaut über den Tisch, als sei er ein Priester und wir seine fromme Gemeinde. »Es war ein großartiges Jahr. Business as usual, viele Bälle in der Luft. Genau mein Ding, wie ihr wisst.« Er greift nach seinem Weinglas, nimmt einen Schluck und stellt es wieder auf den Tisch. »Und es war auch ein gutes Golfjahr. Ich bin jetzt bei 6,2.« Jemand applaudiert, und Max fährt fort: »Für das nächste Jahr hoffe ich, dass unsere peinliche Regierung die Grenzen komplett schließt. Man kann ja kaum noch auf die Straße gehen …«

Lollo stupst ihn in die Seite.

»Fang nicht mit der langweiligen Politik an, Liebling.«

Max ignoriert sie.

»Und man muss auch keinen verdammten Doktortitel haben, um zu sehen, dass Schweden Probleme hat. Die Straßen sind voll von Bettlern und anderem Abschaum, die sich nicht an die Regeln halten.«

»Das reicht jetzt.«

Dieses Mal klingt Lollo etwas energischer, und Max wedelt mit den Armen und sieht sie mit verschwommenem Blick an.

»Aber das ist doch wahr.«

Das ist *so* peinlich.

»Achte gar nicht auf ihn«, flüstere ich Adde ins Ohr. »Max hat zu viel getrunken. Normalerweise ist er nicht …«

»Mein Vater hat das schon vor zwanzig Jahren kommen sehen.« Max ist jetzt voll in Fahrt, er fuchtelt wild herum. »Er hat da schon gewusst, dass Schweden auf dem Weg ist, sich in die Scheiße zu reiten. Und es ist nicht so, als wäre es seitdem besser geworden. Verdammt, nicht mehr lange, und wir feiern statt Silvester das muslimische Neujahrsfest.«

Malena steht auf.

»Entschuldige, aber wir haben heute Abend zufällig einen Muslim hier. Du kannst also deinen ganzen Hass direkt bei ihm ablassen, wenn du willst. Na los!«

Max macht ein verlegenes Gesicht, doch er fängt sich rasch wieder.

»Was soll das, Malena?« Er wendet sich an Adde und lächelt

breit und strahlend. »Natürlich spreche ich nicht von *dir.* Du sprichst Schwedisch, du arbeitest und zahlst Steuern. Ich rede von den *anderen* Leuten, von denen, die von Sozialhilfe leben und …«

»Jetzt reicht es!« Fredrik steht in der Tür. »Du bist betrunken, Max. Und du redest einen Haufen Mist. Wir wollen nichts mehr von dem Blödsinn hören.«

»Komm schon, Fredde.« Max grinst. »Sei doch nicht so verdammt politisch korrekt. Mach die Augen auf und gib zu, dass Schweden Probleme hat. Große Probleme.«

Fredrik macht einen Schritt auf den Tisch zu und richtet seinen Blick allein auf Max.

»Das größte Problem in diesem Land ist, dass Leute wie du …«

»Hallo!« Verzweifelt klopft Lollo mit dem Löffel gegen ihr Weinglas. »Es sind nur noch zehn Minuten von diesem Jahr übrig, und ich schlage vor, dass wir auf die Terrasse gehen. Champagner kommt sofort.«

Rasch stehen wir auf, alle rennen praktisch vom Tisch weg. Adde und Malena unterhalten sich leise, aber eindringlich.

Fredrik kommt mit großen Schritten auf mich zu.

»Komm«, sagt er, »wir gehen.«

»Jetzt?«

»Ja.« Er kocht vor Wut. »Jetzt. Hier können wir keine Minute länger bleiben.«

Ich lege ihm eine Hand auf den Arm, auch, weil der Boden unter meinen Füßen schwankt.

»Beruhige dich, Schatz. Wir können nicht einfach verschwinden. Lollo hat für Mitternacht so viel vorbereitet, und es ist doch nicht ihre Schuld, dass Max sich in einen Idioten verwandelt, sobald er zu viel trinkt.«

»Er ist immer ein Idiot«, murmelt Fredrik. »Aber meistens schafft er es, seine pubertären Gedanken für sich zu behalten.«

»Lass uns noch mit anstoßen. Dann fahren wir nach Hause.«

Ich küsse meinen Mann auf die Wange und ziehe ihn in den Flur. Anton und Theo stehen an der Tür, warm angezogen für das bevorstehende Feuerwerk.

»Schläft Vilgot?«, fragt Fredrik, und Anton nickt.

Kurz darauf sind wir draußen auf der Terrasse, die Lollo mit Hilfe von Lichterketten und Laternen in einen märchenhaften Ort verwandelt hat. Die Laternen stehen in Gruppen zusammen, geschmackvoll arrangiert neben den immergrünen Pflanzen in großen, mit Jutesäcken bedeckten Kübeln. Lollo, die einen Pelz trägt, schenkt Champagner in hohe Flöten. Mir fällt eine phantastische Eislaterne mit eingefrorenen pinken Rosen auf, die auf dem Tisch neben den Gläsern steht und langsam schmilzt. Wie hat sie das bloß hinbekommen?

Die Nachbarn stehen zusammen vor der Terrassentür, Adde und Malena stehen ein wenig abseits. Malena gestikuliert wild, während Adde ihr eine Hand auf den Arm legt und offenbar versucht, sie zu beruhigen. Max ist draußen auf dem Rasen mit seinem Feuerwerk beschäftigt. Seine gebückte Gestalt ist hinter der Poolüberdachung zu sehen.

»Geht nicht so nah ran!« Fredrik versucht, die Aufmerksamkeit der Jungen auf sich zu lenken, dann dreht er sich zu mir um. »In seinem Zustand sollte er nicht damit herumspielen.«

Ich schaue zu Max. Eine Strähne hat sich aus seinem zurückgegelten Haar gelöst und hängt ihm übers Ohr. Er fummelt mit einer Schachtel Streichhölzer herum und stößt einen langen Fluch aus, offenbar ist es nicht so einfach, sie in der feuchten Luft zu entzünden.

»Das klappt schon«, sage ich und reiche meinem Mann ein Glas. »Gut, dass die schlimmsten Raketen verboten sind.«

Die Kälte macht mich ein wenig nüchterner. Ab jetzt werde ich zwischendurch immer ein Glas Wasser trinken.

In diesem Moment ruft Lollo: »Frohes neues Jahr!«, und ein kontrolliertes Chaos bricht aus. Fredrik und ich mischen uns unter die anderen Partygäste. Wir stoßen an und umarmen uns und wünschen einander einen guten Start ins neue Jahr.

Endlich hat Max es geschafft, ein Streichholz anzuzünden, und Raketen in verschiedenen Farben steigen in den grau-schwarzen Himmel auf. Wir klatschen und jubeln jedes Mal übertrieben begeistert, wenn eine neue funkelnde Sternenkaskade über unseren Köpfen aufsteigt.

Ich halte Lollos Designerglas in meinen steif gefrorenen Fingern, lehne mich an Fredrik und schmiege mich in seine warme Umarmung. Schweigend betrachten wir die eindeutig weniger großartigen Feuerwerke der Nachbarn, die über der Hecke aufflackern.

Ich drehe mich um und versuche, Fredriks Blick einzufangen.

»Frohes neues Jahr.«

Er lächelt.

»Frohes neues Jahr, Nina.«

Wir stoßen an, die Gläser klirren. Ich will etwas sagen, dass es ein Scheißjahr gewesen ist, doch in letzter Sekunde überlege ich es mir anders. Die ersten, zaghaften Minuten des neuen Jahres mit einem bitteren Kommentar einzuleiten, kommt mir schicksalhaft vor, als könnte die Bitterkeit sich festsetzen und den Ton für alle folgenden Minuten angeben. Vielleicht haben wir jetzt, in diesem Moment, die Chance, das Alte hinter uns zu lassen und ganz neu anzufangen.

Ich weiß, dass der Kalender eine menschliche Erfindung ist, dass dieser neue Tag sich in nichts von dem unterscheidet, den wir hinter uns gelassen haben. Aber vielleicht kann die Symbolik – neues Jahr, neue Möglichkeiten – ausnahmsweise einmal hilfreich sein. Vielleicht können wir sie nutzen, um wieder zueinanderzufinden.

Ich stelle mich auf die Zehenspitzen und gebe Fredrik einen Kuss. Wir stoßen erneut an, und eine Stimme in mir sagt, dass alles wieder gut werden wird, dass es eigentlich nur besser werden kann.

9

FREDRIK

Ich verlasse die Terrasse unter dem Vorwand, auf die Toilette zu müssen. In Wirklichkeit kann ich Ninas liebevollen Blick nicht länger ertragen. Ich bin es nicht wert.

Hinter der verschlossenen Tür sacke ich auf den Toilettensitz, beuge mich vor und stütze den Kopf in die Hände. Wie bin ich nur hier gelandet? In dieser Situation. Wenn ich doch nur nicht … Ich seufze tief. Wie oft bin ich in Gedanken an diesen Punkt zurückgekehrt? *Wenn ich doch nur nicht* … Es ist so verdammt sinnlos.

Mein Gedankengang wird unterbrochen, als das Telefon in der Tasche meines Jacketts anfängt, meinen Lieblingssong zu spielen. Mein Magen zieht sich zusammen. Ist auf der Party bei uns zu Hause etwas passiert?

Ich ziehe mein Smartphone heraus, sehe eine unbekannte Nummer auf dem Display und atme aus. Doch meine Erleichterung verschwindet so schnell, wie sie gekommen ist. Eine unbekannte Nummer könnte bedeuten, dass eine Freundin von Smilla anruft – weil Smilla sich bis zur Besinnungslosigkeit betrunken hat. Oder es ist ein Nachbar, der anruft, um mir mitzuteilen, dass sie wegen der Party die Polizei gerufen haben, weil die Musik zu laut ist oder weil sie Schüsse gehört haben.

Der Song von Def Leppard läuft weiter. Ich starre auf die Zahlenreihe, als wäre es ein Code. Eine geheime Nachricht, die ich als

Mathelehrer entschlüsseln können sollte. Aber die Zahlen sagen mir gar nichts, und am Ende halte ich mir das Telefon ans Ohr.

Zuerst höre ich nur ein rhythmisch kratzendes Geräusch, Schritte möglicherweise. Dann folgt ein Rauschen, als würde eine Windbö über das Mikrophon streichen.

»Hallo?«

Meine Stimme wird von einem Knacken am anderen Ende übertönt.

»Hi, Fredrik.«

Ich erstarre.

»Jennifer?«

Sie kichert.

»Höchstpersönlich.«

»Ist alles in Ordnung? Wo bist du?«

»Fast zu Hause.«

»Zu Hause?« Ich versuche, zu begreifen, was sie meint. »Du bist auf dem Weg *hierher*? Zu dir nach Hause?«

Es klingt, als würde sie stolpern, und für einen Augenblick verschwindet sie vom Radar. Kurz darauf höre ich sie wieder an meinem Ohr atmen.

»Jupp.«

»Aber wieso bist du nicht mehr auf der Party?« Ich schlucke. »Bei Smilla?«

»Ach, die Party war scheiße ... Ich dachte, wir könnten ein bisschen reden.«

»R-reden?«

Meine Lippen gehorchen mir nicht mehr.

»Genau. Reden.«

Scheiße. Ich sehe mich in dem großen Badezimmer um. Als gäbe es hier irgendwo eine versteckte Tür, die irgendwohin führt, wo ich mich für immer verstecken könnte. Aber natürlich gibt es keine. Ich muss den Stier bei den Hörnern packen.

»Jennifer, wo genau bist du gerade?«

»An der Bushaltestelle.«

»An welcher?«

Jennifer seufzt.

»Hab ich doch gerade gesagt …«

»Bist du in Klagshamn?« Ich laufe zwischen der Tür und dem Jacuzzi hin und her. »An der Endhaltestelle?«

»Ja, aber warum …«

Scheiße!

»Jennifer, hör gut zu.« Ich versuche, bestimmt zu klingen. »Bleib, wo du bist, ich komme zu dir.«

»Was? Aber …«

»Bleib da«, sage ich mit zusammengebissenen Zähnen. »Hast du mich verstanden? Rühr dich nicht von der Stelle. Ich bin in ein paar Minuten da.«

Alle anderen sind noch auf der Terrasse, also kann ich mir unbemerkt meine Jacke schnappen und zur Haustür hinausschleichen. Die Einzige, die mich sieht, ist Chanel. Zitternd und mit weit aufgerissenen Augen liegt sie in ihrem Korb. Jemand hätte mit diesem armen Hund drinnen bleiben sollen, als die Knallerei losging.

Die Straße ist verlassen und leer. In der Ferne sehe ich hin und wieder einen Feuerwerkskörper, aber der dichte Nebel schränkt die Sicht ein. Die Nachbarn direkt nebenan scheinen bald nach Mitternacht wieder ins Haus gegangen zu sein. Während ich die Auffahrt hinunterlaufe, werden die Stimmen von der Party immer leiser, bis sie schließlich nicht mehr zu hören sind.

Tief in meinem Inneren wusste ich immer, dass dieser Tag kommen würde. Den ganzen Herbst über habe ich darauf gewartet, dass sie die Bombe platzen lässt. Und ich kann nicht begreifen, warum ich sie nicht schon längst entschärft habe.

Ich hätte mit ihr reden, ihr alles erklären, die Sache aus der Welt schaffen müssen. Stattdessen habe ich den Kopf in den Sand gesteckt und mir eingebildet, dass die Zeit alle eventuellen Wunden heilen würde. Oder sie zumindest verblassen lassen würde.

Offenkundig war das nicht der Fall.

Ich bin noch nicht weit gekommen, als ich sie entdecke. Auf ihren hohen Absätzen kommt sie aus dem Wäldchen getorkelt, natürlich hat sie nicht an der Bushaltestelle gewartet.

»Ich habe dir gesagt, du sollst warten.«

Sie lächelt. Unter den halb geschlossen Lidern sind riesige Pupillen zu erkennen. Ist sie high?

»Du wirkst nervös, Fred … rik.«

Ihre Stimme ist schleppend.

»Ich bin nicht nervös. Ich finde nur, dass du einen blöden Zeitpunkt gewählt hast, um zu reden. Es ist unnötig, dass du nach Hause kommst und eine Szene machst, wenn deine Eltern Gäste haben. Falls es das ist, was du vorhast.«

»Ich werde keine Szene machen.« Jennifer kichert, als hätte sie gerade etwas richtig Witziges gesagt. »Ich will reden. Nur. Reden.«

»Wenn es um das geht, was letzten Sommer passiert ist …«

»Genau.« Sie hört auf zu kichern und macht einen Schritt auf mich zu. »Du hast mit mir gespielt, Fredrik. Du bist auf mir *rumgetrampelt.*«

»Bitte, Jennifer.«

Verdammt nochmal. Sie ist betrunken und vielleicht auch high. Was soll ich sagen? Wie kann ich es ihr begreiflich machen?

»Jennifer«, setze ich neu an. »Ich verstehe, dass du enttäuscht bist. Und ich habe dir schon erklärt, wie es ist: Ich mag dich. Ich mochte dich schon immer. Aber du verwechselst Äpfel mit Birnen.«

Sie starrt mich an.

»Was?«

»Vergiss es. Was ich zu sagen versuche, ist, dass es möglich sein muss, freundlich zu jemandem zu sein, ohne dass es zwangsläufig so ausgelegt wird, dass man auch auf körperliche Liebe aus ist. Scheiße, Jennifer, ich hätte gleich mit dir darüber reden sollen.«

»Körperliche Liebe?« Jennifer lächelt freudlos. »Manchmal redest du wie ein Professor. Aber aus der Nummer kommst du nicht raus. Denn wie ich mich erinnere, warst du verdammt körperlich.«

»*Du* warst diejenige, die …«, fange ich wieder an. »Wir hatten getrunken. Wir hatten was geraucht. Es war ein Fehler, und in meinem ganzen Leben habe ich nie etwas so sehr bereut.«

Sie schiebt sich an mir vorbei und geht auf ihr Haus zu. Ich strecke die Hand aus, weil ich nicht will, dass wir auch nur einen Meter näher an das Haus der Wiksells rankommen, doch ich bekomme nur ihren dünnen, aufgeknöpften Mantel zu fassen.

»Lass mich.«

Sie reißt sich los und geht weiter.

»Bleib stehen!«

Dieses Mal packe ich sie am Oberarm. Jennifer versucht wieder, sich loszureißen, aber ich schaffe es, sie zurück unter die Bäume zu zerren.

Wir stehen uns gegenüber auf einem der vielen ausgetretenen Pfade, die durch das Wäldchen führen. Eine Straßenlaterne in der Nähe wirft einen sanften Schimmer auf ihr Gesicht. Ihr Mascara ist verlaufen, sie schwankt hin und her und sieht aus, als könnte sie jede Sekunde umfallen.

»Jennifer.« Ich bemühe mich, ruhig zu klingen, und senke die Stimme. »Ich rede gern mit dir, wenn du das möchtest. Aber du musst erst etwas nüchterner werden. Wir können etwas spazieren gehen, und dann fahre ich dich zurück zu Smilla. Weiß sie, dass du weggegangen bist?«

Jennifer scheint nicht zuzuhören. Sie versucht, mir ihre Hand zu entziehen, und ihre spitzen Fingernägel reißen meine Handfläche auf.

»Lass mich los!« Sie schreit jetzt. Brüllt. »Du widerlicher alter Mann! Fass mich nicht an! Hast du mich verstanden?«

»Jennifer, hör auf.« Ich will ihre Arme festhalten, aber das ist unmöglich, sie schlägt wild fuchtelnd um sich wie eine Windmühle. »Willst du, dass alle Nachbarn rauskommen und dich in diesem Zustand sehen? Ist es das, was du willst?«

Sie schnaubt.

»Ist mir doch scheißegal.«

Jennifer reißt ihren Arm so heftig zurück, dass ich sie loslasse. Und weil ich sie nicht länger festhalte, fällt sie kopfüber ins niedrige Unterholz. Es dauert nur ein paar Sekunden, doch ich sehe das alles wie in Zeitlupe. Der Schrecken in ihren blauen Augen, ihren schwarzen Mantel, der wie ein flatterndes Segel um ihren Körper weht.

Es herrscht absolute Stille, die ganze Welt scheint den Atem anzuhalten. In Wirklichkeit habe nur ich aufgehört, zu atmen, und als Jennifers Stimme die Stille durchbricht, ist meine Erleichterung gewaltig.

»Scheiße, das tut weh.«

Sie setzt sich auf und hält sich den Kopf.

»Bist du verletzt?« Ich gehe in die Hocke. »Lass mich sehen.«

Jennifer schlägt meine Hand weg.

»Fass mich nicht an, habe ich gesagt.«

»Komm schon.« Ich reiche ihr die Hand, um ihr aufzuhelfen. »Sei nicht kindisch. Du kannst nicht die ganze Nacht hier sitzen.«

Langsam dreht sie den Kopf, um zu mir hochzuschauen. Ihr Blick ist düster. Und voller Wut.

»Verschwinde, Fredrik. Lass mich allein.«

»Verdammt nochmal, Jennifer.« Ich will aufstehen, doch meine Jacke hat sich irgendwo verfangen, und ich verliere das Gleichgewicht. Ich lande fast direkt auf ihr. »Entschuldige.«

»Du kranker Idiot! Ich ruf die Polizei!«

Jennifers Stimme hallt durch das verödete Wohngebiet.

Ich reiße meine Jacke los und richte mich auf. Mein Herz hämmert in meiner Brust, und für einen Moment habe ich das Gefühl, dass wir beobachtet werden. Ich meine sogar, einen Schatten zwischen den Bäumen davonschleichen zu sehen.

»Hör auf«, sage ich. »Es war kein …«

»Damit kommst du nicht durch, Fredrik.« Überraschend behände rappelt Jennifer sich auf. Sie kommt auf mich zu und beugt sich zu mir vor, so nah, dass ich den Alkohol in ihrem Atem rieche. »Und das weißt du auch, stimmt's?«

10

LOLLO

»Kann ich noch Nachschub haben?«

Lisen hält mir ihr Glas hin, als wäre ich eine Art Kellnerin.

»Natürlich.« Ich schenke uns allen nach und senke meine Stimme. »Ich entschuldige mich für Max, er …«

»Ach, mach dir deswegen keine Sorgen.« Lisen lächelt mich verschwörerisch an. »Ich glaube, im Grunde sind wir alle seiner Meinung, aber kaum einer traut sich, ehrlich zu sein. Es reicht ja schon, wenn du die Probleme mit der Integration hier in der Stadt ansprichst, und schon zückt jemand die Rassismuskarte.«

Sie zieht weiter, und ich sehe mich um. Wo sind Malena und ihr Freund? Doch nicht nach Hause, oder?

Max ist immer noch draußen auf dem Rasen und räumt die Reste des Feuerwerks weg. Ich verstehe nicht, warum er seine Ansichten ausgerechnet heute Abend rausposaunen musste, vor Malenas Neuem. Malena sah aus, als hätte sie jeden Moment jemanden töten können. Und Fredrik hätte ihr wahrscheinlich liebend gern dabei geholfen. Manchmal ist dieser Mann so weichherzig, dass es ermüdend ist. Unglaublich, er kann nicht mal einen Witz über Norweger hören, ohne gleich »Aber nicht alle Norweger!« zu sagen. Mein Gott. Man wird doch wohl mal hin und wieder einen Witz machen dürfen.

Ich gebe zu, dass Max eine Grenze überschritten hat. Was er gesagt hat, war übertrieben. Er übertreibt *immer,* vor allem, wenn er betrunken ist. Außerdem wirkt Malenas Freund vollkommen normal – er hatte Wein zum Abendessen und war überhaupt sehr freundlich, er ist gar nicht aufgefallen.

»Lollo, danke, Süße, für diesen phantastischen Abend.«

Mit rosigen Wangen steht Nina vor mir. Vom Nieselregen haben sich ihre Haare an den Spitzen gekräuselt, ihr Blick verrät, dass sie einiges getrunken hat.

»Ich danke *dir,* meine Liebe«, sage ich. »Das Dessert war köstlich.«

Das stimmt nicht, aber warum sollte ich etwas anderes sagen? Die Leute mit der Wahrheit zu verärgern, war noch nie mein Ding.

Nina sucht mit ihren Augen die Terrasse ab.

»Wo sind Adde und Malena?«

Ich schüttele den Kopf, und sie kichert.

»Es war nicht besonders schlau von Max, sich so …«

»Ich weiß«, sage ich. »Es ist wirklich dumm, über Politik zu reden, wenn man zu viel getrunken hat.«

»Meiner Meinung nach ist es fast immer dumm.« Nina beugt sich vor und hält ihre Lippen an mein Ohr. »Habe ich schon erwähnt, dass ich Politik *scheißlangweilig* finde?«

Nina ist richtig lustig, wenn sie betrunken ist.

»Nein, eigentlich nicht. Ich dachte, Fredrik und du, ihr würdet rund um die Uhr über Weltprobleme reden.«

Plötzlich sieht sie ernst aus.

»Wir reden in letzter Zeit gar nicht mehr viel.«

»Wie meinst du das? Was ist los? Hattet ihr Streit?«

»Nein. Nein, überhaupt nicht. Wir sind einfach nur schon lange verheiratet und haben halt drei Kinder … Du weißt schon, die immer gleiche Geschichte.« Ninas Gesicht reißt zu einem Lächeln auf. »Aber ich sollte mich nicht beschweren. Ein neues Jahr ist auch ein Neuanfang, stimmt's?«

Ich fülle unsere Gläser und mache ein Selfie davon, wie wir anstoßen. Dabei achte ich darauf, dass die Eislaterne im Hintergrund gut zu sehen ist. Das rote Symbol neben dem Nachrichtenicon zeigt zwei neue Nachrichten an. Sie kommen von Agneta und Jennifer, die beide kurz vor Mitternacht geschrieben haben. *Hoffe, es geht dir gut!*, schreibt meine Stiefmutter und fügt hinzu, dass Papa ebenfalls grüßen lässt. Jennifer hat ein rotes Herz geschickt und geschrieben *Frohes Neues Jahr!* Ich packe mehrere rote Herzen in meine Antwort.

»Du kannst aufhören, dir Sorgen zu machen.« Ich zeige Nina das Telefon. »Jennifer hat gerade geschrieben. Bei euch zu Hause ist alles in Ordnung.«

Nina sieht so erleichtert aus, dass ich ein schlechtes Gewissen bekomme. Jennifer hat kein Wort darüber verloren, wie es läuft. Trotzdem lüge ich nicht. Immerhin hat sie es geschafft, die Nachricht fehlerfrei zu schreiben, also kann sie nicht völlig betrunken sein.

Wir gehen hinein ins Warme. Max hat die Rolle des DJ übernommen, Lisen und Ivanka tanzen wankend im Wohnzimmer. Jens ist auf dem Sofa eingepennt und sieht ziemlich fertig aus.

Ich lade rasch das Selfie auf Instagram und Facebook hoch, dazu ein kurzer Text: *Frohes Neues Jahr, euch wunderbaren Menschen!* Ich füge die Hashtags #lollosdesign und #designonline hinzu, aber auch #happynewyear, #friends und #love. Persönliche Posts bekommen normalerweise viele Likes. Die Leute wollen *mich* sehen, das Gesicht hinter der Marke. Sie wollen mehr sehen als nur Bilderrahmen und Kissenbezüge.

»Wir sehen so gut aus.« Nina beugt sich über meine Schulter. »Du würdest nie glauben, dass wir in ein paar Jahren fünfzig werden.«

»Stimmt.« Ich gebe ihr einen sanften Stups. »Und bitte erinnere mich nicht daran.«

»Oh.« Nina grinst. »Alter ist nur eine Zahl. Was zählt, ist, wie du dich hier fühlst.« Sie tippt sich an den Kopf.

Da kann ich nur zustimmen. Ninas Lächeln ist ansteckend, und mich erfasst unvermittelt eine tiefe Dankbarkeit für alles, was ich habe: meine Familie, meine Freunde, mein wunderschönes Zuhause.

»Komm, lass uns Malena suchen gehen.«

11

FREDRIK

Es regnet, ein feiner Nieselregen, den ich kaum spüre, der aber im Licht der Straßenlaternen zu sehen ist. Die Party muss sich wieder ins Haus verlagert haben, denn ich kann die Musik aus Max' riesigem Soundsystem in der Ferne hören. Allein der Gedanke, zu den betrunkenen Partygästen zurückzukehren, erschöpft mich.

Die Haustür schließt sich mit einem leisen Klicken. Chanel beobachtet mich, als ich von der Flurgarderobe zum Badezimmer gehe. Sobald ich die Tür abgeschlossen habe, geben die Beine unter mir nach. Ich lasse mich auf den Boden sinken, lehne den Kopf zurück und schließe die Augen. Ich spüre die kühlen Fliesen durch mein Hemd. Widersprüchliche Stimmen streiten sich in meinem Kopf. Ich hole tief Luft und versuche, sie zum Schweigen zu bringen.

Es funktioniert nicht.

Geh zurück, flüstert die eine. *Zeig, dass du ein Mann bist, nimm die Sache in die Hand.*

Geh nach Hause, brüllt die andere. *Geh nach Hause und hoff das Beste.*

Ich habe keine Ahnung, wie lange ich auf dem Boden sitze, doch schließlich schaffe ich es, wieder aufzustehen.

Auf wackeligen Beinen gehe ich zum Waschbecken, drehe den Hahn auf und lasse das heiße Wasser laufen, bis es dampft. Die

Seife ist lila und riecht nach Lavendel, die rauen Borsten der Nagelbürste erwecken meine eiskalten Finger zum Leben. Ich sehe zu, wie der Schmutz langsam in den Abfluss gespült wird. Als plötzlich etwas Rotes auf das weiße Porzellan tropft, erschrecke ich.

Mit pochendem Herzen starre ich in das Waschbecken. Das Wasser ist jetzt ganz klar, aber ich bin sicher, dass ich es mir nicht eingebildet habe. Ein kalter Schauder läuft mir über den Rücken.

Ich habe Blut an den Händen.

Mehr Seife. Ich drücke einen halben Deziliter aus Lollos albernem Seifenspender, tränke die Nagelbürste damit und schrubbe meine Hände, bis die Haut brennt. Etwa zur gleichen Zeit wird mir klar, was ich zu tun habe.

Die Musik dröhnt laut im Wohnzimmer, und ich habe keine Schwierigkeiten, das Haus ein zweites Mal ungesehen zu verlassen. Chanel hebt nicht einmal den Kopf, als ich meine Jacke vom Haken nehme und zur Tür hinausschleiche.

12

NINA

»Hallo, Nina. Darf ich dich zu einem köstlichen Drink verführen?« Max reicht mir ein langstieliges Glas. Am Rand klemmt eine Zitronenscheibe.

»Was ist das?« Ich nehme das Glas und probiere einen Schluck. »Gott, das ist gut. Du bist wirklich phänomenal, wenn es um Drinks geht.«

»Ich weiß.« Er lächelt. »Jahrelange Übung.«

»Mmm.« Ich trinke noch mehr. »Phantastisch. Was ist das?«

»Gin Sour.«

Whitney Houstons »I Wanna Dance with Somebody« dröhnt aus den Lautsprechern. Ich mache einen Schritt ins Wohnzimmer, schließe die Augen und lasse die Musik durch meinen Körper fließen. Mein Kopf ist erfüllt von der Stimme der Sängerin, der Bass vibriert in meinem Bauch. Die alten Rhythmen stecken mir immer noch in den Knochen. Ich bin schon immer eine gute Tänzerin gewesen.

Wir sollten öfter auf Partys gehen. Wenn man nur noch zu Hause hockt und vor sich hindämmert, vergisst man leicht, wie schön das Leben sein kann.

Ich öffne die Augen, sehe Lollo und Ivanka drüben beim Fenster und gehe zu ihnen.

»Weißt du, wo mein Mann abgeblieben ist?«, schreie ich Lollo ins Ohr.

Sie schüttelt den Kopf.

»Ich habe ihn schon eine ganze Weile nicht mehr gesehen.«

»Egal«, sage ich. »Fredrik ist saurer als dieser Drink hier. Er ist so ein verdammter Langweiler.«

Lollo lacht und sieht sich um.

»Er muss hier irgendwo sein«, sagt sie. »Aber Malena und Adde sind weg, sie haben sich Theo geschnappt und sind schon vor einer ganzen Weile aufgebrochen. Vermutlich hatten sie sich ein Taxi vorbestellt.«

»Es sah aus, als hätten sie sich gestritten«, sage ich.

»Adde und Malena?« Lollo hebt eine Braue. »Wann?«

Ich muss einen Moment nachdenken.

»Draußen auf der Terrasse. Aber ich bin sicher, dass es nichts Ernstes war. Sie sollte gut auf ihn achtgeben. Er ist ein netter Kerl, dieser Adde.«

»Auf jeden Fall.« Lollo lächelt. »Einer der nettesten bisher.«

Ich nehme einen Schluck von meinem Drink, dann stelle ich das Glas auf den Tisch und schwebe zur Melodie von »Moonlight Shadow« durch den Raum.

Wie kommt es, dass die ganze gute Musik rausgebracht wurde, als wir jung waren?

13

FREDRIK

Als ich zurückkomme, hat Max eine Playlist mit Hits aus den Achtzigern gestartet, und alle tanzen ausgelassen. Und mit »alle« meine ich Lollo, ausgewählte Hälften der Nachbarpaare und Nina. Adde und Malena scheinen das sinkende Schiff noch rechtzeitig verlassen zu haben.

Ich tippe Nina auf die Schulter.

»Wir müssen gehen.«

»Da bist du ja!« Das Gesicht meiner Frau leuchtet auf. »Komm, tanz mit!«

Sie hängt sich mir an den Hals und gibt mir einen feuchten Kuss auf die Wange.

»Es ist fast halb vier.« Ich winde mich aus ihrer Umklammerung. »Es wird Zeit, dass die Jungs ins Bett kommen.«

»Komm schon, Fredrik.« Sie zieht einen Schmollmund wie eine schlecht gelaunte Dreijährige. »Sei nicht so ein Langweiler. Nur noch einen Song. Bitte.«

Ich muss mich zusammenreißen, um nicht loszuschreien oder sie mit Gewalt von der Tanzfläche zu zerren. Mit mühsam erkämpfter Ruhe sage ich, dass ich die Jungs hole und sie danach kommen soll.

In dem Moment höre ich das Intro von Madonnas »La Isla Bonita«, und Nina zittert vor Freude. Sie stößt einen kleinen Freudenschrei aus, springt zu Lollo und stößt ihre Freundin mit der Hüfte an. Sie umarmen sich, lachen hysterisch und fangen an zu tanzen.

Ich verlasse die Disco und gehe nach oben.

Im Fernsehzimmer ist es dunkel, der Film scheint beim Abspann hängen geblieben zu sein. Ich finde den Schalter und schalte das Deckenlicht über dem Couchtisch an.

Keine Spur von Theo, aber meine Söhne liegen Seite an Seite auf dem Sofa. Vilgots weiche kleine Hand liegt in Antons doppelt so großer, sehniger. Ihre Gesichter sind entspannt, und ohne Vorwarnung spüre ich einen stechenden Schmerz in der Brust, als hätte mein Herz sich plötzlich verschlossen.

Ich wecke Anton. Er nickt verschlafen, als ich ihn bitte, sein Telefon, Vilgots Tablet und die Ladegeräte zusammenzusuchen.

Nina dazu zu bringen, das Wohnzimmer zu verlassen, ist kein leichtes Unterfangen, sie muss alle umarmen und sich von jedem zweimal verabschieden. Ich bleibe an der Tür stehen und spüre, wie meine Brust sich immer enger zusammenzieht. Lisen stößt mich bei ihrem Getanze fast um. Max grinst, hebt sein Glas und deutet damit auf Jens Stenman, der mit offenem Mund breitbeinig auf dem Sofa liegt.

Als ich es endlich schaffe, Nina zum Auto zu bringen, ist aus dem Nieseln ein richtiger Regen geworden. Meine Frau kichert ununterbrochen, ist ziemlich unsicher auf den Beinen und lässt sich schwer auf den Beifahrersitz fallen. Das eisige Wasser peitscht gegen meine Wangen.

Fünf Minuten später ist Vilgot angeschnallt. Nina schläft bereits tief und fest, ein Speichelfaden glänzt in einem der Mundwinkel. Anton hat den Kopf gegen das Autofenster gelehnt. Er schnarcht regelmäßig. Ich wende und fahre dann Richtung Osten. Ich bin mehr als dankbar, dass ich mit niemandem reden muss.

Das Auto gleitet wie ein Geisterschiff durch die ruhige

Wohnstraße. Die meisten Nachbarn sind schon vor langer Zeit ins Bett gegangen. Hin und wieder erhellt eine Weihnachtsbeleuchtung ein Fenster.

An der Kreuzung schaue ich nach links und erschrecke, als ich meine, eine vertraute Gestalt auf der schmalen Straße zu sehen. Doch in der nächsten Sekunde ist keine Menschenseele mehr zu sehen – nur der Nebel, der dicht über dem Boden Wirbel bildet.

Uns kommt kein anderes Auto entgegen, und bald sind wir auf der Autobahn. Auf dem Inre Ringvägen sehe ich ab und zu ein Taxi durch den Regen pflügen. Meine Finger umklammern das Lenkrad wie einen Rettungsring, etwas, an dem ich mich festhalten muss, um nicht zu zerbrechen.

Ich starre durch die Windschutzscheibe und versuche, an nichts anderes zu denken als an das, was ich sehe. Den dunklen Asphalt, die weißen Linien, die Straßenlaternen, die beleuchteten Taxischilder.

Du hast nichts getan, Fredrik.

Du hast nur mit Jennifer geredet.

Und dann bist du nach Hause gefahren.

NEUJAHRSTAG 2019

DIENSTAG

14

NINA

Vor der Kloschüssel kniend verfluche ich mich selbst. Nie wieder! Ich werde nie wieder trinken. Nicht einen Tropfen. Das ist es nicht wert. Bei der Erinnerung an den ganzen Champagner, den ich gestern getrunken habe, dreht sich mir der Magen um, und ich fange erneut an zu würgen.

Nachdem ich eine ganze Weile an die Fliesen gelehnt auf dem Boden gesessen habe, beschließe ich, aufzustehen. Ich spritze mir eiskaltes Wasser ins Gesicht, putze mir die Zähne und schlucke eine Ibuprofen, dann verlasse ich auf wackeligen Beinen das Badezimmer.

Erst an der Schwelle zum Schlafzimmer stelle ich fest, dass das Bett leer ist. Ich starre auf die Hälfte des Doppelbettes, wo Fredrik liegen sollte, und blinzle ein paarmal, um sicherzugehen, dass ich mir das nicht einbilde. Aber nein, er ist nicht da. Wie spät ist es? Habe ich den halben Tag verschlafen?

Ich habe nicht die Energie, um der Sache weiter auf den Grund zu gehen. Während ich darauf warte, dass die Schmerztablette anfängt zu wirken, liege ich ganz still und lausche auf Geräusche, die mir verraten könnten, wie spät es ist und was der Rest der Familie macht. Ich scheine im Rausch mein Telefon verlegt zu haben, auf jeden Fall liegt es nicht an seinem üblichen Platz auf dem Nachttisch. Fredriks Telefon ist auch nicht da. Wir sollten uns wirklich mal einen altmodischen Wecker anschaffen.

Ich spitze die Ohren, aber alles, was ich höre, ist das leise Knacken der Heizung. Für diese Stille gibt es nur zwei Erklärungen. Entweder schläft Vilgot noch, oder Fredrik ist mit ihm irgendwohin gegangen. Ich hoffe auf Letzteres.

Im gleichen Atemzug denke ich an Smilla. Habe ich mit ihr und Jennifer gesprochen, als wir nach Hause gekommen sind? Ich erinnere mich nicht daran. Was zu der Frage führt, wie wir überhaupt nach Hause gekommen sind. Und wann sind wir bei Lollo aufgebrochen? Jetzt, wo ich darüber nachdenke, kann ich mich an so gut wie gar nichts von dem erinnern, was nach Mitternacht passiert ist. Ich kann mich nur verschwommen beim Tanzen im Wohnzimmer sehen und einen Tisch voller Drinks.

O mein Gott. Meine Wangen brennen. Ich hoffe nur, dass ich nichts Dummes gesagt oder getan habe.

Der Gedanke, aufzustehen und in Smillas Zimmer zu gucken, bleibt genau das: ein Gedanke. Ich werde gleich nach ihr sehen, ich muss mich nur noch ein wenig ausruhen.

Das nächste Mal wache ich auf, weil ich ein vertrautes Klingeln höre. Mein Telefon. Ich wälze mich schlaftrunken herum, schiebe den Kopf über die Bettkante und entdecke meine Handtasche unter dem Bett.

Das Klingeln entpuppt sich als einer dieser nervigen Erinnerungstöne, die ich einfach nicht ausgeschaltet bekomme, und das Telefon verrät mir, dass es kurz nach zehn Uhr ist. Das bedeutet, dass es nicht sehr viel später als acht oder halb neun gewesen sein kann, als ich im Badezimmer war. Kein Wunder, dass es im Haus still gewesen ist. Umso merkwürdiger, dass Fredrik schon aufgestanden war. Womöglich war er im oberen Badezimmer und hat sich übergeben. Und ist dort eingeschlafen.

Langsam setze ich mich auf, schiebe die Füße in die ausgelatschten Filzpantoffeln und gehe in den Flur. Meine Kopfschmerzen sind besser geworden, sie sind nur noch eine vage

Mahnung, keine hastigen Bewegungen zu machen. Ich komme an der Küche vorbei und stelle fest, dass die Arbeitsplatte voll steht mit Gläsern und Flaschen, aber ich bin dankbar, dass wenigstens alles an einem Ort steht. Der Geruch von säuerlichem Wein steigt mir in die Nase, und ich muss ein paarmal schlucken, als etwas mit einem ähnlichen Geschmack in meiner Kehle aufsteigt.

Also haben die Mädchen doch Wein getrunken. Ich schaue mich im Wohnzimmer um. Es sieht einigermaßen sauber aus, nichts scheint zu Bruch gegangen zu sein. Vielleicht können wir ihnen verzeihen.

Als ich schließlich vor der Badezimmertür im ersten Stock stehe, klopft mein Herz schnell und hart. Ich weiß nicht, ob es wegen der vielen Stufen und meinem allgemeinen Gesundheitszustand ist oder weil ich mir solche Sorgen mache, was ich hinter der Tür vorfinden könnte. Vielleicht ist es beides.

Ich drücke gegen die Tür, die geräuschlos aufschwingt. Kein Fredrik. Wenn er sich übergeben hat, dann jedenfalls nicht hier. Und warum sollte er irgendwo anders sein, wenn er sich nicht gut fühlt?

Eine Hitzewelle durchflutet meinen Körper. Sind wir zusammen nach Hause gekommen? Oder bin ich ohne Fredrik und die Kinder gekommen? Sind sie noch bei Lollo und Max? Bruchstückhafte Bilder flackern vor meinem inneren Auge auf. Ich sehe Anton auf dem Rücksitz schlafen und Fredrik, der Vilgot die Treppe hinaufträgt, doch ich bin mir nicht sicher, ob diese Bilder irgendetwas mit gestern Abend zu tun haben.

Die Tür zu Vilgots Zimmer steht einen Spaltbreit offen, und ich betrete den dämmrigen Raum. Gott sei Dank. Sein Haar umgibt seinen Kopf wie ein Heiligenschein, und ich kann sehen, wie sich die Bettdecke hebt und senkt. Es muss gestern Nacht schrecklich spät geworden sein – Vilgot schläft selten so lange.

Ich schleiche wieder hinaus, dankbar für jede Minute Frieden und Ruhe, die ich bekommen kann.

Meine Gedanken sind so zäh wie Sirup. Wenn Vilgot zu Hause ist – warum ist Fredrik dann nicht da? Er hat sich doch wohl nicht überlegt, zur Tankstelle zu fahren und Brötchen zum Frühstück zu holen, oder? Ich glaube, es ist zehn Jahre her, dass er das gemacht hat. Aber vielleicht will er mich überraschen. Vielleicht sind Frühstücksbrötchen Fredriks Art, einen Neuanfang zu markieren.

Ehe ich wieder nach unten gehe, schaue ich nach, ob Anton und Smilla ebenfalls in ihren Betten liegen. Anton zuckt zusammen, als ich die Tür öffne, wacht aber nicht auf. Smilla schläft wie ein Murmeltier.

Gerade als ich die Tür schließen will, fällt mir Jennifer ein. Sollte sie nicht hier übernachten? Ich öffne die Tür einen Spaltbreit und schaue auf dem Fußboden nach, aber ich sehe keine Jennifer zwischen den Haufen mit der Schmutzwäsche. Sie liegt auch nicht im Bett, also kann ich nur vermuten, dass sie beschlossen hat, doch noch nach Hause zu fahren. Vielleicht haben wir uns sogar noch gesehen, bevor wir aufgebrochen sind. Es ist schrecklich peinlich, so einen Blackout zu haben.

Nachdem ich im Gästezimmer und in der Garage nachgesehen habe, ohne eine Spur von Fredrik zu finden, beginnt eine quälende Angst an mir zu nagen. Was, wenn etwas passiert ist? Was, wenn er tatsächlich losgefahren ist, um Brötchen zu kaufen, aber dabei einen Herzinfarkt hatte und jetzt irgendwo bewusstlos liegt? Die Tankstelle ist nicht weit entfernt. Wenn er dorthin gefahren ist, müsste er inzwischen wieder zu Hause sein.

Ich gehe zurück in unser Schlafzimmer und nehme mein Telefon, aber das Display ist schwarz, keine neuen Nachrichten. Wut mischt sich in meine Sorge. Normalerweise sagen wir uns gegenseitig Bescheid, wenn wir das Haus verlassen. Was zum Teufel hat er vor? Ist er sauer, weil ich gestern zu viel getrunken habe?

Nach einer schnellen Dusche werfe ich mein Nachthemd in den Wäschekorb und ziehe einen Jogginganzug an. Mein Telefon liegt stumm auf der Arbeitsplatte, als ich einen Kaffee aufsetze und die Überreste von Smillas Party aufräume. Ich belade die Spülmaschine mit klebrigen Gläsern und schließe die Klappe, um den Geruch loszuwerden. Die Weinflaschen kommen in eine Papiertüte, die ich vorne an die Haustür stelle.

Ich will gerade zurück in die Küche, als mich etwas innehalten lässt. Fredriks Schuhe. Sowohl seine Schuhe, die er gestern Abend anhatte, als auch seine Sneakers stehen ordentlich im Schuhregal. Ich schaue zur Garderobe hoch und sehe, dass auch seine Jacke an ihrem üblichen Platz hängt. Ein langer Faden hängt am Stoff, eine Seitennaht scheint aufgerissen zu sein.

Der Gedanke von gestern Abend ist wieder da, den ich nur flüchtig gestreift und gleich wieder verscheucht hatte. Jetzt kommt er mit voller Wucht zurück und lässt mein Herz rasen. Betrügt Fredrik mich?

Ohne Schuhe an den Füßen. Und ohne Jacke.

Natürlich nicht. Ich schäme mich für meine Verdächtigung. Es muss eine andere Erklärung geben. Beruhige dich, Nina, ermahne ich mich. Trink eine Tasse Kaffee, sieh zu, dass du etwas in den Magen bekommst, atme.

Ich setze mich mit meinem Kaffee und einem Marmeladenbrot an den Küchentisch und tippe ziellos auf meinem Smartphone herum. Meine Finger wandern automatisch zu Facebook, und das Erste, was ich sehe, ist ein Foto von letzter Nacht. Lollo und ich stehen auf der Terrasse, stoßen mit unseren Gläsern an und lächeln in die Kamera. Großes Lob an Lollo, die es schafft, dass sogar Nina Andersson ein wenig attraktiv aussieht. Das muss irgendein Filter sein.

Als das Telefon piept, weil eine neue Nachricht angekommen ist, schrecke ich auf.

Frohes neues Jahr! Wir sehen uns Samstag! XOXO C

Meine Schwester hat ein Bild von sich angehängt, mit ihrer belgischen Frau und ihrer vierjährigen Tochter. Alle drei tragen wunderschöne Kleider. Claudia braucht keinen Filter, damit sie aussieht, als wäre sie aus einem Modemagazin. Sie ist drei Jahre jünger als ich und hat Papas schwarze Haare und Mamas blaue Augen. Sie ist gertenschlank und sieht aus, als würde sie niemals schwitzen. Pauline, ihre Tochter, ist eine Miniaturausgabe von Claudia. Zumindest äußerlich.

Monique, die Claudia bei ihrem EU-Job in Brüssel kennengelernt hat, sieht ziemlich langweilig aus, aber wenn man Claudia glauben darf, ist sie die beste Frau und Mutter der Welt. Ich kann das nicht beurteilen, da wir uns kaum sehen. Außerdem ist es schwer, sich gut kennenzulernen, wenn man nicht dieselbe Sprache spricht. Zumindest sage ich das immer, wenn jemand fragt, wie meine Schwägerin so ist. Vermutlich ist es aber wohl eher so, dass ich nie die Energie habe, mir wirklich Mühe zu geben. Ich interessiere mich einfach nicht für sie.

Danke, dir auch. Einen sicheren Flug und Grüße an die Familie. Kann es nicht ABWARTEN, dich zu sehen! XOXO

Ich schließe die Nachrichtenapp und gehe wieder zu Facebook, zu dem Foto von Lollo und mir.

Kaum zu glauben, dass wir uns schon seit fast dreißig Jahren kennen. Und doch sind wir uns inzwischen fremd geworden. Dass man sich mit den Freunden aus der Schule auseinanderlebt, ist vermutlich eher die Regel als die Ausnahme. Aber aus irgendeinem Grund, vielleicht weil ich einen Kater habe, fühlt es sich unglaublich traurig an.

Ich habe Lollo zum ersten Mal an einem warmen Augusttag in den späten Achtzigern gesehen. Es war der erste Tag an der Borgarskolen. Keine von uns kannte jemanden in der neuen Klasse, und wir saßen zufällig nebeneinander. Malena saß auf der anderen Seite neben Lollo. Sie fühlte sich auf der großen Schule ebenfalls verloren und ging mittags mit uns zusammen in die Cafeteria.

Nach ein paar Mittagspausen war klar, dass wir alle drei Madonna liebten, und mehr brauchte es nicht, um aus uns für den Rest der Schulzeit ein unzertrennliches Trio zu machen.

Damals kannten wir jedes Geheimnis der anderen. Lollo und Malena kannten mich besser als meine eigenen Eltern.

Ich betrachte Lollos blond gefärbte Haare und das gut geschminkte Gesicht. Verbringen wir Zeit miteinander, weil wir uns mögen? Oder damit wir uns gegenseitig auf Facebook liken können? Oder nur noch aus alter Gewohnheit?

Nach der Schule sahen wir uns weiterhin, wenn auch nicht annähernd so oft. Unsere Abende mit intimen Frauengesprächen wurden durch gemeinsame Abendessen und Partys mit unseren jeweiligen Partnern ersetzt. Wahrscheinlich war das auch die Zeit, in der sich der Klebstoff, der uns zusammengehalten hat, aufzulösen begann.

Vielleicht lag es daran, dass unsere Partner so unterschiedlich waren. Malenas Männer kamen und gingen. Max und Fredrik waren trotz ihrer Unterschiede immer dabei. Sie haben ihren eigenen Weg gefunden, Zeit miteinander zu verbringen. Vielleicht waren sie sogar in der Lage, sich hin und wieder zu schätzen.

Gestern Abend allerdings war Fredrik bereit, seine Freundschaft mit Max aufzukündigen, doch ich vermute, dass Max' Ausrutscher wie üblich unter den Teppich gekehrt werden wird. Wir wussten schon immer, welche Meinungen Max vertritt, und wir lassen ihn einfach gewähren. Max ist einer der rar gesäten Menschen, die meistens mit allem durchkommen. Er ist großzügig und hat die Gabe, seine Gäste zu unterhalten. Niemand will derjenige sein, der ein nettes Abendessen ruiniert.

Vermutlich habe ich Max Lollo zuliebe ertragen, weil ich dachte, ich sei vor allem mit ihr befreundet. Max gehört einfach zu ihr, doch ich habe versucht, ihn auf Abstand zu halten. Natürlich ist das für Fredrik noch schwerer.

Lollo, Malena und ich sehen uns heute nicht mehr oft. Als Smilla, Jennifer und Theo klein waren, hatten wir eine kurze Phase, in der wir uns ziemlich regelmäßig getroffen haben, vor allem für die Kinder.

Jetzt sehen wir uns nur noch zu Mittsommer und Silvester. *Die alte Gang* nennen wir uns.

Ich kann die Tradition nicht von meinem eigentlichen Wunsch unterscheiden. Will ich wirklich Zeit mit diesen Leuten verbringen? Machen sie mich glücklich? Inspirieren sie mich?

An der Haustür ist das Klappern von Schlüsseln zu hören.

15

LOLLO

Chanel steht vor dem Bett und winselt. Ich greife nach dem Telefon. Halb elf. Das ist in Ordnung.

»Braves Mädchen.«

Ich stehe auf und öffne die Glastür. Chanel stürzt sich in das buschige Januargras, sie hat es offenkundig nötig. Sie erledigt ihr Geschäft, dann hält sie die Nase über den Boden und verschwindet unter den Sträuchern neben dem Schuppen.

Es ist schön, einen eingezäunten Garten zu haben. Es ist auch schön, einen Hund zu haben, der nicht jeden Tag kilometerlange Spaziergänge braucht. Ich werde Chanel sich noch ein paar Minuten austoben lassen, bevor ich ihr das Frühstück aus Trockenfutter in der Küche serviere.

Auf dem Weg zurück ins Bett mache ich einen kurzen Abstecher ins Badezimmer. Ausnahmsweise bin ich mit meinem Spiegelbild zufrieden. Mein Gesicht zeigt keine offensichtlichen Spuren der letzten Nacht. Meine Augen sind klar, der Blick wach, die Haut glatt. Ab Mitternacht keinen Alkohol mehr zu trinken, ist ein alter, aber unterschätzter Trick. Ich habe keine Zeit, verkatert zu sein. Trotzdem werde ich mir heute ein wenig mehr Zeit unter der kuscheligen Bettdecke gönnen.

Ich schmiege mich an Max. Er liegt auf dem Rücken, die Arme weit von sich gestreckt, und schnarcht leise. Selbst in dieser wenig schmeichelhaften Position ist zu erkennen, dass er gut aussieht. Diese gerade Nase, das dichte Haar, diese breiten Schultern. Ich habe eine gute Wahl getroffen, als ich Max geheiratet habe. Er hat mir das Leben geschenkt, das ich mir immer gewünscht habe.

Ich stopfe die Kissen hinter meinen Rücken, greife nach dem Telefon und lehne mich zurück. Als Erstes öffne ich Instagram, dann Facebook. Der Post, den ich gestern hochgeladen habe, hat viele Likes bekommen, und mehrere Leute bewundern die Eislaterne. Sehr gut. Ich achte darauf, allen mit einem Herzen oder einem persönlichen Gruß zu danken. *Danke, das ist so lieb! Ich wünsche dir einen wunderbaren Neujahrstag. Ich würde mich freuen, dich im Laden zu sehen – ab morgen ist wieder ganz normal geöffnet!*

Lisen hat ein verschwommenes Bild von der Tanzfläche gepostet, mit dem Text *Party bei den besten Nachbarn! Danke, Lollo und Max, für einen wundervollen Abend!* Ich antworte *Die Gäste machen das Fest!* und füge ein paar Herzen hinzu.

Ein Daumen-hoch-Emoji und Ninas Profilbild tauchen auf dem Display auf. Offenbar ist sie ebenfalls wach und auf Facebook. Wie es ihr wohl geht? Die süße kleine Nina. Es ist traurig, dass sie so viel Alkohol trinken muss, um sich von dieser Angst zu befreien, die mit dem Alter nur noch schlimmer zu werden scheint.

Nina ist schon immer die Vernünftigste in unserer Bande gewesen. Unsere Mama. Während der Schulzeit haben Malena und ich aufs Gas gedrückt, Nina dagegen hat lieber auf die Bremse getreten. Vielleicht war das auch ganz gut so – wer weiß, was sonst passiert wäre.

Frühmorgens auf der Amiralsbrok. Wir kamen von einer Party in Lund, stiegen auf der Drottninggattan aus dem Bus und liefen barfuß über die Brücke, die hochhackigen Schuhe in der Hand. Die Sonne ging gerade auf. Wir kicherten und alberten rum. Ich kann mich noch immer an dieses Gefühl totaler Freiheit erinnern. Wir standen kurz vor dem Abitur, und unser ganzes Leben lag noch vor uns. Mitten auf der Brücke hatten Malena und ich die Idee, im Kanal zu schwimmen. Wir waren schon halb übers Geländer, als Nina verzweifelt zu weinen angefangen hat.

»Ihr werdet euch umbringen! Oder zumindest für den Rest eures Lebens verkrüppelt sein. Wollt ihr zum Abschlussball gehen oder nicht?«

Der letzte Satz saß, und wir kletterten wieder vom Geländer und liefen weiter, als sei nichts geschehen. Die Erinnerungen überkommen mich hin und wieder, und jedes Mal sende ich meiner lieben Freundin einen stummen Dank. Sie hatte recht, natürlich. Es ist keine gute Idee, in den Kanal zu springen. Weder damals noch heute.

Ich schließe die Facebook-App und strecke mich im Bett aus. In meinem Körper knackt es an mehreren Stellen. Das muss vom Tanzen kommen, ich bin nicht mehr daran gewöhnt.

Max' Schnarchen wird lauter und hört dann unvermittelt auf, als er sich umdreht. Eine vage Erinnerung überkommt mich. Ich erinnere mich, dass ich mitten in der Nacht aufgewacht bin und nach seiner Hand getastet habe, aber er war nicht da. Es könnte natürlich auch ein Traum gewesen sein.

Zeit, aufzustehen. Auf meinem Weg in die Küche sehe ich nach, ob Jennifer sich gemeldet hat. Hat sie nicht. Wahrscheinlich schlafen sie und Smilla noch tief und fest. Es ist vermutlich sinnlos, vor drei Uhr zu versuchen, sie zu erreichen. Teenager haben kein Problem damit, den ganzen Tag zu verschlafen.

An den Wochenenden, wenn Jennifer bis mittags oder noch länger schläft, würde ich oft am liebsten zu ihr gehen und sie wachrütteln. Ich will sie an den Schultern packen und schütteln und dem Kind sagen, dass das Leben viel zu kurz ist, um es im Bett zu verbringen. Aber vermutlich habe ich in diesem Alter auch schrecklich lange geschlafen. Und ich weiß genau, wie sie reagieren würde. Sie würde mich ansehen, als sei ich ein Idiot, sich zur Wand drehen und weiterschlafen.

Dieser Blick, der mir sagt, dass ich einfach nur dumm bin und von nichts eine Ahnung habe, treibt mich in den Wahnsinn. Schließlich lebe ich schon mehr als doppelt so lange wie sie und könnte ihr das eine oder andere über die Welt erzählen – wenn sie nur zuhören würde. Aber ein Gespräch mit Jennifer fühlt sich meistens an, als würde man gegen eine Wand reden.

Wenn ich recht überlege, unterhalten wir uns im Grunde überhaupt nicht. Normalerweise rufe ich ihr nur durch die geschlossene Tür zu, dass das Abendessen fertig ist. Sie ruft zurück, dass sie gleich kommt, setzt sich an den Tisch und sagt kein Wort. Sie kaut, ohne den Blick von ihrem Teller zu heben, und reagiert kaum, wenn man sie anspricht. Manchmal frage ich mich, ob das die ganze Mühe wert war.

Wenn Mama noch leben würde, könnte ich sie fragen. Ich würde sie fragen, wie sie es mit mir während meiner Teenagerzeit ausgehalten hat. Das hätte sie nämlich bestimmt hinbekommen, wenn sie so lange hätte leben dürfen.

Nach Mamas Tod habe ich oft nachts wach gelegen und lange Gespräche mit ihr geführt. Ich habe Fragen gestellt und mir Antworten ausgedacht, die für mich immer passten. Dort, in der Dunkelheit unter meiner weichen Decke, war sie immer an meiner Seite.

Ich schiebe eine Cappuccinokapsel in die Kaffeemaschine, nehme ein paar Croissants aus dem Gefrierfach und lege sie in den Ofen. Da ich schon einmal dabei bin, hole ich auch die Saftpresse raus. Max mag frisch gepressten Orangensaft.

Der Himmel vor dem Küchenfenster ist deprimierend grau. Die Luft ist schwer vom Regen, und der Wind rüttelt an den kahlen Baumwipfeln. Drei junge Mädchen mit trendigen Mützen kommen den Gehweg entlang. Sie gehen dicht nebeneinander, und die Fellpompons an ihren Mützen hüpfen bei jedem Schritt. Das Mädchen in der Mitte hält ein Handy in der Hand, die anderen beiden beugen sich vor, um das Display zu sehen.

Eines der Mädchen erinnert mich an Jennifer, als sie kleiner war. Sie ist größer als die anderen beiden, und ich kann das honigfarbene Haar unter ihrer Mütze sehen.

Die Zeit vergeht wie im Flug. Und ich weiß, dass es nicht leicht ist, ein Teenager zu sein. Aber es ist ganz bestimmt auch nicht einfach, die Mutter eines Teenagers zu sein. Man ist nichts wert, und alles, was man sagt, ist falsch.

Es tut gut, wenn hin und wieder ein paar Herzen zusammen mit einer Textnachricht eintrudeln. Das muss doch etwas zu bedeuten haben, oder?

16

FREDRIK

Vorsichtig schließe ich die Tür, beuge mich vor und stütze die Hände auf die Knie. Winzige Schweißtropfen landen auf dem Boden.

»Wo *warst* du?«

Nina steht auf der halben Treppe am Ende des Flurs, und ich fluche im Stillen. Ich hatte gehofft, sie würde noch im Bett liegen.

»Wonach sieht es denn aus?«

Meine Frau mustert mich von Kopf bis Fuß, und ihre Miene wandelt sich von anklagend zu erstaunt.

»Du warst laufen?«

Ich bücke mich und binde die Schuhe auf.

»Ja.«

»Am Neujahrsmorgen?«

»Ja.«

»Bist du verrückt?« Ninas Stimme hebt sich um eine Oktave. »Das kann *gefährlich* sein.«

»Gefährlich?« Ich richte mich wieder auf und fange an, mich aus meinen Sportsachen zu schälen. »Was soll daran gefährlich sein?«

»Stell dich nicht dümmer als du bist. Du bist Sportlehrer, du weißt, dass es gefährlich ist, das Herz zu belasten, wenn man viel Alkohol im Körper hat.«

»Aber ich habe nicht viel Alkohol im Körper.«

Ich hebe meine Klamotten vom Boden auf, dränge mich auf der Treppe an Nina vorbei und gehe ins Badezimmer.

»Was soll das heißen, du hast nicht …« Nina folgt mir. »Hey, kannst du bitte stehen bleiben, wenn ich mit dir rede?«

Ich drehe mich um.

»Ich habe gestern Abend kaum etwas getrunken. Und ich bin derjenige, der dich nach Hause gefahren hat. Aber vermutlich erinnerst du dich nicht mehr an die Fahrt, oder?«

Das bringt sie ein wenig aus der Fassung, und ihre nächste Frage klingt weniger aggressiv. »Du bist nach Hause *gefahren*?«

»Es war meine Schuld, dass wir kein Taxi vorbestellt hatten.« Ich bemühe mich, nicht gereizt zu klingen. »Und mir war klar, dass es aussichtslos sein würde, zu versuchen, eines zu bekommen – also habe ich mich entschieden, selbst zu fahren.«

»Oh …«

»Ist es in Ordnung, wenn ich jetzt dusche?« Meine Hand liegt auf der Türklinke. »Mir ist kalt.«

Die Tür schließt sich mit einem Knall, und die Stille, die darauf folgt, ist unerträglich. Das Adrenalin und die laute Musik hatten meine Gedanken beim Laufen in Schach gehalten, doch jetzt kehren sie mit aller Macht zurück.

Blut im Waschbecken.

Ich hebe den Deckel des Wäschekorbes, werfe einen Blick auf mein Gesicht im Spiegel und schrecke zurück. Es ist das Gesicht eines Wracks.

Die letzte Nacht war furchtbar, ich habe mich unter der Decke hin und her gewälzt, zuerst verschwitzt, dann frierend. Es war unmöglich, zur Ruhe zu kommen. Völlig unmöglich. Ich weiß nicht, wie oft ich kurz davor war, Nina zu wecken und ihr alles zu erzählen. Oder zumindest ausgewählte Teile davon.

Aber wie könnte ich das jetzt noch tun, ohne mich noch tiefer in die Scheiße zu reiten?

17

NINA

Ivanhoe läuft schon eine ganze Weile im Fernsehen, als Smilla nach unten kommt. Sie ist weiß wie ein Gespenst.

»Guten Morgen, Liebes.« Ich liege halb auf dem Sofa, mit einer Decke über den Beinen. »Oder vielleicht besser guten Abend.«

»Abend.« Sie gähnt. »Aber ich weiß nicht genau, ob er gut ist.«

»Hattet ihr gestern Abend Spaß?«

Ich klopfe einladend auf den Platz neben mir, doch Smilla schüttelt den Kopf.

»Ich muss duschen«, sagt sie und schlurft in Richtung Badezimmer.

Ich frage mich, warum ich jedes Mal wieder so enttäuscht bin. Ich weiß doch, dass Neugier nicht der richtige Weg ist. Smilla erzählt mir nie etwas auf Anfrage, sie will die Kontrolle behalten und selbst bestimmen, wann und wo sie uns Eltern einen seltenen Einblick in ihr Leben gewährt. Aber ich bin sehr neugierig, wie es gestern Abend gelaufen ist. Und ich finde nicht, dass es zu viel verlangt ist, wenn wir sie bitten, es uns zu erzählen. Immerhin haben wir unser Haus zur Verfügung gestellt.

Ich sinke zurück in die Kissen und sehe zu, wie die Kamera an Anthony Andrews' jungenhaftes Gesicht heranzoomt. Es ist merkwürdig, dass ich mir diesen langweiligen Film jedes Jahr aufs Neue anschaue, nur, weil er immer am Neujahrstag im Fernsehen läuft. Aber vermutlich ist das alles, was man nach einer wilden Partynacht verkraften kann. Bei einem Film, von dem jede Zeile Text in die Großhirnrinde eingeätzt ist, können die Gedanken viel leichter abdriften.

Vilgot sitzt in einer Ecke auf dem Sofa und spielt ein Spiel mit Bamse, dem Bären, auf seinem Tablet. Anton ist oben, hat wahrscheinlich sein großes Headset auf dem Kopf und ist dabei, ein vollkommen anderes Spiel zu spielen. Heute ist ein Tag, an dem es keine Begrenzung der Bildschirmzeit gibt.

Was Fredrik macht, weiß ich nicht. Er scheint mit dem falschen Fuß zuerst aufgestanden zu sein. Er sagt, er hätte nicht gut geschlafen, und speist mich mit einsilbigen Antworten ab, wenn ich versuche, mit ihm zu reden. Ich glaube, er ist sauer, weil ich mich gestern Abend gut amüsiert habe, während er nur Cola und Wasser trinken konnte. Aber es ist nicht meine Schuld, dass er vergessen hat, ein Taxi vorzubestellen.

Selbst als ich versucht habe, eines von Fredriks Lieblingsthemen anzuschneiden, nämlich Max und seine Vorhersage des bevorstehenden Zusammenbruchs des schwedischen Systems, erhielt ich nur eine knappe Antwort. Normalerweise ist das eine sichere Sache, wenn ich meinen Mann aus der Reserve locken will. Und nach dem gestrigen Abend gibt es viel neues Öl, das ich in das alte Feuer gießen kann.

Der Film ist in diesem Jahr besonders zäh. Ich nehme mein Telefon und schaue mich stattdessen bei Facebook um. Schon bald kann ich ein Muster erkennen. So ziemlich jeder scheint mit *großartigen Freunden* auf einer *super Party* mit *phantastischem Essen* gewesen zu sein. Jetzt sind alle verkatert, sehen *Ivanhoe* und haben Lust auf Pizza.

Ich könnte genau dasselbe posten, aber ich habe kein Interesse daran, mich in den sozialen Medien zu profilieren. Nicht so wie Lollo. Sie stylt ihr ganzes Leben, um auf Instagram gut auszusehen, und scheint ernsthaft zu glauben, dass die Status-Updates der Leute die Realität widerspiegeln. Lollo scheint nicht zu begreifen, dass die Menschen in den sozialen Medien einfach nichts von Familienstreits, Alkoholproblemen, psychischen Problemen oder allgemeinem Weltschmerz schreiben.

Eine Zeitlang habe ich mit dem Gedanken gespielt, mir einen Anti-Account zuzulegen, auf dem ich nur die harten Sachen poste. Aber ich habe die Idee fallengelassen, aus Angst, dass niemand die Ironie verstehen würde.

Das Telefon macht pling, und eine Nachricht poppt auf. Wenn man vom Teufel spricht.

Hallo Nina! Danke, dass ihr gestern da wart. Wie geht es dir? Wahrscheinlich nicht so gut ;-) Sind die Mädchen schon wach? Ich habe versucht, Jennifer zu erreichen, aber sie antwortet nicht. Sagst du ihr, dass sie mich anrufen soll? XOXO Lollo

Ein Brennen entsteht in meinem Bauch und breitet sich im ganzen Körper aus. Ich stehe auf und gehe in die Küche, wo Smilla frühstückt.

»Du … Lollo fragt nach Jennifer. Wollte sie nicht eigentlich hier schlafen?«

Smilla schaut nicht von ihrem Telefon auf.

»Sie ist nach Hause gefahren.«

Das Brennen wird stärker.

»Aber …« Ich schaue wieder auf mein Display, »… sie ist nicht zu Hause. Lollo glaubt, sie sei immer noch hier.«

Smilla zuckt mit den Schultern, offenbar ist ihr das egal.

»Smilla, sieh mich an, wenn ich mit dir rede.« Sie wirft mir einen finsteren Blick zu, aber ich hake nach. »Wann genau ist Jennifer weggegangen?«

Smilla seufzt und hebt die Hände.

»Keine Ahnung, das hab ich doch gesagt.«

Unglaublich. Ich versuche, nicht die Augen zu verdrehen.

»Aber du musst doch irgendeine Idee haben.«

»Halb zwölf vielleicht?«

»So früh? Bist du sicher, dass sie nach Hause wollte?«

Noch ein Seufzen.

»Sie hat *gesagt,* sie würde nach Hause fahren. Aber vielleicht ist sie stattdessen auch mit zu Ali gefahren. Was weiß denn ich?«

Ich will wirklich nicht so etwas wie ein Verhör starten, aber weil meine Tochter mir nie mehr als den kleinen Finger gibt, muss ich weiterfragen.

»Und wer ist Ali?«

»Ein Typ aus ihrer Klasse«, murmelt Smilla.

Sie schaut wieder auf ihr Telefon, und ihre nassen Haare fallen ihr ins Gesicht.

»Ist er Jennifers Freund?«

»Vielleicht. Keine Ahnung.«

»Herrgott Smilla.« Ich gehe zum Tisch. »Was weißt du eigentlich? Wart ihr auf derselben Party? Seid ihr Freundinnen?«

Smilla macht demonstrativ ihr Handy aus und gibt ihm einen Stoß, dass es quer über den Tisch rutscht. Sie sieht mich an.

»Meine Antwort auf Frage A lautet ›nicht viel‹, auf Frage B ›ja‹ und auf Frage C ›ich weiß nicht‹.«

Jetzt verdrehe ich tatsächlich die Augen.

»Du weißt nicht, ob ihr Freundinnen seid?«

»Ich will nicht darüber reden.« Smilla schnappt sich ihr Telefon und steht auf. »Jennifer wollte nach Hause, mehr weiß ich nicht.«

Ihr leeres Saftglas landet in der Spüle, und dann ist Smilla auch schon auf dem Weg nach oben.

Ich bleibe in der Küche zurück, und mein Blick landet auf einer verwelkten Amaryllis. Die einst so prächtigen Blüten hängen jetzt traurig runter und haben ihre hellgelben Pollen auf der ganzen Fensterbank verteilt. Es ist höchste Zeit, die Weihnachtsdekoration wegzupacken. Gibt es etwas auf der Welt, das so veraltet ist wie Weihnachtsmänner am Neujahrstag?

»Fredrik?«

Alles, was ich höre, sind die Trompeten, die ein Ritterturnier im Fernsehen ankündigen. Ich schaue in unser Schlafzimmer. Kein Fredrik. Er ist nicht im Gästezimmer und auch nicht im Badezimmer. Ist er schon wieder rausgegangen? Meine Sorge um Jennifer mischt sich mit dem Ärger über das merkwürdige Verhalten meines Mannes.

»Fredrik!«

Ich höre eine leise Stimme über den Krach des Fernsehers. Ich gehe in den Hauswirtschaftsraum und öffne die Tür zur Garage.

Er sitzt auf einem alten Bürostuhl neben der Werkbank, aber er scheint gar nichts zu machen. Er sieht ziemlich fertig aus, und ich bleibe in der Tür stehen.

»Was ist los? Ist etwas passiert?«

Er fährt sich mit den Fingern durchs Haar, bis es in alle Richtungen absteht.

»Nein.« Seine Augen sind blutunterlaufen. »Nein, nichts ist passiert. Ich … ich bin einfach nur echt müde.«

»Aber warum sitzt du hier draußen?«

Etwas an Fredriks Blick erschreckt mich, und das Brennen in meinem Bauch wird noch stärker. Denkt er daran, mich zu verlassen? Sitzt er hier und plant seine Flucht? Ich bringe es nicht über mich, ihn zu fragen, und begreife, dass ich Angst vor der Antwort habe.

»Ich komme«, sagt er, ohne in meine Richtung zu blicken. »Ich komme gleich.«

Ich drehe mich um, um wieder hineinzugehen, doch dann bleibe ich stehen.

»Ach, übrigens, Lollo hat mir gerade eine Nachricht geschickt, sie sucht Jennifer. Sie sollte ja eigentlich hier übernachten. Aber Smilla sagt, Jennifer sei schon gegen halb zwölf nach Hause gegangen. Das fühlt sich nicht richtig an. Ich meine … was, wenn ihr etwas zugestoßen ist?«

Fredrik schaut mich kurz an.

»Ach, du weißt doch, wie Mädchen in dem Alter sind. Wahrscheinlich ist sie stattdessen mit einem Jungen nach Hause gegangen.«

»Sie hat gesagt, sie wollte nach Hause. Zu sich nach Hause.«

»Vielleicht wollte sie Smilla nichts davon sagen.«

Ich lasse meinen Blick von der Werkzeugwand über der Werkbank weiterwandern zum Regal mit den Bananenkisten, alten Blumentöpfen, Schlittschuhen und Helmen in allen möglichen Größen, die dastehen wie die Orgelpfeifen. Mir kommt ein komischer Gedanke. Dies ist mein ganzes Leben, genau hier vor meinen Augen. Wie Objekte in einem Museum, chronologisch nach verschiedenen Zeiträumen sortiert. Kindheit, Teenagerjahre, Studienzeit, Kleinkinderjahre …

Ein Geräusch von Fredrik bringt mich zurück in die Gegenwart.

»Nach dem, was Smilla sagt, klingt es, als hätten sie sich gestritten«, sage ich. »Smilla und Jennifer, meine ich.«

»Da haben wir's.« Fredrik steht auf. »Noch ein Grund, warum Jennifer nicht sagen wollte, wohin sie geht. Ich bin sicher, dass sie heute wieder auftaucht.«

In Fredriks Worten liegt eine gewisse Logik. Und es ist so typisch für mich, mir gleich wieder das Schlimmste auszumalen. Ich sollte Lollo nicht zu sehr beunruhigen.

Ich gehe ins Wohnzimmer und lasse mich wieder aufs Sofa fallen.

Hallo Lollo! Danke! Was für eine tolle Party! Mir ging es heute

Morgen nicht so prickelnd, aber jetzt geht es schon wieder. Jennifer hat gar nicht hier geschlafen – vielleicht haben sich ihre Pläne geändert ;-) Ihr hört sicher bald von ihr. Ich wünsche euch einen schönen Neujahrstag! XOXO Nina (F lässt natürlich grüßen)

18

LOLLO

Ich lese Ninas Nachricht, habe aber Schwierigkeiten zu verstehen, was sie schreibt. Die Wörter scheinen herumzuspringen und entgleiten mir irgendwie, so dass ich immer wieder von vorne anfangen muss. Als würde mein Verstand sie absichtlich durcheinanderwerfen, als würde er versuchen, mich vor dieser Information zu schützen. Doch als ich die Wörter zu einem zusammenhängenden Satz zusammenfüge, werden sie kristallklar.

Jennifer hat gar nicht hier geschlafen.

Ich starre auf das Smartphone. Was meint sie damit? Wenn Jennifer nicht dort geschlafen hat … Ich stehe vom Küchentisch auf und laufe hinauf ins Fernsehzimmer.

»Jennifer hat letzte Nacht nicht bei Smilla geschlafen!«

Max liegt ausgestreckt auf dem Sofa. Im Fernsehen läuft die Schlussszene von *Ivanhoe,* und auf dem Tisch steht ein Glas Cola.

»Hä?« Seine Augen sehen klein und müde aus. »Wer hat wo nicht geschlafen?«

»Jennifer ist *verschwunden*!« Ich wedele mit meinem Telefon. »Sie ist nicht wie vereinbart bei Smilla geblieben.«

»Beruhige dich, Lollo.« Max setzt sich auf. »Scheiße, mein Kopf.« Er reibt sich die Schläfen und sieht mich an. »Was meinst du mit ›verschwunden‹? Hast du schon versucht, sie anzurufen?«

Ich starre ihn an.

»Natürlich. Ich schreibe ihr seit Stunden Nachrichten und rufe sie an.«

Max greift nach seinem eigenen Telefon, das auf dem Tisch liegt.

»Vielleicht hat sie mir was geschickt.«

Ich *weiß*, dass Jennifer ihm nichts geschickt hat. Ich bin die Kommunikationszentrale unserer Familie, und Jennifer kommt immer zuerst zu mir – wahrscheinlich, weil Max ein hoffnungsloser Fall ist, was das Antworten angeht. Ich verstehe nicht, warum es ihm so verdammt schwer fällt, kurz zu antworten, wenn man ihm eine einfache Frage stellt. Normalerweise schiebt er es darauf, dass er eine Hausbesichtigung hatte oder dass der Empfang auf dem Golfplatz so schlecht war.

Max schüttelt den Kopf.

»Nichts.«

»Aber …« Ich versuche, nicht in Panik zu geraten. »Was sollen wir tun?«

Max trinkt einen Schluck Cola und stellt das Glas zurück auf den Tisch.

»Einfach abwarten, schlage ich vor.«

»Warten?« Ich starre ihn an. »Aber es könnte etwas passiert sein. Es sieht Jennifer gar nicht ähnlich, meine Nachrichten zu ignorieren.«

»Du übertreibst, Lollo. Du beschwerst dich ständig darüber, dass sie nicht reagiert.«

»Das schon, aber …« Ich wedele erneut mit meinem Telefon. »Das hier ist nicht das Gleiche. Es ist ein gewaltiger Unterschied, ob du dich vor dem Abendessen nicht meldest oder ob du nicht Bescheid sagst, dass du nicht dort schläfst, wo es abgemacht ist. Außerdem meldet sie sich nach einer Weile immer bei mir. Aber dieses Mal absolute Funkstille, seit kurz vor Mitternacht.«

»Ruf Smilla an«, schlägt Max vor. »Jennifer muss ihr erzählt haben, wohin sie geht.«

Ich gehe wieder nach unten in die Küche und beginne, meine Kontaktliste durchzusehen. Ich habe Smillas Nummer nicht abgespeichert, also muss ich Nina anrufen. Die Nägel meiner linken Hand trommeln auf der Arbeitsplatte, während das Freizeichen ertönt.

»Hallo Lollo.« Ninas Stimme klingt ganz nah. »Hast du Jennifer erreicht?«

»Nein, deshalb rufe ja ich an, und ich … Ist sie zu Hause? Smilla?«

Meine Stimme klingt schrill, die Worte kommen in der verkehrten Reihenfolge heraus, und plötzlich komme ich mir albern vor. Es ist nicht meine Art, mich so aufzuregen. Sorgen sind Ninas Sache. Und wer von uns hat, vor kaum vierundzwanzig Stunden, versucht, Nina davon zu überzeugen, dass die Mädchen alt genug sind, um selber auf sich aufzupassen?

Ich hole tief Luft und fange von vorne an.

»Ich möchte nur kurz mit Smilla reden. Ich meine, du weißt schon, vielleicht weiß sie, was Jennifer vorhatte.«

Nina antwortet nicht sofort. Und als sie den Mund aufmacht, klingt sie gezwungen, übertrieben eifrig.

»Klar doch! Natürlich kannst du mit Smilla reden. Bleib kurz dran.«

Ich höre Nina durchs Haus laufen. Dann höre ich Smillas Stimme. Es ist unmöglich, zu verstehen, was die beiden sagen, aber es ist klar, dass zwischen Mutter und Tochter dicke Luft herrscht.

Nach einer gefühlten Ewigkeit knistert es in der Leitung.

»Hallo Smilla, wie geht's?«

»Gut.«

Ich warte darauf, dass sie weiterredet, doch offenkundig sind ihre Antworten genauso ausführlich wie Jennifers.

»Du, ich dachte nur, ich frage mal … Jennifer sollte doch

letzte Nacht bei dir schlafen, aber wie ich gehört habe, hat sie das nicht. Hat sie gesagt, wohin sie geht?«

Einen Moment herrscht Schweigen, dann antwortet sie: »Sie hat gesagt, sie wollte nach Hause gehen.«

»Nach Hause?« In mir bricht Panik aus, sie rast durch jede Ader. »Sie wollte nach *Hause*?«

»Ja«, bestätigt Smilla. »Das hat sie gesagt, aber sie könnte ihre Meinung ja noch geändert haben. Das habe ich Mama auch schon gesagt.«

Ich schließe die Augen, atme durch die Nase ein und aus und versuche, dieses Kind nicht anzuschreien. Dieses Gespräch ist eine gottverdammte Farce.

»Wann ist sie gegangen?«, bringe ich schließlich heraus. »Jennifer, meine ich.«

»Um halb zwölf.« Ich höre ein leises Seufzen. »Glaube ich. Es könnte auch Viertel vor gewesen sein.«

»Und sie wollte den Bus nehmen?«

»Ich nehme an.«

»Okay.« Meine Geduld hängt an einem dünnen Faden. Wie kann Smilla so gleichgültig bleiben, wenn ihre beste Freundin verschwunden ist? »Danke, Smilla. Jetzt weiß ich Bescheid. Mach's gut.«

»Du auch …« In ihrem Tonfall liegt ein leises Zögern, weshalb ich nicht sofort auflege – und da kommt noch etwas.

»Ich habe auch schon versucht, Jennifer zu erreichen«, sagt Smilla. »Aber … na ja, bei mir hat sie sich auch nicht gemeldet.«

Ich setze mich und versuche, mich zu beruhigen. Zum x-ten Mal entsperre ich das Telefon und suche nach einem Lebenszeichen von Jennifer. Ihre letzte Nachricht ist der Neujahrsgruß, den sie um 23.56 Uhr geschickt hat. Es gibt keine weiteren Nachrichten, weder auf WhatsApp noch auf Instagram.

Warum hat sie die Party und all ihre Freunde so früh verlassen? Noch vor Mitternacht!

Es muss etwas vorgefallen sein. Und Smilla *muss* wissen, was es war. Sie war dort. Hatte sie nicht etwas nervös gewirkt?

Könnte Jennifer in die Stadt gefahren sein, um in einem Club zu feiern, und Smilla überredet haben, nichts zu verraten? Wenn Smilla lügt, um Jennifer zu decken … Wenn diese jungen Damen sich irgendeine Lügengeschichte ausgedacht haben, um die Wahrheit zu verheimlichen, dann stecken sie ernsthaft in der Klemme. So etwas gehört sich nicht! So etwas tut man einfach nicht!

23.56 Uhr. Das ist inzwischen ziemlich lange her. Sehr lange. Jennifer könnte einem Vergewaltiger in die Hände gefallen sein. Oder *mehreren* Vergewaltigern. Sie könnte missbraucht, eingesperrt, unter Drogen gesetzt worden sein …

Mein Herz rast. Schreckliche Bilder gehen mir durch den Kopf. Ich weiß nicht, woher sie kommen, aber ich kann diese Flut nicht aufhalten, die Bilder sprudeln hervor, als wären sie schon immer irgendwo in meinem Kopf gewesen und hätten nur darauf gewartet, freigesetzt zu werden. Geschundene Körperteile, Blut, Tränen. Eine leise Stimme in meinem Kopf, die nach Mama schreit.

Ich schlucke hart und muss mich an der Tischkante festhalten, um nicht umzukippen. Und zum ersten Mal überhaupt verstehe ich, warum Nina Smilla an der kurzen Leine hält.

19

FREDRIK

»Wir rufen deine Nummer auf, sobald deine Pizzen fertig sind.«

Ich nicke, setzte mich an einen Platz an der Wand und reibe den kleinen gelben Nummernzettel zwischen meinen verschwitzten Fingern. Hin und her. Hin und her.

In den letzten Jahren hat sich unsere Pizzeria um die Ecke eine pragmatische Lösung ausgedacht, um mit dem Neujahrsansturm fertigzuwerden. Es gibt nur drei Pizzen zur Auswahl, und telefonische Vorbestellungen sind nicht möglich. Alle Pizzen müssen direkt vor Ort bestellt werden.

Dieses System kommt mir in diesem Jahr sehr gelegen. Ich musste aus dem Haus raus, ich hatte Schwierigkeiten, darin zu atmen. Und da niemand genau wissen kann, wie lange es dauert, bis unsere Pizzen fertig sind, bin ich ziellos durch die Gegend gestreift und auf Umwegen hierhergekommen.

Seit Lollo am Nachmittag bei Nina angerufen hat, rechne ich jeden Moment mit einem Anruf der Polizei, und mein Puls rast. Zumindest bin ich darauf vorbereitet, auf meinem Telefon die Schlagzeile über eine vermisste Siebzehnjährige zu sehen.

Ich greife nach einer Klatschzeitschrift und vertiefe mich in die Lektüre, tue so, als würde ich mich brennend für die bevorstehende Hochzeit von zwei mir vollkommen unbekannten Reality-TV-Promis interessieren. Die Zeitschrift soll jeden menschlichen Kontakt abwehren, das Risiko vermindern, in eine Unterhaltung mit schwatzhaften Nachbarn hineingezogen zu werden.

Hohläugige Prolls aus der Gegend in Jogginghosen und Overalls wechseln sich an der Kasse ab. Sie kaufen Pizza und Zweiliterflaschen Cola, die sie hinaus in den bitterkalten Abend tragen. Ich beobachte sie hinter meiner Klatschzeitung hervor und fange beinahe an, mich wohlzufühlen. Dieser harte Stuhl in der Pizzeria fühlt sich an wie ein sicherer Ort.

Ich könnte mir vorstellen, für immer hier sitzen zu bleiben, Promiklatsch zu lesen und nicht mehr mit der Welt da draußen zu kommunizieren. Nicht mehr nach Hause gehen zu müssen und mich Ninas Angst und Ärger zu stellen. Nicht mehr der fröhliche und kreative Papa zu sein. Ich bin kein glücklicher und kreativer Papa. Ich bin ein schlechter Mensch.

»Dreiundfünfzig!«

Widerstrebend stehe ich auf, um meine Pizzen entgegenzunehmen und zu bezahlen. Auf dem Weg nach draußen treffe ich auf Jonas, einen unserer nächsten Nachbarn. Es gelingt mir, mit einem Lächeln, ein Gespräch zu vermeiden. Ich deute auf die Pizzaschachteln und murmele etwas von hungrigen Mäulern zu Hause.

»Guten Appetit!«, sagt Jonas gut gelaunt. »Und frohes neues Jahr!«

Das Erste, was ich sehe, ist der Wagen. Max' schwarzer SUV parkt in der Einfahrt und lässt unseren eigenen ziemlich großen Kombi wie ein Spielzeugauto aussehen.

Mein Herz pocht, als wollte es seinen Platz in meiner Brust verlassen. Ich wünschte, ich könnte die Pizzen auf den Gehweg werfen und so schnell davonlaufen, wie ich nur kann. Aber das würde keinen guten Eindruck machen. Ich muss versuchen, mich ganz normal zu verhalten. Es ist notwendig, dass ich es tue – sonst könnte ich auch direkt zum nächsten Polizeirevier gehen.

Ich hole ein paarmal tief Luft, versuche, die Muskeln in meinem Gesicht zu entspannen, und öffne die Haustür.

»Warum hast du so lange gebraucht?«

Über das Geländer zwischen Eingangsbereich und Küche hinweg sieht Nina mich an. Ich streife die Schuhe ab, gehe in meiner Jacke die halbe Treppe hinauf und stelle die Pizzakartons auf den Tisch. Mein Blick schweift über drei Gesichter.

»Wenn ich gewusst hätte, dass ihr kommt, hätte ich mehr Pizzen mitgebracht.«

»Keine Sorge.« Max winkt ab. »Wir gehen gleich wieder.«

»Übrigens danke für gestern Abend«, sage ich.

Mein Dank richtet sich an Lollo. Hinter ihrer gut verspachtelten Fassade wirkt sie aufgewühlt, ihr Blick ist leer.

Angesichts Lollos Angst wird mir schlecht. Ich ziehe meine Jacke aus und verschwinde hastig wieder im Flur. Mit dem Gesicht in Richtung der Garderobenhaken sage ich, was gesagt werden muss.

»Ich habe das mit Jennifer gehört. Ihr habt also noch immer nichts von ihr gehört?«

»Nein«, antwortet Max von der anderen Seite des Geländers. »Lollo macht sich Sorgen, sie wollte herkommen und mit Smilla reden. Ich für meinen Teil will nicht gleich das Schlimmste vermuten. Du weißt ja, wie Teenager sind. Vielleicht ist Jennifers Akku leer. Vielleicht ist sie zu irgendeiner Freundin gegangen und … Ach, was weiß ich.«

Ich gehe zurück in die Küche, weiche Lollos Blick aus und wende mich an Max.

»Das sehe ich genauso. Es ist dumm, sich unnötig aufzuregen. Vielleicht hat Jennifer den halben Tag verschlafen, und dann hat sie einfach vergessen, sich zu melden.«

Max lächelt mich dankbar an und tätschelt Lollos Arm.
»Hast du das gehört, Liebling?«

Lollo lächelt nicht.

»Ich würde trotzdem gern noch einmal mit Smilla reden«, sagt sie.

»Natürlich.« Nina schaut mich mit einem schwer zu deutenden Blick an. »Ich hole sie.«

Während meine Frau nach oben verschwindet, verbringe ich mehr Zeit als nötig damit, Teller und Gläser herauszuholen. Währenddessen zerbreche ich mir den Kopf, was ich sagen soll. Etwas ganz Normales, das nichts mit Jennifer zu tun hat.

»Seid ihr sicher, dass ihr keinen Happen abhaben wollt?«

Ich deute auf die Pizzaschachteln.

»Schon gut.« Max reißt an seinen Haaren, anscheinend, ohne es richtig zu bemerken. Offenbar ist er doch nicht so ruhig, wie er behauptet. »Wir holen uns auf dem Heimweg irgendwo was.«

Nina kommt zurück, Smilla im Schlepptau. In der Tür zur Küche bleibt unsere Tochter zögerlich stehen.

»Wie du sicherlich verstehen kannst, mache ich mir Sorgen um Jennifer«, sagt Lollo und vergeudet keine Zeit mit Höflichkeiten. »Ich dachte nur … Wie war sie, als sie gegangen ist?«

Smilla runzelte die Stirn.

»Wie meinst du das?«

Ich merke, wie Lollo sich bemüht, ihre Verärgerung nicht zu zeigen.

»Ich meine es genauso, wie ich es gesagt habe. Wie war sie? Fröhlich? Traurig? Wütend?«

»Sie … äh …« Smilla schaut zu Boden. »Sie war wie immer.«

»Wie immer?«

Smilla nickt.

»Jetzt hört mal gut zu.« Lollos Ton ist scharf. »Das hier ist ernst. Nina hat erwähnt, dass du und Jennifer euch gestritten habt. Stimmt das?«

Plötzlich schnappt Smilla nach Luft. Sie schlägt die Hände vors Gesicht und beginnt zu schluchzen. Im nächsten Moment strömen die Tränen.

Meine Beine funktionieren nicht, aber Nina ist sofort bei ihr.

»Was ist los, Liebes? Ist gestern Abend irgendetwas passiert? Wenn ja, dann musst du es uns sagen, verstehst du? Wir machen uns alle Sorgen um Jennifer.«

Smilla nimmt die Hände vom Gesicht und sieht Lollo an, dann bricht sie in den Armen ihrer Mutter zusammen. »Es tut mir leid!« Ihre Schultern beben. »Es ist meine Schuld! Es ist alles meine Schuld!«

»Liebes.« Tröstend streicht Nina über Smillas Haar. »Was ist deine Schuld?«

Lollo ist kreidebleich, aber sie sagt kein Wort. Sie starrt Smilla nur an.

»*Was* ist deine Schuld?«, fragt Nina erneut und wirft mir einen Blick zu, der deutlich signalisiert, dass ich ihr helfen soll, dass ich die Sache in die Hand nehmen und irgendetwas unternehmen soll.

Ich mache einen Schritt auf meine Tochter zu, aber ich bringe es nicht über mich, sie zu berühren. Ich habe das Gefühl, als sei alles, was ich berühre, dem Untergang geweiht.

»Smilla, du weißt, dass du uns alles sagen kannst«, sagt eine Stimme, die zu mir gehört, sich aber nicht wie meine anhört. »Es ist egal, was du uns erzählst, solange es die Wahrheit ist. Die Wahrheit wird am Ende immer herauskommen.«

Die Welt um mich herum verschwimmt. Ich höre nur noch meinen eigenen Herzschlag und wende mich rasch an Nina.

»Soll ich die Jungs holen, ehe die Pizza kalt wird?«

Meine Frau starrt mich an.

»Kannst du damit vielleicht noch ein paar Minuten warten?«

Ich zwinge mich, stehen zu bleiben, und wische meine feuchten Hände an der Jeans ab.

Lollo schlägt mit der Faust auf den Tisch. Sie steht auf und geht auf Smilla zu.

»Erzähl mir einfach, was passiert ist! Jennifer ist verschwunden, und du musst mir alles sagen, was du weißt. Alles! Hast du mich verstanden?«

Max legt Lollo eine Hand auf den Arm.

»Beruhige dich!«

»Ich soll mich beruhigen?« Sie schüttelt seine Hand ab. »Wie soll ich mich ›beruhigen‹, wenn meine Tochter verschwunden ist?« Ihre Stimme bricht. »Bitte, sag mir, wie ich dabei ruhig bleiben soll!«

Max schlingt die Arme um seine Frau. Für mich sieht es eher nach Zwangsjacke als nach Umarmung aus, aber es wirkt.

»Es tut mir leid«, flüstert sie, den Kopf an Max' Brust gelehnt. »Es tut mir leid, ich bin einfach nur …«

»Das ist in Ordnung, Lollo. Wir verstehen das«, sagt Nina. Sie führt Smilla zu einem Stuhl, geht neben ihr in die Hocke und streicht ihr wieder übers Haar. »Liebes, erzählt uns einfach alles, was du weißt. Du wirst dich bestimmt besser fühlen, sobald alles raus ist.«

Smilla trocknet ihre Tränen mit ihrem Ärmel und sieht uns verzweifelt an. Meine Eingeweide ziehen sich zusammen. Wie viel weiß sie?

Smilla weiß gar nichts, versuche ich mir einzureden. *Gar nichts.*

»Ich habe sie beschimpft«, sagte Smilla schließlich. »Ich war sauer, weil sie zu viel getrunken hat und mir nicht beim Aufräumen helfen wollte.«

Meine Schultern sacken nach unten, und Smilla beginnt, von

einem chaotischen Abend mit ungebetenen Gästen und viel zu viel Alkohol zu erzählen.

»Es tut mir leid, Papa.« Ihre Zunge fängt ein wenig Schnodder auf, der ihr auf die Oberlippe gelaufen war. »Sie haben das Schloss an der Hausbar geknackt und das meiste davon getrunken. Ich verspreche, dass ich alles bezahle.«

»Mach dir deshalb keine Sorgen.« Ich versuche zu lächeln, aber meine Lippen fühlen sich so taub an, dass ich sie nicht unter Kontrolle habe. »Wir finden schon eine Lösung.«

Nina ist aufgestanden, eine Hand liegt auf Smillas Schulter, doch sie sieht *mich* an.

»Was habe ich dir gesagt? Ich *wusste,* dass das passieren würde.«

»Du hast eingewilligt«, sage ich.

»Weil ich das Gefühl hatte, keine Wahl zu haben!« Nina spuckt die Worte aus. »Smilla hat mich die ganze Zeit damit bedrängt, und du hast die Idee von Anfang an unterstützt. Gegen euch beide hatte ich nie eine Chance. ›Freiheit und Verantwortung‹, in der Tat. Das hat ja großartig geklappt, was?«

»Entschuldigung.« Lollos Ton wird wieder schärfer. »Könntet ihr zwei euch vielleicht wann anders weiterstreiten?«

Nina wird rot.

»Tut mir leid, Lollo. Natürlich …«

»Kommt schon, Leute.« Max lässt Lollo los. »Lasst uns dieser Sache ein für alle Mal auf den Grund gehen.« Er schaut sich um, und sein Blick bleibt auf Smilla ruhen. »Du sagst, ihr hättet euch gestritten. Und zwar, weil du Hilfe beim Aufräumen haben wolltest?«

Smilla nickt.

»Aber das war vor Mitternacht«, wendet Lollo ein. »Warum solltet ihr da schon aufräumen?«

»Ich war diejenige, die …« Smilla verstummt und setzt neu an. »Es hat ausgesehen wie auf einem Schlachtfeld, die Leute haben gekotzt, und ich wollte nur noch, dass alle verschwinden. Jennifer war das egal, sie fand, wir sollten einfach weiterfeiern.«

Max fährt sich mit den Fingern durchs Haar, das ihm prompt wieder ins Gesicht fällt. Er muss vergessen haben, sich dieses ölige Zeug reinzuschmieren, mit dem er seine Locken normalerweise glatt und glänzend zurückkämmt.

»Ist Jennifer direkt nach eurem Streit gegangen?«, fragt er.

Smilla nickt erneut.

»Sie ist einfach losgerannt. Hat gesagt, sie fährt nach Hause.«

»Und du hast nicht versucht, sie aufzuhalten?«

In Lollos Frage schwingt ein anklagender Ton mit.

»Doch, ich habe gesagt, dass es mir leidtut, und habe sie gebeten, zu bleiben. Aber ich bin ihr nicht nachgerannt. Hier war noch zu viel zu tun.« Smilla schluchzt erneut und sieht ihre Mutter an. »Ich … ich hatte Angst, ich hätte nicht genug Zeit, alles sauber zu machen, und ich hatte doch versprochen …«

Nina drückt Smillas Schulter.

»Du musst dich ganz schön abgerackert haben, Schatz. Das sah sehr gut aus heute Morgen.«

Aus dem Augenwinkel sehe ich, wie Lollo die Lippen zusammenpresst.

Max räuspert sich und wendet sich an Smilla.

»Du sagst, deiner Meinung nach hätte Jennifer zu viel getrunken. Heißt das, dass sie betrunken war, als sie gegangen ist?«

Zuerst schaut Smilla nach unten auf den Tisch, doch dann blickt sie auf.

»Sie hat ziemlich viel getrunken, aber ich weiß nicht, *wie* betrunken sie war, als sie gegangen ist.«

»Hatte sie ihr Telefon dabei?«, fragt Lollo.

»Ich nehme es an.«

»Aber wenn sie nicht nüchtern war …« Lollo sieht Max an. »O Gott! Sie könnte irgendwo im Graben liegen. Jemand könnte sie irgendwohin gelockt haben ...« Sie packt Max' Arm. »Wir müssen die Polizei anrufen. Auf der Stelle!«

»Warte.« Auf Ninas Stirn ist eine tiefe Furche zu sehen. »Smilla, dieser Junge, den du erwähnt hast ... Könnte Jennifer zu ihm gegangen sein?«

Lollo starrt erst Nina an, dann Smilla.

»Welcher Junge?«

»Äh.« Smilla schließt kurz die Augen. »Jemand aus Smillas Klasse, mehr nicht. Ich weiß nicht, ob sie zusammen sind oder so, aber ... ich haben sie gesehen ... als sie sich geküsst haben.«

»O mein Gott!«, ruft Lollo. »Und das sagst du erst *jetzt*?«

»Ich ... ich dachte nicht ...«

Ninas Augen blitzen auf.

»Woher soll Smilla wissen, in welcher Reihenfolge du die Dinge gern hören möchtest? Sie beantwortet deine ...«

»Wie heißt er?«, unterbricht Max sie und zieht sein Telefon aus der Tasche.

»Ali«, murmelt Smilla.

»Ali?« Etwas verändert sich in Max' Blick, seine Kieferknochen mahlen unter der sonnengebräunten Haut. »Und wie heißt er weiter, der Ali?«

»Keine Ahnung«, sagt Smilla hastig. »Aber er geht in Jennifers Klasse. Wenn ihr eine Klassenliste habt oder so ...«

»Okay, gut. Wir werden zu Hause nachsehen.« Die Adern an Max' Stirn sehen aus, als würden sie gleich platzen, oberhalb seines Kragens bilden sich rote Flecken. »Komm, Lollo. Wir gehen.«

Er zieht seine Frau mehr oder weniger aus der Küche.

Lollo dreht sich noch einmal um und sieht Smilla an.

»Es tut mir leid. Ich hatte keine Ahnung, dass sie sich mit einem Jungen trifft ...«

»Schon in Ordnung.«

»Und danke, dass du es uns erzählt hast«, fährt Lollo fort. »Es ist traurig, dass ihr euch gestritten habt, aber … aber ich bin sicher, dass ihr euch bald wieder vertragt, stimmt's?«

Smilla wirkt nicht ganz überzeugt.

20

NINA

»Warum ruft Lollo die Polizei an?«

Anton sieht mich an, während er ein großes Stück Pizza in der Hälfte zusammenklappt und sich auf einmal in den Mund stopft.

»Wer hat dir erzählt, dass sie die Polizei anruft?«

»Vilgot.« Anton kaut und schluckt. »Es stimmt also?«

Ich nicke, nicht sicher, was ich sagen soll. Wie viel sollen wir den Jungs erzählen? Jennifer ist bestimmt schon bald wieder zu Hause, und es scheint unnötig, aus einer Mücke einen Elefanten zu machen.

»Und macht sie's?«

Anton gibt nicht auf, und ich schaue zu Fredrik, in der Hoffnung, dass er eine entsprechend schwammige Antwort parat hat. Doch wie es aussieht, hat er nicht einmal die Frage gehört. Er sitzt an seinem Platz und starrt mit leerem Blick vor sich hin, als wäre er in einer völlig anderen Welt.

Was ist nur mit ihm los? Er hat die ganze Silvesterparty über ein essigsaures Gesicht gemacht, und heute ist seine Stimmung nicht viel besser. Denkt er über unsere Ehe nach?

Ich kenne Fredrik mein halbes Leben, und ich kann in ihm lesen wie in einem offenen Buch. Wenn er glaubt, ich würde nichts merken, irrt er sich. Du kannst vor jemandem, mit dem du seit mehr als zwanzig Jahren zusammenlebst, keine Geheimnisse haben. Ich muss ihn einfach nur fragen, direkt und geradeheraus. Aber nicht vor den Kindern.

»Hallo, macht sie's?«

»Vielleicht«, antworte ich diplomatisch. »Lollo macht sich ein wenig Sorgen, weil sie noch nichts von Jennifer gehört hat. Aber ich bin sicher, dass alles gut wird. Hattest *du* denn Spaß gestern Abend? Mit Theo?«

Anton zuckt die Achseln.

»Geht es ihm wieder besser?« Ja, ich frage nach sensiblen Informationen. Und ja, vielleicht ist es falsch, seine Kinder dafür zu benutzen. Aber ich versuche mir einzureden, dass ich nur aus Fürsorglichkeit frage, weil ich mir um Theo Sorgen mache.

Malena will nie darüber reden, wie es ihm geht, und ich glaube, dass sie die Probleme ihres Sohnes als ihr persönliches Versagen ansieht. Doch es ist kein Geheimnis, dass Theo zeitweise ausgeschlossen und sogar gemobbt wurde.

Malenas Standardlösung besteht darin, ihn die Klasse oder die Schule wechseln zu lassen. Das hat vielleicht funktioniert, als er jünger war, aber zwischen der achten und neunten Klasse die Schule zu wechseln, ist niemals eine gute Idee, schon gar nicht für ein Kind wie Theo. Ich kann nur hoffen, dass er in die Entscheidungsfindung eingebunden war und dass es gute Gründe für den Wechsel gab.

Ich habe meine eigene hobbypsychologische Theorie, dass nämlich Malenas ständige Liebhaberwechsel einer der Gründe für Theos Unsicherheit sind. Es muss etwas mit dem Selbstvertrauen eines Kindes machen, wenn eine Person, zu der es eine Bindung aufgebaut hat, plötzlich aus seinem Leben verschwindet. Besonders wenn es immer wieder passiert. Außerdem habe ich das Gefühl, dass Theo manchmal ein wenig vergessen wird. Malenas Fokus liegt vor allem auf ihrem eigenen Liebesleben, nicht auf der Tatsache, dass sie Mutter ist.

»Was meinst du mit ›besser gehen‹?«, fragt Anton.

»Du hast gesagt, er hätte Schwierigkeiten in der Schule oder so …« Ich nehme ein abgenagtes Stück Pizzarand, das auf dem Tisch gelandet ist, und lege es zurück auf Vilgots Teller. »Aber das ist schon eine Weile her, also geht es ihm bestimmt schon besser.«

»Keine Ahnung«, sagt Anton. »Wir haben Computerspiele gespielt, nicht geredet.«

Smilla steht auf.

»Danke fürs Essen.«

»Bist du schon satt?« Ich sehe sie an. »Willst du nichts mehr essen?«

»Nein.« Sie schiebt ihren Stuhl zurück und öffnet die Klappe der Spülmaschine. »Deshalb möchte ich jetzt gehen.«

»Kannst du nicht noch eine Minute bleiben und mit uns reden? Erzähl uns ein bisschen von der Party gestern Abend.«

Smilla knallt die Klappe der Spülmaschine zu und verlässt wortlos die Küche.

Vilgot dreht sich um und sieht seiner Schwester nach.

»Warum ist Smilla wütend?«

»Smilla ist immer wütend«, sagt Anton und greift nach einer der Pizzaschachteln.

Ich schaue aus dem Fenster. Die Straßenlaternen auf dem Gehweg bilden eine Perlenkette, verschwommene gelbe Punkte in der Dunkelheit. Ein tiefer Seufzer entweicht mir. Offenkundig ist Fredrik nicht der Einzige, der heute Morgen mit dem linken Fuß zuerst aufgestanden ist. Doch in Smillas Fall liegt es eindeutig an Jennifer.

Ich hoffe wirklich, dass sie die Wahrheit gesagt hat, als sie sagte, sie wüsste nicht, wo Jennifer ist. Teenager haben *immer* Geheimnisse vor ihren Eltern – es ist Teil ihres Abnabelungsprozesses. Aber Max und Lollo direkt ins Gesicht zu lügen, wäre trotzdem ziemlich unverschämt. Sie konnte doch sehen, wie besorgt sie waren.

Diese gottverdammte Party! Je mehr ich darüber nachdenke, desto wütender werde ich. Ist dabei irgendetwas Gutes herausgekommen? Meiner Ansicht nach nicht.

Smilla hat die Plünderung der Hausbar gut getarnt und den Schrank ordentlich wieder verschlossen. Offenbar ist ein einfaches Schloss keine Herausforderung für durstige Teenager.

Anton und Vilgot stehen vom Tisch auf, Fredrik und ich bleiben sitzen. Auf seinem Teller liegen noch zwei große Stücke Pizza. Er hat sie kaum angerührt.

»Du hast nichts gegessen.«

»Ich habe keinen großen Hunger.«

Fredrik hat immer Hunger. Ich mustere sein blasses Gesicht.

»Und du bist ganz sicher, dass du keinen Kater hast?«

»Hundert Prozent.« Er steht auf. »Bist du fertig?«

Ohne meine Antwort abzuwarten, nimmt er unsere beiden Teller und trägt sie zur Spüle. Ich beobachte meinen Mann. Die hastigen, entschlossenen Bewegungen und die hochgezogenen Schultern lassen mich an Leif, Fredriks Vater, denken. Die Ähnlichkeit löst Unbehagen in mir aus. Verwandeln wir uns in Leif und Pirjo?

Meine Schwiegereltern waren noch nie übermäßig zu Späßen aufgelegt, aber seit der Sache mit Simon laufen sie wie lebende Tote durch ihr großes Haus. Trauer und Verbitterung haben sich in ihre Gesichter eingeätzt und tiefe Furchen an den falschen Stellen gegraben. Es wäre vielleicht besser gewesen, wenn sie getrennte Wege gegangen wären.

»Triffst du dich mit jemand anders?«

Ich richte die Frage an Fredriks Rücken, und er dreht sich langsam um.

»Was hast du gesagt?«

Mein Gesicht wird heiß. Plötzlich habe ich das Gefühl, etwas in Bewegung gesetzt zu haben, etwas Großes, das möglicherweise in einer Katastrophe endet. Bin ich wirklich bereit dafür?

Vielleicht nicht. Doch Fredrik hat mich verstanden, er schindet nur Zeit, und ich kann keinen Rückzieher mehr machen. Es gibt niemals einen guten Zeitpunkt für eine Katastrophe.

»Ich habe dich gefragt, ob du dich mit jemand anders triffst.«

»Ich bitte dich, Nina.« Fredrik wendet sich von der Spülmaschine ab und kommt zu mir. »Wie …? Warum? Wie um alles auf der Welt kommst du auf diese Idee?«

»*Tust* du das?«

Ich werde nicht klein beigeben.

»Natürlich nicht.« Er zieht den Stuhl neben mir heraus und nimmt meine Hände. »Wie kannst du so etwas nur denken? Ich liebe dich.«

Als sich unsere Blicke treffen, sehe ich eine Aufrichtigkeit in Fredriks Augen, eine Aufrichtigkeit, die ich schon lange nicht mehr darin gesehen habe. Ich schäme mich für meine Verdächtigung.

»Es tut mir leid.« Aus heiterem Himmel beginne ich zu schluchzen. »O Gott, es tut mir leid. Ich weiß nicht, was in mich gefahren ist, aber ich … ich hatte in letzter Zeit das Gefühl, du … du wärst ein bisschen abwesend, und heute … hast du dich so seltsam benommen, und …«

»Sch.« Fredrik beugt sich vor und küsst die Tränen auf meiner Wange fort. »Ich bin derjenige, der sich entschuldigen muss«, sagt er. »Ich bin … gestresst von der Arbeit … Es ist gerade einfach ein bisschen zu viel, und gestern …« Seine Stimme bricht. »Gestern habe ich begriffen, wie sehr ich dich und die Kinder liebe und wie anstrengend ich in letzter Zeit gewesen sein muss.« Seine Augen glänzen. »Es tut mir leid.«

Mein großer, starker Mann sieht zerbrechlich aus. Mein geliebter Fredrik.

Kurz darauf fallen wir uns in die Arme und schluchzen zitternd. Die Umarmung ist unbeholfen, Fredriks Bartstoppeln kratzen mich an der Wange, und sein Atem kitzelt mich am Ohr.

»Kannst du mir verzeihen?«, fragt er.

»Natürlich.« Ich lehne mich zurück und schaue ihm wieder in die Augen. »Aber warum hast du nichts gesagt? Von dem Stress bei der Arbeit? Dafür findet sich doch immer eine Lösung, oder?«

Er nickt und schnieft, und wir weinen noch ein wenig. Es fühlt sich merkwürdig an, aber ich bin auch erleichtert. Fredrik liebt mich. Er lügt nicht. Ich kenne ihn gut genug, um mir dessen ganz sicher zu sein.

Sobald wir uns beruhigt haben, trocknen wir unsere Tränen und ziehen unsere Kleidung zurecht. Obwohl wir nicht reden, als wir die Reste des Abendessens wegräumen, spüre ich, dass uns etwas verbindet. Wir sind uns so nahe wie schon lange nicht mehr.

Ich beobachte Frederik, wie er die leeren Pizzakartons zusammenfaltet, und verspüre plötzlich so etwas wie Verlangen. Ein ungewöhnliches Gefühl.

»Ich liebe dich«, flüstere ich, stelle mich hinter ihn und schmiege mich an seinen Rücken.

MITTSOMMERABEND 2007

FREDRIK

Ich will gerade mit einem Brotkorb hinaus auf die Holzterrasse gehen, aber als ich Max' wütende Stimme höre, bleibe ich stehen.

»Lass mich los, Jennifer!«

Er trägt ein großes Tablett mit Schnapsgläsern und muss zur Seite ausweichen, um dem Ansturm seiner Tochter auszuweichen.

»Aber ich will, dass du jetzt mitkommst.«

Jennifer zerrt an Max' Ärmel. Er stößt einen Fluch aus, schafft es aber, das Tablett abzustellen, ohne dass eines der Gläser umkippt. Dann dreht er sich um.

»Ich kann jetzt nicht kommen. Du musst lernen, zu *warten.*«

»JETZT!«, brüllt Jennifer und schlägt mit der Faust auf den Tisch. Die Gläser wackeln. »Jetzt, jetzt, jetzt!«

»Musst du mitten im Weg stehen, Schatz?« Plötzlich steht Nina hinter mir, in jeder Hand einen Teller mit Heringen. Sie senkt die Stimme. »Warum können wir die Heringe nicht direkt im Glas servieren? Typisch Lollo. Wir haben alle Hunger und stehen kurz vor dem Nervenzusammenbruch, aber der Tisch muss trotzdem aussehen wie in irgendeiner schicken Zeitschrift.«

»JETZT!«

Jennifer steigert sich in ihre Wut hinein, bis ihr sommersprossiges Gesicht puterrot ist.

»Ich hab Urlaub«, flüstert Nina mir ins Ohr. »Ich hab keine Lust, heute Vorschullehrerin zu sein.«

In nächsten Moment schiebt sich Lollo an uns vorbei. Ihre Sandalen mit den hohen Absätzen klappern auf der Holzterrasse, ihr Mund ist eine dünne Linie. Sie packt Jennifer am Arm und zieht sie zu sich.

»Jetzt ist Schluss«, zischt Lollo. »Wenn du dich nicht benimmst, gibt es für dich heute keinen Tanz um den Mittsommerbaum und auch keine Süßigkeiten. Hast du verstanden?«

»Aua!« Tränen steigen Jennifer in die Augen. »Das tut weh.«

Lollo lässt sie los und dreht sich mit einem steifen Lächeln zu uns um.

»Sie übertreibt immer. Das hat nicht weh getan.«

Jennifer stampft mit den Füßen auf, während die Tränen fließen. »Das hat doch weh getan.«

Sie tritt gegen das Tischbein.

»Jennifer!« Lollos Stimme ist schrill. »Hast du nicht gehört, was ich gerade gesagt habe?«

Ich gehe zum Tisch, stelle den Brotkorb ab und gehe vor dem kleinen Mädchen in die Hocke.

»Brauchst du Hilfe bei irgendetwas?«

Jennifer wendet sich mir sofort zu und nimmt meine Hand.

»Wir wollen Krocket spielen, aber wir wissen nicht, wie wir die weißen Stöcke in den Boden stecken sollen.« Sie zerrt mich zur Treppe. »Smilla sagt, sie müssen über Kreuz stehen, aber ich glaube das nicht. Dafür reichen die Stöcke nicht aus.«

»Ein Stock steht am Anfang und einer am Ende des Parcours«, sage ich. »Komm, ich zeig's euch.«

Jennifer sieht erfreut aus. Sie lässt meine Hand los, wischt sich die Augen trocken und rennt um das Haus herum.

Im hinteren Garten stoße ich auf Smilla und Theo. Theo hat sich einen Krocketschläger geschnappt und übt mit Feuereifer das Scharfschießen. Jedes Mal, wenn eine Kugel eine der windgebeugten Kiefern an der Grundstücksgrenze triff, jubelt er begeistert.

Malena und ihr neuer Freund, dessen Namen ich vergessen habe, sitzen eng umschlungen auf der Loungeliege auf der Holzterrasse. Sie haben nur Augen füreinander und scheinen das Krocketdrama überhaupt nicht bemerkt zu haben.

Jennifer rennt zu Smilla, die mitten auf dem Rasen steht und ratlos die Stirn runzelt.

»Du hast dich geirrt.« Breitbeinig baut Jennifer sich vor ihr auf, die Hände in die Hüften gestemmt. »Ich *wusste,* dass du dich irrst.«

Smilla sieht ihre Freundin finster an.

»Ich *weiß*, dass da ein Kreuz hingehört.«

»Ja, aber dein Papa sagt …«

»Ich hab es genau gesehen«, unterbricht Smilla sie. »Letztes Mal hatten wir Kreuze.«

»Kommt schon, Mädels.« Ich stelle mich zwischen die beiden, um eine Rangelei zu verhindern. »Ihr braucht euch nicht zu streiten. Ihr habt beide recht.«

Ich stecke die beiden Stöcke in den Boden und teile die Tore gerecht zwischen den Mädchen auf. Zusammen bauen wir einen kinderfreundlichen Parcours auf.

»Super«, sage ich. »Das habt ihr gut gemacht.«

Jennifer strahlt vor Glück.

21

LOLLO

»Ali.« Max schlägt mit der Hand aufs Lenkrad. »Das darf doch verdammt nochmal nicht wahr sein!«

»Aber es ist doch gut, wenn sie bei ihm ist«, sage ich. »Ich meine, es ist besser, dass sie mit einem Kerl nach Hause gegangen ist, als dass etwas passiert ist.«

Die Information über Ali hat mir ein wenig Hoffnung gegeben. Vielleicht hat Jennifers Schweigen etwas damit zu tun, dass sie uns ihren neuen Freund verheimlichen will. Sie kennt ihren Vater und kann sich vermutlich vorstellen, dass er Ali nicht gutheißen würde.

Max schnaubt.

»Du glaubst also nicht, dass bei diesem Ali etwas passiert sein könnte?«

»Na ja … sicher, natürlich könnte das sein, aber wenn er ihr Freund ist …«

»Ich sage nur eins.« Max dreht sich zu mir. »Wenn dieser Bastard Jennifer etwas angetan hat, wenn er ihr auch nur ein Haar gekrümmt hat … Ich schwöre bei Gott, dass er sich wünschen wird, nie geboren worden zu sein.«

So geht es schon die ganze Zeit, seit wir die Anderssons verlassen haben. Ich schalte ab und schaue durch die Windschutzscheibe, schaue über die weiten, schlammigen Felder links und rechts der Straße. Es versetzt mir einen Stich in der Brust, als mir klar wird, dass Jennifer irgendwo dort draußen in der Dunkelheit sein könnte. Allein, frierend, vielleicht verletzt …

Obwohl sie hoffentlich überhaupt nicht verletzt ist. Sondern einfach nur gedankenlos und verliebt in einen Jungen.

So muss es sein.

Ich klammere mich an diese Hoffnung. Tief in meinem Inneren weiß ich, dass das genaue Gegenteil der Fall sein kann, aber ich muss mich daran klammern, um mich über Wasser zu halten.

Wir werden die Polizei anrufen. Nur, um auf der sicheren Seite zu sein. Ich bin sicher, dass sie uns helfen können, ihr Telefon aufzuspüren oder … Ich weiß nicht. Aber irgendetwas werden sie doch tun können, um uns zu helfen, oder?

Möglicherweise werden sie sagen, wir würden uns grundlos sorgen. Die Polizei von Malmö hat viel zu tun, um es milde auszudrücken. Und man will ja auch nicht hysterisch wirken. Gleichzeitig wäre es schrecklich, wenn wir zu lange warten würden … für den Fall, dass sich herausstellt, dass wir sofort hätten anrufen müssen.

Wir werden nur nachsehen, ob wir diesen Ali in der Klassenliste finden können. Es wäre peinlich, wenn wir auf Nachfragen nicht einmal den vollen Namen des Jungen nennen könnten, der möglicherweise Jennifers Freund ist.

Kurz bevor wir gefahren sind, hat Nina gefragt, ob ich schon bei anderen Freunden von Jennifer nachgefragt habe. Da wurde mir klar, dass ich gar nicht weiß, wer das ist. Jennifer bringt überhaupt keine Freunde aus der Schule mehr mit nach Hause, sie sagt immer, dass niemand den weiten Weg bis zu uns schaffen kann. Und sie selbst fährt selten zurück in die Stadt, wenn sie einmal zu Hause ist.

Ich dachte, es läge an der Schule, dass sie auf dem Gymnasium keine Zeit mehr hat, sich mit Leuten zu treffen. Aber wenn ich darüber nachdenke, hat sie die meiste Zeit in ihrem Zimmer verbracht – selbst am Wochenende. *Hat* sie überhaupt Freunde? Wird sie gemobbt? Warum habe ich nicht nachgefragt?

Max biegt in unsere Einfahrt ein, und der Motor geht aus. Ich sehe ihn an.

»Hast du irgendeine Idee, mit wem Jennifer befreundet ist?«

Er wirkt verwirrt, als hätte er vergessen, wer ich bin.

»Äh, nein … Wie meinst du das?«

Ich will schon wiederholen, was ich gerade zu Smilla gesagt habe – dass ich es genauso meine, wie ich es gesagt habe –, doch mir ist klar, dass ich ihn besser nicht provozieren sollte. Im Moment müssen wir zusammenhalten.

»Ich hatte nur überlegt … Ich weiß gar nicht, mit wem sie so ihre Zeit verbringt. Es fühlt sich … irgendwie blöd an.«

Max zuckt mit den Schultern.

»Keine Ahnung. Wahrscheinlich ist es …« Einen Moment lang sagt er gar nichts. »Gibt es da nicht eine Emma?«

»Ich glaube, es gibt eine Emma in Jennifers Klasse.« Ich öffne die Autotür und schwinge meine Beine über die Schwelle. »Aber ich weiß nicht, ob sie sich außerhalb der Schule treffen.«

»Wenn wir Emma in der Liste finden, rufen wir sie an«, sagt Max und steigt aus.

Ich nicke und umklammere mein Telefon.

Auf dem Weg zur Haustür holt Max sein Telefon heraus, schiebt es jedoch schnell wieder zurück in die Tasche. Es ist nicht schwer, die Sorge und Enttäuschung in seinen Bewegungen zu erkennen.

Ich fühle mich wie ein Eindringling in Jennifers Zimmer. Max scheint es nicht so zu empfinden. Er rennt darin herum wie ein Tornado. Reißt die Schreibtischschubladen auf, durchwühlt den Schrank, stöbert in Taschen und Körben. Seine Haare sind zerzaust, seine Augen funkeln. Ob vor Wut, Angst oder Entschlossenheit ist schwer zu sagen.

»Wo zum Teufel hat sie diese Adressenliste?«

Mein Blick fällt auf das Bücherregal und die wenigen Bücher dort. Auf einem der Buchrücken steht in weißen Großbuchstaben *MALMÖ GYMNASIUM*. Das Jahrbuch des Malmöer Gymnasiums ist keine Liste, es ist eine dicke Bibel und hat einen Hardcovereinband.

»Da.« Ich zeige darauf. »Im Regal.«

Max zieht das Jahrbuch heraus, und kurz darauf schauen uns dreißig junge Gesichter an. Ich sehe nur Jennifer, sie scheint sich vom Papier zu lösen und real zu werden. Ihr langes Haar, das sie im selben Stil wie die anderen Mädchen ihres Alters trägt. Ihre gerade Nase, die Sommersprossen, die noch nicht verblasst waren, als das Foto Ende August aufgenommen wurde, ihr Lächeln. Der Geruch ihres Parfüms weht plötzlich vorbei, und ich beiße mir auf die Lippe, um nicht zu weinen.

Ich muss mich zusammenreißen. Jennifer ist seit nicht einmal einem Tag verschwunden. So etwas gehört einfach dazu, wenn Jugendliche auf dumme Ideen kommen. Warum denke ich gleich an eine Katastrophe?

Max fährt mit dem Zeigefinger über die Hochglanzseite, wandert von einem Namen zum nächsten und landet schließlich bei *Ali Hassan.* Er ist der einzige Ali in der Klasse, und Max zückt sofort sein Handy. Er tippt etwas ein, dann stöhnt er.

»Unglaublich! Es gibt mehr als hundertvierzig Ali Hassans in der Stadt.«

»Überprüf das Alter«, schlage ich vor.

Max tippt erneut etwas ein, dann murmelt er etwas davon, dass man wahrscheinlich über achtzehn sein muss, um online gelistet sein zu können. Er bittet mich, Smilla zu fragen.

»Ich habe ihre Nummer nicht«, sage ich. »Und ich will Nina

nicht schon wieder stören. Ich bin sicher, dass die Polizei Ali, falls nötig, ausfindig machen kann.«

Nach ein paar Minuten Streiterei drehe ich zufällig ein Blatt Papier auf Jennifers Schreibtisch um. Es ist die handgeschriebene Gästeliste mit der Überschrift »Silvester 18/19«. Darunter stehen etwa ein Dutzend Namen, unterteilt in zwei Kategorien: *aus der Klasse* und *andere*. Der erste Name auf der Liste *aus der Klasse* ist Emma Lundberg, und zwei Zeilen weiter unten finden wir Ali Hassan. Ali ist einer von drei Eingeladenen, deren Telefonnummern am Rand notiert sind.

Max hält sich das Telefon ans Ohr.

»Rufst du ihn an?« Ich starre meinen Mann an. »Sollten wir das nicht der Polizei überlassen?«

Max bedeutet mir, still zu sein, und als jemand am anderen Ende abnimmt, geht er rüber ins Fernsehzimmer. Ich will ihm nicht ganz folgen, bleibe in der Tür stehen, damit ich hören kann, was er sagt.

Zu Beginn klingt das Gespräch ziemlich verworren. Zuerst scheint dieser Ali – der offenbar der ist, den wir suchen – nicht zu verstehen, wer Max ist. Sobald er es kapiert hat, streitet er offenbar alles ab, was Max ihn zuzugeben drängt.

»Wir werden die Polizei einschalten«, fährt Max fort. »Wenn du also etwas weißt, kannst du es mir genauso gut auch jetzt sagen.«

Die andere Stimme wird lauter, aber ich kann kein Wort verstehen.

»Ich weiß, wo du wohnst«, sagt Max schließlich. Er legt auf und versetzt dem Sofa einen Tritt. »Was für ein verdammter Clown.« Er sieht mich an und imitiert gebrochenes Schwedisch. »Ich schwör, Mann, ich schwör bei meine Mutter.« Er wechselt wieder zu seinem normalen Tonfall. »Wie zur Hölle kann man nur so reden? Wie? ›Ich schwör bei meine Mutter.‹ Was für ein Schwachsinn. Wir sind hier in Schweden.«

»Ja, aber was hat er gesagt? Weiß er irgendetwas über Jennifer?«

»Nichts.« Max seufzt. »Der kleine Ali Baba war auf der Party, aber er sagt, Jennifer sei vor ihm gegangen. Und sie sei alleine gegangen. Egal, ich traue diesem Kerl kein Stück über den Weg. Ich werde dafür sorgen, dass die Polizei nach Lindängen rausfährt und ihm ordentlich die Hölle heiß macht.«

»Ich kann Emma anrufen«, sage ich und hoffe, damit weitere Anrufe dieser Art zu vermeiden.

Max läuft auf und ab, während ich Nina eine Nachricht schreibe, in der ich sie um Smillas Hilfe bitte.

Es vergehen nur ein paar Minuten bis Emma Lundbergs Handynummer auf dem Display erscheint. Ich tippe die Ziffern ein, und mit jedem Klingeln schlägt mein Herz schneller.

Lass Jennifer dort sein. Bitte, lass sie dort sein.

Aber wie Ali und Smilla sagt auch Emma, dass Jennifer die Party irgendwann kurz vor Mitternacht verlassen hat und dass sie sie seitdem nicht mehr gesehen hat.

»Sie hat dir auch keine Nachricht geschickt?«, frage ich. »Oder dir einen Snap geschickt oder so etwas?«

Mit Snapchat kenne ich mich nicht besonders gut aus – ich habe die App zwar installiert, aber ich benutzte sie nie. Doch Jennifer nutzt sie regelmäßig. Vor ein paar Jahren war sie ganz versessen auf die ganzen unterschiedlichen Filter. Vielleicht ist sie es immer noch.

»Nee«, sagt Emma. »Glauben Sie, dass etwas passiert sein könnte?«

Als Max eine Minute später bei der Polizei anruft, überkommt mich ein starkes Gefühl der Unwirklichkeit. Ich kann nicht glauben, dass das wirklich passiert, dass mein Mann die Polizei anruft, um unsere Tochter als vermisst zu melden.

22

FREDRIK

Vilgots Atem ist tiefer geworden, und ich könnte jetzt gehen, ohne ihn aufzuwecken. Aber ich will nicht – ich ertrage es nicht, in der Nähe von Nina und Smilla zu sein. Sie erinnern mich zu sehr an Dinge, an die ich auf keinen Fall erinnert werden möchte.

Ich habe das Gefühl, mich von innen aufzulösen, als ob alles in mir angefangen hätte, zu verrotten. Wahrscheinlich ist es nur noch eine Frage der Zeit, bis mein gesamter Körper zusammenbricht. Welches Organ wird zuerst den Geist aufgeben? Das Herz? Das Gehirn? Die Lungen?

Vilgot wälzt sich ruhelos im Schlaf herum. Ich streichle ihm über das zerzauste Haar, spüre seinen heißen Atem an meinem Hals. Mein Körper wird schwer, und plötzlich bin ich wieder in der Dunkelheit. Ich spüre die feuchte Luft und höre das Aufschlagen auf dem kalten Boden. Mein Herz schlägt schneller.

Lieber Gott, bitte hilf mir!

Beten ist idiotisch. Bis 2001 habe ich an Gott geglaubt. Oder besser gesagt: Ich hatte die Hoffnung, dass es etwas Größeres gibt, etwas, auf das wir Menschen uns in Zeiten der Not verlassen können. Doch diese Hoffnung wurde in dem Moment zerstört, in dem Simon sich das Leben nahm. Jetzt zu irgendeiner Art von Glauben zurückfinden zu wollen, ist einfach nur jämmerlich.

Niemand kann mir jetzt helfen, und ganz sicher kein Gott.

Ich könnte schon wieder anfangen zu weinen. Ich könnte für

immer weinen. Es war so schön, dieser Moment mit Nina in der Küche. Wir haben aus unterschiedlichen Gründen geweint, aber für einen Moment linderte es den Druck in mir. Anschließend wirkte Nina erleichtert, und es war schön, eine Frage aufrichtig beantworten zu können: Sie ist die Einzige für mich.

Als ich unten Stimmen höre, zucke ich zusammen. Mein Herz gerät aus dem Takt, dann beginnt es, wild zu schlagen. Sind Lollo und Max zurück? Sind es Freunde von Smilla? Die Polizei?

Ich halte den Atem an und lausche. Ein Mann und eine Frau. Sie klingen nicht wie Teenager und scheinen auch nicht in Smillas Alter zu sein. Es muss die Polizei sein.

Scheiße!

Ein Teil von mir will die Treppe hinunterstürmen und ihnen alles erzählen, einfach die ganze Geschichte von Anfang bis Ende offenlegen, mich meiner Last entledigen. Der andere Teil von mir will sich in Vilgots Schrank verstecken, in der Dunkelheit stehen, unsichtbar für die Welt da draußen.

Alle Teile von mir bleiben im Bett liegen. Es ist keine aktive Entscheidung, ich bin mehr oder weniger wie gelähmt. Ganz still liegen zu bleiben, ist wahrscheinlich das Beste, was ich tun kann. Niemand kann mir Vorwürfe machen, wenn ich bei meinem Sohn bleibe.

Das Blut rauscht in meinen Ohren. Trotzdem höre ich Schritte auf der Treppe – schnelle Schritte, und dann wird die Tür geöffnet.

»Fredrik?«, flüstert Nina. »Schläfst du?«

Ich schließe die Augen.

»Fredrik.« Sie stupst mich an. »Die Polizei ist hier.«

Ich versuche auszusehen, als sei ich gerade aufgewacht.

»Im Flur stehen zwei Polizeibeamte.« Ninas Stimme klingt gepresst. »Sie wollen Smilla ein paar Fragen stellen. Ich möchte dich dabeihaben.«

Ich schaue auf Vilgot.

»Aber Vilgot …«

»Er schläft.« Sie wirft mir einen gereizten Blick zu. »Komm schon. Sie warten.«

Ich kann nicht zwei Polizisten gegenübertreten und ihnen in die Augen blicken. Völlig ausgeschlossen.

Aber natürlich habe ich keine Wahl.

Als ich die Treppe hinuntergehe, wird meine Angst durch Wut ersetzt. Verdammte Jennifer! Ich balle meine rechte Hand zur Faust und würde am liebsten auf die Wand einprügeln. Diese gottverdammte Jennifer! Das alles hier ist *deine* Schuld!

Eine Stimme in meinem Kopf erinnert mich daran:

Du hast nichts getan, Fredrik.

Du hast nur mit Jennifer geredet.

Und dann bist du nach Hause gefahren.

Die Worte bilden eine schützende Hülle, einen Schild, hinter dem ich mich verstecken kann.

Als ich unten ankomme, sitzen meine Frau, meine Tochter und zwei Beamte in Zivil bereits am Küchentisch. Die Luft im Raum fühlt sich schwer und dick an, als würden die Angst und die Schwere der Situation die Moleküle dazu bringen, sich langsamer zu bewegen als üblich.

Smilla kauert auf ihrem Stuhl, sie sieht elend aus. Nina, in Jogginghose und mit strähnigem Haar, hat ihr einen Arm um die Schultern gelegt.

Ich reiche dem ersten Beamten die Hand, versuche, einen festen Händedruck hinzubekommen.

»Fredrik. Ich meine … ich bin Smillas Vater. Bitte entschuldigen Sie, ich bin gerade erst aufgewacht … Ich bin eingenickt, als ich unseren Jüngsten ins Bett gebracht habe.«

»Marko Stojkovic«, sagt der Polizist.

Er mustert mich aus braunen Augen, und ich habe das Gefühl, als könne er durch mich hindurchschauen. Mein Magen zieht sich zusammen, und das Schwindelgefühl, das den ganzen Tag über gekommen und wieder verschwunden ist, ist wieder da. Irgendwie schaffe ich es, zur anderen Seite des Tisches zu gelangen, um die Beamtin zu begrüßen.

»Helena Svärdh.« Ihr blondes Haar ist zu einem Pferdeschwanz zusammengebunden, und sie hat hellblaue Augen. Sie deutet auf den leeren Stuhl neben Nina. »Setzen Sie sich.«

Ich sinke auf den Stuhl, dankbar, nicht länger auf diesen zittrigen Beinen stehen zu müssen.

»Wir sind wegen Jennifer Wiksell hier«, fährt Helena Svärdh fort. »Wir kommen gerade von ihren Eltern, und soweit wir verstanden haben, wurde Jennifer zuletzt hier, in Ihrem Haus gesehen.«

Ich nicke und bringe keinen Ton heraus.

Marko Stojkovic richtet seine Aufmerksamkeit auf Smilla.

»Ist es in Ordnung, wenn wir dir ein paar Fragen stellen?«

Kaum hörbar stimmt Smilla zu.

»Entschuldigung, aber …« Nina sieht die beiden Beamten an, »… ist das ein Verhör?«

Lächelnd hält Helena Svärdh ein Notizbuch hoch.

»Ja«, sagt sie. »Aber das bedeutet nur, dass wir das Gespräch dokumentieren. Und Smilla steht in keinster Weise unter Verdacht. Wir möchten nur ein paar Informationen von ihr.«

Nina scheint mit dieser Antwort zufrieden zu sein.

»Also dann, Smilla.« Marko Stojkovic fängt erneut an. »Du und Jennifer Wiksell habt also gestern Abend hier eine Party gefeiert. Kannst du uns etwas darüber erzählen?«

Smilla windet sich auf ihrem Platz.

»Was wollen Sie wissen?«

»Wer da war, zum Beispiel«, sagt der Polizist. »Ob im Laufe des Abends irgendetwas Ungewöhnliches passiert ist. Um welche

Uhrzeit Jennifer gegangen ist, warum sie gegangen ist, solche Sachen.«

Smilla fängt an zu reden. Dieses Mal gibt sie ein paar mehr Einzelheiten preis als beim letzten Mal, als sie Lollo an diesem Tisch gegenübersaß.

Ich will ihr zuhören, aber ich habe Mühe, mich zu konzentrieren. Ich muss meine ganze Energie dafür aufwenden, auf meinem Stuhl sitzen zu bleiben und besorgt, aber nicht panisch auszusehen. Ich kann Ninas Gesicht nicht sehen, aber ich merke an der Stimmung im Raum, dass sie immer gereizter wird.

Smillas Schilderung ist Wasser auf die Mühlen meiner Frau, die von Anfang an gegen die Silvesterparty der Mädchen war. Und ich weiß, dass ich dafür bezahlen werde, weil ich mich auf die Seite der Mädchen gestellt habe. In mehr als einer Hinsicht.

Nina hat schon immer klar Position bezogen, das war einer der Gründe, weshalb ich mich in sie verliebt habe. Früher haben wir stundenlange Diskussionen geführt, endlos Probleme von allen Seiten beleuchtet. In den letzten Jahren war Kindererziehung das größte Thema. Im Grunde denken wir ähnlich und haben ähnliche Vorstellungen, so dass sich unsere Diskussionen vor allem um kleinere Details drehen wie Bildschirmzeiten oder wie viel die Kinder im Haushalt helfen sollten. Trotzdem sind unsere Diskussionen oft sehr heftig und enden in lautem Streit. In Anbetracht dessen, was hier gerade passiert, wirken diese Streitereien absolut sinnlos. Aber das ist natürlich alles relativ.

Ich bekomme einen Stoß in die Seite und merke, dass alle Blicke auf mich gerichtet sind.

»Fredrik, hörst du zu?«

Nina sieht mich besorgt an.

»Entschuldigung.« Ich werde rot. »Ich muss mit den Gedanken ganz woanders gewesen sein … Was …?«

»Ich habe gerade gefragt, wann Sie gestern Abend nach Hause

gekommen sind.« Marko Stojkovic sieht mich neugierig an. »Ihre Frau konnte es nicht genau sagen, also …«

»Puh …« Ich versuche zu lächeln, aber meine Lippe zuckt unkontrolliert. »Ich weiß, dass ich gegen zwei angefangen habe, alle zusammenzutrommeln, aber ich glaube nicht, dass wir uns vor halb drei auf den Weg gemacht haben. Das bedeutet, dass wir etwa kurz vor drei hier gewesen sein müssen.« Ich sehe Nina an. »Das kommt doch hin, oder?«

»Genau.« Sie weicht meinem Blick aus. »Es muss gegen drei gewesen sein.«

»Sie sind also selbst gefahren?«

Stojkovic scheint nicht recht zu glauben, dass ich ausgerechnet an Silvester nüchtern geblieben bin und die Familie im eigenen Auto nach Hause gefahren habe.

»Ja. Ich hatte vergessen, ein Taxi vorzubestellen, also musste ich fahren.«

»Ich verstehe.«

»Normalerweise bleiben wir nicht so lange weg, aber es war eine nette Party, und … na ja, Silvester ist nur einmal im Jahr.« Ich weiß nicht, warum ich immer noch weiterplappere, aber mein Mund macht einfach von allein weiter. »Die Jungs waren natürlich längst eingeschlafen. Vilgot schon vor Mitternacht. Es gibt einen Bus, der fast bis zu uns nach Hause fährt, aber ich fand es nicht richtig, die Kinder aufzuwecken und sie ewig in einem schaukelnden Bus sitzen zu lassen, wenn …«

»Gibt es sonst noch etwas?«, unterbricht Nina mich, an die beiden Polizisten gewandt.

»Nur noch eine Sache.« Marko Stojkovic sieht Smilla an. »Wie ging es Jennifer?«

»Ich habe doch gesagt, dass sie getrunken hat.« Smilla klingt genervt. »Ich weiß nicht, wie es ihr ging, als sie gegangen ist, aber ich nehme an, dass sie ziemlich betrunken war.«

»Verzeihung.« Der Polizist lächelt. »Ich habe mich nicht klar genug ausgedrückt. Ich dachte eher an Jennifers psychische Verfassung. Ihr kennt euch ziemlich gut, nicht wahr?«

»Wir kennen uns, seit wir Kinder waren«, sagt Smilla. Ihr Blick wird leer, und sie schaut hinunter auf den Tisch. »Aber wir verbringen nicht mehr viel Zeit miteinander, seit wir auf dem Gymnasium sind.«

»Ihr geht nicht auf dieselbe Schule?«

Smilla schüttelte den Kopf, den Blick immer noch auf den Tisch gerichtet.

»Sie geht auf die Petri. Ich auf die Latein.«

»Glaubst du, sie hat sich ganz normal verhalten?«

»Ich habe sie noch nie so viel trinken sehen …« Smilla schaut auf. »Aber wie gesagt, wir haben uns in letzter Zeit nicht mehr oft gesehen.«

»Gibt es dafür einen bestimmten Grund?« Stojkovic beugt sich leicht vor. »Dass ihr euch nicht mehr so oft seht?«

»Nein. Ich weiß nicht …« Sie windet sich auf ihrem Stuhl. »Ich habe es versucht, aber vermutlich hat Jennifer viel um die Ohren, mit der Schule und so.«

Der Polizist nickt.

»Danke, Smilla. Du warst eine große Hilfe.« Er steht auf und schiebt seinen Stuhl zurück. »Vielleicht melden wir uns noch einmal.«

Helena Svärdh klappt ihr Notizbuch zu und folgt dem Beispiel ihres Kollegen.

Smilla sieht die beiden an, und plötzlich laufen ihr Tränen über die Wangen.

»Glauben Sie …« Sie schnieft. »Sie werden sie doch finden, nicht wahr?«

Marko Stojkovic sieht sie entschlossen an. »Wir werden unser Bestes tun.«

2. JANUAR 2019

MITTWOCH

23

NINA

Die Dämmerung schleicht sich ins Schlafzimmer, Staubpartikel wirbeln im Licht herum, das durch die Jalousien hereinfällt. Fredrik scheint tief und fest zu schlafen. Er liegt mit dem Gesicht zum Fenster, und alles, was ich sehen kann, ist sein zerzaustes braunes Haar auf dem Kissen und die Umrisse seines Körpers unter der Decke.

Ich habe kein Auge zugetan. Mitten in der Nacht habe ich überlegt, aufzustehen und eine von diesen Schlaftabletten zu nehmen, die mir ein Arzt letzten Herbst verschrieben hat. Aber dann habe ich Angst bekommen, davon zu benebelt zu sein und nicht aufzuwachen, wenn eines der Kinder mich braucht.

Alle sind aufgewühlt wegen Jennifer. Vilgot ist zum Glück eingeschlafen, bevor die Polizei gekommen ist, aber davor hat er eine Menge Fragen gestellt. Er war traurig und hat gefragt, ob Smilla jetzt auch verschwindet.

Anton hat kein Wort über die ganze Sache verloren, aber ich merke, dass es ihm an die Nieren geht. Jennifer steht den Jungs nicht gerade nahe, aber sie gehört schon immer zu ihrem Leben dazu, wegen unserer engen Verbindung zu den Wiksells.

Smilla hat sich in den Schlaf geweint, während ich ihr das Haar gestreichelt und ihr immer wieder gesagt habe, dass sie sich selbst nicht die Schuld geben darf. Ich habe ihr gesagt, dass es richtig von ihr gewesen ist, mit Jennifer zu schimpfen, dass jeder andere es genauso gemacht hätte. Smilla hat das Gefühl, Lollo, Max und die Polizei würden ihr die Schuld an Jennifers Verschwinden geben.

»Lollo hasst mich, Mama«, schluchzte sie.

Ich gebe zu, dass Lollos Ton etwas schroff gewesen ist, aber gleichzeitig kann ich verstehen, dass sie Angst hat. Es muss schwer sein, in einer Situation wie der, in der sie und Max sich gerade befinden, die Gefühle im Griff zu behalten. So gut ich kann, erkläre ich es Smilla und sage, dass die Polizei nur ihre Arbeit macht, dass sie diese Fragen jedem stellen müssen, der Jennifer an Silvester gesehen hat.

Fredrik scheint überhaupt nicht über Jennifer sprechen zu wollen, und ich will ihn nicht drängen, wenn es ihm momentan nicht so gut geht. Er soll sich lieber auf sich konzentrieren.

Es war eine merkwürdige Erfahrung gestern, als wir zusammen geweint haben, aber ich bin froh, dass er sich endlich ein bisschen was von der Seele geredet hat. Denn was er mir erzählt hat, erklärt tatsächlich alles, weswegen ich mir in letzter Zeit Sorgen gemacht habe: warum er sich so zurückgezogen hat und warum er so gereizt und kurz angebunden war.

Es ist nur schade, dass sein Bekenntnis ausgerechnet dann kommt, wenn Jennifer sich in Luft auflöst. Ich wünschte, wir könnten uns ganz auf Fredriks Situation konzentrieren, jetzt, bevor das neue Schulhalbjahr beginnt. Probleme durch Arbeitsüberlastung lassen sich immer lösen.

Bei der Sache mit Jennifer ist es viel schwieriger.

Ich kann nur schwer das Gefühl abschütteln, das alles sei unsere Schuld, dass unsere Familie einen großen Anteil hat an dem, was ihr zugestoßen ist. Und das ist es, was mich die ganze Nacht wachgehalten hat. Natürlich habe ich es Smilla nicht gesagt, aber egal, wie ich die Geschichte drehe und wende, ich komme immer zu dem Schluss, dass wir die Schuld tragen. Zumindest teilweise.

Wenn wir den Mädchen nicht erlaubt hätten, in unserem Haus eine Party zu feiern, wäre das alles nie passiert. Etwas anderes wäre passiert, aber nicht das. Und nicht nur, dass die Party in unserem Haus stattgefunden hat, nein, Smilla hatte auch noch Streit mit Jennifer. Gleichgültig, ob es richtig oder falsch war, sie zur Rede zu stellen, unsere Tochter ist in die Sache verwickelt. *Wir* sind darin verwickelt.

Ich bin nicht abergläubisch, aber in der Nacht habe ich mehr als einmal überlegt, ob *ich* möglicherweise etwas mit Jennifers Verschwinden zu tun habe. Ist das vielleicht die Strafe dafür, dass ich meine Gefühle ihr gegenüber in Worte gefasst habe? Werde ich auf die Probe gestellt und bin gezwungen, umzudenken?

Aber es hilft nicht, dass Jennifer verschwunden ist. Ich mag sie deswegen nicht lieber. Natürlich hoffe ich trotzdem, dass sie gesund und wohlbehalten gefunden wird. Ich meine, ich hoffe, dass man sie bereits gesund und wohlbehalten gefunden *hat*. Ich wünsche ihr nichts Böses.

In der Wolfsstunde, als die Nacht am dunkelsten war, fiel mir Vilgots Frage wieder ein. *Wird Smilla jetzt auch verschwinden?*

Ich habe versucht, mir vorzustellen, es wäre Smilla, die um halb zwölf am Silvesterabend aus der Tür getaumelt und seitdem nicht mehr gesehen worden wäre. Ich konnte es nicht. Ich hab den Gedanken nicht ertragen, es hat mir zu sehr weh getan.

Ich muss Lollo anrufen. Sie hat einige nervige Seiten, aber sie ist auch eine meiner ältesten Freundinnen. Wenn sie meine Unterstützung braucht, dann wird sie sie bekommen.

Mein Telefon auf dem Nachttisch beginnt zu blinken. Ich nehme es und hoffe auf eine Nachricht, dass alles in Ordnung ist, dass Jennifer zu Hause und das Ganze nur ein Teenageraufstand war, der etwas zu weit gegangen ist. Stattdessen taucht eine Presseeilmeldung auf dem Display auf.

17-jähriges Mädchen nach Silvesterparty vermisst.

24

LOLLO

Erst als ich den Autoschlüssel in der Hand halte, die Handtasche in meiner Armbeuge baumelt und ich mir Chanel unter den anderen Arm klemme, wird mir klar, dass ich das nicht machen kann. Ich kann heute nicht in den Laden fahren. Ich kann nicht hinter dem Tresen stehen und die Kunden anlächeln und über die Farbauswahl für Tischdecken diskutieren oder die Blumentöpfe auspreisen. Das ist unmöglich.

Ich dachte, es wäre eine gute Idee, so zu tun, als sei alles wie immer. Ich habe mir eingeredet, diese vertrauten Abläufe würden mich ablenken. Dass sie mich davor bewahren würden, durchzudrehen. Also bin ich nach einer schlaflosen Nacht aufgestanden, habe geduscht und mich angezogen. Ich habe meinen Kaffee getrunken und Chanel rausgelassen. Ich habe mir die Zähne geputzt. So wie ich es immer an den Wochentagen tue.

Doch jetzt geht es nicht mehr. Mein Kopf dröhnt, und kalter Schweiß läuft mir über den Rücken.

Ich lasse mich auf die Chaiselongue im Flur sinken. Chanel befreit sich aus meiner Umklammerung und springt ins Wohnzimmer. Halb im Zimmer dreht sie sich um und sieht mich an, immer noch hüpfend. *Komm schon, Frauchen!* scheint sie zu sagen. *Fang mich doch, wenn du kannst.*

Ich lehne mich gegen die Wand. Ich muss würgen, bekomme den Geschmack von etwas Saurem und Kaffee in den Mund

und starre meinen Hund an, ohne ihn wirklich zu sehen. Meine Handtasche rutscht mir vom Arm und landet verkehrt herum auf dem Boden. Ich höre Münzen und Lippenstifte über die Fliesen rollen, aber was kümmert mich das?

Nichts ist wichtig, wenn Jennifer nicht nach Hause kommt.

Wir haben seit Jahren nicht mehr miteinander gesprochen. Ich kenne meine Tochter nicht, ich weiß nicht mehr, wer sie ist. Die zehn- oder zwölfjährige Jennifer kannte ich gut. Aber die siebzehnjährige Jennifer ist in vielerlei Hinsicht eine Fremde für mich. Ich habe keine Ahnung, wen sie trifft oder welche Pläne sie für ihre Zukunft hat – ich weiß nicht einmal, wie es ihr geht.

Es war peinlich, diesen beiden Polizisten gegenüber zu sitzen und kaum die Hälfte ihrer Fragen beantworten zu können. »Macht sie sich gut in der Schule? Mit wem verbringt sie ihre Freizeit? Wirkte sie in letzter Zeit traurig oder deprimiert?«

Sie müssen sich gefragt haben, warum wir überhaupt ein Kind bekommen haben.

In letzter Zeit war es schwer, zu Jennifer durchzudringen. Die meiste Zeit lief sie mit Schmollmiene herum und knallte mit den Türen. Wir haben sie gelassen, dachten, das würde sich wieder legen. Und ich bin sicher, dass wir nicht die einzigen Eltern sind, denen es so geht. Denn, seien wir ganz ehrlich, wie viele Eltern bringen nach einem langen Arbeitstag noch die Energie auf, abends den Versuch zu starten, einen mürrischen Teenager aufzumuntern?

Ich bin sicher, dass es besser werden wird, wenn wir nur diese schwierige Phase überstehen. Manchmal male ich mir eine nette Mutter-Tochter-Beziehung aus, so eine, wie man sie in Filmen sieht. Auf der großen Leinwand sind die halbwüchsigen Töchter und ihre Mütter beim gemeinsamen Wellnesswochenende oder kurzen Trips ins Ausland zu sehen. Sie trinken Champagner, kichern und teilen alles miteinander, wie beste Freundinnen.

Ich selbst war als Teenager auch nicht besonders mitteilsam. Arme Agneta. Ich war zwölf, als sie eingezogen ist, und ich dachte, sie würde mir meinen Papa wegnehmen. Was sie in gewisser Weise auch getan hat. Aber Agneta war klug. Sie hat sich nie aufgedrängt, hat mir Raum gelassen und begriffen, dass ein Teenager viel Zeit für sich und die eigenen Gedanken braucht.

Vielleicht hat Jennifers schlechte Stimmung gar nichts mit jugendlichem Trotz und Hormonen zu tun. Möglicherweise hat sie irgendetwas Schlimmes erlebt. Vielleicht geht es ihr nicht gut. Vielen Jugendlichen geht es heutzutage schlecht, warum sollte Jennifer nicht auch dazugehören?

Ich schlinge die Arme um meinen Oberkörper und merke, dass meine Wangen nass sind.

»Jennifer, wo bist du?«, flüstere ich und lege die Hände zusammen, als würde mir das helfen, sie zu erreichen.

Wenn du nur nach Hause kommst, zeige ich dir, wie viel du mir bedeutest.

Max war die halbe Nacht draußen, um sie zu suchen. Ich wollte mitkommen, aber er hat mir befohlen, zu Hause zu bleiben.

»Jemand muss hierbleiben, falls Jennifer nach Hause kommt«, hat er gesagt und ist in die Dunkelheit verschwunden.

Gegen Morgen ist er nach Hause gekommen und hat mir erzählt, wie er im Schritttempo die Busstrecke zwischen Husie und Klagshamn abgefahren ist – nicht nur einmal, sondern mehrmals. Er hat im Stadtzentrum gesucht, ist durch die Außenbezirke gefahren und hat am Ende Klagshamn durchkämmt. Ohne Ergebnis.

Im Übrigen scheint Max sich ganz an diesem Ali festzubeißen. Ali dies und Ali das. Ich will kein Wort mehr über Muslime hören und ob man ihnen vertrauen kann oder nicht. Ich bin mir nicht einmal sicher, ob dieser Ali überhaupt etwas damit zu tun hat. Außerdem ist es die Aufgabe der Polizei, das herauszufinden.

Chanel kommt und legt sich an meine Füße. Wahrscheinlich wundert sie sich, was Frauchen so lange im Flur macht. Ich tätschle ihren Kopf und frage mich, ob ich je wieder die Kraft haben werde, aufzustehen.

Jennifer ist als *vermisst* gemeldet.

Ich habe keinen Albtraum.

Ich bin wach.

Jennifer ist verschwunden.

Die Polizisten, die gestern Abend hier waren, wirkten kompetent. Aber es geht alles so schrecklich langsam. Ich hatte den Eindruck, sie glauben, dass Jennifer aus freien Stücken wegbleibt. Vielleicht hätten wir den Streit mit Smilla nicht erwähnen sollen. Wie es aussieht, befeuert der Streit der Mädchen diese Theorie nur noch weiter.

Doch ich glaube nicht an diese Erklärung. Jennifer hatte Ärger mit Smilla, nicht mit uns. Ich verstehe, warum Jennifer die Party verlassen hat, aber ich begreife nicht, warum sie nicht nach Hause gekommen ist.

Kurz bevor wir ins Bett gegangen sind, hat uns noch eine Polizistin angerufen, Lina Torres oder so ähnlich. Sie informierte uns über den aktuellen Stand der Ermittlungen und sagte, sie hätten versucht, Jennifers Handy zu orten, aber es sei entweder ausgeschaltet oder der Akku sei leer. Was bedeutet, dass sie es nicht zurückverfolgen können. In meinen Ohren klingt das völlig absurd. Wir können Herz und Nieren transplantieren, aber kein gottverdammtes Telefon orten, sobald es ausgeschaltet ist? Das ist doch verrückt!

Sie haben auch Smilla, Ali Hassan und Emma Lundberg befragt. Laut Max, der den Anruf angenommen hat, ist keiner der Jugendlichen von der Geschichte abgewichen: Jennifer hat das

Reihenhaus der Anderssons gegen halb zwölf verlassen, und seitdem haben sie nichts von ihr gehört oder gesehen. Ali bleibt anscheinend dabei, dass Jennifer und er kein Paar sind und dass der Kuss, den Smilla gesehen hat, ein einmaliges Ereignis war. Doch Max wirkte nicht vollkommen überzeugt, er drängt weiterhin darauf, dass die Polizei Ali genauer unter die Lupe nehmen soll.

Die Polizisten, die hier gewesen sind, haben um ein neueres Foto von Jennifer gebeten. In der Hektik konnte ich nur das Schulfoto vom letzten Jahr finden, das ich in meinem Portemonnaie habe, seit es aufgenommen wurde.

Seit eineinhalb Jahren werde ich von demselben Lächeln begrüßt. Jedes Mal wenn ich mein Portemonnaie öffne, ist es da: das Lächeln einer jungen Frau, voller Erwartungen und Zuversicht für die Zukunft.

Jetzt ist das kleine Plastikfach leer.

Chanel stößt mit der Schnauze gegen mein Bein, winselt und sieht mich aus ihren großen dunklen Augen an. In diesem Moment klingelt es an der Tür.

Jennifer?

Jennifer.

»Lieber Gott«, murmele ich und stehe auf. »Lieber Gott, lass es Jennifer sein.«

Ich stolpere über meine Handtasche und krache beinahe kopfüber an die Tür, doch ich schaffe es, mich zu fangen, und bleibe auf den Beinen.

Gerade als ich die Tür öffnen will, fällt mir ein, wie die Polizei normalerweise Todesnachrichten überbringt. Sie überbringen solche Nachrichten persönlich, niemals am Telefon. Mir wird innerlich kalt, und ich lasse den Türgriff los, als stünde er plötzlich unter Strom.

Ein weiteres Klingeln hallt durch den Flur. Es ist klar, dass derjenige auf der anderen Seite nicht aufgeben wird. Ich erwäge, mich im Badezimmer einzuschließen und mir die Ohren zuzuhalten, bis das Haus wieder ruhig ist. Doch dann sage ich mir, dass es auch gute Nachrichten sein können.

Jennifer.

Ich hole tief Luft und öffne die Tür. Ich bin zu gleichen Teilen erleichtert, keinem Polizisten gegenüberzustehen, und enttäuscht, weil es nicht meine Tochter ist.

Nina.

Scheiße, ich kann Nina heute wirklich nicht ertragen. Die perfekte, selbstgerechte Nina, deren perfekte, selbstgerechte Tochter natürlich jederzeit weiß, wie viel Alkohol sie getrunken hat, und die sich niemals unverantwortlich verhält.

Es ist klar, dass Nina der Ansicht ist, dass Jennifer allein die Schuld trägt. Wenn man zu viel trinkt und seine Freundin bei einer Party mit dem Aufräumen allein lässt, muss man damit rechnen, in Schwierigkeiten zu geraten. Es sah so aus, als würde sich Nina mehr Sorgen um Smilla machen, die nach der Party ganz allein aufräumen musste, als um Jennifer, die … verschwunden ist.

Meine Freundin wirft sich mir in die Arme. Sie drückt mich so fest, dass ich fast keine Luft mehr bekomme.

»Ach Lollo. Ich habe das mit Jennifer online gelesen.« Sie lässt mich los, macht einen Schritt zurück und sieht mich an. »Sie ist also nicht nach Hause gekommen?«

Ich habe keine Zeit, zu antworten, denn sie redet schon weiter.

»Das ist so … so schrecklich …« Ihre Stimme bricht, sie scheint den Tränen nahe. »Ich bin sicher, dass ich mich nicht ganz in deine Lage versetzen kann, aber ich dachte … ich dachte, du könntest vielleicht Hilfe gebrauchen … oder Gesellschaft, oder …«

»Danke, aber es geht schon.« Ich muss diesen Wortschwall

stoppen. Nina weiß offenkundig nicht, was sie da redet. Sie ist nur hergekommen, weil sie sich dazu verpflichtet fühlt. »Papa hat sich auch gemeldet. Er schreibt mir schon den ganzen Morgen, er will unbedingt herkommen. Aber ich bin im Moment lieber allein. Und natürlich habe ich immer noch Max.«

Nina sieht sich suchend im Flur um.

»Wie geht es ihm? Ich meine …« Sie senkt die Stimme. »Wie nimmt er es auf?«

»Er ist zur Arbeit gefahren, bevor ich aufgestanden bin, also …«

Nina reißt die Augen auf.

»Er ist zur *Arbeit* gefahren? Heute?«

Ich merke, dass das nicht besonders gut klingt, andererseits war ich selbst gerade auf dem Weg in den Laden.

»Ich denke, es ist eine Möglichkeit, sich abzulenken. Und warum sollen wir hier hocken und uns anstarren? Dadurch kommt Jennifer auch nicht schneller nach Hause.«

»Nein, das stimmt …« Nina zupft ihren Schal zurecht und räuspert sich. »Bist du sicher, dass ich nicht eine Weile bleiben soll?«, fragt sie. »Ich meine, ich habe frei, und wir haben nichts vor.«

Ich nicke und versuche, die Lippen zu einem Lächeln zu formen.

»Es tut mir leid, aber ich habe heute wirklich keine Kraft für Gesellschaft. Ich bin todmüde.«

»Das ist doch verständlich, Lollo. Ich hätte zuerst anrufen sollen, aber …« Ninas Augen sind plötzlich voller Tränen. »Du hast nichts mehr von der Polizei gehört?«

Warum habe ich das Gefühl, dass sie nur herumschnüffelt und nicht aus aufrichtigem Mitgefühl fragt?

»Ich meine«, fährt sie fort, »sie sind gestern spätabends bei uns gewesen, aber zu dem Zeitpunkt konnten sie nicht viel sagen. Und ich habe gerade eine Hundestaffel ein Stück weiter die Straße runter gesehen, als ich hergekommen bin.«

»Nein, nichts Neues«, sage ich. »Leider.«

Ich will mich nicht in meinen Ängsten verlieren. Nina gegenüber zuzugeben, dass ich Angst habe, käme mir wie das Eingeständnis meines Scheiterns vor. Vor allem Nina gegenüber. Stattdessen wiederhole ich die Worte des Polizisten, dass sie jeden Tag Meldungen über vermisste Teenager erhalten und dass es in den meisten Fällen ein glückliches Ende nimmt.

»Stimmt, davon habe ich auch schon gehört.« Ninas Stimme klingt etwas heller. »Das vergisst man, wenn man selbst mittendrin steckt. Ich bin sicher, dass Jennifer eine gute Erklärung dafür hat. Die Kinder können sich nicht vorstellen, wie sehr wir uns um sie sorgen. Wahrscheinlich ist es eine Frage der Reife, wie gut man sich in einen anderen Menschen hineinversetzen kann.«

Meine einzige Antwort ist ein Nicken, ich weiß nicht, was ich sonst noch sagen soll.

»Also dann …« Nina zögert kurz, dann umarmt sie mich noch einmal. »Wir reden später, Lollo. Pass gut auf dich auf. Und versprich mir, dass du dich meldest, wenn du etwas brauchst.«

Auf halbem Weg zur Tür dreht sie sich um.

»Ich hoffe *wirklich,* dass Jennifer bald nach Hause kommt. Wir denken die ganze Zeit an euch.«

Rasch mache ich die Tür hinter ihr zu und breche auf dem Teppich im Flur zusammen.

25

FREDRIK

Sie sitzt am Küchentisch und rührt mit einem Teelöffel in einem unserer großen blauen Keramikbecher. Ihr Haar fällt ihr über die Schultern und schimmert im blassen Sonnenlicht. Jedes Mal, wenn der Löffel die Innenseite des Bechers streift, klirrt es leise.

Kling, kling. Kling, kling.

Mir läuft ein Schauder über den Rücken. Warum ist Jennifer hier?

Im nächsten Moment schaut Smilla auf und sieht mich an.

»Bist du krank? Du siehst furchtbar aus.«

Ich atme aus.

»Ich habe nur etwas Kopfschmerzen, das ist alles.«

Das ist eine Lüge. Ich habe entsetzliche Kopfschmerzen, fast eine Migräne. Und offenbar halluziniere ich auch.

Smilla wendet sich wieder ihrem Smartphone zu, das vor ihr auf dem Küchentisch liegt. Ich drehe mich zum Schrank um und reiße mich zusammen. So unbekümmert wie möglich gehe ich zur Kaffeemaschine und fange an, mit Filter und Kaffeemesslöffel herumzuhantieren.

»Und wie geht es *dir*?« Ich drehe mich um. »Konntest du letzte Nacht etwas schlafen?«

Meine Stimme klingt schon wieder seltsam. Aber vielleicht hört sie sich auch nur in meinem Schädel anders an.

Seufzend legt Smilla ihr Telefon beiseite.

»Nicht viel.« Ihre Augen glänzen. »Scheiße, Papa, das ist das Schlimmste, was mir je passiert ist.« Sie schnieft. »Ganz ehrlich, ich weiß nicht, was ich machen soll. Sobald ich die Augen schließe, steht sie wieder vor mir. Und wenn ich online bin, werde ich mit Bildern von ihr und diesem ganzen bescheuerten Scheiß bombardiert. Es gibt schon einen Thread im Internet, und …«

»Im Internet?« Ich schalte die Kaffeemaschine an, setzte mich an den Tisch und nehme mir eine Scheibe Brot aus dem Korb. »Was schreiben sie da?«

Als hätte ich das Internet nicht bereits nach jedem Wort durchforstet, das über Jennifer Wiksell und ihr Verschwinden zu finden war.

»Alles Mögliche. Dass sie eine Hure ist, dass sie hässlich ist, dass sie hoffen, sie wurde vergewaltigt, dass …« Inzwischen laufen Smilla die Tränen über die Wangen. »Wie zum Teufel können die Leute so schrecklich sein? Sie wissen doch gar nichts über Jennifer. *Gar* nichts!«

»Lies diesen Müll nicht, Smilla. Wie du sagst, es ist nur ein Haufen Scheiße.«

»Aber ich will es *wissen.*« Sie sieht mich an. »Ich denke, dass es da draußen doch jemanden geben muss, der weiß, wo sie ist, und …«

Ich reiße ein Papiertuch vom Küchenrollenhalter auf dem Tisch. Meine Hand zittert so heftig, dass mein ganzer Arm bebt. Sobald Smilla das Papiertuch genommen hat, ziehe ich meine Hand hastig zurück und setze mich darauf.

»Geh heute nicht mehr ins Internet«, sage ich. »Schau dir stattdessen einen guten Film an. Ruf eine Freundin an. Lenk dich ab. Ich bin sicher, dass Jennifer wieder auftauchen wird. Wahrscheinlich hat sie nur irgendetwas angestellt und hat jetzt Angst, deswegen Probleme zu bekommen.«

Smilla trocknet sich die Tränen und lächelt schwach.

»Ja. Scheiße, die wird was von mir zu hören bekommen, wenn das alles vorbei ist.«

Es klappert an der Haustür. Nina kommt rein, hängt ihre Jacke auf, nimmt zwei Stufen auf einmal und betritt die Küche.

Smilla blickt auf.

»Wo warst du?«

»Bei Lollo«, sagt Nina und geht am Küchentisch vorbei.

»Und?«

In Smillas geröteten Augen glimmt Hoffnung auf.

»Leider nichts Neues.« Nina nimmt einen Becher aus dem Schrank, schenkt sich Kaffee ein und lehnt sich gegen die Spüle. »Sie haben nichts von Jennifer gehört.«

»Aber warum warst du da?«

Mein Blick springt zwischen Smilla und Nina hin und her. Jedes Mal, wenn ich meine Augen bewege, verspüre ich einen stechenden Schmerz, und ich würde sie am liebsten schließen.

Nina kommt zum Tisch und gibt einen Spritzer Milch in ihren Kaffee, ehe sie sich wieder an die Spüle lehnt.

»Ich bin nur vorbeigefahren, um zu sehen, ob ich ihr irgendwie helfen kann. Oder ob sie Gesellschaft braucht. Aber sie schien es nicht zu wollen …«

»Wie solltest *du* Lollo helfen können?« Smilla sieht ihre Mutter skeptisch an. »Jennifer ist verschwunden.«

Nina zuckt die Achseln.

»Ich weiß nicht.« Schlürfend nimmt sie einen Schluck Kaffee. »Ich dachte nur, sie würde … dass Lollo vielleicht Beistand braucht. Jemanden, der bei ihr bleibt, Kaffee kocht, etwas zu essen macht. Es muss schrecklich schwer sein, ich weiß noch, wie es für Oma und Opa war, als …«

Smilla springt von ihrem Stuhl auf.

»Du redest, als sei Jennifer tot!«

Sie stürmt aus der Küche und lässt den blauen Becher auf dem Tisch zurück.

»Das war ja klar.« Ninas Blick folgt Smilla aus der Küche, dann dreht sie sich zu mir um und hebt die Arme. »Offenbar habe ich schon wieder das Falsche gesagt.«

»Vielleicht war es keine so gute Idee, die Sprache auf Simon zu bringen«, sage ich.

Nina starrt mich an.

»Jetzt willst *du* dich auch noch beschweren? Ich wollte doch nur erklären …« Sie seufzt. »Am besten sage ich wohl gar nichts mehr.«

»Smilla macht sich Sorgen«, sage ich und merke, dass meine Scheibe Brot immer noch unberührt vor mir auf dem Teller liegt.

»Wir machen uns alle Sorgen.« Nina sinkt auf einen Stuhl. »Ich verstehe nur nicht …«

Der Satz bleibt unvollendet. Ich ziehe meine Hand hervor. Obwohl sie sich anfühlt, als sei sie halb eingeschlafen, schaffe ich es, ein paar Scheiben Käse abzuschneiden, die schließlich auf meinem Brot landen.

Nina sieht mein Sandwich an und dann mich.

»Nimmst du keine Butter?« Sie runzelt die Stirn. »Du machst doch keine Diät, oder?«

»Natürlich nicht.«

Schweigend sitzen wir da. Ich kaue, aber ich kann nichts schmecken.

»Ich verstehe einfach nicht, warum sie Jennifers Telefon nicht orten können«, sagt Nina nach einer Weile.

Das Brot dehnt sich in meinem Mund aus, und ich muss es mit Kaffee herunterspülen, bevor ich antworten kann.

»Hat Lollo gesagt, dass sie es nicht orten können?«

»Nein, aber wenn sie es könnten …« Nina stellt ihren Becher

auf den Tisch. »Dann hätten sie Jennifer doch inzwischen längst gefunden.«

»Wahrscheinlich ist ihr Akku leer«, sage ich. »Oder das Telefon ist ausgeschaltet. Ich glaube nicht, dass man es dann noch orten kann. Es muss ein Funksignal aussenden, damit es gefunden werden kann.«

Ich versuche zu klingen, als hätte ich mir noch nie Gedanken darüber gemacht. Aber ich *weiß*, dass ein Mobiltelefon ohne Funksignal nicht aufgespürt werden kann.

»Natürlich.« Nina nickt. »Aber sollte die Polizei nicht in der Lage sein, herauszufinden, wo sie war, *bevor* das Telefon seinen Geist aufgegeben hat?«

Ich räuspere mich.

»Vermutlich können sie das.«

Und dann können sie auch herausfinden, dass Jennifer nach Mitternacht in Klagshamn gewesen war. Und am Ende werden sie auch wissen, dass einer ihrer letzten Anrufe mir galt. Aber das würde ihnen nichts über die Dinge verraten, die danach passiert sind. Es würde nur bestätigen, was Smilla der Polizei erzählt hatte: dass Jennifer den Bus nach Hause nehmen wollte. Und ich kann eine plausible Erklärung für den Anruf auf meinem Handy liefern. Falls mich jemand fragt.

»Ich bin sicher, dass eine Kopie von Jennifers Telefondaten auf irgendeinem Server liegt«, fährt Nina nachdenklich fort. »Wie iCloud. Die Polizei müsste doch an die Daten herankommen und ihre Nachrichten und alles ansehen können …«

Plötzlich ist sie ganz aufgeregt und spricht schneller. »Wenn Jennifer einen Mac und ein iPhone hat, können die doch irgendwie miteinander kommunizieren. Ich sehe manchmal meine Textnachrichten auf meinem Computer. Frag mich nicht, wie es funktioniert, aber es ist so. Wenn das so ist, dann könnte Lollo Jennifers Computer doch überprüfen. Er muss noch in ihrem Haus sein. Vielleicht sollte ich Lollo anrufen. Falls sie noch nicht selbst daran gedacht hat.«

Meine Frau ist nicht dumm. Ich habe auch nie behauptet, dass sie es sei, aber normalerweise kokettiert sie gern damit, sich mit Technik nicht auszukennen. Ich besitze keine Geräte von Apple, und Ninas Überlegungen beunruhigen mich. Ein Computer in Jennifers Zimmer, der möglicherweise ihre letzten Nachrichten abgespeichert hat …

Sicherheitshalber haben wir uns nie irgendwelche Nachrichten geschickt. Sie hat mich angerufen. Aber wer weiß, was Jennifer im Bus nach Klagshamn getrieben hat. Sie war wütend und stockbesoffen und hatte zudem noch eine ganze Stunde Zeit. Vielleicht hat sie jemandem eine Nachricht geschickt, um zu sagen, dass sie sich mit jemandem trifft. Wer weiß, was sie überall in den sozialen Medien herausposaunt hat.

»Daran hat Lollo bestimmt schon gedacht«, sage ich.

»Glaubst du …« Nina sieht mich an, ein sorgenvoller Schatten verdunkelt ihre braunen Augen.

»Glaubst du, Jennifer ist von zu Hause weggelaufen? Freiwillig, meine ich?«

Ich zucke mit den Schultern.

»Sie ist noch nicht sehr lange weg. Teenager verschwinden ständig. Die meisten von ihnen kommen wieder zurück.«

»Lollo hat mehr oder weniger dasselbe gesagt.«

Mein Kopf ist kurz davor, zu explodieren. Ich stehe auf.

»Du hast dein Frühstück nicht aufgegessen.« Nina sieht mich besorgt an. »Wie geht's dir, Fredrik? Ist es der Stress …«

»Meine Güte, entspann dich.« Meine Stimme klingt schroff, und ich versuche, zu einem ungezwungenen Ton zurückzufinden. »Ich muss nur kurz etwas nachschauen. Bin gleich wieder da.«

MAURITIUS, WINTER 2013

LOLLO

»Kann ich ein Eis haben?«

Es ist unglaublich. Ich sehe von meiner Zeitschrift auf und betrachte Jennifer durch die braun getönten Gläser meiner Sonnenbrille.

»Du hast nach dem Mittagessen Eis gegessen. Ein Eis am Tag genügt.«

»Ein Eis am Tag?« Jennifer schwingt ihre Beine über den Rand ihrer Sonnenliege und starrt mich empört an. »Wir sind in den *Ferien!* Und ihr beide habt mindestens drei Drinks am Tag. Ich sollte mindestens so viel Eis haben dürfen wie ihr Drinks.«

»Es ist nicht gesund, so viel Zucker zu essen.« Ich blättere zurück zur ersten Seite meines Artikels. »Nimm dir stattdessen ein Stück Melone.«

Max, der rechts neben mir liegt, schaut von seinem Handy auf.

»Hör auf deine Mutter, Jennifer. Wenn du die ganze Zeit Eis isst, wirst du noch fett.«

Jennifer zieht einen Schmollmund.

»Schnaps ist auch nicht gesund«, mault sie.

»Das reicht, Jennifer.« Ich sehe sie wieder an. »Wir sind erwachsen, und du bist ein Kind. Wir wissen, was das Beste für uns ist, und wir wissen, was das Beste für dich ist. Ende der Diskussion.«

Theatralisch wirft Jennifer sich zurück auf ihren Liegestuhl.

»Hier kann man nichts machen.«

Sie hat die Arme vor der Brust verschränkt und die Mundwinkel heruntergezogen. Ich beiße mir auf die Zunge. Es gibt auf der ganzen Welt wahrscheinlich kein undankbareres Kind als unseres. Da fährt man zwei Wochen in den Urlaub, wohnt in einem Luxushotel mit einer phantastischen Poollandschaft, und das Kind hat nichts Besseres zu tun, als sich zu beschweren. Tatsache ist, dass sie seit unserer Ankunft nichts anderes tut, als herumzunörgeln.

Dabei sind wir erst vier Tage hier. Wie sollen wir das überstehen? Ich zähle bis zehn und schlage mit meiner sanftesten Stimme vor, dass sie in den Pool springen könnte.

Jennifer steht auf und stemmt die Hände in die Hüften.

»Aber hier sind nur Babys. Ich will nicht mit Babys schwimmen.«

Es stimmt, dass das Hotel voller Familien mit kleinen Kindern ist und dass die meisten Kinder jünger als Jennifer sind, aber manchmal muss man eben selbst für seine Unterhaltung sorgen. Außerdem ist Max auch schon mit ihr schwimmen gewesen.

Ich lege meine Zeitschrift auf die Knie.

»Setz dich, Jennifer.«

»Ich stehe, solange ich will!«

»Setz dich!«, zische ich. »Du benimmst dich wie ein Baby, und wenn du nicht leiser sprichst, kann jeder verstehen, was du sagst.«

Jennifer zuckt die Achseln.

»Mir doch egal.«

Ich wende mich an meinen Mann.

»Sag etwas. Sag du es ihr.«

Max blickt verwirrt von seinen Aktienkursen auf, und ich verdrehe die Augen.

»Sag deiner Tochter, sie soll sich zusammenreißen. Ich ertrage es nicht länger.«

Er fischt einen Geldschein aus seiner Brieftasche und hält ihn in die Luft.

»Du kannst noch ein Eis haben. Wenn du versprichst, mit dem Gejammer aufzuhören.«

Jennifer läuft um meinen Liegestuhl herum und reißt ihrem Vater den Geldschein aus der Hand. Wortlos schlüpft sie in ihre Flip-Flops und geht zu der Kombination aus Bar und Kiosk unter dem Strohdach.

Ich sehe Max an.

»Was sollen wir machen?«

Er zuckt die Achseln.

»Wie haben wir nur Thailand überstanden?«, frage ich.

»Mit dem Kids-Klub«, antwortet Max und starrt auf das türkisfarbene Meer hinter dem Infinitypool.

26

NINA

Es ist nicht sehr kalt, vielleicht sogar ein paar Grad über dem Gefrierpunkt, aber der Wind ist kräftig genug, um die feuchte Luft durch alle Kleiderschichten zu drücken. Ich ziehe meine Mütze tiefer über die Ohren und laufe im Zickzack um die Hundehaufen auf dem kiesbedeckten Gehweg herum. Papierfetzen und Zigarettenkippen liegen unter den Sträuchern, die den Weg säumen. Hier und da hat sich eine Plastiktüte verfangen und flattert hektisch im Wind.

Januar ist nicht der beste Monat in Malmö, aber dieser ganze Müll lässt die ganze Stadt gleich doppelt so hässlich aussehen. Wie können Menschen ihre Umgebung für eine öffentliche Müllhalde halten? Ich würde diese Leute gern zu Hause besuchen und meinen Müll in ihrem Wohnzimmer entsorgen.

Zu Beginn unserer Beziehung hat Fredrik oft gesagt, dass er mich für mein großes gesellschaftliches Engagement liebe. Ich konnte mit der gleichen Leidenschaft über die Vermüllung öffentlicher Plätze wie über Steuerhinterziehung diskutieren.

Diese Tage scheinen lange vorbei zu sein. Mein Engagement ist weniger geworden, heute diskutieren wir nur noch selten und dann fast nur noch über die Kinder. Wir streiten uns darüber, wie wir sie erziehen sollen, welche Regeln wir ihnen beibringen und wie viel Taschengeld sie im Monat bekommen sollen. Aber erst gestern hat Fredrik mir gesagt, dass er mich immer noch liebt.

Liebe ich Fredrik? Ich denke schon. Zumindest, wenn er die Person ist, die er war, bevor er aufgehört hat, mit mir zu reden. Den vergangenen Herbst hat er fast nur seufzend verbracht. Egal, was ich gesagt habe, hat er mit einem gereizten Seufzen oder mit gerunzelter Stirn reagiert. Manchmal hatte ich das Gefühl, dass wir uns in nichts mehr einig sind, dass Fredrik sich aus reiner Bosheit dafür *entscheidet,* das Gegenteil von dem zu denken, was ich denke.

Im Moment erkenne ich ihn überhaupt nicht wieder, und seine Launenhaftigkeit macht mich wahnsinnig. In einem Moment sind wir uns nahe und unglaublich vertraut. Im nächsten treiben wir auf verschiedenen Flößen auf dem Meer und entfernen uns schwankend immer weiter voneinander.

Und anstatt ihn zu bemitleiden, ärgere ich mich über seine bemitleidenswerte Erscheinung. Es ist, als hätte er sich in den letzten vierundzwanzig Stunden aufgegeben und wälze sich nun in seinem eigenen Elend.

Aber ich bin mir nicht sicher, wie lange Fredrik schon so empfindet. Chronischer Stress ist nicht zum Lachen, das habe ich schon öfter erlebt. Cecilia war mehrere Jahre deswegen krankgeschrieben und kann immer noch nicht Vollzeit arbeiten, obwohl sie wirklich gern würde. Ich darf nicht vergessen, dass Fredriks Stimmung nichts mit mir zu tun hat.

Kennengelernt haben wir uns in einer Kellerkneipe in Lund. Fredrik war als Glam-Rocker verkleidet, mit einer schwarzen Langhaarperücke, einer engen, goldschimmernden Hose und einem glänzenden Hemd mit Blumenmuster, das bis zur Brust aufgeknöpft war. Ich sollte irgendeine Art Hippiebraut darstellen. Ich hatte mein Outfit in einem Secondhandladen gefunden und fand mich cool mit meiner Schlagjeans und der Batikbluse.

Malena hatte mich überredet, für einen Abend das Lernen für die Examensprüfungen sein zu lassen.

»Du kannst nicht die ganze Zeit lernen«, sagte sie. »Dein Gehirn braucht zwischendurch auch mal Pause. Vertrau mir, ich bin bald Krankenschwester.«

Vicky, eine von Malenas Mitschülerinnen, schmiss zu ihrem Geburtstag eine Siebzigerjahreparty, und die meisten Gäste waren angehende Krankenschwestern. Um diesen Frauenüberschuss wettzumachen, hatte sie auch einen ganzen Haufen Studenten von der LTH, Lunds Technischer Hochschule, eingeladen. Fredrik war einer davon.

Beim Essen saßen wir nebeneinander, und es hat sofort zwischen uns gefunkt. Es machte es so viel lockerer, in Kostümen zu stecken, und die ersten paar Stunden gingen wir voll und ganz in unseren Rollen als Rockstar und Hippiebraut auf. Wir alberten herum und dachten uns lange Geschichten über den Hintergrund unserer imaginären Figuren aus.

Erst gegen Ende des Abends fielen die Masken. Und ich wurde nicht enttäuscht. Fredrik Andersson war nicht nur lustig. Er war attraktiv, fit und schien eine ganz andere Tiefe zu haben als die meisten Männer, die ich bisher kennengelernt hatte. Fredrik war ein Mensch, der über den eigenen Tellerrand hinausschauen konnte.

Am Tag unserer Hochzeit fühlte ich mich, als hätte ich in der Lotterie gewonnen. Ich konnte mein unglaubliches Glück kaum fassen. Aber in ihrer Rede, kurz bevor wir die dreistöckige Hochzeitstorte anschnitten, erinnerte Malena mich daran, dass das keine Frage des Glücks war.

»Vergiss niemals, wem du das zu verdanken hast«, sagte sie und erntete lang anhaltenden Beifall.

Ich hoffe aufrichtig, dass diese letzten sechs Monate nur eine vorübergehende Phase in unserer Beziehung sind. Ich hoffe, es dauert nicht mehr lange, bis wir mit einem Lächeln auf diese Zeit zurückblicken können und uns sagen, wie hart und unnötig alles gewesen ist. Dann werden wir uns selbst auf die Schultern klopfen, weil wir Fredriks Probleme in den Griff bekommen und sie so brillant gelöst haben.

Als ich an der Videdal-Schule vorbeikomme, fällt mir plötzlich etwas ein, und ich ziehe mein Telefon heraus. Mit dem rechten Handschuh zwischen den Lippen wähle ich eine Nummer und stopfe den Handschuh in meine Tasche. Ein Freizeichen nach dem anderen ertönt, und ich will gerade auflegen, als ich eine schwache Stimme am anderen Ende höre.

»Bist du das, Malena? Habe ich dich geweckt?«

»Ich bin's.« Sie räuspert sich. »Und du hast mich nicht geweckt. Ich bin nur ein wenig heiser.«

Ich frage sie, ob sie schon gehört hat, dass Jennifer verschwunden ist. Sie hat, und wir sind uns einig, dass das eine schreckliche Sache ist. Ich erzähle ihr vom Besuch der Polizei gestern Abend, von der Party der Mädchen und ihrem Streit. Malena stellt mir tausend Fragen, und ich beantworte sie, so gut ich kann. Es fühlt sich gut an, mit jemandem zu reden, der vollkommen normal reagiert, weder wütend noch apathisch.

»Ich finde das wirklich alles ganz furchtbar«, unterbricht Malena mich mitten im Satz. »Ich schiebe es immer vor mir her, Lollo anzurufen, ich weiß nicht, was ich sagen soll. Was sagt man in so einer Situation?« Ich gebe ihr eine Zusammenfassung meines misslungenen Versuchs, ihr zu helfen.

»Nimm es nicht persönlich, Nina. Lollo muss außer sich sein vor Sorge. Es kann anstrengend sein, andere Leute um sich zu haben, wenn man sich so schrecklich fühlt.«

»Ich weiß.« Ich bin fast in der Amiralsgatan und beschließe, auf den gegenüberliegenden Gehweg zu wechseln. »Aber wenn es einem so dreckig geht, ist es schwer zu wissen, was man wirklich braucht. Vielleicht würde sie sich besser fühlen, wenn sie mit jemandem reden könnte.«

»Ich muss mich wohl mal bei ihr melden«, sagt Malena. »Es wirkt bestimmt seltsam, in keiner Weise Mitgefühl zu zeigen. Aber es widerstrebt mir, nach der Sache mit Max.« Sie seufzt. »Ich meine, du hast gehört, was er über Muslime gesagt hat. Und dass Schweden auf der Überholspur zur Hölle ist, oder wie auch immer er sich ausgedrückt hat.«

»Ja, ich hab's gehört.« Ich muss mitten auf der Straße stehen bleiben, um nicht überfahren zu werden. »Wie lange seid ihr geblieben?«

»Wir sind gegen zwei gefahren. Adde war nicht annähernd so sauer wie ich, vermutlich ist er daran gewöhnt, so einen Mist zu hören. Aber ich habe mich so geschämt, ihn dorthin mitgenommen zu haben. Die Vorstellung, dass einer meiner engsten Freunde so etwas sagt …«

»Ich verstehe.« Ich biege auf den Weg neben dem medizinischen Versorgungszentrum ein. »Fredrik wollte direkt nach dem Essen nach Hause, aber mir tat Lollo leid. Ich wollte nicht, dass sie um Mitternacht allein dasitzt.«

»Mir ging es genau wie Fredrik.« Malena hustet. »Ich hätte auf der Stelle gehen können. Aber Adde hat mich überredet, noch bis zum Anstoßen zu bleiben, und dann … na ja, dann ist die Zeit wie im Flug vergangen. Es ist ja nicht so, als ob Max' Ansichten irgendwie neu wären, aber bis zu diesem Moment hat er es immer geschafft, an sich zu halten. Dieses Mal scheint er sich allerdings nicht mehr im Griff gehabt zu haben. Der ganze Scheiß ist einfach rausgekommen.«

»Er war sturzbetrunken«, sage ich. »Das ist keine Entschuldigung, aber es ist eindeutig kein … Ganz ehrlich, ich war selbst ziemlich betrunken. Wenn ich nüchterner gewesen wäre, wäre ich wohl auch wütender gewesen. Man sollte ihn wirklich mal zur Rede stellen und nicht immer über sein Verhalten hinwegsehen.«

»Obwohl …« Malena seufzt erneut. »Im Moment scheint das alles nicht wichtig zu sein. Mit Jennifer und so.«

Ich laufe weiter, während ich zuhöre, wie Malena etwas trinkt und mehrmals schluckt. Kaffee, vermutlich. Davon konnte Malena noch nie genug bekommen.

»Was glaubst du, was passiert ist?«, fragt sie.

»Ich weiß nicht, ich habe keine Ahnung. Man will sich nicht das Schlimmste ausmalen, und zur gleichen Zeit …«

Ich zögere kurz, unsicher, wie ehrlich ich sein soll.

»Zur gleichen Zeit – was?«, hakt meine Freundin nach.

»Na ja, du kennst doch Jennifer.«

»Mhm, ich weiß, was du meinst.« Malena seufzt. »Jennifer ist nicht gerade besonders zuverlässig. Und um ganz ehrlich zu sein, ich glaube, sie kann auch ziemlich nervig sein.«

Meine Schultern entspannen sich.

»Gott, ich bin so froh, dass du das sagst. Ich dachte immer, es ginge nur mir so. Ich habe mich immer schlecht gefühlt, weil ich nie warm mit ihr geworden bin. Immerhin ist sie Lollos Tochter.«

Malena hustet, ich glaube, sie hält ihre Hand über das Mikrophon, aber sie ist schnell wieder da.

»Verdammter Husten.«

Sie räuspert sich.

»Weißt du«, sage ich und kann mich kaum noch bremsen, »manchmal denke ich, dass mit Jennifer irgendetwas nicht stimmt, dass sie irgendeine psychische Störung hat. Aber du willst ja nicht die Kinder anderer Leute kritisieren. Ich meine, das ist das Schlimmste, was du machen kannst.«

Ich komme am Sportplatz Husiegård vorbei. Zwei kleine Jungen in viel zu dünner Kleidung spielen auf dem Ascheplatz in der Nähe des Parkplatzes Fußball. Die weiß getünchte Steintreppenkirche blickt von ihrem Hügel auf mich herunter.

»Das ist, als würdest du in der Kirche fluchen«, füge ich hinzu. Plötzlich fällt mir eine Begebenheit ein, bei der Jennifer Anton gezwungen hatte, Beeren zu essen, von denen Anton wusste, dass sie giftig waren. Anton war verzweifelt, und ich weiß noch, dass ich in der Hitze des Gefechts zu Lollo sagte, sie sollten ihr Kind vielleicht mal untersuchen lassen. Ich glaube nicht, dass sie mir das jemals richtig verziehen hat.

»Es ist so verdammt schwer.« Jetzt bin ich richtig in Fahrt. Meine rechte Hand ist steif gefroren, und ich versuche erfolglos, sie wieder in den Handschuh zu bekommen. »Und wir haben so unterschiedliche Ansichten, was die Kindererziehung betrifft. Wenn es nach Lollo geht, kann Jennifer nichts falsch machen. Sie ist einfach nur einfallsreich und spontan oder vergesslich …«

»Einfallsreich?« Malena kichert. »Ja, so kann man das auch nennen.«

»Lollo hat mir immer vorgehalten …« Ich muss kurz innehalten, um ein paar Strähnen zurückzustreichen, die mir in den Mund geweht sind. »Sie hat mir immer vorgeworfen, zu streng mit Smilla zu sein. Aber vielleicht sieht sie das nach dieser Geschichte anders.«

»Wahrscheinlich nicht«, murmelt Malena, während sie mit Geschirr klappert.

»Ich sollte vermutlich nicht sagen ›Ich hab's dir doch gesagt‹.« Ich lache auf. »Aber jetzt habe ich es doch getan. Ich meine, ich wünsche Jennifer nichts Böses. Wirklich nicht. Aber Lollo und Max sind so inkonsequent bei der Erziehung. In einem Moment schreien sie Jennifer wegen irgendeiner Kleinigkeit an, und im nächsten nehmen sie sie total in Schutz, wenn sie eigentlich mal ein ernstes Wort mit ihr reden sollten.«

Es tut so gut, die eigene Meinung bestätigt zu bekommen. Trotzdem hat das alles einen bitteren Beigeschmack. Nicht jedes schwierige Kind hat eine psychische Störung. Und Kindern mit einer psychischen Störung hilft es nicht, ausgeschimpft zu werden, in so einem Fall braucht es andere Methoden. Außerdem reden wir hier über ein vermisstes Mädchen. Was, wenn es kein Fall von Gedankenlosigkeit oder jugendlicher Rebellion ist? Was, wenn wirklich etwas passiert ist?

»Wie auch immer«, sagt Malena. »Ich bin sicher, dass Jennifer schon bald wieder auftauchen wird. Sie hat Köpfchen, und sie nimmt keine Drogen.«

Als wir den Anruf beenden, geht die Straßenbeleuchtung im Ellenborgsvägen an. Ich stecke mein Telefon weg und finde ein klebriges Mentos in meiner Jackentasche. Nach kurzem Zögern schiebe ich es mir in den Mund und ziehe meinen Handschuh an.

Der Gehweg ist menschenleer. Auf dem ganzen Spaziergang bin ich nur drei Leuten begegnet, die Jungen auf dem Bolzplatz nicht mitgezählt. Insgesamt fünf Menschen und zwei Hunden. Vermutlich will niemand bei diesem Wind raus. Alle sitzen lieber zu Hause und machen es sich vor dem Fernseher gemütlich.

Ich habe keine Lust, nach Hause zu gehen. Smilla und Fredrik laufen herum wie zwei wandelnde Pulverfässer, die jeden Moment explodieren können. Es ist unmöglich, sich davon nicht beeindrucken zu lassen.

Ich werde noch heute Abend ein ernstes Wort mit Fredrik sprechen. Wir müssen es schaffen, miteinander zu reden, ohne dass einer von uns aus dem Zimmer flüchtet. Wir sind nicht Leif und Pirjo. Noch nicht.

Und ich bin überzeugt, dass wir eine Lösung finden werden, wenn Fredrik sich beruhigt und die Dinge beim Namen nennt, die ihn stressen. Ich könnte ihm bei der Ausarbeitung eines Maßnahmenplans helfen, etwas Konkretes, das er dem Schulleiter am ersten Schultag vorlegen kann.

Wir müssen einfach versuchen, die Sache mit Jennifer für ein paar Stunden zu vergessen, und uns auf unsere eigenen Probleme konzentrieren.

Die Familie geht vor.

27

LOLLO

Ich werfe einen Blick auf die Wanduhr. Viertel vor vier. Das bedeutet, dass es noch mindestens zwei Stunden dauert, bis Max nach Hause kommt. Zwei weitere lange Stunden, die ich irgendwie hinter mich bringen muss. Ich habe keine Ahnung, wie ich das schaffen soll.

Bis jetzt bin ich zwischen den Zimmern hin- und hergelaufen. Ich gehe in die Küche und vergesse sofort, was ich dort wollte. Ich setze mich aufs Sofa, springe aber gleich wieder auf. Ich versuche, etwas zu essen, doch sobald ich den Kühlschrank öffne, wird mir schlecht. Die Reste von Silvester stehen immer noch unangetastet in den großen Schüsseln, es riecht säuerlich und nach altem Knoblauch.

Der Laden ist geschlossen. Meine Öffnungszeiten für Weihnachten und Silvester hängen an der Tür, aber ich vermute, dass der Ansturm auf Lollos Design heute nicht sehr groß war. Vielleicht hat jemand gehofft, sein Weihnachtsgeschenk umtauschen zu können. Vielleicht wollte noch jemand ein Gastgeschenk für das Dreikönigsfest kaufen und musste unverrichteter Dinge wieder umkehren. Es ist mir egal.

Es juckt mich am ganzen Körper. Und ich bin sicher, dass es teilweise daran liegt, dass ich letzte Nacht nicht geschlafen habe. Normalerweise kribbeln mir nur die Beine nach einer schlaflosen Nacht, heute juckt es am ganzen Körper. Am liebsten würde ich meine Haut von innen nach außen kehren und mich überall kratzen und reiben.

Die ganze Zeit sehe ich Jennifers Gesicht vor mir. Es ist, als hätte es sich auf meine Netzhaut eingebrannt, um mich an ihre Abwesenheit zu erinnern.

Ich muss etwas tun. Ich kann nicht einfach hier herumwandern wie eine verlorene Seele. Aber was soll man machen, wenn das eigene Kind vermisst wird? Was *kann* man machen?

Vielleicht sollte ich rausgehen und nach ihr suchen. Das einzige Problem ist, *wo*? Ihre Freunde sagen, Jennifer sei nach Hause gefahren, und Max hat sich bereits umgeschaut. Es ist, als sei sie bei den Anderssons zur Tür hinausgegangen und von der Dunkelheit verschluckt worden.

Was, wenn auf der Party noch etwas passiert ist? Etwas, das Smilla uns nicht erzählt? Vielleicht ist aus diesem Streit ein waschechter Kampf geworden. Jemand – Smilla? – könnte Jennifer mit einer Flasche auf den Kopf geschlagen haben. Die Flasche hat womöglich genau an der richtigen Stelle getroffen, und dann hat Smilla ein paar Jungs überredet, die Leiche zu verstecken.

Ich schnappe nach Luft, als hätte ich mich verschluckt, und schlage mir die Hand vor den Mund. Was stimmt nicht mit mir? Wie kann ich so etwas auch nur denken? Smilla und Jennifer kennen sich seit ihrer Geburt. Smilla würde Jennifer nie etwas antun. Niemals.

Es muss wahr sein, was sie alle sagen: Jennifer hat die Party vor Mitternacht verlassen. Und das bedeutet, dass sie überall sein kann. Sie könnte den Zug nach Kopenhagen genommen haben. Sie könnte in einer Wohnung in Lindängen hocken oder mit dem Bus unterwegs nach Stockholm oder Haparanda sein. Rauszugehen und nach ihr zu suchen, wäre genauso sinnlos, wie nach der sprichwörtlichen Nadel im Heuhaufen zu suchen.

Was unternimmt die Polizei? Tut sie überhaupt etwas? Glauben sie, dass Jennifer sich aus freien Stücken irgendwo versteckt? Glauben sie immer noch, sie will wegen des Streits mit Smilla nicht nach Hause kommen?

Etwas frisst mich von innen auf. Nagend und kauend. Ich schnappe mir mein Telefon, um die Polizei von Malmö zu googeln, und finde eine Nummer, mit der ich bei der Telefonzentrale in der Warteschleife lande. Ich wandere weiter durchs Haus, während ich der monotonen Stimme lausche, die unendlich langsam herunterzählt, wie viele Anrufer noch vor mir an der Reihe sind.

»Polizei Malmö.«

»Meine Tochter. Sie ist verschwunden. Sie müssen etwas tun!«

»Verzeihung, aber ...«

Die Person am anderen Ende versucht, mich zu unterbrechen, aber jetzt kann mich nichts mehr aufhalten.

»Sie müssen mit jedem einzelnen Busfahrer reden, der in der Silvesternacht gearbeitet hat«, rufe ich. »Sie müssen alle Personen auf der Party befragen! Jede einzelne! Sie müssen jetzt etwas tun. Haben Sie mich verstanden? Sie könnte sterben, bevor Sie überhaupt mal in die Gänge kommen! Jennifer könnte sterben!«

Schluchzend sacke ich auf dem Küchenfußboden zusammen, erschöpft nach diesem Ausbruch.

»Bitte«, flüstere ich. »Sie müssen sie finden.«

»Wie lautet Ihr Name?«, fragt der Mann in der Telefonzentrale sanft. »Ich habe Ihren Namen nicht verstanden.«

»Lollo«, sage ich, doch dann berichtige ich mich. »Louise. Louise Wiksell.«

»Sie sagen, Ihre Tochter sei verschwunden. Haben Sie schon eine Vermisstenanzeige aufgegeben?«

Ich schließe die Augen, versuche, mich und meine Stimme unter Kontrolle zu bekommen.

»Ja. Wir haben sie gestern vermisst gemeldet. Ich würde gern mit Lina Torres sprechen.«

»Lina Torrero.« Ich höre, wie etwas auf einer Tastatur getippt wird, dann ist der Mann wieder das. »Ich versuche, Sie durchzustellen.«

Das Telefon klingelt dreimal, dann ertönt eine Ansage vom Band.

»Der Anschluss ist zurzeit nicht besetzt. Bitte hinterlassen Sie eine Nachricht nach dem Ton oder warten …«

Ich lege auf, als ich die weibliche Bandansage höre, und lehne mich gegen die Kühlschranktür. Mein Herz rast. Ich schließe die Augen, öffne sie aber sofort wieder. Ich will nicht im Dunkeln sein.

Ich kann die Hoffnung nicht aufgeben.

Ich darf die Hoffnung nicht aufgeben.

Mit zitternden Fingern tippe ich auf meine Kontaktliste und drücke auf *Max.* Auch dort werde ich von einer Computerstimme begrüßt, die mich darüber informiert, dass der Teilnehmer im Moment nicht erreichbar ist.

Verdammt! Wie kann er an einem Tag wie heute nicht ans Telefon gehen! Wie kann er überhaupt bei der Arbeit sein?

Ein Blick auf das Telefon in meiner Hand lässt mich zusammenzucken. Der rote Button oben rechts in der Ecke auf dem Facebook-Icon zeigt eine enorme Aktivität an, die Anzahl der Benachrichtigungen ist so hoch wie nie. Das hätte ich mir denken können. Jennifers Bild war heute Morgen in der Zeitung, und jetzt ist die Hölle los. Ich kann mir ausmalen, wie meine Facebook-Pinnwand mit Herzen und weinenden Emojis übersät ist.

Doch ich will kein falsches Mitleid von meinen oberflächlichen Bekanntschaften. *Ich will Jennifer finden.*

Gleich darauf fällt mir ein, dass ich ein Foto von ihr auf Facebook posten könnte, ein besseres als das aus der Zeitung. Ich könnte meine Kunden und alte Klassenkameraden einspannen, sie bitten, die Augen offen zu halten und meinen Post zu teilen. Wenn es um Kinder und Tiere geht, sind die Menschen sehr hilfsbereit.

Ich weiß nur nicht, ob ich es schaffe, mir diese weinenden Emojis anzusehen. Ich weiß nicht, ob ich es ertrage, zu lesen, was die Leute schreiben. Ich will nicht die Mutter sein, die alle für eine Idiotin halten, weil sie nicht auf ihr eigenes Kind aufpassen kann.

Andererseits bin ich ja vielleicht tatsächlich eine Idiotin und als Mutter eine Versagerin. Aber ich will, dass Jennifer nach Hause kommt. Mehr will ich nicht. Und jemand auf Facebook könnte eine wertvolle Information haben. Ich *muss* nachsehen, es führt kein Weg daran vorbei.

Mit dem Zeigefinger tippe ich auf das blau-weiße Icon, und es fühlt sich an, als würde die Zeit stillstehen, während die neuen Nachrichten geladen werden. Mein Blick rast hin und her, ich beeile mich und überfliege alles, was aufpoppt. Als würde das, was dort geschrieben steht, weniger weh tun, wenn ich es schnell lese.

Wie vermutet ist mein Newsfeed mit Posts von Freunden, Bekannten und Freunden von Freunden geflutet. Aber ich sehe keine Anschuldigungen. Niemand schreibt, ich könne nur mir selbst die Schuld geben. Die meisten Leute scheinen aufrichtig besorgt zu sein, und all diese Sorgen machen die unwirkliche Situation nur umso realer, machen mich weich wie Gelee.

Die Tränen, die ich zurückgehalten habe, kommen in heftigen Schluchzern heraus, als ich durch die ganzen Herzen und unterstützenden Umarmungen scrolle. Auch auf WhatsApp, Instagram und Messenger finde ich freundliche Worte und aufrichtige Kommentare. Aber nirgendwo sehe ich irgendein Lebenszeichen von Jennifer. Niemand kann irgendetwas über ihren Verbleib sagen.

Der rote Button auf *Nachrichten* zeigt die weiße Zahl sieben. Das ist Papa, der versucht, mich zu erreichen. Er hat auch angerufen, vier Mal. Aber ich kann jetzt nicht mit Papa reden, ich kann seine Sorgen nicht zu meinen machen.

Ich gehe wieder zu Facebook. Jemand erwähnt den Verein *Missing People*. Sollen wir Kontakt zu denen aufnehmen? Ich hole meinen Laptop aus dem Flur, setze mich im Wohnzimmer aufs Sofa und googele die Website. Viel zu viel Text. Ich überfliege die Seite und springe dabei von einem Absatz zum nächsten.

Damit *Missing People* helfen kann, muss es eine Vermisstenanzeige bei der Polizei geben. Die gibt es. Rasch gehe ich weiter, klicke auf *Eine vermisste Person melden* und fange an, das Formular auszufüllen. Doch nach einer Weile kommt mir der Gedanke, dass ich das vielleicht zuerst mit Max besprechen sollte. Und vielleicht sollten wir auch vorher mit der Polizei reden. Damit sie Bescheid wissen.

Also fange ich stattdessen an, die Bilder auf meinem Handy zu durchsuchen. Wenn ich etwas auf Facebook erreichen will, muss ich ein aktuelles Bild von Jennifer finden. Vorzugsweise eines, auf dem sie nicht versucht, verführerisch auszusehen.

Das wird schwierig werden. In letzter Zeit wollte Jennifer nicht mehr fotografiert werden. Bei den wenigen Gelegenheiten, bei denen ich sie mit der Kamera erwischt habe, hat sie die Brust rausgestreckt und diesen speziellen Schmollmund gemacht, den fast alle jungen Mädchen machen, wenn sie fotografiert werden.

Ehrlich gesagt habe ich dieses Duckface auch schon ein- oder zweimal ausprobiert. Volle Lippen sind attraktiv. Aber anders als die jungen Mädchen sehe ich damit lächerlich aus. Absolut lächerlich.

Nachdem ich alle Bilder durchgegangen bin, bleiben zwei übrig. Ein Foto vom Mittsommerabend, beim Abendessen in Falsterbo. Jennifer hatte nicht damit gerechnet, fotografiert zu werden, und sieht ein wenig überrascht aus. Zur gleichen Zeit wirkt sie sehr natürlich und schaut direkt in die Kamera. Sie ist braun gebrannt und genau im richtigen Maß geschminkt, und in ihrem Haar steckt eine Blume.

Die hübsche Jennifer. Sie sieht meiner Mutter so ähnlich. Noch Jahre nach Mamas Tod stand ein gerahmtes Foto von ihr auf Papas Nachttisch. Eine Nahaufnahme, das blonde Haar vom Wind zerzaust, mit glücklichem Blick. Ich glaube, Papa hat diesen Schnappschuss bei ihrem ersten oder zweiten Treffen aufgenommen.

Manchmal, wenn ich allein zu Hause war, habe ich mich in Papas Schlafzimmer geschlichen und mich auf die Bettkante gesetzt. Ich habe mir das Bild auf den Schoß gelegt und jeden Millimeter von Mamas jungem Gesicht betrachtet und versucht, Ähnlichkeiten mit meinem eigenen zu finden. Aber egal, aus welchem Winkel ich ihr Bild betrachtet habe, ich habe schon immer mehr wie Papa ausgesehen. Als Agneta unter die Decke des Doppelbetts gekrochen ist, landete das Foto vermutlich auf dem Dachboden.

Ich atme ein paarmal tief ein und schlucke meine Verzweiflung herunter. Sie sitzt in meiner Brust und ist kurz davor, zu explodieren. Aber ich muss mich zusammenreißen. Wenn ich zusammenbreche, kann ich nichts ausrichten. Wenn ich jetzt schlappmache, würde ich Jennifer im Stich lassen.

Tränen steigen mir in die Augen, und ich blinzle, um den Blick wieder klar zu bekommen. Mit einer Hand wische ich die salzige Flüssigkeit ab, die mir über die Wangen rinnt, und betrachte Option Nummer zwei.

Das Bild wurde irgendwann im letzten Herbst aufgenommen, möglicherweise an meinem Geburtstag. Jennifer sieht darauf ernster aus, ihre blauen Augen sind dunkel, fast schwarz. Sie ist blasser, aber immer noch genauso schön.

Wo bist du, Jennifer? Mein geliebtes Kind, warum kommst du nicht nach Hause?

28

FREDRIK

Soll ich Nina alles sagen? Ihr einfach die ganze Geschichte von Anfang bis Ende erzählen? Vielleicht würde ich mich danach besser fühlen. Sich alles von der Seele zu reden, ist doch genau das, was die Psychologen immer empfehlen.

Aber meine Frau ist so anständig. Ein aufrechter Mensch. Gesetzestreu. Eine gute Bürgerin. Es gibt Menschen, die drängeln sich in einer Warteschlange vor oder schicken ihre Kinder ein zweites Mal los, wenn es etwas umsonst gibt. Nina ist nicht so. Sie gehört zu den Frauen, die sofort zurück zum Supermarkt radeln, wenn sie unter den Einkäufen ein Tütchen Pfeffer finden, das sie nicht bezahlt haben.

Die Haustür wird zugeschlagen. Nina raschelt im Flur herum. Ich höre das vertraute Geräusch ihrer Schritte, als sie in die Küche geht, ich höre, wie sie sich die Nase schnäuzt, das Taschentuch in den Müll wirft und die Schranktür schließt. Wieder Schritte. Sie nähern sich dem Schlafzimmer, und ich richte mich auf dem Bürostuhl auf und spitze die Ohren.

Nach über zwanzig Jahren unter demselben Dach erkenne ich Ninas Stimmung allein daran, wie ihre Absätze über den Boden klappern. Heute verraten sie mir, dass sie entschlossen ist. Nicht wütend, aber entschlossen.

»Was machst du?«

Sie steht in der Tür. Mützenfrisur und rosige Wangen.

»Nichts Besonderes. Ich schaue mir nur online ein paar Sachen an.«

Sie betritt den Raum, legt mir die Hände auf die Schultern und massiert mich sanft.

»Du siehst dir Computer an?«

Sie beugt sich vor und betrachtet den Bildschirm genauer. Ihr Atem riecht leicht nach Kaffee und Minze.

»Äh, ja. Ich denke über einen Mac nach.«

Sie hört auf, meine Schultern zu massieren, packt die Rückenlehne vom Stuhl und dreht mich herum. Dann legt sie mir eine Hand auf die Stirn.

»Mit dir muss ernsthaft etwas nicht stimmen, Fredrik.« Sie nimmt ihre Hand weg, und ein Lächeln umspielt ihre Mundwinkel. »Hast du Fieber?«

Meine Augen sind auf einer Höhe mit Ninas Brüsten. Sie sind viel zu nahe, und ich habe Mühe, zu atmen, doch ich bringe etwas heraus über einen gewissen Hans, der Dinge lernt, die Hänschen nicht konnte.

Sie lacht.

»Egal«, sage ich und schließe den Browser. »Ich habe nicht gesagt, dass ich etwas *kaufen* will. Ich habe mich nur ein wenig umgesehen.«

»Du …« Nina setzt sich auf das Ende vom Doppelbett und wirft mir einen flehentlichen Blick zu. »Wir müssen reden.«

»Reden?« Ich drehe den Stuhl mit dem Fuß, stoppe dann aber und drehe mich in die andere Richtung. Links, rechts, links, rechts. »Worüber?«

»Über uns«, sagt Nina. »Oder vielleicht vor allem über dich. Kannst du bitte stillsitzen?«

Ich setze meinen Fuß ab.

»Was ist mit mir?«, frage ich, und sofort will ich mir auf die Zunge beißen.

Nina seufzt.

»Du hast mir gestern erzählt, dass es dir schlecht geht, weil du Stress bei der Arbeit hast.«

»Das wird schon wieder. Ich werde versuchen, das zu regeln, sobald die Schule wieder anfängt. Ich werde mit Inga-Lill reden.«

»Kannst du es mir nicht erzählen?«

Sie schlägt die Beine übereinander und beugt sich vor.

»Was soll ich dir erzählen?«

»Was dich so stresst, natürlich.« Nina fuchtelt mit den Armen herum. »Ist es der Papierkram? Oder sind es die Schüler? Ein besonderes Projekt vielleicht? Du bist immer noch in der Anti-Mobbing-Gruppe, oder? Du könntest damit aufhören, falls es dir zu viel ist, oder?«

Warum ist meine Frau so verdammt starrköpfig? Da gibt es nichts zu erzählen. Zumindest nichts von meiner Arbeit. Im Job läuft alles gut. Nicht großartig, aber gut.

Ich stehe auf.

»Ganz im Ernst, da gibt es nichts zu besprechen. Ich habe einfach nur etwas viel um die Ohren. Aber das wird sich alles regeln.«

»Willst du schon wieder einfach gehen?« Nina schaut von ihrem Platz auf dem Bett zu mir auf. »Wir haben kaum angefangen zu reden.«

»Ich gehe nicht weg, ich stehe genau hier.«

Sie steht ebenfalls auf und macht einen Schritt in meine Richtung.

»Es wirkt, als wärst du auf dem Weg nach draußen.«

Jetzt bin ich an der Reihe, zu seufzen.

»Ich stehe hier direkt vor dir.«

»Es ist nur …« Nina legt die Hände auf die Hüften. »Es scheint plötzlich völlig unmöglich, ein normales Gespräch mit dir zu führen. Wie sollen wir denn Lösungen für deine Probleme finden, wenn du nicht einmal darüber *reden* kannst?«

Ich schlinge meine Arme um sie. Nicht, weil ich sie umarmen will, sondern um sie zum Schweigen zu bringen, damit sie aufhört, mich zu analysieren.

»Nina, *du* brauchst gar kein Problem zu lösen. *Ich* werde mich darum kümmern.«

In diesem Moment beginnt Ninas Handy irgendwo im Haus zu klingeln. Sie stürmt aus dem Schlafzimmer, doch ich habe kaum Zeit zum Luftholen, da steht sie schon wieder in der Tür.

»Wir müssen aufräumen.«

»Was?«

Nina geht zum Bett und zerrt an einer der Bettdecken.

»Du hast gehört, was ich gesagt habe.« Sie schüttelt sie aus und faltet sie ordentlich zusammen. »Claudia und Monique sind auf dem Weg hierher.«

Scheiße. Nicht sie. Nicht jetzt. Vorzugsweise niemals.

»Hierher? Warum?«

Nina hebt eine Zeitschrift vom Boden auf und legt sie in das Regal neben dem Nachttisch.

»Sie kommen vom Flughafen in Kastrup. Wollen kurz hereinschauen und hallo sagen.«

»Du hättest sagen können, dass wir nicht zu Hause sind ... oder irgendwas, aber ...«

Meine Frau wirft mir einen strengen Blick zu.

»Claudia ist meine Schwester.«

»Aber du magst sie nicht.«

»Ich mag sie sehr wohl! Und sie werden nicht lange bleiben. Jetzt beweg dich, hilf mir.« Sie ist bereits auf halbem Weg in die Küche. »Sollen wir Glühwein trinken? Oder Kaffee? Was meinst du?«

29

NINA

»Herzlich willkommen!«

Meine Schwester strahlt hell wie die Lichterkette im Strauch hinter ihr. Sie trägt einen figurbetonten elfenbeinfarbenen Mantel, und ihr langes dunkles Haar wird zum Teil von einer Mütze von GANT bedeckt. Das Markenetikett ist deutlich zu sehen, auch wenn es diskret in den Saum eingenäht ist.

Neben Claudia steht Monique und lächelt übers ganze Gesicht. Ihr gestreifter Schal hängt lässig über ihrem dunklen Wollmantel. Pauline hält Moniques Hand fest umklammert. Die Vierjährige beobachtet mich aus großen braunen Augen.

»Bonjour, Nina.«

Monique beugt sich vor und gibt mir einen schmatzenden Kuss unters Ohr. Ich brauche meine gesamte Willenskraft, nicht zurückzuzucken. Diese kontinentalen Wangenküsschen sind nicht mein Ding. Ich habe nie herausgefunden, wie viele Küsschen es sein müssen oder wie oft man die Seiten wechselt.

Claudia umarmt mich, und meine Bluse klebt an meinem Rücken. Ich bin immer noch verschwitzt vom Staubsaugen und hatte kaum Zeit, die Jogginghose aus- und die Jeans anzuziehen, als es auch schon an der Tür geklingelt hat.

»Es ist so klasse, dass ihr vorbeikommen konntet. Kommt herein.« Ich gehe in die Hocke. »Hallo, Pauline. Erinnerst du dich an mich? Ich bin Tante Nina.«

Das Mädchen wendet sich ab und verbirgt ihr Gesicht in Moniques Mantel.

»Wohl kaum.« Claudia lacht. »Sie war erst zweieinhalb, als wir uns das letzte Mal gesehen haben.«

Monique schiebt Pauline vor sich her, und bald sind alle im Warmen. Der Eingangsbereich wirkt ungewohnt eng, fast klaustrophobisch. Plötzlich fällt mir auf, wie abgenutzt unsere Haustür ist. Am unteren Rand sind ganze Holzsplitter abgeplatzt, und die braune Beize passt überhaupt nicht zu der hellgrauen Farbe, mit der ich die Wände in den Osterferien gestrichen habe.

»Ihr müsst die Unordnung entschuldigen«, sage ich mit einer ausladenden Geste und schaue dabei zufällig in den Spiegel. Meine Haare stehen in alle Richtungen ab. Das muss an meiner Mütze aus Kunststofffasern liegen. »Wir waren heute nicht auf Besuch vorbereitet.«

Claudia scheint nach einem Bügel zu suchen, sagt aber nichts. Am Ende hängt sie ihren Mantel an einen Haken neben Vilgots schmutzigen Schneeanzug. Ich kann einfach nicht anders und hoffe, dass er einen Fleck hinterlässt, ein bisschen braunen Matsch auf diesem elfenbeinfarbenen Stoff.

Wir verlassen den Flur. Pauline muss aufs Klo, und Monique geht mit ihr. Ich gehe in die Küche.

Claudia folgt mir und bleibt vor der Kühlschranktür stehen, wo Stundenpläne, Merkzettel und alte Fotos bunt durcheinander mit einer Vielzahl phantasievoller Magneten befestigt sind. Jemand sollte etwas gegen dieses Chaos unternehmen.

»Und, wie geht es euch?«

Claudia geht zum Tisch, nimmt die Zeitung und blättert zerstreut darin.

»Super.« Ich werfe ein Dutzend tiefgefrorene Zimtschnecken in die Mikrowelle. »Und dir?« Ich sehe meine Schwester an. »Gefällt dir Brüssel immer noch?«

»Es ist großartig.« Claudia lässt die Zeitung fallen. »Viel Arbeit, natürlich. Wie immer.« Sie lächelt und berührt den Diamanten an ihrem Ehering. »Aber wir haben jetzt ein Au-pair-Mädchen. Ein wirklich tolles Mädchen. Aus Spanien. Ana studiert Französisch in Brüssel, und wir sind sehr zufrieden mit ihr.«

Ich beiße mir auf die Lippe und zähle bis zehn.

»Habt ihr beide nie daran gedacht, weniger zu arbeiten?«

»Das geht nicht«, sagt Claudia. »Niemand in meiner Abteilung arbeitet Teilzeit. Bei Monique ist es genauso.«

Sie bemerkt Fredrik und beginnt zu strahlen.

»Mein Lieblingsschwager!« Claudia stürzt sich auf meinen Mann. »Es ist ewig her.«

Fredrik ist nicht ganz so munter. Als die Umarmungsorgie vorbei ist, geht er ins Wohnzimmer, um die anderen zwei zu begrüßen.

Die Mikrowelle klingelt. Ich öffne die Tür, hole die Zimtschnecken heraus und lege sie auf einen Teller.

Claudia kommt zu mir und senkt die Stimme.

»Wie geht es ihm?«

»Wem?«

»Fredrik. Er ist leichenblass.«

Ich stelle mich auf die Zehenspitzen, um an die Servietten im Schrank zu kommen. Claudia hebt den Arm und holt sie mühelos herunter. Sie ist diejenige, die Mamas lange Beine geerbt hat. Ich habe stattdessen Papas ehe kompakte Statur abbekommen.

»Er hat etwas Stress bei der Arbeit, das ist alles«, sage ich.

»Darf ich aufstehen?«

Anton zappelt schon eine ganze Weile herum, und ich weiß, dass er es hasst, mit Erwachsenen herumzusitzen, die er nicht kennt. Gezwungen zu sein, Fragen über die Schule und Fußball zu beantworten. Und das auch noch auf Englisch.

Da Fredrik nicht reagiert, nicke ich, und Anton rutscht vom Stuhl. Smilla schließt sich ihm sofort an.

Vilgot schleicht sich davon, sobald er den letzten Lebkuchen aufgegessen hat, doch Pauline sitzt immer noch auf dem Sofa zwischen ihren Eltern. An Claudias Miene sehe ich, dass sie unsere Kinder für schlecht erzogen hält.

»Um wie viel Uhr kommt ihr am Samstag?«, fragt sie.

Meine Schwester hat den Versuch aufgegeben, sich mit Fredrik zu unterhalten, und richtet ihre ganze Aufmerksamkeit auf mich.

»Ich weiß es nicht. Vielleicht um die Mittagszeit. Oder wir essen Mittag zu Hause. Ich rede mit Mama, was sie für das Beste hält.«

Ich beneide Mama und Papa nicht darum, dass Claudias Familie fünf Tage bei ihnen bleiben wird. Meine Mutter sagt, dass sie sie gern zu Besuch hat, aber ich habe da meine Zweifel. Papa hat mir erzählt, dass Mama normalerweise schon Wochen vor der Ankunft von Claudia und Anhang hysterisch ist. »Man könnte meinen, die königliche Familie reist an. Inger dreht völlig durch.«

Schließlich sieht Monique auf ihre Uhr. Sie sagt leise etwas zu meiner Schwester, die aufsteht und anfängt, die Becher einzusammeln.

»Es wird Zeit, dass wir aufbrechen«, sagt sie. »Wir haben gesagt, dass wir gegen sechs bei ihnen sind.«

»Schon? Zu schade. Aber wir sehen uns ja schon bald wieder.« Claudia lächelt.

»Es ist auch schön, dass die Kinder sich dann länger sehen. Wir wollen, dass Pauline ihre Cousine und Cousins kennenlernt.«

Als würden Anton und Smilla sich für ein kleines Mädchen interessieren, das mehr als zehn Jahre jünger ist als sie und fast nur Französisch spricht.

»Fredrik«, sage ich etwas lauter als beabsichtigt. »Kannst du bitte den Tisch abräumen?«

Er schreckt zusammen, als hätte ich ihn gerade aus dem Tiefschlaf geweckt, und springt sofort vom Sofa auf. Seine Bewegungen sind fahrig, als er Teller und Gläser unbeholfen auf das Tablett stellt.

»Danke für den Kaffee, Schwesterherz.« Claudia stellt zwei Becher in die Spüle. Sie ist schon auf dem Weg zurück ins Wohnzimmer, als sie am Küchentisch stehen bleibt. »Puh.« Mit einem Nicken deutet sie auf die aufgeschlagene Zeitung. »Hast du das gesehen?«

»Was denn?«

Ich stelle die Lebkuchendose in den Schrank und schließe die Tür.

»Das hier.« Meine Schwester tippt auf die Zeitung. »Ich habe vorhin kurz die Schlagzeile gelesen. Über das vermisste Mädchen.«

Claudia beugt sich über den Tisch. Ich halte den Atem an und hoffe.

»Wiksell?« Sie sieht mich mit großen Augen an. »Jennifer *Wiksell*! Ist das nicht Lollos Tochter?«

Ich atme aus.

»Ja.«

»Mein Gott, Nina! Warum hast du denn nichts gesagt? Das ist ja furchtbar? Was glaubst du, was passiert ist?«

Fredrik betritt die Küche. Er stellt das Tablett auf die Arbeitsplatte und dreht sich um.

»Was soll wem passiert sein?«

Meine Schwester deutet erneut auf die Zeitung.

»Ihr.«

Er geht zu Claudia und schaut ihr über die Schulter.

Eine Sekunde später stützt Fredrik sich mit beiden Händen

auf die Rückenlehne eines Stuhls. Wie erstarrt steht er am Ende des Tisches, jede Farbe ist aus seinem Gesicht gewichen, und sein Atem geht stoßweise.

»Fredrik?« Ich eile zu ihm und lege ihm eine Hand auf den Arm. »Ist alles in Ordnung mit dir?«

Fredrik reagiert nicht. Er steht nur da, die Augen geschlossen. Seine Lippen sind zu einer dünnen Linie zusammengepresst. Er schluckt mehrmals, dann lässt er unvermittelt den Stuhl los und rennt ins Badezimmer.

30

LOLLO

Verwirrt sehe ich mich um, als sei ich noch nie hier gewesen. Weiße Wände, weiße Möbel, weiße Bettwäsche. Weiße und lila Kissen. Alles nach Jennifers Wünschen.

Schon gestern Abend fühlte es sich falsch an, hier rumzustöbern. Ich hatte ständig das Gefühl, sie könnte jeden Moment hereinplatzen und wissen wollen, was zum Teufel wir hier zu suchen haben.

Mein Magen zieht sich zusammen, als ich das zerwühlte Bettzeug und den BH sehe, der über dem Kopfende hängt. Die flauschigen Hausschuhe neben ihrem Schrank bringen mich fast zum Weinen. Genau aus diesem Grund habe ich Jennifers Zimmer heute gemieden.

Aber jetzt bin ich hier. Denn je mehr ich darüber nachdenke, desto überzeugter bin ich: Wenn es irgendwelche Antworten auf unsere Fragen gibt, dann müssen sie hier zu finden sein, in dem Zimmer, in dem Jennifer den größten Teil ihrer wachen Zeit verbringt.

Die Polizei scheint es nicht eilig zu haben, aber ich. Jede Sekunde, die verstreicht, spüre ich pochend im ganzen Körper, und sie erinnert mich daran, dass die Zeit vergeht.

Es muss etwas passieren.

Ich trete an den Schreibtisch, ziehe die oberste Schublade auf und wühle im Durcheinander. Zerbrochene Stifte, Radiergummis, Büroklammern und Gummibänder. In der nächsten Schublade sind ein paar Notizbücher und Unmengen loser Blätter. Offenkundig Schulsachen. Ich nehme ein Blatt Papier, auf dem Jennifer Fragen über den Zweiten Weltkrieg beantwortet hat.

Geschichte gehörte in der Schule nie zu meinen Lieblingsfächern. Vielleicht in der Mittelstufe, als wir etwas über die Wikinger gelernt und ein Wikingerdorf aus Pappmaché gebaut haben. Das hat Spaß gemacht. Aber dann erlahmte mein Interesse. Warum in der Vergangenheit graben, wenn du in die Zukunft schauen kannst?

Ich lege das Blatt zurück in die Schublade und überfliege die anderen Blätter, finde jedoch nichts Interessantes. Aufgaben in Schwedisch, Mathe und Englisch, darunter Informationen der Berufsberatung, eine Partyeinladung der Schülervertretung und die Broschüre einer Firma, die Absolventenhüte verkauft. Jetzt schon? Bis dahin ist wirklich noch genügend Zeit. Ich schließe die Schublade und stehe einfach nur da. Wonach suche ich eigentlich?

Ich nehme an, ich suche nach Hinweisen zu Jennifers Leben. Aber wo könnten die sein? Und was meine ich genau mit Hinweisen?

Nina und Malena haben beide Tagebuch geschrieben, als wir auf dem Gymnasium waren. Ich fand das ziemlich albern. Gleichzeitig hätte ich meine rechte Hand geopfert, um zu erfahren, was sie dort hineinschrieben.

Nina war immer sehr darauf bedacht, ihr Tagebuch zu verstecken, sobald jemand ins Zimmer kam, und hat immer ein Riesending daraus gemacht. Ein einziges Mal hat sie es offen auf dem Schreibtisch liegen lassen. Es war wie eine Einladung, darin zu lesen. Ich weiß noch, dass ich dachte, sie hätte es mit Absicht liegen lassen. Weil sie *wollte,* dass ich es sehe.

Die Seiten waren vollgekritzelt und ließen mein Herz vor Aufregung galoppieren, aber wie immer war es Nina, die mich davor bewahrte, zu weit zu gehen. Ich hörte ihre Schritte draußen vor der Tür und konnte kaum mehr als ein paar Worte entziffern, ehe ich mich wieder aufs Bett warf. Trotzdem plagte mich noch wochenlang ein schlechtes Gewissen.

Führt Jennifer Tagebuch? Es ist mir peinlich, aber ich habe keine Ahnung. Auf jeden Fall habe ich sie nie in irgendetwas schreiben sehen, das aussieht wie ein Tagebuch. Sie starrt immer nur auf einen Bildschirm, egal, wie spät es ist. Entweder auf ihr Telefon oder ihren Computer oder auf beides gleichzeitig. Vielleicht schreibt sie auf ihrem Laptop?

Mir dreht sich der Magen um. Ihr Computer! Wie zum Teufel konnte ich ihren Computer vergessen? Der Schlafmangel muss mein Gehirn in Brei verwandelt haben.

Ich drehe mich um, suche das Zimmer ab. Jennifers Laptop steht normalerweise auf ihrem Schreibtisch, aber jetzt ist die Oberfläche leer und aufgeräumt. Hat sie ihren Computer zur Silvesterparty mitgenommen? Das würde auf eine geplante Flucht hindeuten. Du nimmst keinen Computer zu einer Party mit, wenn du vorhast, am nächsten Tag wieder nach Hause zu fahren.

Hoffnung keimt in mir auf, doch dann entdecke ich unter einer Zeitschrift auf dem Nachttisch etwas Silbriges. Meine Hoffnung erlischt.

Ich ziehe den Laptop hervor, setze mich aufs Bett, klappe den Deckel auf und sehe zu, wie der Bildschirm langsam zum Leben erwacht. Unter dem runden Bild einer gelben, einäugigen Figur ist ein graues Feld, in dem die Worte *Passwort eingeben* stehen. Ich seufze angesichts meiner Dummheit. Natürlich ist der Computer passwortgeschützt.

Ich schließe die Augen und versuche, nachzudenken. Wenn ich Jennifer wäre, was wäre mein Passwort?

Chanel
Funktioniert nicht.
Jennifer
Funktioniert nicht.
Jenni
Funktioniert nicht.
123 456
Funktioniert nicht.
Ich probiere alle Namensvarianten, aber kleingeschrieben. Ich hänge einen Punkt am Ende an und füge Jennifers Geburtstag hinzu. Aber der Computer weigert sich, mich reinzulassen.

Dann habe ich eine Eingebung und tippe einen anderen Namen ein.
Jussi.
Es funktioniert.

31

NINA

»Es ist wahrscheinlich keine Magen-Darm-Grippe, sondern Stress. Wie gesagt, hat Fredrik schon sehr lange übermäßig viel zu tun. Bitte, erwähne es Mama gegenüber nicht.« Ich sehe Claudia fest an. »Sie macht sich sonst nur Sorgen. Und erwähne bloß nicht diese Sache mit Jennifer …«

»Sie haben wahrscheinlich immer noch den *Sydsvenskan* abonniert«, unterbricht meine Schwester mich.

Sie steht vollständig angezogen draußen vor der Tür und hat es geschafft, ihre Familie binnen weniger Minuten zu evakuieren.

»Das stimmt«, sage ich. »Aber ich wette, dass Mama gerade nicht dazu kommt, die Zeitung zu lesen. Vermutlich hat sie anderes zu tun, wenn du zu Besuch kommst.«

»Also gut.« Claudia zuckt mit den Schultern. »Sag Fredrik, er soll schnell wieder gesund werden.«

Meine Schwester sieht mich an, als wären wir absichtlich darauf aus, sie bei einem ihrer seltenen Heimatbesuche mit einem Magen-Darm-Virus anzustecken.

»Wir sehen uns Samstag«, sage ich und winke Monique zu, die bereits in den weißen Mietwagen gestiegen ist.

Claudia wendet sich ab, ich schließe die Tür und eile ins Schlafzimmer.

Fredrik liegt auf dem Bett, auf der Tagesdecke. Er hat die Augen geschlossen und rührt sich nicht. Für den Bruchteil einer

Sekunde denke ich, dass er tot ist, und mir wird am ganzen Körper kalt. Doch als ich mich auf die Bettkante setze, zuckt er zusammen, öffnet die Augen und lächelt mich matt an. Ich nehme seine Hand, sie zittert.

»Fredrik, deine Hand …«

»Ich weiß«, murmelt er. »Aber das geht wieder vorbei.«

Ich streiche über die Hand und entdecke drei rote Streifen, fast parallele Kratzer. Sie sehen leicht entzündet aus.

»Was ist das?«

»Nichts.« Fredrik verzieht das Gesicht. »Ich habe mich neulich an einem Zweig geschrammt.«

»Hast du im Garten gearbeitet?« Ich drehe seine Hand um. »Wann denn?«

»Ich weiß nicht mehr genau, wann es passiert ist.« Er sieht mich müde an. »Und ich habe auch nicht im Garten gearbeitet. Wahrscheinlich habe ich auf dem Weg zum Auto nur einen Stock aufgesammelt oder so.«

»Vielleicht ist dabei auch deine Jacke kaputtgegangen.«

»Meine Jacke ist kaputt?« Fredrik erstarrt und sieht mich fragend an. »Wo?«

»An der Seitennaht«, sage ich. »Sie ist aufgerissen, und ein paar Fäden hängen raus.«

»Ach das … das ist schon eine ganze Weile so.«

Er schließt erneut die Augen, und ich seufze.

»Fredrik, allmählich mache ich mir ernsthaft Sorgen um dich. Was, wenn du richtig krank bist? Eine Krankheit, die dir die Energie raubt? Vielleicht bist du gar nicht gestresst, sondern brauchst einen Arzt!«

Fredrik öffnet die Augen.

»Würdest du bitte aufhören, rumzunörgeln?« Jetzt klingt er verärgert. »Mit mir ist alles in Ordnung. Mir war nur ein wenig übel, das ist alles.«

Ich lasse seine Hand los und stehe auf.

»Ich nörgele nicht rum. Und wie kannst du sauer auf mich sein, weil ich mir Sorgen mache? Verstehst du nicht, dass ich wissen will, was los ist?« Tränen steigen mir in die Augen. »Ich erkenne dich nicht wieder.«

»Gar nichts ist los«, sagt er tonlos. »Lass mich einfach in Ruhe.«

Unsere Flöße treiben noch weiter auseinander, schäumend schlägt das Meer über uns zusammen.

Smilla blättert durch die Zeitung. Sie trägt Leggings, dicke Socken und einen großen Kapuzenpullover, der einmal Fredrik gehört hat. Die Kapuze ist tief heruntergezogen und verdeckt ihr Gesicht, aber als ich die Küche betrete, schiebt sie sie zurück und schaut auf.

»Hier steht was über Jennifer.«

Mit einem Nicken deutet sie zur aufgeschlagenen Zeitung auf dem Tisch.

Ich versuche, meine Frustration abzuschütteln, und sage mir, dass Fredrik sich nicht gut fühlt, dass er nichts für sein Verhalten kann. Mit einem Arm um Smillas Schultern, beuge ich mich vor und überfliege den kurzen Artikel.

Es ist dieselbe Meldung, die heute Morgen schon online zu lesen war. Das Foto muss ein paar Jahre alt sein, Jennifer sieht darauf jünger aus, als sie ist. Im letzten Satz appelliert die Polizei an die Öffentlichkeit, ihr bei der Suche behilflich zu sein.

Smilla dreht sich um, drückt sich wortlos an meine Brust. Ich umarme sie fest, und die Wärme ihres Körpers sickert in meinen eigenen. Ich danke Gott, dass meine Tochter in diesem Moment hier bei mir ist.

»Ich liebe dich, Smilla«, flüstere ich und atme den Duft ihrer zerzausten Haare ein. Eine schwere Mischung aus Shampoo, Conditioner und Haarspray.

»Ich weiß«, sagt sie und fügt hinzu: »Ich dich auch.«

Oben wird eine Tür geöffnet, und Antons Stimme hallt die Treppe hinunter.

»Wann gibt es Abendessen?«

»Bald.« Und lauter füge ich hinzu: »Fang kein neues Spiel an.«

Anton knallt seine Tür zu, und Smilla entzieht sich meiner Umarmung.

»Was gibt es zu essen?«, fragt sie.

»Keine Ahnung«, sage ich. »Aber uns wird schon was einfallen.«

Smilla drückt sich in der Küche rum. Sie steht eine Weile vor dem Dezemberblatt vom Kalender des letzten Jahres. Es zeigt ein Familienfoto vom vorletzten Weihnachten, eine Ausnahme unter den Vilgot-Fotos, die jetzt standardmäßig unsere Fotokalender bestücken. Ich mag das Bild. Wir sehen alle glücklich aus. Und das liegt daran, dass wir Spaß hatten. Anton hatte es nach vielen gescheiterten Versuchen geschafft, einen alten Selfiestick ans Laufen zu bringen.

Wir sollten mehr Zeit miteinander verbringen, die ganze Familie. Wann haben wir zuletzt zu fünft etwas gemeinsam unternommen? Ich zermartere mir den Kopf, aber ich kann mich an keine einzige Aktivität erinnern, die wir seit letztem Sommer gemeinsam unternommen haben. Da waren wir in Gotland und mussten – zur großen Freude einiger Teilnehmer – früher wieder nach Hause zurück. Abendessen zu Hause zählen nicht. Und Weihnachten ist ein Muss.

Vielleicht sollten wir Smilla und Anton zwingen, hin und wieder auf kurze Ausflüge mitzukommen. Die Gelegenheit nutzen, dass sie noch minderjährig sind. Denn wenn wir es schaffen, etwas zusammen zu unternehmen, ist es normalerweise richtig schön.

Es geht nur darum, diese ersten paar Stunden mit schweren

Seufzern und Stöpseln in den Ohren zu überstehen. Nein, das ist nicht alles – als Erstes und vor allem geht es darum, überhaupt die Energie aufzubringen, so etwas zu planen. Darin waren wir in letzter Zeit ziemlich schlecht. Aber dieses Wochenende werden wir wenigstens zu Mama und Papa fahren. Dieser Ausflug zählt.

Smilla wendet sich vom Kalender ab und geht zum Fenster. Ich sehe nur ihren Rücken.

»Was glaubst du, was die Polizei jetzt macht?«

Ich stelle den Wasserhahn an und fülle einen großen Topf mit Wasser. Heute Abend gibt es Nudeln mit roter Soße.

»Du meinst, ob sie nach Jennifer suchen?«

Smilla murmelt etwas Unverständliches, und ich drehe den Kopf und betrachte ihre schlanke Gestalt, die fast im riesigen Kapuzenpulli verschwindet.

»Keine Ahnung, Schatz. Ich weiß nicht, wie lange eine Person verschwunden sein muss, bevor sie ernsthaft anfangen zu suchen.«

»Gestern Abend schienen sie es jedenfalls nicht besonders eilig zu haben.«

»Ich nehme an, die Polizei wartet erst einmal ab«, sage ich und salze das Wasser. »Es ist nicht ungewöhnlich, dass Teenager vermisst werden, ohne wirklich zu verschwinden. Sie vergessen, Bescheid zu sagen, wohin sie gehen, laufen von zu Hause weg, weil sie sich mit ihren Eltern gestritten haben …«

Smilla dreht sich um und sieht mich mit glänzenden Augen an.

»Aber Jennifer würde niemals irgendwohin gehen, ohne jemandem Bescheid zu sagen.«

»Bist du dir da ganz sicher?« Ich öffne den Kühlschrank und schaue ins Gemüsefach. »Ihr habt euch in letzter Zeit nicht oft getroffen.«

In der Schublade entdecke ich zwei gelbe Zwiebeln und einen welken Kopfsalat. Ich nehme eine der Zwiebeln, die mir prompt aus der Hand rutscht und über den Boden rollt. Smilla fängt sie ein und legt sie mit einem Knall aufs Schneidebrett.

»Ich kenne Jennifer schon mein ganzes Leben lang.«

»Ich weiß. Aber Menschen verändern sich. Und wenn du sie nicht mehr so oft siehst, fällt es dir vielleicht nicht so auf.«

Meine Gedanken wandern zu Lollo und Malena, zu unserer Freundschaft und wie sie sich im Laufe der Jahre verändert hat. Aus dem Wir-gegen-den-Rest-der-Welt-Gefühl sind zwei festliche Familientreffen pro Jahr geworden, ohne dass wir in der Zeit dazwischen nennenswerten Kontakt hätten.

»Es ist nur …« Smilla schluchzt auf. »Ich dachte, die Silvesterparty würde alles wieder in Ordnung bringen und dann wäre alles wieder gut.«

Ich lege mein Messer auf das Schneidebrett und gehe zu ihr.

»Wieso ›wieder gut‹? War es denn schlecht?«

»Nicht schlecht, aber …« Smilla reibt sich die Augen. »Wir haben uns seit dem Sommer nicht mehr gesehen, hatten nur ab und zu über Snap Kontakt. Ich dachte, es läge an der Schule, dass sie zu viel zu tun hat oder so. Aber jetzt … jetzt ist einfach alles im Arsch.«

»Ach, Schatz.« Ich nehme Smilla in den Arm. »Ich bin sicher, das war wirklich eine nette Geste von dir. Du kannst nichts dafür, dass es so gekommen ist.«

»Wo ist Papa?«

Sie entzieht sich meiner Umarmung und sieht sich um, ohne zu wissen, welches Drama sich vor erst einer Stunde in dieser Küche abgespielt hat.

»Papa ruht sich aus.«

»Ist er krank?«

Ich konzentriere mich mit aller Kraft darauf, die Zwiebel zu schneiden, um die Antwort hinauszuzögern. Smilla ist fast erwachsen. Ich könnte meine Sorgen mit ihr teilen, sie würde sie vielleicht sogar verstehen. Aber ich will nicht, dass Smilla sich zu allem Überfluss auch noch Sorgen um ihren Vater macht. Sie hat es schon schwer genug.

»Nein«, sage ich. »Er hat nur bei der Arbeit richtig viel zu tun und braucht Zeit, um sich zu erholen.«

Sie sieht mich an, sagt aber nichts.

»So ist das manchmal«, fahre ich fort. »Die Erschöpfung kommt erst, wenn du eine Pause und Zeit hast, dich zu entspannen.«

»Na gut.« Smilla zuckt mit den Schultern. »Aber er wird doch mitessen, oder? Soll ich für ihn mit decken?«

Tränen steigen mir in die Augen. Das muss die Zwiebel sein.

32

LOLLO

Jussi war Jennifers erster Teddybär. Oder besser *ist,* denn er existiert immer noch. Ein klassischer brauner Teddy, den Papa und Agneta ihr geschenkt haben, als sie ihr Enkelkind auf der Entbindungsstation besucht haben. Jussi bekam seinen Namen, als Jennifer anfing zu sprechen, und er hat uns überallhin begleitet. Von der Wohnung in Slottstaden über das Reihenhaus in der Bunkeflostrand bis zu unserer jetzigen Adresse. Tagein, tagaus saß er auf Jennifers größer werdenden Betten und starrte uns mit seinem traurigen Blick an.

Doch als wir Jennifers Zimmer im letzten Winter neu eingerichtet haben, wurde er verbannt.

»Er passt hier nicht rein«, sagte Jennifer und legte ihn in den Karton, der auf den Dachboden wandern sollte. »Er ist zu braun.«

Meine Tochter war noch nie sonderlich nostalgisch, also bin ich ziemlich erstaunt, dass sie Jussi als Passwort verwendet. Er muss sie traurig angestarrt haben, als sie diesen Computer zu Beginn ihres ersten Schuljahres in der Oberstufe eingerichtet hat. Damals durfte er noch im Zimmer sein.

Ich entsperre den Bildschirm und sehe, dass das Browserfenster geöffnet ist. Jennifer scheint mitten in einem YouTube-Video den Laptop zugeklappt zu haben, und ich klicke auf den Zurück-Button, um mir die Chronologie anzeigen zu lassen. Ein weiterer Clip wird aufgelistet. Bei beiden geht es darum, wie man Make-up-Grundierung aufträgt.

Ich überlege kurz, ob es falsch ist, mir Jennifers Computer anzusehen, bevor die Polizei es tut. Was, wenn ich irgendwelche wichtigen Hinweise vernichte? Aber was für Hinweise könnten das sein? Und wohin könnten sie führen? Außerdem hat niemand nach dem Computer gefragt.

Mein Hals juckt, und ich kratze mich, bis es brennt. Warum zum Teufel hat niemand darum gebeten, einen Blick auf Jennifers Computer werfen zu dürfen? Ist das nicht normalerweise eines der ersten Dinge, die die Polizei macht, wenn jemand als vermisst gemeldet wird?

Ich öffne das E-Mail-Programm und überfliege die lange Liste der Absender. Die meisten haben etwas mit der Schule zu tun. Lehrer haben Aufgaben geschickt, von Emma Lundberg stammt eine Mail über die Vorbereitungen für ein Gruppenprojekt. Der Name Samira fällt mir auf, also öffne ich die Mail. Wer ist das? Wie sich herausstellt, geht Samira, genau wie Emma, in Jennifers Klasse, und sie haben zusammen an einer Englischaufgabe gearbeitet. Warum hat sie mir nie von diesen ganzen Referaten und Arbeitsgruppen erzählt? Meine Wangen werden heiß, denn ich kenne die Antwort auf diese Frage, und ich fühle mich schuldig. Es hat uns nicht interessiert. Wir haben uns nicht darum gekümmert. Vor allem, weil wir uns nie darum kümmern *mussten.*

Jennifer hat immer aus eigenem Antrieb gut in der Schule mitgearbeitet, in allen Fächern außer Mathe ist es immer gut gelaufen. Sie ist intelligent und scheint mehr oder weniger ein fotografisches Gedächtnis zu haben. Seit der ersten Klasse beschwert sie sich, dass ihre Klassenkameraden so schwerfällig seien. Die größte Herausforderung für Jennifers Lehrer war es immer, sie bei der Stange zu halten. Die Schule wurde nur dann zum Problem, wenn sie sich langweilte.

In der Grundschule gab es einige Lehrer, die behaupteten, Jennifer hätte ein Disziplinproblem und würde ihre Freunde zu allerlei Unfug anstiften. Aber diese Lehrer waren ganz still, als sich herausstellte, dass es an ihrem Unterricht lag, dass sie es versäumt hatten, Jennifer ausreichend anregende Aufgaben zu geben.

Ich habe viele Eltern-Lehrer-Gespräche damit verbracht, weinerlichen Pädagogen, die Jennifer schwierig fanden, die Situation zu erklären. Es ist so typisch für heutige Schulen, dass nur die schlechten Schüler Aufmerksamkeit und Unterstützung bekommen, während die, die schon weiter sind, in ihrer Entwicklung gebremst werden.

Seit Jennifer auf dem Gymnasium ist, haben wir keine Beschwerden mehr gehört. Ich glaube, der Unterricht passt endlich zu ihr – und fordert sie vielleicht sogar heraus.

Unter den Schul-E-Mails sind auch Anzeigen von ein paar Onlineshops, bei denen Jennifer sich gern Klamotten bestellt. Als sie sechzehn wurde, haben wir es so eingerichtet, dass sie selbst online bestellen kann, ohne dass wir dabei sind. Sobald Max oder ich versucht haben, ihr zu helfen, hat es immer im Streit geendet, vor allem weil Max oft in Frage gestellt hat, was sie kaufen wollte. Mein Mann mag Luxus und technische Spielereien, ist aber auch sehr preisbewusst.

Preisbewusstsein ist allerdings nichts, was man von Jennifer sagen könnte. Im ersten Jahr hat sie jede zweite Woche über ihr Limit eingekauft, doch Max' unzählige Vorträge müssen geholfen haben, denn es ist lange her, dass wir eine Rechnung für sie bezahlen mussten.

Ich erstarre, als Chanel ins Zimmer kommt, und merke, wie nervös ich bin. Als wäre das, was ich tue, falsch. Ich weiß, dass Jennifer ausrasten würde, wenn sie wüsste, dass ich ihre E-Mails lese.

»Es tut mir leid, Schatz«, flüstere ich, gerade als ich in der rechten Ecke des Bildschirms ein einzelnes Word-Dokument entdecke.

Das Dokument trägt den Titel *Diverses,* aber irgendetwas sagt mir, dass der Name nichts mit dem Inhalt zu tun hat. Ich doppelklicke auf das Icon und merke sofort, dass mein Bauchgefühl mich in die richtige Richtung geführt hat. Meine Nackenhaare stellen sich auf, als ich die Überschrift lese. *Für dich.*

Es handelt sich zwar nicht um Tagebucheinträge, zumindest nicht so, wie ich mir ein Tagebuch vorstelle. Jeder Textabschnitt ist datiert, aber hat nichts damit zu tun, was Jennifer an dem fraglichen Tag gemacht hat. Es sind eher Gedichte. Sehr überraschend.

5. Juli 2018
Die Luft war elektrisch.
Hast du es bemerkt?
Du musst.
Deine Hände.
Ich will sie auf meinem Körper spüren.
Wieder.

Die Worte auf dem Bildschirm machen mich verlegen. Und beschämt. Sie sind nicht für meine Augen bestimmt. Aber ich zwinge mich, weiterzulesen, also scrolle ich nach unten bis zur letzten Seite.

28. Dezember 2018
Ich liebe dich.
Ich hasse dich.
Aber mich hasse ich mehr.

Der letzte Eintrag hinterlässt ein sehr ungutes Gefühl in der Magengegend. Hat sie also doch über Ali geschrieben? Ist Jennifer unglücklich in ihn verliebt? Vielleicht geht es hier nur um klassische Teenagergefühle, um die Sehnsucht nach wahrer Liebe.

Das spielt keine Rolle. Die Gedichte bringen mich nicht weiter, sie verraten mir nichts darüber, wo Jennifer sein könnte. Ich schließe das Dokument und mustere die offenen Tabs im Browser.

Jennifer hat eine Netflix-Serie angeschaut und mittendrin damit aufgehört. Und sie hat sich noch weitere YouTube-Videos angesehen. Süße Katzenbabys.

Facebook ist im letzten Tab geöffnet. Jennifer benutzt Facebook? Ich erinnere mich, wie ich ihr vor ein paar Jahren geholfen habe, einen Account zu eröffnen. Da war sie noch keine dreizehn, aber ich habe ihr unter einer falschen Altersangabe ein Profil erstellt, unter der Bedingung, dass sie mit mir befreundet ist, damit ich ihre Aktivitäten im Blick behalten kann.

Gott sei Dank hat Jennifer nie viel auf Facebook gemacht. Sie schien sich nur für das zu interessieren, was andere Leute posten. Ein paar Jahre später wurde Instagram populär, und sie ließ Facebook ganz sein. Sie sagte, das sei etwas für alte Leute.

Aber offensichtlich nutzt sie es wieder. Ich klicke auf den Tab und erschrecke.

Das Profilbild zeigt das Brustbild einer jungen Frau. Ihre Brüste sind zusammengedrückt und hochgeschoben und springen fast aus dem winzigen Top. Ihre Lippen sind blutrot und halb geöffnet, die Augen schwarz und halb geschlossen. Diese Frau sieht aus wie eine Pornodarstellerin. Noch dazu aus einem B-Pornofilm.

Aber es besteht kein Zweifel, wer das ist. Das ist meine Tochter. Das ist Jennifer. Das Hintergrundbild ist eine Collage aus schwarzer Spitze und roten Rosen.

Jennifer Wicked.
Die unartige Jennifer.

Was ist das? Mir schwirrt der Kopf, als ich durch ihre Posts scrolle. Viele sind es nicht. Ich kann sehen, dass das Profil irgendwann im September eingerichtet worden ist. Das Hintergrundbild wurde von Jennifer Wicked Anfang Oktober geändert, und zum selben Zeitpunkt wurde eine Preisliste eingestellt.

Ich lese die obersten Einträge und schlucke hart.

Was ist das?

Mein Puls steigt, als mein Blick vom Profilbild zu dem Eintrag und wieder zurückspringt. Ich bin nicht blöd. Natürlich verstehe ich genau, was ich da sehe, aber ich kann es nicht verarbeiten. Mein Verstand weigert sich, diese Information aufzunehmen, er sucht nach anderen Erklärungen.

Jemand muss Jennifer reingelegt haben! Sie kann diese Sachen nicht freiwillig gepostet haben. Ich lese den Eintrag noch einmal.

Brüste 250 Kronen
Ganzer Körper 500 Kronen
Video 1000 Kronen

Heftige Übelkeit überkommt mich. Ich schaue mich um und habe das plötzliche Bedürfnis, das, was auf dem Bildschirm zu sehen ist, zu verstecken. Wer hat das gesehen? Ist dieses Profil öffentlich?

Ich überprüfe die Einstellungen und stelle fest, dass diese Seite Gott sei Dank privat ist. Jennifer Wicked hat nur etwa vierzig Freunde. Hastig rufe ich die Liste auf und überfliege sie. All ihre Freunde sind Männer, und ich kenne keinen einzigen von ihnen. Die Tatsache, dass sie da sind, muss bedeuten, dass Jennifer ihre Freundschaftsanfragen akzeptiert hat, aber es scheint keine

Aktivität auf der Seite gegeben zu haben. Es gibt keine Likes, weder unter ihrem Profilbild noch unter dem Hintergrundbild. Und niemand hat einen Kommentar hinterlassen.

Seltsam.

Mir schwirrt der Kopf, als ich versuche, aus all dem schlau zu werden. Könnte das ein Scherz sein? Nimmt sie nur ihre Freunde auf den Arm?

Ich versuche, mich zu beruhigen. Das muss es sein. Sie macht nur Spaß. Das ist nicht echt. Wenn ich recht überlege, wäre es typisch für Jennifer, beiläufig zu behaupten, sie würde online nackt posieren, und dann so zu tun, als würde sie das bis zum Ende durchziehen. Sie wäre durchaus in der Lage, ein Facebookprofil mit einer Preisliste und allem Drum und Dran zu erstellen, nur um zu provozieren.

Unsere Tochter war schon immer eine Herausforderung, sie ist neugierig, stur und bereit, Grenzen auszutesten – ihre eigenen und die anderer. Ich finde, das sind positive Eigenschaften. Mit Neugierde, Hartnäckigkeit und einer Portion Dreistigkeit kannst du im Leben weit kommen.

Ich persönlich fühle mich eher von Leuten provoziert, die nie etwas wagen. Es gibt so viele Menschen, die verbittert über ihr eigenes Leben und dabei zu feige sind, auch nur zu versuchen, etwas daran zu ändern.

Im Laufe der Jahre gab es immer wieder Leute, die der Meinung waren, Jennifer sei zu weit gegangen. Uns wurde oft gesagt, sie sei gedankenlos. Die Mutter eines Mädchens aus ihrer Fußballmannschaft hat sogar behauptet, Jennifer sei rücksichtslos und es fehle ihr an Mitgefühl. Nina und Malena haben beide gelegentlich angedeutet, dass mit ihr vielleicht etwas nicht stimmt, und uns nahegelegt, sie untersuchen zu lassen.

Ich kann nicht glauben, dass Erwachsene so etwas über ein Kind sagen können. Was für eine ungerechte Anschuldigung!

Jennifer ist ein Mädchen, das für sich selbst einsteht und sich traut, seinen eigenen Weg zu gehen. Das hat sie immer getan. Und wollen wir unsere Mädchen nicht auch genauso erziehen? Wird nicht selbst in der Schule versucht, ihnen Ehrgeiz, Ellenbogen und Selbstbewusstsein beizubringen?

Die Leute reden von Mädchenpower, aber in der schwedischen Gesellschaft wird offensichtlich mit zweierlei Maß gemessen – diese gottverdammte Gleichmacherei. Sei offen, aber nicht zu offen, das wäre zu aufdringlich. Du sollst spitze Ellenbogen haben, aber nicht zu spitz, denn das wäre zu unhöflich. Selbstbewusste Menschen gelten oft als Angeber.

Jennifer hat nie irgendetwas richtig gemacht, und ich denke, dass aus Ninas und Malenas Kritik vor allem Neid spricht. Während Jennifer auf sich selbst aufpassen kann, sind ihre Kinder so verhätschelt, dass sie sich nicht einmal selbst den Hintern abwischen können. Meiner Meinung nach ist Theo, der arme Kerl, krankhaft schüchtern. Manchmal frage ich mich, ob er autistisch ist oder so etwas, ob *er* nicht derjenige ist, der professionelle Hilfe braucht. Und das Mädchen aus der Fußballmannschaft war eine echte Heulsuse, sie fing jedes Mal an zu weinen, wenn sie hingefallen ist. Zum Fußballspielen gehört Körperkontakt, man muss damit rechnen, hin und wieder umgerannt zu werden.

Ich konzentriere mich wieder auf die Facebookseite. Als ich den verführerischen Blick von Jennifer Wicked sehe, muss ich weggucken. Ich kann es nicht ertragen, meine Tochter so aufgedonnert zu sehen. Neugier mag eine positive Eigenschaft sein, aber dieses Mal ist Jennifer zu weit gegangen.

»Warum tust du uns das an?«, murmele ich. »Und dir selbst?«

Erneut sage ich mir, dass diese Seite ein Scherz sein muss. Die leere Kommentarspalte bestärkt mich in dieser Schlussfolgerung. Aber das ist nicht lustig. Wenn die Polizei einen Blick auf den Computer wirft, sieht das gar nicht gut aus. Sie könnten auf die

Idee kommen, Jennifer würde das ernst meinen, und sie würden es nicht verstehen, wenn ich ihnen erkläre, dass das typisch für Jennifer und nur ein Ausdruck ihres Humors ist.

Der Adrenalinspiegel steigt wieder, und mir wird wieder schlecht. Ich schließe die Augen, sitze absolut still und versuche, klar zu denken. Allmählich setzt sich die Erkenntnis durch: Ich muss diese Seite löschen.

Rasch klicke ich mich zu den Einstellungen durch. Da ich als Jennifer Wicked eingeloggt bin, sollte es einfach sein, die Seite zu löschen. Der kleine Pfeil wandert über den Bildschirm, und unter *Kontoeinstellungen* finde ich die Option »Kontolöschung beantragen«. Aber im nächsten Moment merke ich, dass es darum geht, was zu tun ist, wenn der Kontoinhaber verstorben ist. Ich nehme die Finger von der Tastatur.

Gestorben.

Ich schließe erneut die Augen und habe das Gefühl, dass die Worte Wirklichkeit werden, wenn ich sie noch einmal lese.

Niemand ist gestorben. Niemand ist gestorben.

Ich wiederhole diesen Satz wie ein Mantra.

Nach ein paar tiefen Atemzügen zwinge ich mich, die Augen zu öffnen. Ich überfliege das Kleingedruckte und finde die Stelle, wo ein lebender Kontoinhaber seinen Account löschen kann. Doch offenbar bleiben einige Informationen erhalten – Freunde und Nachrichten zum Beispiel.

Das ist doch totale Scheiße. Es ist also völlig unmöglich, von Facebook zu verschwinden? Unterschreiben wir einen Vertrag auf Lebenszeit, sobald wir unsere Visage dort hochladen?

Hastig überlege ich, welche Möglichkeiten ich habe, und entscheide mich am Ende, das Konto zu deaktivieren. Es scheint die am wenigsten schreckliche Alternative zu sein. Und wird hoffentlich das Risiko minimieren, dass die Polizei diese Seite entdeckt, falls sie sich diesen Computer jemals ansieht. Wenn ich das Konto deaktiviere und dann die Chronologie im Browser lösche, sollte das die Sache für sie zumindest erschweren. Niemand wird nach einem Facebook-Account unter dem Namen Jennifer Wicked suchen. Sie werden nach Jennifer Wiksell suchen. Und ich kann mir nicht vorstellen, dass sie unter dem alten Konto viel finden werden.

Ich ziehe den Cursor über den Bildschirm und will gerade auf den richtigen Button klicken, als mein Telefon zu klingeln beginnt. Es liegt neben mir auf dem Bett, und ich gehe wie in Trance ran, ohne nachzusehen, wer anruft.

»Hallo, Lina Torrero hier, von der Polizei Malmö.«

Alles Blut sackt aus meinem Kopf, und das Bett scheint zu schwanken. Es gibt nur eine Frage, die ich stellen möchte, aber es scheint irgendwo einen Wackelkontakt zu geben. Die Worte bleiben mir im Halse stecken.

»Leider haben wir noch keine Neuigkeiten über Jennifer«, sagt die Frau, als könne sie meine Gedanken lesen. »Wir haben schon versucht, Ihren Mann zu erreichen, aber er geht nicht ans Telefon. Ich wollte nur wissen, ob einer von Ihnen zu Hause ist. Wir müssten uns Jennifers Computer ausleihen.«

»Ihren Computer?«

Meine Stimme ist dünn und zittrig.

»Sie hat doch einen, oder?«, fragt Lina Torrero.

»Ja.« Ich schlucke. »Ja, natürlich hat sie einen.«

»Gut. Dann wird im Laufe des Abends einer meiner Kollegen vorbeikommen und ihn abholen.«

Damit ist das Gespräch beendet.

Ich lege das Telefon beiseite und starre auf den Bildschirm vor mir. Es ist 18.28 Uhr. Halb sieben. Die letzte Stunde ist wie im Fluge vergangen. Aber wo ist Max? Er hätte schon längst zu Hause sein müssen. Und warum ist er nicht rangegangen, als die Polizei ihn angerufen hat?

Vielleicht ist er in seinem Auto. Max hat sich nie um das Handyverbot am Steuer geschert, aber es ist auch nicht ungewöhnlich für ihn, einen Anruf zu ignorieren.

Ich schaue erneut auf die Ziffern, nur um sicherzugehen, dass ich mich wegen der Uhrzeit nicht geirrt habe. Dabei fällt mein Blick auf ein kleines rotes Symbol in der rechten Ecke des Facebook-Icons.

Jennifer Wicked hat drei ungelesene Nachrichten.

33

FREDRIK

Zweimal ein leises Klopfen, und die Tür gleitet auf. Schritte nähern sich.

Das Bett knarrt, als Smilla sich auf die Matratze setzt. Ich öffne die Augen, sehe das Profil meiner Tochter, das sich als Silhouette von der hellen Flurbeleuchtung abhebt. Ihre kleine Nase – die natürlich größer ist als bei ihrer Geburt, aber schon immer sehr klein war – und ihre runden Wangen. Manchmal ist das Baby Smilla noch ganz deutlich in der jungen Frau, die sie heute ist, zu erkennen. Heute treibt es mir die Tränen in die Augen.

»Wir wollen zu Abend essen«, sagt sie. »Möchtest du auch was?«

»Gerade nicht. Ich esse später etwas.«

Dabei bin ich eigentlich ziemlich hungrig, aber mit der Familie für die Dauer einer ganzen Mahlzeit am Tisch zu sitzen, ist viel zu anstrengend.

»Wie geht es dir?«, fragt Smilla.

Sie sieht besorgt aus.

»Ich bin nur ein wenig schlapp. Das geht wieder vorbei.«

»Aber du kommst doch mit zu Oma und Opa, oder?«

»Oma und Opa?«

»Ja.« Sie verdreht die Augen. »Du weißt schon, Mamas Eltern.«

Fieberhaft suche ich in meiner Erinnerung nach irgendeinem Hinweis. »Äh … wann?«

Smilla starrt mich an.

»Also wirklich, Papa. Wir fahren Samstag zu ihnen.«

»Ach ja, das Abendessen.«

Wir fahren immer am Dreikönigstag zum Abendessen zu Ninas Eltern. Sie leben in Höör, nicht weit von Malmö, aber normalerweise bleiben wir über Nacht und machen noch einen Ausflug in den Skåne-Zoo, bevor wir nach Hause fahren. Diese Tradition begann mit Smillas Geburt und wurde fortgesetzt, als Vilgot auf die Welt kam. Dieses Jahr wird Pauline die Jüngste sein.

Bei der Vorstellung, einen ganzen Tag mit meinen Schwiegereltern und Claudias Familie zu verbringen, kehrt die Übelkeit mit voller Wucht zurück.

Ich habe nichts gegen meine Schwiegereltern. Es sind einfache, freundliche Menschen. Rodrigo ist in den Siebzigerjahren aus Chile nach Schweden gekommen, hat einen Job in einer Autowerkstatt in Höör bekommen und ist bis zur Rente dort geblieben. Ich mag ihn. Man kann sich gut mit ihm unterhalten, und er hat Humor. Inger ist eine ängstliche Frau, stets darauf bedacht, es allen recht zu machen. Aber die Wurzel dieser Angst ist ein gutes Herz. Inger will immer helfen, beschwert sich selten und ist eine fabelhafte Großmutter.

Aber ich könnte ihnen im Moment einfach nicht in die Augen schauen.

Ninas kleine Schwester ist auch kein schlechter Mensch, aber sie ist definitiv eine Klasse für sich. Claudia ist klug und fast übernatürlich schön. Zur selben Zeit ist sie verwöhnt, oberflächlich und geradezu besessen von Geld und allem, was man davon kaufen kann. Sie kann unglaublich witzig sein, aber Nina neigt dazu, sich über alles zu ärgern, was Claudia sagt oder tut. Mit den Gonzales-Schwestern unter einem Dach zu sein, ist, als würdest du über ein Minenfeld laufen.

Dies wird das Jahr sein, in dem mit der Dreikönigstradition gebrochen wird. Zumindest für mich.

»Wir werden sehen, wie ich mich am Samstag fühle«, sage ich.

Smilla nickt und will schon aufstehen, doch dann scheint ihr noch etwas einzufallen, und sie sieht mich noch einmal an.

»Mama hat gerade mit der Polizei gesprochen. Sie wollen, dass ich morgen zur Vernehmung komme.«

Etwas drückt meine Brust zusammen.

»Vernehmung?« Ich versuche, meine Stimme ruhig zu halten, und setze mich auf, um besser Luft zu bekommen. »Warum?«

Smilla zuckt die Achseln.

»Keine Ahnung. Sie haben nur gesagt, dass ich aufs Revier kommen soll.«

Das war's. Smilla einzubestellen ist für die Polizei nur ein Weg, um an mich heranzukommen. Sie wollen mich nervös machen, damit ich den Verstand verliere.

»Wir ... wir kommen mit. Jedenfalls einer von uns.«

»Das ist schon okay«, sagt Smilla. »Ich komme damit klar.«

»Kommt ihr beiden?«

Nina Stimme schallt durchs Haus. Sie ist hörbar gereizt, und Smilla springt auf.

»Ich sage ihr, dass du später etwas isst«, sagt sie und verlässt das Schlafzimmer.

Ich lehne mich zurück und sinke wieder tief in mein Kissen. Lange Zeit liege ich im Halbdunkel auf dem Rücken, unfähig, auch nur einen klaren Gedanken zu fassen. Worte und Bilder schwirren in meinem Kopf herum. Ich sehe Jennifer, höre ihre Stimme. In dem Versuch, dieses Geräusch auszublenden, presse ich die Handflächen auf meine Ohren. Doch so höre ich nur den dröhnenden Puls umso deutlicher. Er wird immer lauter und immer schneller.

Ich lasse los und drücke die Fingerspitzen auf meine Lider, bis mir die Augen weh tun.

Jennifers Gesicht verschwindet trotzdem nicht.

Ich sehe sie fallen, sehe sie auf dem kalten, feuchten Boden liegen.

Könnte ich etwas zurückgelassen haben? Etwas, das immer noch zwischen den Blättern liegt? Eine Rechnung, eine Einkaufsliste. Irgendetwas.

Ich muss zurück.

34

LOLLO

Mein Mittelfinger bewegt sich über das Touchpad. Meine Hand zittert so heftig, dass ich Mühe habe, den Button zu treffen, und der kleine schwarze Pfeil hüpft wie eine orientierungslose Fliege über den Bildschirm.

»Verdammt nochmal, Lollo!«

Ich versuche es noch einmal, etwas langsamer. Es funktioniert. Doch als der Pfeil endlich über dem Nachrichtensymbol schwebt, halte ich zögernd inne. Will ich es wirklich wissen? Will ich die Unterhaltung sehen?

Nein, ich will es nicht wissen. Ich will mein Leben in dem Glauben weiterleben, dass diese ganze Jennifer-Wicked-Sache ein schlechter Scherz ist. Ich will dieses Konto deaktivieren und so tun, als hätte es nie existiert.

Doch um Jennifer zu helfen, muss ich jeden Stein umdrehen. Ich muss mutig sein und auch unter die dreckigen schauen. Was, wenn sie wegen dieser Facebook-Seite in Schwierigkeiten geraten ist? Was, wenn sie sich mit einem der Männer von der Freundesliste getroffen hat und entführt oder vergewaltigt oder …

Ich zügele meine Gedanken, indem ich einen Doppelklick auf die Sprechblase mache und mich auf den Text konzentriere, der jetzt auf dem Bildschirm erscheint. Die erste der drei ungelesenen Nachrichten stammt von jemandem, der sich Sandmann nennt.

Geld ist geschickt
schon hart

Die nächste Nachricht ist ein verschwommenes Foto von einem erigierten Schwanz. Ich übergebe mich fast auf die Tastatur, doch ich schaffe es, meinen Würgereiz zu kontrollieren, und lese die dritte Nachricht.

Hey, was ist los?
Wir hatten eine Abmachung
Glaub bloß nicht, dass du damit durchkommst! Widerliche kleine Hure!

Ich möchte fliehen. Ich will den ganzen Weg bis zum Hafen rennen und den Laptop ins Meer werfen, ihn weit hinaus in die Wellen schmeißen und untergehen lassen. Jennifer Wicked ist offensichtlich kein Scherz. Diese Seite ist aktiv, und als ich die letzte Nachricht noch einmal lese, begreife ich das Unvermeidliche: Ich kann diesen Account nicht deaktivieren. Ich muss diesen Computer so, wie er ist, der Polizei übergeben, und ich muss ihnen sagen, was ich gefunden habe, damit sie keine Zeit damit vergeuden müssen, danach zu suchen.

Aber mir ist auch klar, dass diese Information Jennifers Leben ruinieren und uns als Familie zerstören wird. Sobald die Polizei von der Jennifer-Wicked-Seite erfährt, wird die Nachricht zu irgendeinem Blutsauger von Journalisten durchsickern. Und dann wird es nicht mehr lange dauern, bis die Öffentlichkeit erfährt, dass die vermisste Jennifer ein ganz spezielles »Hobby« hat.

Die Leute werden gnadenlos sein. Jennifer wird nicht länger ein unschuldiges Teenagermädchen sein, sondern eine gestörte Perverse, die online Nacktfotos verkauft. Max und ich werden nicht länger die armen Eltern sein, die ihre Tochter vermissen, sondern zwei schreckliche Ungeheuer, die die Kontrolle über ihr Kind verloren haben. Manche Leute werden uns dafür verantwortlich machen.

Jennifer, Schatz, was machst du gerade?

Meine Gedanken drehen sich immer schneller im Kreis, mein Blick verschwimmt.

»Louise Wiksell.« Meine Stimme klingt fremd. »Du bist eine kluge Frau. Du bist effizient und intelligent. Also *sei* es jetzt verdammt nochmal. Wenn es je einen Moment gab, wo du diese Fähigkeiten gebraucht hast, dann jetzt.«

Ich schaue wieder auf den Bildschirm, lese und scrolle weiter, um die ganze Unterhaltung zu lesen.

> Okay. Ich schicke das Video, sobald das Geld auf meinem Konto ist.
> Swish: 070 238 387 62

Jennifers letzte Nachricht an den Sandmann wurde am Montag um 16.03 Uhr verschickt. Kurz danach muss Max Jennifer zu Smilla gefahren haben. Natürlich hätte sie die Nachricht auch aus dem Auto geschickt haben können, von ihrem Telefon aus, aber das spielt keine Rolle. Wichtig ist, dass wir wissen, dass Jennifer seit dem Nachmittag am 31. Dezember nicht mehr als Jennifer Wicked aktiv gewesen ist. Und ich vermute, dass es ein Leichtes für die Polizei sein wird, den Sandmann ausfindig zu machen.

Was für ein verdammter Widerling. Wie kann er es wagen, den Namen einer Märchenfigur zu verwenden? Als kleines Kind habe ich die Serie über den kleinen Mann mit der Zipfelmütze und dem Spitzbart geliebt, der allen Kindern zum Schlafen Sand in die Augen streut.

Meine Finger sind plötzlich über der Tastatur. Sie fliegen nur so dahin, und ich schaue zu, wie sich die Worte formen. In meinem Kopf gehen die Alarmglocken los, doch ich ignoriere sie und drücke auf *Enter*.

Tut mir leid. Mir ist was dazwischengekommen.
Können wir uns treffen?

Ich starre auf den Bildschirm und warte auf die pulsierenden Punkte, die anzeigen, dass jemand eine Nachricht tippt.

Ich komme wieder zur Besinnung und hole tief Luft. Wie stehen die Chancen, dass der Sandmann gerade online ist? Warum sollte er sich mit einem Mädchen treffen, auf das er sauer ist? Was habe ich getan?

Die Polizei wird den Computer heute Abend abholen. Was, wenn sie diese Nachricht als Zeichen sehen, dass es Jennifer gut geht, und die Ermittlungen einstellen?

Ich stürze mich auf die Tastatur, bewege den Cursor zur Nachricht und will gerade auf *Löschen* klicken, als drei kleine Punkte unter dem Text erscheinen.

SILVESTER 2015

FREDRIK

»Kommt rein.« Ich setze Vilgot ab und winke die Wiksells ins Haus. »Nina steht unter der Dusche, und die Küche ist wie immer ein einziges Chaos.«

Lollo wirft einen prüfenden Blick in den Spiegel, ob ihre Frisur den Weg vom Auto zur Haustür überlebt hat.

»Kein Problem«, zwitschert sie. »Wir helfen euch.«

Die Tür ist kaum geschlossen, als wir weitere Stimmen von draußen hören. Max öffnet und begrüßt Malena und Theo, die zitternd in der Dunkelheit stehen.

Offenbar ist Malena wieder Single. Der Typ, den sie letztes Jahr dabeihatte, ist eine kurze Episode geblieben.

»Verdammt, ist das kalt.« Malena stampft den Schnee auf der Fußmatte ab und wirft Max die Arme um den Hals. »Alles in Ordnung?« Sie quetscht sich weiter in den Flur, um Lollo zu umarmen. Nina kommt die Treppe heruntergestürmt. Mit feuchten Haaren und deutlich nach Acqua di Giò duftend. Sie umarmt auch alle und gibt jedem Gast einen Kleiderbügel. Malena und Lollo wechseln die Schuhe, Theo schleicht mit Anton nach oben. Vilgot quengelt und zerrt am Kleid seiner Mutter.

»Wo habt ihr Smilla versteckt?«, fragt Malena.

Sie sieht sich um.

»Als ich sie zuletzt gesehen habe, hat sie noch Klamotten anprobiert«, erwidert Nina und nimmt Vilgot auf den Arm.

Ich scheuche Malena, Lollo und Max zu den Aperitifs, die im Wohnzimmer bereitstehen, und kehre zu Jennifer zurück.

»Lauf hoch und sieh nach Smilla, sie ist …«

Ich stocke, als ich bemerke, dass Jennifer immer noch an der Eingangstür steht und vollständig angezogen ist.

»Aber hallo.« Ich gehe zu ihr. »Warum stehst du denn hier immer noch rum?«

Jennifer schaut nach unten auf ihre schwarzen Sneakers.

»Ist alles in Ordnung?«, frage ich sanft. »Ist etwas passiert?«

Mit Tränen in den Augen sieht sie zu mir hoch.

»Ich hasse Papa.«

»Wow. Ist es so schlimm? Was hat er jetzt wieder gemacht?«

Ich hoffe, sie versteht meine Bemerkung nicht als Ironie. Wenn Jennifer sauer auf Max ist, kann ich das gut verstehen. Es gibt immer einen Grund, sich über diesen Mann zu ärgern.

»Papa sagt, mein Neujahrsvorsatz muss sein, besser in Mathe zu werden.« Jennifers Augen blitzen. »Warum muss er ständig herummeckern? Und wie kann er an Silvester überhaupt an Mathe denken?«

Ich hebe die Hände.

»Schlechtes Timing. Finde sogar ich.«

Jennifer sieht mich verständnislos an.

»Sogar du?«

»Ich bin Mathelehrer.«

Sie kichert und fängt eine Träne mit dem Zeigefinger auf.

»Fällt dir Mathe schwer?«

Jennifer zuckt die Achseln.

»Ich hatte eine Vier. Aber es war fast eine Fünf.«

»Gut, dass es keine Fünf war.«

Jennifer nickt und seufzt.

»Aber Papa findet, ich sollte besser werden.«

Wut kocht in mir hoch. Wieso konzentriert sich Max auf das

Einzige, das nicht so gut läuft, wenn Jennifer in allen anderen Fächern ausgezeichnete Noten hat? Wie können Eltern so gar keine Ahnung von Psychologie haben?

»Du kannst nicht überall die Beste sein«, sage ich. »Und ich bin sicher, dass dein Papa es mit diesem Neujahrsvorsatz nur gut gemeint hat. Wahrscheinlich dachte er, es würde dich ermutigen, Mathe mit neuem Elan in den Griff zu bekommen.«

Jennifer sagt nichts.

»Wenn du willst, kann ich dir helfen«, fahre ich fort. »Nicht heute natürlich. Aber an einem anderen Tag.«

»Würdest du das tun?« Jennifer ist ganz aufgeregt. »Papa und ich gehen uns immer gegenseitig an die Gurgel, wenn er versucht, mir zu helfen. Er rechnet noch wie in der Steinzeit und weigert sich, neue Methoden zu lernen. Ich glaube, Mama ist eigentlich besser, aber sie kann überhaupt nicht erklären.«

»Natürlich helfe ich dir.« Ich strecke die Hand aus und nehme ihre Jacke. »Jetzt lauf hoch und such Smilla. Sie wartet auf dich.«

Jennifer wischt sich noch mehr Tränen weg, vorsichtig, damit sie ihre Mascara nicht verschmiert. Dann schlüpft sie aus ihren Schuhen und läuft die Treppe hinauf.

Auf halber Höhe dreht sie sich um.

»Fredrik ...«

Ich bleibe stehen.

»Ja?«

Jennifer lächelt.

»Danke.«

»Kein Problem. Ich liebe Mathe.«

35

LOLLO

Ich starre auf die beiden kurzen Wörter auf dem grauen Bildschirm. Ich lese sie immer wieder. Ich verstehe nicht, ich will nicht verstehen.

Zu spät

Was meint er damit? Was zum Teufel meint der Sandmann damit, dass es »zu spät« ist? Das kann er doch nicht ernst meinen …?

Ich fühle mich fiebrig. Mir ist schwindelig. Was soll ich tun? Kann ich irgendetwas machen? Soll ich noch einmal bei der Polizei anrufen?

Dann hole ich tief Luft und versuche, logisch zu denken. Die Polizei ist auf dem Weg hierher. Lina Torrero sagte, sie würden kommen, um den Computer abzuholen. Das ist nicht meine Aufgabe.

Ich nehme mein Telefon vom Bett und mache ein Foto von meiner Nachricht und der Antwort, die gerade gekommen ist. Dann lösche ich die Nachrichten von heute, schließe den Chat mit dem Sandmann und klicke auf die Sprechblase in der Toolbar.

Die letzten Nachrichten auf der Seite von Jennifer Wicked taucht auf dem Bildschirm auf. Viele sind es nicht, und ich springe wahllos herum. Ein User, der sich Gesunder Menschenverstand nennt, hat etwas Unverständliches über »Straßenbahn«

geschrieben, ein anderer scheint nur seinen Hass auf Frauen loswerden zu wollen. Ein dritter, der sich Mamas Junge nennt, hat sich wahrscheinlich ein Foto schicken lassen.

Keiner von ihnen scheint besonders interessant zu sein. Dann bleibe ich bei dem Chat direkt unter dem mit dem Sandmann hängen. Dieser Mann nennt sich Petter Silvén, und er muss ziemlich bescheuert sein. Wer besucht eine Seite wie diese, ohne sich vorher ein Fakeaccount zuzulegen?

Ich beuge mich dichter an den Bildschirm und betrachte Petter Silvéns Gesicht genauer, dann klicke ich auf sein Foto, um sein Profil aufzurufen. Das Hintergrundbild zeigt ein vor einer Backsteinfassade geparktes Motorrad. Das Foto hat eine schlechte Auflösung, ist gräulich und unscharf. Petter Silvén hat keinen Sinn für Ästhetik, so viel ist klar.

Wie alt mag er sein? Fünfundzwanzig? Fünfunddreißig? Er hat blaue Augen, und das braune Haar ist langweilig geschnitten. Sein spärlicher Bartwuchs soll wohl sein Doppelkinn verbergen, aber das funktioniert nicht. Die unregelmäßigen Stoppeln lassen ihn einfach nur schmutzig und ungepflegt aussehen.

Ich klicke mich durch die fünf Nachrichten, die zwischen Jennifer und Petter Silvén hin und her gegangen sind. Sie sind alle vom selben Abend, ein paar Tage vor Heiligabend.

PETTER SILVÉN: Du bist heiß. Treffen IRL?
JENNIFER WICKED: Das kostet
PETTER SILVÉN: Wie viel?
JENNIFER WICKED: 3000
PETTER SILVÉN: 1500?

Jennifer hat ihn nicht einmal einer Antwort gewürdigt. Sie war offenbar beleidigt wegen dieses beschämenden Angebots. Auf irgendeine verdrehte Weise bin ich froh, dass Jennifer sich nicht für jede beliebige Summe verkauft, dass sie einen hohen Preis für das verlangt, was sie anzubieten hat.

In diesem Moment höre ich, wie eine Autotür zugeschlagen wird. Ist die Polizei schon da? Ich fotografiere alle Nachrichten, dann die Freundesliste und schicke das Dokument mit den kurzen Gedichten an mich selbst. Chanel, die neben mir schläft, schreckt auf, als ich den Deckel des Laptops zuknalle.

Max stürmt zur Tür herein, als ich die Treppe herunterkomme, und wir stoßen fast zusammen.

»Wo warst du? Warum gehst du nicht ran, wenn ich anrufe? Weißt du nicht, dass ich mir Sorgen mache?«

Diese drei Fragen hintereinander sind für meinen Mann zwei zu viel.

»Ich musste lange arbeiten.«

»Heute?«

Ich beiße die Zähne zusammen und atme durch die Nase.

Max hängt seine Jacke auf, dann dreht er sich zu mir um und sieht mich an, als sei ich ein Idiot.

»Ja. Heute. Ich stecke mitten in einem Bietergefecht, und weder der Käufer noch der Verkäufer scheren sich um mein Privatleben. Sie wollen eine schnelle Entscheidung.«

Ich starre Max an und habe das Gefühl, ihn zum ersten Mal so zu sehen, wie er wirklich ist. Es ist, als stünde er nackt vor mir, ohne seine teuren Klamotten und seine funkelnde Rolex am Handgelenk.

Was ich sehe, gefällt mir nicht. Wie zum Teufel kann er an Immobiliengeschäfte denken, wenn unsere Tochter verschwunden ist? Wie kann er sich um seine verdammten Kunden kümmern, wenn Jennifer uns mehr braucht als je zuvor?

»Du bist ja vollkommen wahnsinnig! Unsere Tochter ist verschwunden, und du musstest *lange arbeiten*!«

Ich stürme in die Küche, aus Angst, was als Nächstes aus meinem Mund kommt. Mein Herz pocht, mein Kopf glüht. Ich erwarte, dass Max mir folgt, um mir einen Vortrag darüber zu halten, wie die große weite Welt funktioniert und dass man als Unternehmer weitermachen muss, wenn man in »diesem verdammten kommunistischen Staat« überleben will.

Aber Max kommt mir nicht hinterher. Stattdessen geht er ins Bad und lässt eine Ewigkeit den Wasserhahn laufen. Was macht er da?

Ich stelle Jennifers Laptop auf den Küchentisch und schaue auf die Wanduhr. Es ist fast Viertel vor acht. Lina Torrero hat gesagt, sie würden den Computer heute Abend abholen, und ich wollte Max vorher noch von Jennifer Wicked erzählen. Aber jetzt habe ich keine Lust mehr dazu.

Ein normaler Vater in Max' Lage hätte heute früh mit der Arbeit Schluss gemacht. Er wäre nicht länger als üblich im Büro geblieben. Nein, halt. Ein normaler Vater in Max' Lage wäre überhaupt gar nicht erst zur Arbeit gegangen. Er hätte bei der Polizei in Malmö angerufen und verlangt, dass sie gefälligst alle Kräfte für die Suche nach seiner Tochter mobilisieren sollen. Er hätte nicht mit völlig unwichtigen Leuten telefoniert, die ein gottverdammtes Haus kaufen oder verkaufen wollen.

»Es tut mir leid, Lollo.« Max steht in der Küchentür. Er sieht wirklich traurig aus. Seine grau werdenden Haare hängen strähnig herunter, sein Blick ist müde.

Ich sage nichts, warte darauf, dass er weiterspricht.

»Es …« Er macht einen Schritt auf mich zu. »Es tut mir leid, dass ich so spät nach Hause gekommen bin. Aber das war eine Sache, die ich einfach erledigen musste.«

Meine Wut bekommt neuen Antrieb.

»Wie kann *irgendetwas* wichtiger sein als Jennifer? Hm? Was zum Teufel ist bloß mit dir los?«

Max öffnet den Mund, um etwas zu sagen, doch er wird vom Läuten der Türklingel unterbrochen.

»Das muss die Polizei sein«, sage ich und nehme den Laptop.

Max rührt keinen Muskel.

»Die Polizei?«

»Ja.« Ich beiße mir von innen in die Wange, um nicht zu schreien. »Die *Polizei* sucht nach unserer Tochter. Wie du dich vielleicht erinnerst.«

Max sagt nichts, also fahre ich fort: »Sie wollen Jennifers Computer abholen. Im Gegensatz zu dir habe ich versucht, etwas gegen die Situation zu unternehmen. *Und* ich war telefonisch erreichbar, als die Polizei angerufen hat.«

Ich reiße die Tür auf, und ein Schwall eiskalter Luft strömt in den Flur. Auf der Treppe steht ein junger Mann in Uniform, der aussieht, als käme er direkt von der Polizeischule. Aus irgendeinem Grund bin ich enttäuscht. Ich hatte gehofft, einen von den beiden zu sehen, die gestern hier gewesen sind.

»Markus Svensson, Polizei Malmö«, sagt er und zeigt seinen Dienstausweis vor. »Ich soll hier einen Computer abholen.«

»Hier.« Ich reiche ihm den Laptop. »Brauchen Sie das Ladegerät?«

»Nein, das geht so.«

Markus Svensson ist wahrscheinlich nur ein einfacher Streifenpolizist, und ich bin sicher, dass er über die Ermittlungen nicht mehr weiß als wir. Deshalb kommt es mir vollkommen sinnlos vor, ihm zu sagen, was ich auf Jennifers Laptop gefunden habe.

»Haben Sie die direkte Durchwahl von Lina Torrero?«, frage ich.

Als sie mich heute Nachmittag angerufen hat, war die Nummer nicht zu sehen.

»Rufen Sie in der Zentrale an, dann wird man Sie durchstellen«, antwortet er. »Kann ich sonst noch etwas für Sie tun?«

Ich schüttele den Kopf.

Markus Svensson macht auf dem Absatz kehrt und geht zurück zum Streifenwagen, den er auf der Straße geparkt hat.

Ich frage mich, was die Nachbarn wohl denken. Sie wissen natürlich, was passiert ist, sie haben Internet und lesen die Zeitung, aber das hier ist wie eine Reality-Show. Ein Streifenwagen in ihrer Straße, und sie kennen die Hauptdarsteller persönlich. Aufregender geht es kaum.

Gerade als ich die Tür schließen will, sehe ich in den Sträuchern neben der Straße etwas aufblitzen. Was zum …? Ich recke mich, um einen besseren Blick zu haben, und tatsächlich. Hinter den immergrünen Sträuchern steht eine Gestalt in Schwarz mit einem riesigen Teleobjektiv, das auf unsere Haustür zielt.

Scheiße.

Ich drehe mich um, um es Max zu sagen, doch ich sehe ihn nicht.

»Max.«

Ich bleibe an der Tür. Ich will die kauernde Gestalt nicht aus den Augen lassen.

»Max!«

Als ich das zweite Mal brülle, steht die Gestalt auf, und ich kann erkennen, dass es ein Mann ist, ganz in Schwarz gekleidet. Eine riesige Kamera hängt um seinen Hals. Ich rechne damit, dass er davonläuft, doch stattdessen macht er einen Schritt auf den Gehweg und ins Licht der Straßenlaterne.

»Sind Sie Louise?«

Ich presse meine Lippen zusammen.

»Nisse Nylén, *Kvällsposten.*« Der Mann macht noch einen Schritt in meine Richtung, und jetzt kann ich ein aufgeschwemmtes Gesicht unter der schwarzen Kapuze erkennen. »Kann ich von Ihnen eine Erklärung zu Jennifers Verschwinden bekommen? Wissen Sie Genaueres?«

Wie kann er es wagen? Ich knalle die Tür so heftig zu, dass der Türrahmen wackelt. Als ich mich umdrehe, steht Max direkt hinter mir.

»Was ist los?«

»Ich habe gerade jemanden vom *Kvällsposten* im Gebüsch entdeckt. Diese verdammten Parasiten.«

Max zuckt die Achseln.

»Das war doch zu erwarten, oder? Vermisste Teenager sind immer ein Topthema in den Medien. Die Leute lesen gern etwas darüber.«

»Ich weiß.« Ich starre ihn wütend an. »Aber dieses Mal geht es um *uns.* Um unsere *Tochter.*«

Max kommt zu mir und legt mir eine Hand auf die Schulter.

»Aber du hast doch nichts gesagt, oder?«

»Natürlich nicht.«

Er lächelt.

Ich bin verwirrt. Ein widerlicher Journalist schleicht um unser Haus, und mein Mann wirkt erleichtert. Erfreut und erleichtert.

Plötzlich scheint es in meinem Kopf zu brennen. Rote und orange Punkte tanzen vor meinen Augen, und ich stürze mich blindlings auf ihn.

»Wie zur Hölle kannst du einfach hier herumstehen und glücklich aussehen?« Meine Fäuste hämmern gegen seine Brust. »Wie kannst du glücklich sein, wenn Jennifer verschwunden ist? Warum ist es dir so egal?«

»Lollo, es reicht. Natürlich ist es mir nicht egal, aber es ist nur …«

Max versucht, mich abzuwehren, aber ich habe plötzlich eine unglaubliche Kraft und kann nicht aufhören, ihn zu schlagen.

»Den ganzen Tag war ich allein zu Hause.« Mein Gesicht ist mit Tränen und Rotze bedeckt. »Du hast nicht einmal angerufen, um zu fragen, wie es mir geht. Was für ein Mensch bist du?

Wie kannst du die Arbeit über dein eigenes Kind stellen? Hast du überhaupt keine Gefühle oder …«

»Lollo!«, brüllt Max. »Beruhig dich!«

Ich höre auf, ihn zu schlagen, stattdessen packe ich die Lampe auf der Kommode und schleudere sie mit voller Wucht auf den gekachelten Fußboden. Das Geräusch, als der gläserne Fuß zerspringt, ist wunderbar.

»Lollo, verdammt, reiß dich zusammen!« Max macht einen Schritt auf mich zu. »Du bist ja total hysterisch!«

Eine plötzliche Ruhe überkommt mich. Ich bleibe stehen, fixiere meinen Mann und sehe ihm in die weit aufgerissenen Augen.

»Von unserer Tochter fehlt seit fast zwei Tagen jede Spur. Was, glaubst du, ist da normaler: hysterisch zu sein? Oder gleichgültig?«

36

NINA

Ich bin gerade von oben runtergekommen, nachdem das Zu-Bett-Bringen bei Vilgot heute ungewöhnlich lange gedauert hat, als Fredrik in der Küche auftaucht. Er trägt dieselbe Jeans wie vorher, hat sich jedoch ein frisches T-Shirt angezogen. Sein Haar ist feucht, also muss er geduscht haben.

Ich öffne den Wasserhahn extra schroff und schnappe mir den Spüllappen.

»Die Reste sind im Kühlschrank.«

Meine Stimme klingt kühl. Ich möchte wirklich nicht die Eiskönigin spielen, aber es fällt mir schwer, über unser letztes Gespräch hinwegzukommen. Ich kann einfach nicht vergessen, wie er mich angeschnauzt und meine Bedenken beiseite gewischt hat.

Außerdem ist die Küche in genau demselben Zustand wie vor Stunden, als ich mit Vilgot nach oben gegangen bin.

»Danke.« Fredrik kommt zu mir. »Ich glaube, ich nehme nur eine Tasse Tee.«

Ich drehe den Wasserhahn zu, wringe den Lappen aus und mache mich daran, eingetrocknete Tomatensoße von der Arbeitsplatte zu wischen. Fredrik braucht etwas in den Magen. Obwohl er versucht hat, sich zu erholen, sieht er unglaublich erschöpft aus.

Ich werfe einen kurzen Blick über meine Schulter.

»Willst du nichts essen?«

Er schüttelt den Kopf.

»Ich glaube, mein Magen braucht eine Pause.«

Ich wende mich wieder der Arbeitsplatte zu und stelle fest, dass sie so sauber ist, wie eine zerkratzte Holzplatte von IKEA nur sein kann. Ich spüle den Lappen noch einmal aus, bevor ich ihn über den Wasserhahn hänge und wieder Fredrik ansehe.

»Aber eine Scheibe Toast wird doch sicher nicht schaden.«

Er scheint meine Aufforderung nicht zu hören. Stattdessen füllt er den Wasserkocher, stellt ihn an und legt mir einen Arm um die Taille.

»Leistest du mir Gesellschaft?«

»Was?«

»Mach nicht so ein schockiertes Gesicht.« Er lächelt und lässt seine Hand über meinen Po gleiten. »Ich habe dich gefragt, ob du einen Tee mittrinkst.«

Ohne nachzudenken, trete ich einen Schritt beiseite. Einen Moment zu spät wird mir klar, dass ich vor meinem eigenen Mann zurückweiche, und komme mir albern vor.

»Ich weiß nicht.« Die Digitaluhr am Ofen zeigt fast halb zehn an. »Es war ein langer Tag, und …«

Fredrik öffnet den mittleren Schrank und nimmt zwei Becher heraus, die blauen, die wir letzten Sommer bei diesem netten Töpfer auf Gotland gekauft haben.

»Komm schon, Nina.« Er öffnet die Speisekammer und inspiziert die Teevorräte, wählt zwei Sorten aus und stellt die Schachteln auf die Arbeitsplatte. »Du hast gesagt, du willst reden.«

»Das habe ich. Heute Nachmittag.« Ich gehe in Richtung Flur. »Können wir das nicht lieber morgen machen?«

Vielleicht bin ich eine Heuchlerin. Natürlich will ich unbedingt mit Fredrik reden. Ich will mehr über seine Probleme bei der Arbeit erfahren, und ich will ihm helfen, sie zu lösen.

Gleichzeitig würde ich es ihm gern heimzahlen.

»Warte.«

Fredrik folgt mir und legt mir eine Hand auf den Arm. Es ist keine sanfte Geste, er packt mich hart genug, damit ich stehen bleibe. Ich drehe mich um und zucke zusammen, als ich sein Gesicht sehe. Da ist etwas mit dem Ausdruck, eine schwer zu deutende Veränderung in seinen blauen Augen.

Den Bruchteil einer Sekunde später lässt er mich los und kehrt zur Spüle zurück.

»Wir machen es so«, sagt er. »Du machst dich fertig fürs Bett, ziehst deinen Pyjama an und so weiter.« Er nimmt zwei Teelöffel aus der Besteckschublade, dreht sich um und deutet mit den Löffeln in meine Richtung. »Inzwischen mache ich den Tee. Kamille mit Milch und Honig, richtig?«

Die Frage kommt zusammen mit einem Lächeln, und mein Unbehagen verschwindet.

Es ist doch wirklich nett von ihm, dass er sich solche Mühe gibt, damit wir einen Moment Zeit füreinander haben. Meine Hartnäckigkeit muss sich ausgezahlt haben – endlich hat er eingesehen, dass wir miteinander reden müssen.

»Das klingt gut«, antworte ich mit gespielter Unbekümmertheit.

37

FREDRIK

Kurz nach eins gehe ich davon aus, dass die gesamte Familie schläft – oder zumindest alle in ihren Zimmern sind, beschäftigt mit Computerspielen oder sich einen Film anschauen. Jetzt in den Weihnachtsferien haben Smilla und Anton die Zeit komplett auf den Kopf gestellt.

Ich schlage die Decke zurück und schlüpfe aus dem Bett. Nina dreht sich seufzend um, und einen Moment lang denke ich, sie wacht gleich auf.

Das dürfte eigentlich nicht passieren. Ich habe eine Schlaftablette in ihrem Tee aufgelöst, bevor wir ins Bett gegangen sind, und sie hat alles ausgetrunken, als ich neben ihr auf dem Sofa saß. Die Wirkung ist allerdings in den ersten Stunden nach der Einnahme am stärksten, und womöglich lässt die Wirkung bereits nach.

Ich stehe regungslos in der Dunkelheit, lausche den ruhigen, regelmäßigen Atemgeräuschen meiner Frau und versuche, mich zu beruhigen. Sobald ihr Atem tiefer wird, nehme ich mein Telefon in die eine, meine Kleider in die andere Hand und schleiche mich aus dem Schlafzimmer.

Wenige Minuten später verlasse ich das Haus und trete hinaus in die sternklare Nacht.

Wir haben ein modernes japanisches Auto. Es ist leise und macht ein surrendes Geräusch, das mich an ein Haushaltsgerät erinnert. Doch als der Motor anspringt, habe ich das Gefühl, ich hätte gerade einen röhrenden V8 angeworfen. Ich befürchte, dass die ganze Nachbarschaft aufrecht im Bett sitzt, und rechne jede Sekunde damit, Ninas Gesicht im Schlafzimmerfenster zu sehen.

Doch nichts passiert. Keine Lichter gehen an, keine Türen öffnen sich.

Mit ausgeschalteten Scheinwerfern rolle ich rückwärts von der Einfahrt und schleiche langsam durch unsere Straße. Als ich den Agnesfridsvägen erreiche, schalte ich das Licht ein, trete stärker aufs Gaspedal und fahre in Richtung Inre Ringvägen.

Es herrscht wenig Verkehr. Natürlich ist nichts los. Wer ist um diese Uhrzeit auch unterwegs außer Berufsfahrern, Rettungssanitätern und zwielichtigen Typen?

Die ganze Situation ist absurd. Vor zwei Tagen noch war ich ein absolut durchschnittlicher Vater mittleren Alters, ein beliebter Lehrer mit guten Referenzen, ein Mann mit einem großen sozialen Netzwerk. Ich war alles andere als perfekt, wir alle machen Fehler. Aber jetzt weiß ich nicht mehr, wer ich bin. Ich bin ein anderer Fredrik, ein unbekannter Mann.

Im Badvägen beginnt mein Herz unkontrolliert zu pochen, und ich überlege, ob ich nicht lieber umkehren soll. Wenn es einen Ort gibt, an dem ich nicht gesehen werden sollte, dann ist es dieser hier. Schon gar nicht mitten in der Nacht. Eine heftige Übelkeit überkommt mich, und kalter Schweiß lässt meine Hände auf dem Lenkrad abrutschen. Es ist nicht zu spät, um umzukehren, aber ich zwinge mich, weiterzufahren.

Der Schulparkplatz ist leer, und ein einzelnes Fahrzeug fällt auf. Aber es wäre dumm, zu nah am Wäldchen zu parken, also beschließe ich, trotzdem hier zu parken.

Mit der Kapuze über dem Kopf und dem Blick auf dem Asphalt eile ich über den menschenleeren Bürgersteig. Im Schutze der umliegenden Häuser und Bäume fällt mir das Atmen ein wenig leichter.

Kurz darauf erreiche ich das Wäldchen. Das Mondlicht und die Straßenlaternen helfen mir, das Gebiet abzusuchen. Ich gehe ganz systematisch vor, überlasse nichts dem Zufall. Ich höre nur meinen eigenen Atem und das Rascheln der gefrorenen Blätter unter meinen Füßen.

Möglicherweise hat die Polizei hier schon gesucht. Wenn ich etwas zurückgelassen habe, könnte es bereits in einem dieser durchsichtigen Beweisbeutel stecken, die sie, zumindest in Filmen, immer verwenden.

Aber wenn sie noch nicht hier waren – oder wenn sie hier gesucht haben, aber etwas nachlässig waren –, besteht die Chance, dass irgendein Gegenstand, der zu mir führen könnte, noch hier herumliegt. Nina hat ein paar lose Fäden an meiner Jacke erwähnt. Kann ein Faden schon als Beweis ausreichen?

Ich weite mein Suchgebiet aus, schaue dichter an der Straße nach und nähere mich dem breitesten Weg durch das Wäldchen. Meine Füße zertreten Grashalme, mit den Händen biege ich Zweige von Sträuchern beiseite. Zwischen den Blättern sehe ich auf dem Boden etwas schimmern und gehe in die Hocke. Es entpuppt sich als gefrorene Pfütze.

Ich habe keine Spuren hinterlassen. Und der Regen vom Neujahrstag wird jeden Blutfleck weggewaschen haben.

Plötzlich habe ich das Gefühl, beobachtet zu werden, und laufe zurück in Richtung Badvägen. Gerade als ich nach rechts abbiegen will, um zum Auto zu kommen, entdecke ich zwei Fahrradscheinwerfer. Sie sind auf Höhe der Schule und nähern sich rasch. Die Stimmen von zwei Personen hallen durch die Stille.

Ich denke nicht nach. Instinktiv mache ich eine Vierteldrehung und überquere die Straße. Anstatt dem ausgetretenen Pfad zu folgen, laufe ich direkt ins Unterholz, stolpere über Steine,

Baumstümpfe und abgefallene Äste. Ein Dorn, vielleicht von einer Brombeerranke, zerkratzt meine Wange, und ein tiefes Kaninchenloch bringt mich beinahe zu Fall.

Das Unterholz ist an dieser Stelle dicht und ungeeignet für Nachtwanderungen. Aber im Moment kann diese Unwegsamkeit nur von Vorteil sein – keine Fahrradlampen oder neugierigen Blicke können mir hierher folgen.

Kurz darauf stehe ich am Rand des alten Kalksteinbruchs und starre auf das schwarze Wasser. Die Baumwipfel spiegeln sich auf der glatten Oberfläche, die im Mondlicht schimmert. Es ist wunderschön und unheimlich zugleich und erinnert mich an all die Geistergeschichten, die ich als Kind gelesen habe. Geschichten von Menschen, die einen qualvollen, ungerechten Tod starben und später zurückkehrten, um sich an ihren Mördern zu rächen.

Die Radfahrer fahren vorbei. Ich kann sie nicht sehen, aber ich höre ihre lebhafte Unterhaltung in der Ferne. Ein eisiger Wind weht vom Steinbruch herauf und reißt die Stimmen mit. Ich erschaudere und will gerade wieder zur Straße gehen, als etwas mich dazu bringt, den Blick wieder auf das Wasser zu richten.

Dort unten ist etwas. Ein Bündel.

Mein Herz hämmert in meiner Kehle, als ich mich über den steilen Abhang beuge. Zuerst sehe ich nur meinen eigenen Atem, und ich frage mich, ob ich mir das nur eingebildet habe. Aber kurz darauf ist das Bündel wieder da.

Es ist ein Stück Stoff, das sich in einem Zweig verfangen hat. Ein Teil davon scheint unter Wasser zu treiben.

Mit einer Hand umklammere ich einen rauen Baumstamm, lehne mich noch weiter über die Kante und ringe nach Luft.

Ein kleines Detail, ein schmaler Gürtel, ragt aus dem Stoff hervor und folgt den Bewegungen des Wassers wie Seegras.

Diese Information ist mehr als genug. Mehr brauche ich nicht.

Das durchnässte Stück Stoff ist ein dünner, schwarzer Mantel.

3. JANUAR 2019

DONNERSTAG

38

LOLLO

Wer kann schon schlafen, wenn das eigene Kind nicht nach Hause gekommen ist? Wenn keine Schuhe im Flur herumstehen und das Bett leer bleibt? Wer kann sich schon entspannen, wenn die Gedanken unaufhörlich kreisen?

Es ist fast halb fünf, und ich habe keine Sekunde geschlafen. Mein Herz klopft mir bis zum Hals, und ich friere trotz der zusätzlichen Decke, die ich mir geholt habe. Ich kann meine Augen nicht schließen. Ich starre in die Dunkelheit, schaue auf all die normalen, vertrauten Dinge um mich herum, ohne sie zu sehen.

Ich will nur das Geräusch des Schlüssels im Schloss hören, das Rascheln einer Jacke und das dumpfe Stapfen von Füßen in Socken. Ich will hören, wie die Tür der Mikrowelle zu kräftig – bamm! – zugeschlagen wird. Ich will das Klappern eines Löffels hören, der Kakaopulver in warmer Milch verrührt. Ich will, dass das Licht an ist, wenn ich in die Küche gehe, um mir meinen Morgenkaffee zu machen. Und ich will die halbvolle Milchtüte, vergessen auf der Arbeitsplatte, stehen sehen.

Aber das Haus ist ruhig. Es ist so still, dass ich ab und zu Chanels leises Seufzen draußen auf dem Flur höre. Von oben ist nichts zu hören. Max scheint tief und fest zu schlafen.

Es ist das erste Mal in den mehr als zwanzig Jahren unserer Ehe, dass ich mich *entschieden* habe, nicht mit Max im selben

Raum zu schlafen. Natürlich haben wir schon aus verschiedenen Gründen getrennt geschlafen, aber nicht einmal, als Jennifer klein war, haben wir es freiwillig gemacht. Wenn sie nachts aufgewacht ist, bin ich in ihr Zimmer gegangen und habe mich neben ihr Bettchen gesetzt, bis sie wieder eingeschlafen ist. Dann bin ich in unser Schlafzimmer zurückgekehrt und neben Max ins Bett gekrochen.

Ich wollte Jennifer nicht in unserem Bett haben. Ich hatte Angst, sie würde uns sämtliche Energie rauben oder unsere Beziehung ruinieren, eine Beziehung, in der Sex schon immer eine große Rolle gespielt hat. Ich dachte, es wäre besser, wenn Jennifer mir die ganze Energie raubt, damit Max gut ausgeruht ist, wenn er zur Arbeit fährt. Ich war ohnehin nur zu Hause.

Jetzt, siebzehn Jahre später, weiß ich, dass es eine schlechte Entscheidung war. Mit einem Baby zu Hause zu sein, ist mindestens genauso anstrengend wie das Verscherbeln von Häusern und Wohnungen. Vor allem, wenn das Baby quengelig ist. Wenn ich Jennifer in unser Bett geholt hätte, hätte Max wahrscheinlich nicht so gut geschlafen. Aber *ich* hätte doppelt so viel Schlaf bekommen. Wahrscheinlich wäre ich eine bessere Mutter gewesen, eine Mutter mit Geduld und Energie.

Wenn ich auf die erste Zeit nach Jennifers Geburt zurückblicke, sehe ich nur Nebel. Aber ich habe mich nie beschwert. Ich habe es nicht gewagt, mich zu beschweren, denn ich hatte Max mehr oder weniger gezwungen, mir ein Kind zu schenken. Ich musste sogar ein paar Tränen vergießen, um ihn davon zu überzeugen, seinen Samen beizusteuern. Er hatte nicht das geringste Interesse, eine Familie zu gründen. Denn genau wie jetzt auch, stand die Arbeit für ihn an erster Stelle. Aber ich weiß, dass Max Jennifer auf seine eigene Art liebt.

Zumindest habe ich das bis gestern geglaubt.

Wir sind zerstritten ins Bett gegangen. Entgegen allen Empfehlungen. Aber ich konnte mich einfach nicht entschuldigen. Ich meine jedes Wort so, wie ich es gesagt habe, und dazu stehe ich. Mit Max kann etwas nicht stimmen.

Nachdem ich die Glasscherben vom Fußboden aufgefegt hatte, rief ich bei der Polizei an und bestand darauf, dass man mich trotz der späten Stunde zu Lina Torrero durchstellte. Ich war überrascht, dass sie tatsächlich abnahm.

»Ich hatte fast damit gerechnet, nur Ihre Mailbox zu erreichen«, sagte ich. »Arbeiten Sie rund um die Uhr?«

Sie antwortete, dass »einiges an Überstunden anfällt, wenn man mitten in einer Ermittlung steckt«. Das klang in meinen Ohren, als hätten sie alle Hände voll zu tun. Dabei hatte Lina Torrero keine neuen Informationen. »Wir arbeiten daran.«

Ohne mein kleines Vergehen zu erwähnen, erzählte ich ihr, was ich auf Jennifers Computer entdeckt hatte. Es war eine Erleichterung, jemandem von meiner Entdeckung erzählen zu können. Auch wenn dieser Jemand eine Polizistin war. Lina Torrero urteilte nicht über das, was sie hörte, zumindest wirkte es nicht so. Sie hörte mir zu, ohne mich zu unterbrechen, und stellte mir anschließend ein paar Fragen.

Ich vermute, Max' Reaktion wäre vollkommen anders ausgefallen, und das ist einer der Gründe, warum ich ihm noch nichts gesagt habe.

»Mein Kollege ist gerade mit dem Computer angekommen«, sagte Lina Torrero, während wir miteinander sprachen. »Die Techniker werden ihn sich heute Abend noch ansehen.«

Ich fragte sie, ob sie glaube, der Sandmann habe irgendetwas mit der Sache zu tun.

»Möglich wäre es auf jeden Fall«, sagte sie. »Aber wir verfolgen weiterhin verschiedene Ermittlungsansätze.«

Was für Ansätze das sind, konnte sie mir »aus ermittlungstechnischen Gründen« nicht sagen. Sie informierte mich jedoch darüber, dass die Polizei einen Spürhund nach Klagshamn bringen würde. Allerdings wusste sie nicht, ob das sofort oder erst am Morgen sein würde.

Außerdem habe sich *Missing People* bei der Polizei gemeldet, um mitzuteilen, dass sie für heute Nachmittag eine Suchaktion in unserer Gegend organisieren wollten. Die Initiative ginge von einigen Mitschülern von Jennifer aus, und es würde laut der Kontaktperson bei *Missing People* ein großes öffentliches Interesse bestehen, sich an der Suche zu beteiligen.

Meine erste Reaktion war Panik. Dann fühlte ich mich schuldig. *Wir* hätten *Missing People* kontaktieren sollen, wir, Jennifers Eltern. Ich hätte nicht zögern dürfen, ich hätte ihr Verschwinden sofort auf deren Website melden sollen. Was werden die Leute denken, wenn sie erfahren, dass ihre Klassenkameraden sich vor der Familie darum gekümmert haben?

Lina Torrero beruhigte mich und sagte, sie sei dankbar, dass ich es geschafft habe, in Jennifers Laptop zu kommen. Sie versicherte mir, dass niemand sich Gedanken darüber macht, wer die Suchaktion angestoßen hat. Und sie stellte klar, dass jeder es vollkommen versteht, wenn die nächsten Angehörigen nicht die Kraft haben, sich daran zu beteiligen.

Doch natürlich werden wir hingehen. Nun, ich habe es zumindest vor. Was Max zu tun gedenkt, weiß ich nicht.

Ich höre einen Automotor draußen auf der Straße. Ich nehme mein Telefon und sehe, dass es jetzt 4.35 Uhr ist. Anscheinend muss einer der Nachbarn um diese Zeit zur Arbeit. Armer Teufel.

Statt mein Telefon wieder wegzulegen, entsperre ich es und überprüfe meine Nachrichten. Seit ich gegen zwei Uhr nachts nachgesehen habe, ist nichts passiert. Die Leute schlafen. Leute, deren Kinder sicher in ihren Betten liegen, schlafen um diese Uhrzeit.

Ich öffne meine E-Mail-App und finde fünf ungelesene Mails. Eine ist diejenige, die ich mir selbst geschickt habe, mit Jennifers Gedichten. Mein Zeigefinger verharrt über dem blau-weißen Icon. Etwas rät mir, nicht weiterzugehen. Vielleicht fürchte ich mich davor, einer unbequemen Wahrheit zu nahe zu kommen.

Aber was könnte schlimmer sein als das, was ich bereits herausgefunden habe? Nicht viel.

Ich öffne das Dokument und beginne zu lesen, bringe ein Gedicht nach dem anderen hinter mich.

23.6.2018
Nur du
niemand sonst versteht mich
du siehst meine Seele.

15.7.2018
Ich gebe zu, es ist verrückt
Aber ich will dich

und ich weiß, dass du mich willst
Tief in dir weißt du es
Warum also schweigst du?

Ich schließe das Dokument. Die Gedichte sind immer noch keine Hilfe. Es gibt keine Namen, keine Orte, nichts.

Mir kommt eine Idee. Ich öffne den Browser, wähle eine Personensuchmaschine aus und gebe »Petter Silvén« in die Suchleiste ein. Meine Hände zittern. Das muss am Schlafmangel liegen.

Als die Ergebnisse auf dem Display erscheinen, bekomme ich am ganzen Körper Gänsehaut. Der Mann lebt nur ein paar hundert Meter von uns entfernt – in einem der Reihenhäuser in der Nähe der Geschäfte. Das kann kein Zufall sein. Jennifer hat auf der Party erzählt, dass sie nach Hause fährt. Aber in Wahrheit muss sie geplant haben, diesen Silvén zu treffen. Ihre Unterhaltung im Messenger endete abrupt, aber sie könnten per SMS oder Snap weiter Kontakt gehabt haben.

Ich klicke auf den Namen und erfahre, dass Petter Silvén am 3. April zweiunddreißig Jahre alt wird. Wenn ich mag, kann ich ihm über Interflora Blumen schicken. Offenbar hat er dieselbe Adresse wie eine gewisse Sandra Larsson, aber das ist mir egal. Nur weil eine Person in einer Lebensgemeinschaft lebt, bedeutet es nicht, dass sie weniger zu Straftaten neigt.

Fünfzehn Minuten später stehe ich auf dem Gehweg draußen vor Petter Silvéns Haus und versuche, durch die pfirsichfarbene Fassade hindurchzusehen. Mein Herz pocht. Ist meine Jennifer dort drin? Wird sie hier gefangen gehalten?

Ich möchte die Treppe hochlaufen, an die Tür hämmern und mir die Lungen aus dem Hals brüllen, diesen Scheißkerl aufwecken und auf die Straße zerren.

Aber ich bleibe, wo ich bin, und starre die schwarzen Fenster an, die meinen Blick zu erwidern scheinen. Nirgendwo ist ein Licht zu sehen, kein Anzeichen von Leben. Vielleicht ist das um diese Uhrzeit auch kein Wunder.

In der Garageneinfahrt steht ein klassisches Familienauto, eine Art Kombi. Neben der Haustür steht ein großer grauer Topf mit einem viel zu kleinen Plastikbaum darin. Der Platz vor dem Reihenhaus ist in drei schmale Rechtecke aufgeteilt: Rasen, Pflaster und Asphalt. Ordentlich, aber phantasielos.

Als im Inneren des Hauses Licht angeht, mache ich einen schnellen Schritt zur Seite hinter die Hecke, wo man mich nicht sehen kann. Eine Frau in einem schwarzen Daunenmantel mit Kapuze könnte ein wenig verdächtig wirken. Vor allem, wenn sie um fünf Uhr morgens stocksteif dasteht und das Haus eines Fremden anstarrt. Ich sollte von hier verschwinden, ehe einer der Nachbarn die Polizei ruft.

Also laufe ich die ruhige Straße einmal hoch und einmal runter und stehe dann wieder an derselben Stelle. In diesem Moment leuchtet ein Adventsstern in einem von Silvéns Fenstern auf, und ich versuche vergeblich, mich zu verstecken. Mein Telefon muss mir als Alibi dienen. Ich tue so, als würde ich auf das Display schauen, während ich weiterhin das Fenster im Auge behalte.

Inzwischen ist der ganze Raum hell erleuchtet. Die Küche ist ganz in Weiß gehalten: weiße Wände, weiße Schränke. Es tut mir in den Augen weh. Eine blonde Frau mit einem kleinen Baby auf dem Arm läuft im Raum umher. Offenbar sind Sandra Larsson und Petter Silvén gerade Eltern geworden.

Was für ein verdammtes Klischee. Der frischgebackene Papa kommt nicht mehr ran und sucht online nach Sex.

Pfui Teufel. Am liebsten würde ich ans Fenster klopfen und Sandra Larsson erzählen, was ihr schmieriger Mitbewohner so treibt, während sie das Baby stillt und die Windeln wechselt.

Im ersten Stock geht das Licht an. Ich drehe mich um und sehe zu, dass ich wegkomme.

39

NINA

»Du brauchst nicht mitzukommen.«

Smilla und ich gehen die Östra Tullgatan entlang. Es ist kurz nach neun Uhr morgens, und die blasse Wintersonne findet kaum den Weg zwischen den hohen Gebäuden hindurch.

»Aber ich *will* mitkommen«, sage ich. »Ich will mich zumindest vergewissern, dass du den Weg findest.«

Meine Tochter seufzt.

»Ich bin keine fünf mehr. Ich kann jemanden fragen, wenn ich nicht mehr weiterweiß.«

Der Kanal ist von einer dünnen Eisschicht bedeckt. Wir überqueren die Brücke und gehen am Wasser entlang parallel zur Exercisgatan. Eine einsame Möwe segelt über unsere Köpfe hinweg und landet auf dem Eis. Das Gras an der Böschung ist steif gefroren und sieht aus wie mit Puderzucker überzogen.

»Komm.« Ich ziehe Smilla über die Straße auf den gewaltigen Gebäudekomplex zu. »Wir müssen uns beeilen.«

Die Giebelwand auf der rechten Seite ist mit Wappen verziert. Ich kann nur das oberste, das Polizeiwappen, identifizieren, aber Symbole wie Schlüssel und Äxte geben einen gewissen Hinweis darauf, was noch hinter diesen Mauern vor sich geht. Zumindest in meiner Vorstellung.

Glänzende Metallbuchstaben verkünden, dass wir das *GERICHTSZENTRUM* betreten. Ich ziehe die Tür auf, und wir treten ein. Smilla protestiert nicht länger. Vielleicht findet sie es doch ganz beruhigend, ihre Mutter dabei zu haben.

»Du bist Smilla Andersson?«, fragt die Frau hinter der Glaswand. Sie schiebt einen Besucherausweis durch den schmalen Spalt.

Die Frau deutet auf die Bänke hinter uns.

»Bitte setzen Sie sich einen Moment.«

Ich will gerade fragen, ob ich dabei sein kann, wenn Smilla befragt wird, als mein Telefon in der Tasche zu klingeln beginnt. Ich lächele die Frau am Empfang entschuldigend an, gehe ein Stück zur Seite und hole mein Telefon heraus.

Es ist Mama. Ich stelle fest, dass sie mir bereits eine Textnachricht voller Großbuchstaben und Ausrufezeichen geschickt hat. Vermutlich ist ihr gestern die Meldung im *Sydsvenskan* entgangen, und sie hat es erst auf der Titelseite von heute gesehen.

Vielen Dank, Claudia.

Smilla setzt sich auf eine Bank, während ich mich noch ein Stück weiter vom Empfangstresen entferne.

»Hallo Mama. Tut mir leid, dass ich nicht auf deine Nachricht reagiert habe, ich habe sie nicht gesehen …«

»Ich habe gerade das mit Jennifer gelesen«, unterbricht sie mich. »O mein Gott, Nina, wir wären fast an unserem Frühstückskaffee erstickt. Warum hast du denn nichts gesagt? Das ist ja furchtbar. *Furchtbar.*«

»Ich weiß, es ist schrecklich. Ich …«

»Was kann denn passiert sein?« Mama unterbricht mich erneut. »Sie wird doch wohl nicht … Was ist mit Smilla?«

»Smilla ist okay«, sage ich. »Sie ist bei mir. Wir sind auf dem Polizeirevier.«

»Dem Polizeirevier!«, ruft Mama. »Aber warum denn das? Ich hoffe, sie wird nicht verdächtigt …«

»Mama, bitte, beruhige dich. Wenn du zwei Minuten lang still wärst, könnte ich dir erzählen, was los ist.«

»Bitte entschuldige, Nina, ich …«

»Ich verstehe, dass du schockiert bist. Ich wollte dich gestern mehrmals anrufen, aber es hat sich einfach nicht ergeben, alles war ziemlich durcheinander.« Ich halte inne, versuche mich zu erinnern, was Mama eigentlich gefragt hat, und fahre fort: »Niemand ist in irgendeiner Weise verdächtig. Die Polizei will nur mit Smilla reden, weil sie eine der letzten Personen ist, die Jennifer gesehen hat, bevor sie verschwunden ist.«

»Ist auf der Party etwas passiert?«, fragt Mama. »Gibt es einen Grund, warum Jennifer weggegangen und nicht zurückgekommen ist?«

Ich drehe mich um und schaue zur Bank, auf der Smilla grade noch gesessen hatte. Sie ist leer.

»Nina?« Mama klingt besorgt. »Bist du noch dran?«

Ich suche den Empfangsbereich ab, mein Blick erfasst jede Bank und wandert zur Glaswand gegenüber dem Eingang. Keine Smilla.

»Ich rufe dich gleich zurück.«

Mit dem Telefon in der Hand eile ich zum Tresen.

»Entschuldigung.«

Die Frau hinter der Glasscheibe schaut von ihrem Computer auf.

»Haben Sie gesehen, ob jemand gerade meine Tochter Smilla abgeholt hat? Ich habe telefoniert, und ich muss verpasst haben …«

Die Frau lächelt.

»Die zuständige Beamtin war vor einer halben Minute hier. Ihre Tochter ist in guten Händen.«

Eine Hitzewelle erfasst mich. Der Schweiß rinnt mir über den Rücken, und ich öffne den Reißverschluss meiner Jacke.

»Aber ich dachte …«, ich reiße mir meinen Schal herunter, »… ich würde bei der Befragung dabei sein. Sollte nicht ein Erziehungsberechtigter dabei sein, wenn derjenige noch minderjährig ist?«

»Nicht unbedingt«, sagt die Frau. »Möchten Sie, dass ich jemanden anrufe?«

Ich schüttele den Kopf, danke ihr für die Hilfe und gehe zum Ausgang.

Ein ständiger Besucherstrom strömt in beiden Richtungen durch die Glastüren, und ich verlasse das Gebäude hinter einem jungen Paar. Die beiden scheinen nur ein paar Jahre älter als Smilla und Jennifer zu sein, aber ihre Gesichter sind deutlich verlebter. Warum sind sie hier?

Sofort entsteht in meinem Kopf ein vorurteilsbehaftetes Bild von schwierigen Familienverhältnissen, Drogenmissbrauch und Kriminalität. Sobald das Paar draußen ist, zieht das Mädchen eine zerknitterte Zigarettenpackung aus der Jackentasche, was in gewisser Weise meine Vorurteile bestätigt. Die Frau zündet sich eine Zigarette an und inhaliert den Rauch, als hinge ihr Leben davon ab.

Ich finde einen Platz nicht weit vom Haupteingang, wo ich warten kann. Meine Jacke ist immer noch geöffnet, und die kalte Luft, die unter meinen Pullover kriecht, fühlt sich wunderbar an. Ist es normal, Hitzewallungen zu haben, obwohl man noch keine fünfzig ist? Vielleicht sollte ich diese Schweißausbrüche abklären lassen. Selbst wenn sie normal sind, sind sie furchtbar lästig. Vielleicht gibt es irgendein Medikament dagegen.

Das hohe, dunkle Gebäude ragt in den Winterhimmel. Ich mustere die Fassade. Ist Smilla hinter einem dieser Fenster? Es ist ein komisches Gefühl, dass sie ohne mich befragt wird, andererseits ist es vielleicht besser so. Hoffentlich kann sie eine ehrlichere Version der Geschehnisse in der Silvesternacht erzählen, wenn ich nicht im Raum bin. Schließlich weiß sie nur zu gut, wie ich zu dieser verdammten Party stehe.

Ich finde, eigentlich hätte Fredrik sich heute aus dem Bett bequemen und Smilla begleiten können. Er war derjenige, der mich überredet hat, die Party bei uns stattfinden zu lassen. Dann sollte er sich auch um die Konsequenzen kümmern. Aber Fredrik hat sich heute Morgen geweigert, aufzustehen, und behauptet, er habe die ganze Nacht kein Auge zugetan. Ich glaube nicht, dass er lügt, aber er könnte sich wirklich mehr Mühe geben. Smilla zuliebe.

Ganz ehrlich, ich mache mir fast mehr Sorgen um Fredriks Gesundheitszustand als um Jennifers Verschwinden. Ich würde das natürlich niemals laut sagen, aber es ist die Wahrheit. Ich kann nichts für meine Gefühle. Jennifer ist die Tochter unserer Freunde, aber ich bin nie richtig schlau aus ihr geworden. Fredrik dagegen ist mein Mann. Er ist der Vater meiner drei Kinder, und auch wenn es mir im Moment schwerfällt, ihn zu lieben, liebe ich ihn, und das schon seit vielen Jahren.

Das Gespräch, das wir gestern Abend führen wollten, war ein totales Fiasko. In meiner Naivität hatte ich gedacht, dass Fredrik sich mir öffnen würde, doch sobald wir auf dem Sofa saßen, schien er mit seinen Gedanken ganz woanders zu sein. Wir sagten uns nichts Neues, kippten nur unseren Tee herunter und unterhielten uns eine Weile. Das Ganze endete damit, dass ich plötzlich so müde wurde, dass ich ins Bett musste.

Bevor Smilla und ich in die Stadt aufgebrochen sind, habe ich Fredrik vorgeschlagen, im Gesundheitszentrum anzurufen und zu versuchen, einen Termin beim Arzt zu bekommen, am besten gleich heute oder zumindest noch in dieser Woche. Nur damit sie ein paar Tests machen können, den Blutdruck messen und das Herz abhorchen. Denn irgendetwas ist nicht Ordnung. Seit Silvester ist Fredrik nicht mehr er selbst, und der plötzliche Anfall gestern macht mich auch nicht gerade weniger besorgt. Sicher, die Übelkeit könnte vom Stress kommen, aber es ist immer besser, körperliche Ursachen auszuschließen, bevor man zu dem Schluss kommt, dass die Symptome psychisch bedingt sind.

Der Schlafmangel macht die Sache nicht besser. Vielleicht könnte er ein Rezept für ein leichtes Schlafmittel bekommen. Wenn nicht, könnte er eine Tablette von meinen nehmen. Sie wirken ziemlich gut.

Eine ältere Frau geht an mir vorbei. Sie sieht aus wie Mama, und ich hole mein Telefon hervor.

»Wie ist es gelaufen?«, fragt sie. »Ist die Befragung vorbei?«

Die Minusgrade machen sich bemerkbar, und ich ziehe den Schal aus meiner Tasche und wickle ihn mir, so gut es mit einer Hand geht, um den Hals.

»Nein, sie ist jetzt da drin.«

»Ohne dich!« Die Stimme meiner Mutter ist schrill. »Sie verhören eine Minderjährige, ohne dass ein Erziehungsberechtigter dabei ist?«

Ich seufze.

»Smilla ist fast achtzehn, und sie wollte nicht, dass ich dabei bin.«

»Aber ist das denn legal?«

»Das wird es wohl sein.« Eine erneute Hitzewallung erfasst mich, und ich lockere den Schal wieder. »Sie wird von der schwedischen Polizei befragt, nicht von einer Terrororganisation.«

Falls Mama sich über diese Bemerkung ärgert, verbirgt sie es gut.

»Ihr kommt doch trotzdem am Samstag, oder?«

»Ja, zumindest haben wir das vor. Aber ich bin mir nicht sicher, ob Fredrik …«

»Warum? Ist er krank?«

Noch mal vielen Dank, Claudia.

Ich erzähle nicht die ganze Geschichte, aber das nützt nichts – Mama macht sich trotzdem Sorgen. Natürlich. Meine Neigung zur Paranoia muss ja irgendwoher kommen. Wir vereinbaren, später noch einmal zu reden.

Ich stecke mein Handy zurück in die Tasche und sehe Smilla durch die Tür kommen. Eine junge Frau, fast erwachsen und auf dem Weg in ein unabhängiges Leben. Ich halte den Atem an und spüre für einen kurzen Moment, wie der Boden unter meinen Füßen schwankt.

Jennifer ist verschwunden. Wirklich verschwunden. Und es hätte genauso gut Smilla sein können.

40

LOLLO

Mein Herz rast, ein Schrei hallt in meiner Kehle nach. Ich öffne die Augen und schaue mich um. Der Couchtisch, der Teppich, das Bild an der Wand gegenüber – alles ist vertraut und von mir persönlich ausgesucht. Mein Puls verlangsamt sich allmählich, und ich bin wieder in der Realität. Eine Realität, die viel schlimmer ist als der Traum, aus dem ich soeben erwacht bin.

Ich habe von Jennifer geträumt. Sie lag in unserem Sommerhaus in Falsterbo auf dem Sofa. Ich versuchte, mit ihr zu reden, aber sie antwortete nicht, es war, als wäre eine Glaswand zwischen uns. Jennifer war so klar wie ein hochauflösendes Foto mit perfekter Schärfe. Doch sie konnte mich nicht hören.

Normalerweise sind meine Träume vage und zusammenhangslos, also sind diese Bilder vielleicht ein Zeichen. Versucht mein Unterbewusstsein, mir etwas Wichtiges mitzuteilen?

Eigentlich glaube ich nicht an Traumdeutung, Tarotkarten und den ganzen Hokuspokus. Ich glaube an Fakten. Punkt. Aber meine Tochter wird vermisst, und ich bin bereit, Wahrsager und Geisterbeschwörer zu Rate zu ziehen – einfach jeden. Wenn jemand anrufen und mir sagen würde, Jennifer wäre auf dem Mond, würde ich alles tun, um selbst dorthin zu gelangen.

Chanel kommt angetrippelt und bleibt vor dem Sofa stehen. Ich hebe sie hoch und verberge mein Gesicht in ihrem weichen Fell. Ist Jennifer in Falsterbo? Könnte es so einfach sein?

Die Polizisten, die am Neujahrstag hier gewesen sind, hatten gefragt, ob es irgendeinen Ort gibt, an den Jennifer sich aus unerklärlichen Gründen verkrochen haben könnte. Wir haben das Sommerhaus erwähnt, und vielleicht sind sie am Dienstagabend dort gewesen, um nachzusehen. Aber wahrscheinlich waren sie seitdem nicht noch mal da, und womöglich ist Jennifer erst später dort angekommen.

Ich schlage die Decke zurück, setze mich auf und hole mein Telefon heraus. Warum hat die Polizei nicht angerufen? Waren sie schon mit den Hunden in Klagshamn? Vielleicht waren sie schon da, haben aber nichts gefunden. Ich schlucke. Haben *niemanden* gefunden.

Aber ist das nicht ein gutes Zeichen? Wenn es keine Spur von Jennifer in der Nähe gibt, kann das nur eines bedeuten: Sie ist irgendwo anders.

Es ist fast zehn Uhr. Nach meinem Ausflug zu Petter Silvéns Haus bin ich seltsamerweise doch noch eingeschlafen. Ich bin aufgewacht, als Max aufgestanden ist, doch ich habe so getan, als würde ich tief und fest schlafen, bis die Haustür geöffnet und wieder geschlossen wurde. Sobald er weg war, muss ich wieder eingenickt sein.

Wie zum Teufel kann er zur Arbeit gehen? Kümmert es ihn überhaupt nicht, dass Jennifer verschwunden ist? Oder will er *mir* aus dem Weg gehen? In einer Zeit wie dieser sollten wir uns gegenseitig stützen.

Ein vager Gedanke kommt mir in den Sinn. Mein Herz schlägt schneller, und mein Mund wird trocken. Ich taste nach dem Glas Wasser auf dem Tisch vor mir, versuche, den Gedanken abzuschütteln, ehe er sich festsetzen kann. Doch er hat sich unter meiner Haut eingegraben, reizt und quält mich wie ein Giftstachel.

Wie kann ich eigentlich sicher sein, dass Max bei der Arbeit ist? Mein Mann benimmt sich sehr seltsam, seit Jennifer verschwunden ist. Er hat sich kaum zu Hause blicken lassen. Und wenn er hier ist, ist er ziemlich distanziert. Emotionslos.

Aber wenn Max nicht bei der Arbeit ist – wo ist er dann?

Das Gift breitet sich aus. Ich hebe die Nase aus Chanels Fell und trinke einen Schluck Wasser. Ich setze das Glas ab, starre in den Raum und wäge das Für und Wider ab.

Nein, sagt eine energische Stimme in mir. Max hat viele Fehler und Mängel, aber er könnte niemals – nie im Leben – Jennifer etwas antun.

Auf der anderen Seite hat Max nie mehr als ein lauwarmes Interesse an seiner Tochter gezeigt. Ich bin diejenige, die zu den Elternabenden und Elternsprechstunden geht. Ich kann es an den Fingern einer Hand abzählen, wie oft mein Mann bei einem Fußballspiel unter den Zuschauern war, obwohl Jennifer fast neun Jahre lang gespielt hat. Ich weiß, dass ich nie den Nobelpreis für Geduld gewinnen werde, doch Max' Geduld mit Jennifer ist quasi nicht vorhanden. Sie kann ihn in den Wahnsinn treiben.

Bei den meisten Menschen muss schon sehr viel passieren, bevor sie jemandem, auf den sie wütend sind, auch eine runterhauen. Ich habe nie erlebt, dass Max die Fäuste sprechen gelassen hätte. Nein, halt, das stimmt nicht. Einmal hat er einen Kerl windelweich geprügelt, der aus Versehen sein Bier auf mich geschüttet hat. Aber das ist Jahre her, das war, kurz nachdem wir uns kennengelernt hatten. Max war damals noch jünger und hitzköpfiger.

Er könnte Jennifer *aus Versehen* verletzt haben. Ungewollt. Jennifer könnte ihn gereizt und etwas Dummes gesagt haben. Aber wann hätte das gewesen sein sollen? Wir haben hier eine Party gefeiert, und Max klebte praktisch am Computer, hat die Songs ausgesucht und den ganzen Abend über Drinks ausgeschenkt.

Mein Körper bebt, als wollte er mir helfen, diesen Gedanken

abzuschütteln. Er ist absurd und vollkommen haltlos. Bin ich verrückt geworden?

Ich muss seine Stimme hören, hören, dass er mir verspricht, dass Jennifer wieder zurückkommen wird, dass alles gut werden wird.

Mein Telefon ist mir aus der Hand gerutscht. Ich hebe es auf, entriegele es und tippe auf *Max.*

Es klingelt einmal.

Ich verstehe nicht, wo diese Beklemmung herkommt. Um Himmels willen, ich rufe meinen eigenen Mann an.

Es klingelt zweimal.

Mein Herz schlägt so heftig, dass es weh tut.

Es klingelt dreimal.

Die Mailbox springt an.

Das war's.

Ich stehe auf. Chanel, die auf meinem Schoß lag, rollt über meine Beine und landet mit einem schrillen Winseln auf dem Teppich. Ich murmele eine Entschuldigung und laufe ins Schlafzimmer.

Das Bett ist ungemacht, die Jalousien sind heruntergezogen, und mein kuscheliger Jogginganzug hängt über dem Korbstuhl. Ich ziehe die Hose über mein Nachthemd und es ist mir egal, dass es um die Taille unförmig aussieht. Der Reißverschluss der Kapuzenjacke geht nicht zu, also lasse ich sie offen. Auf der Frisierkommode liegt ein Gummihaarband. Ich binde meine fettigen Haare zu einem Pferdeschwanz zusammen, wage es aber nicht, mich im Spiegel anzusehen. Wann habe ich das letzte Mal geduscht?

Meine Handtasche ist immer noch dort, wo ich sie gestern, als ich auf dem Weg zum Laden war, liegen gelassen habe. Der Gedanke an *Lollos Design* lässt mich kurz innehalten. Soll ich kurz vorbeifahren und einen Zettel in die Tür hängen?

Ganz einfach: Nein. Ich muss einzig und allein nach Jennifer suchen.

Chanel, die sich davon erholt zu haben scheint, einfach auf den Boden geworfen worden zu sein, kommt angestürmt, als sie mich an der Haustür hört. Natürlich glaubt sie, ich würde in den Laden fahren, und will wie immer mitkommen. Ihr enttäuschter Blick begleitet mich nach draußen.

Während ich die Einfahrt herunterlaufe, ziehe ich meine Autoschlüssel aus der Handtasche. Ich schließe den Wagen auf und springe hinein. Mein roter Mini Cooper ist mein Augapfel, aber heute ist er nicht mehr als ein Transportmittel. Eine Maschine, die mich von A nach B bringen wird.

Von Klagshamn nach Falsterbo.

41

FREDRIK

Ein Riss zieht sich diagonal über die Schlafzimmerdecke. Er war schon da, als wir eingezogen sind, aber mit jedem Jahr ist er länger geworden. Während der ersten Jahre hat Nina sich fast täglich beklagt, wir sollten einen Handwerker kommen lassen, der die Decke verputzt. Doch das ist nie passiert. Es gab immer etwas anderes im Haus, das dringender repariert werden musste.

Ich betrachte die unregelmäßige schwarze Linie über meinem Kopf und konzentriere mich darauf, nur daran zu denken.

Der Riss. Denk an den Riss, Fredrik.

Wenn wir Geld hätten, würde ich nicht zögern, einen ganzen Haufen Handwerker zu beauftragen, um alles auf einmal zu reparieren. Das obere Badezimmer, die Küche, die ganze Bude. Aber Handwerker wollen bezahlt werden, und Küchen und Badezimmer sind nicht gerade die billigsten Räume, wenn es um Renovierung geht. Und ich bin leider auch nicht der Heimwerkertyp. Wenn es irgendeine Eigenschaft gibt, die ich gern von meinem Vater geerbt hätte, dann seine Geschicklichkeit. Aber diese Gene hat er für sich behalten.

Ich glaube, ich habe Papa noch nie so enttäuscht gesehen wie damals, als ich ihm erzählt habe, dass ich meinen Job als Ingenieur aufgegeben und ein Lehramtsstudium angefangen habe. Es war, als wäre der letzte Lebensfunke in ihm erloschen.

Doch für mich war es eine riesige Erleichterung. Den ganzen

Tag in einem Büro zu hocken und Materialfestigkeiten zu berechnen, war zermürbend und passte überhaupt nicht zu mir. Die Möglichkeit, junge Menschen zu unterrichten, sie zu unterstützen und ihre Entwicklung zu beobachten, fühlte sich tausend Mal sinnvoller an.

Mit der Betonung auf *fühlte.*

Mein Blick wandert am Riss entlang und bleibt an der Deckenlampe hängen, wo ein feines Spinnennetz Gestalt annimmt. Eine blasse Spinne mit kleinem Körper und langen, dünnen Beinen arbeitet an einem Netz, das wie Fusseln aussieht.

Ich muss an Max Wiksell denken. Dieser Mann muss sicher niemals einen Cent umdrehen. Und sein Haus hat auch keine Renovierung nötig. Anstatt wie wir in dem Reihenhaus zu wohnen, das wir gekauft haben, als die Kinder kamen, hat er sich, nur wenige Kilometer vom Meer entfernt, diese scheußliche Poolvilla hinsetzen lassen. Ich bin nicht im mindesten neidisch auf dieses Haus, für meinen Geschmack ist es viel zu protzig, aber es wäre nett, am Ende des Monats etwas mehr Geld übrig zu haben.

Mir fällt ein, dass ich das Doppelte von dem verdienen könnte, was ich als Lehrer bekommen, wenn ich als Ingenieur weitergearbeitet hätte. Aber das wäre es nicht wert.

Ich schließe die Augen. Wie zum Teufel kann ich an Renovierungsarbeiten denken, wenn ich das Ergebnis wahrscheinlich nie sehen werde? Wird Nina sich das Haus mit nur einem Einkommen überhaupt leisten können? Gibt es eine Versicherung, die zahlt, wenn ein Familienmitglied hinter Gittern landet?

Und wie werden die Menschen um uns herum reagieren, wenn die Wahrheit herauskommt?

Das Schlimmste ist die Scham, die ich empfinde, sobald ich meine Familie sehe. Die Tatsache, dass ich meine Kinder verraten habe, ist schlimmer als mein Verrat an Nina. Sie ist erwachsen und wird mit etwas Glück ohne bleibende Schäden weiterleben können. Aber Kinder sind so zerbrechlich. Dinge, die wir in der Kindheit erleben, können tiefe Narben hinterlassen.

Wie bei Jennifer.

Denk an den Riss.

Es hilft nicht. Ich öffne die Augen, starre die Spinne über meinem Kopf an und frage mich zum tausendsten Mal, wie das alles so verdammt schiefgehen konnte.

Mit der rechten Hand schlage ich kräftig aufs Bett, hart und wütend. Auch das hilft nicht. Die Matratze gibt unter meiner Faust nach, bietet keinen Widerstand. Ich will auf etwas einschlagen, bis meine Knöchel blutig sind.

Der Riss!

Simon hat sich in der Badewanne die Pulsadern aufgeschnitten. Meine Mutter hat ihn gefunden, als sie von der Arbeit nach Hause gekommen ist, und ich frage mich oft, wie lange er dort gelegen hat, bis er tot war. Worüber hat er nachgedacht? Wie viel Zeit bleibt einem zum Nachdenken? Wie lange dauert es, bis das Leben aus einem herausgesickert ist?

Manchmal habe ich diesen Traum, dass Simon es sich anders überlegt und um Hilfe ruft. Im Traum sehe ich meistens mich selbst wie ein Wahnsinniger laufen, ohne jemals irgendwo anzukommen.

Tränen steigen mir in die Augen. Ich versuche, an gar nichts zu denken, aber ich schaffe es nicht. Der Mantel liegt jetzt auf dem Boden eines Schuttcontainers in Elisedal. Und zugleich schwebt er in meinem Bewusstsein wie eine schwarze Gewitterwolke.

Was habe ich mir bloß dabei gedacht? Warum habe ich ihn aufgehoben? Warum habe ich ihn nicht einfach liegen gelassen? Wenn jemand den Mantel jetzt findet, ist alles aus.

Scheiße, scheiße, scheiße.

Ich wische mir die Tränen mit der Bettdecke weg und höre eine vertraute Stimme in meinem Kopf.

Du hast nichts getan, Fredrik.
Du hast nur mit Jennifer geredet.
Und dann bist du nach Hause gefahren.

Die Haustür fällt ins Schloss, und das Geräusch bringt mich zurück in die reale Welt. Die Welt, in der Leute Fragen stellen, Antworten verlangen und wollen, dass du das Bett verlässt.

Ich habe den ganzen Vormittag im Bett verbracht, eingewickelt in meine Bettdecke wie in einen schützenden Kokon. Immer wieder bin ich eingenickt, habe versucht, die Zeit verstreichen zu lassen und meine Gedanken unter Kontrolle zu halten. Die Jungs haben mich nicht ein einziges Mal gestört. Erstaunlich, wie still und ruhig ein Sechsjähriger sein kann, wenn man ihn ohne Zeitlimit vor den Bildschirm setzt.

Entschlossene Schritte nähern sich dem Schlafzimmer.

Der Riss, Fredrik, der Riss.

»Wie geht es dir?«

Nina setzt sich auf die Bettkante, der Geruch frischer Luft haftet ihr an. Sie streicht mir übers Haar, und ich widerstehe dem heftigen Wunsch, ihre Hand fortzustoßen. Ihre Berührung löst Unbehagen in mir aus.

»Geht so«, sage ich. »Wie hat Smilla sich geschlagen?«

Nina zuckt die Achseln.

»Gut, denke ich. Sie sagt, sie hätten ihr mehr oder weniger dieselben Fragen gestellt wie vorgestern, als sie hier waren.«

»Wir sollten diese Zimmerdecke in Ordnung bringen«, sage ich.

»Ich denke, wir sollten zuerst dich in Ordnung bringen.«

Nina lächelt, und ich versuche, zurückzulächeln, bin aber nicht sicher, ob es funktioniert.

»Kommst du am Wochenende mit uns zu Mama und Papa?«, fragt sie.

»Ich glaube nicht.« Mein Blick wandert zurück zum Riss. »Ich denke, ich brauche noch ein paar Tage Ruhe.«

»So schlimm ist es?« Sie seufzt. »Klingt für mich, als solltest du dich krankschreiben lassen. Hast du schon im Gesundheitszentrum angerufen?«

»Ich habe geschlafen.«

Nina seufzt wieder.

»Bitte, Fredrik«, sagt sie schließlich. »Ruf da an. Mir zuliebe, wenn schon nicht um deinetwillen. Ich mache mir *Sorgen* um dich. Was, wenn es noch schlimmer wird?«

Nina verstummt und streicht mit den Fingern über die Bettdecke, um unsichtbare Falten im geblümten Bettbezug zu glätten.

»Anscheinend hat die Polizei auch einige Fragen über uns gestellt.« Sie sieht mich an. »Ich verstehe es nicht ganz, aber so wie Smilla erzählte, haben sie gefragt, wie unser Verhältnis zu Jennifer ist.«

»Was ist das denn für ein Unsinn?« Ich setze mich auf. »Glauben die, dass sie sie so finden werden? Indem sie Fragen über *uns* stellen?«

Ninas Augen glänzen und sind nass.

»Ach Fredrik!« Sie schlägt die Hände vors Gesicht und schluchzt. »Ich fühle mich so schuldig.«

»Schuldig?«

»Ja.« Sie reibt sich die Augen und lässt die Hände in den Schoß sinken. »Erstens wegen dieser *verdammten* Party.« Sie sieht mich wütend an. »*Hier* hat Jennifer sich betrunken. Sie war *hier,* als sie sich mit Smilla gestritten hat, und sie ist von *hier* verschwunden.«

Ich unternehme den lahmen Versuch, zu protestieren, doch Nina macht weiter.

»Und zweitens – und das nagt wirklich an mir – habe ich sie immer wie Dreck behandelt.«

Kann sie nicht einfach den Mund halten?

»Wie meinst du das?«

»Komm schon, du *weißt* doch, dass ich nie ein großer Fan von Jennifer war. Ich fand es wirklich furchtbar, dass sie und Smilla eine Zeitlang so eng befreundet waren. Wenn sie mit Jennifer zusammen war, ist immer etwas passiert. Etwas Schlechtes. Aber ich habe mir nie die Zeit genommen, sie zu fragen, wie es ihr geht, habe mich nie um sie gekümmert. Ich habe mich nur über sie geärgert und sie für eine Nervensäge gehalten.« Nina schnieft. »Und jetzt … Was, wenn ihr etwas Schreckliches zugestoßen ist, nur weil niemand sich um sie gekümmert hat?«

»Sie hat Eltern«, sage ich. »Falls Jennifer Probleme hatte, war es nicht deine Aufgabe, sie zu lösen.«

Nina sieht mich vorwurfsvoll an.

»Jeder Erwachsene, der merkt, dass es einem Kind schlecht geht, ist verpflichtet, zu helfen. Es geht hier um *Mitmenschlichkeit,* Fredrik.«

Ich beiße mir auf die Innenseite meiner Wange und schmecke Blut.

»Hör auf, Nina. Du hast keine Ahnung, wie Jennifer sich fühlt. Vielleicht will sie nur ihre Grenzen austesten.«

»Aber was, wenn sie nicht … Was, wenn sie …« Nina schluchzt erneut auf. »Was, wenn sie tot ist?«

Ich tätschele ihren Arm.

»Jennifer wird schon wieder auftauchen.«

Nina schüttelt den Kopf und sieht mich ungläubig an.

»Das dachte ich anfangs auch, aber jetzt ist es schon Tage her. Wo um alles auf der Welt könnte sie sein?«

»Überall.« Ich versuche, meine Stimme nicht schwanken zu lassen. »Bei einem Mann, bei einer Freundin … Sie könnte so gut wie überall sein.«

»Ich glaube, dass etwas passiert ist.« Nina steht auf. »Nicht einmal Jennifer ist so grausam, Max und Lollo so leiden zu lassen. Einen Tag, gut. Das würde zu ihr passen. Um Aufmerksamkeit zu erregen. Aber das hier …«

Sie wischt sich das Gesicht mit dem Ärmel ihres Pullovers ab und geht zur Tür, doch bevor sie das Zimmer verlässt, dreht sie sich noch einmal um.

»Isst du was zu Mittag?«

Der Gedanke an Essen lässt mich würgen, aber ich muss etwas essen. Mein Körper braucht Nährstoffe, um zu funktionieren. Ich habe schon einmal halluziniert, und wenn das noch einmal passiert, ruft Nina den Krankenwagen. Oder bringt mich direkt in die Psychiatrie.

»Ich werde zuerst eine Kleinigkeit frühstücken.«

Sie starrt mich an.

»Du hast noch nicht gefrühstückt?«

»Nein, ich … ich bin gerade erst aufgewacht.«

Ohne ein Wort dreht Nina sich um. Ihre Absätze klackern auf dem Boden, als sie nach unten hastet.

42

NINA

Ich *darf* Fredrik nicht böse sein. Er ist krank. Leidet unter Stress. Möglicherweise ist er wirklich ausgebrannt. Ich muss Geduld haben und kann nicht von ihm verlangen, dass er nach ein paar Tagen Ruhe putzmunter aus dem Bett springt.

Trotzdem stapfe ich beim Gehen etwas kräftiger auf als nötig. Es ist kindisch, aber ich *bin* wütend. Nur weil man sich nicht gut fühlt und etwas Ruhe braucht, kann man doch seine Kinder nicht komplett ignorieren. Was, wenn Vilgot es sich in den Kopf gesetzt hätte, draußen zu spielen? Fredrik hätte sich wenigstens auf das Sofa im Wohnzimmer legen können, mit Blick auf die Haustür.

Ich stapfe den ganzen Weg die Treppe hinauf. Um ein Zeichen zu setzen. Oder vielleicht auch, um etwas Ärger abzulassen. Ich will meine schlechte Laune nicht an den Kindern auslassen. Sie haben nichts falsch gemacht, dieses Mal sind sie vollkommen unschuldig.

Ärger oder Sorge? Es fällt mir schwer, beides auseinanderzuhalten, sie verstärken sich gegenseitig. Im Moment bin ich vermutlich vor allem enttäuscht. Und ich schäme mich wie ein Hund. Denn im Grunde steckt hinter diesem Enttäuschtsein schlicht und einfach Egoismus.

Ich bin enttäuscht, weil die Weihnachtsferien nicht diese gemütliche Auszeit sind, die wir geplant haben. Und ich bin enttäuscht, weil der Jahresanfang nicht der Neustart ist, auf den ich am Silvesterabend gehofft habe.

Denn daran erinnere ich mich trotz des Sektnebels noch. Ich weiß noch, dass ich auf Lollos Terrasse gestanden habe und voller Hoffnung war, dass Fredrik und ich wieder zueinanderfinden würden. Dass wir anfangen würden, wieder miteinander zu reden, unsere geheimsten Gedanken zu teilen, miteinander zu schlafen.

Stattdessen ist das genaue Gegenteil eingetreten. Natürlich kann Fredrik nichts dafür. Niemand wird absichtlich krank. Aber es ärgert mich, dass er nicht zum Arzt geht, dass er nur herumliegt und nichts macht.

Möglicherweise ist das alles Teil der Krankheit. Vielleicht ist jemand, der aufgrund zu hoher Belastung zusammenbricht, einfach nicht mehr in der Lage zu handeln, und sieht für seine gesamte Existenz nur noch schwarz. Aber warum lässt er sich dann nicht von mir helfen? Fühlt er sich wirklich besser, wenn er nur den ganzen Tag im Schlafzimmer liegt und ins Nichts starrt?

Leif hat sich nach Simons Tod geweigert, professionelle Hilfe zu suchen. Mein Schwiegervater behauptet, alle Psychologen und Psychiater seien nur linke Schwindler. Er ist der Ansicht, Simons Suizid gehe nur die Familie etwas an. Da soll sich niemand von außen einmischen. Aber Fredrik ist doch nicht dieser Meinung, oder doch? Wenn ich mich recht erinnere, hat er seinen Papa ermutigt, mit einem Therapeuten zu reden.

Ich glaube, Pirjo ist ein paar Jahre zum Therapeuten gegangen, aber diese Gespräche scheinen nichts gebracht zu haben. Meine Schwiegereltern haben aufgehört, miteinander zu reden. Und ich habe das Gefühl, dass sie sich gegenseitig die Schuld geben für das, was passiert ist.

Ich klopfe an Antons Tür und öffne sie, ohne die Antwort abzuwarten. Im Zimmer ist es stickig, es riecht nach schlechtem Atem mit einem Hauch Chips.

»Anton.« Ich stupse meinen schlafenden Sohn an. »Es ist fast halb zwölf. Zeit, aufzustehen.«

Ein Auge öffnet sich.

Ich ziehe das Rollo in einem Ruck hoch und öffne das Fenster einen Spalt. Wie kann man bei diesem Gestank überhaupt schlafen?

Anton wimmert unter der Bettdecke.

»Hoch mit dir!«, sage ich mit gespielt heiterer Stimme und verspreche im selben Atemzug, dass in einer halben Stunde die Pfannkuchen auf dem Tisch stehen.

Im nächsten Zimmer sitzt mein Sechsjähriger mit dem Tablet auf dem Schoß im Bett. Seine Augen sind weit aufgerissen, der Körper zusammengekrümmt wie ein Erdnussflip. Ich setze mich auf die Bettkante und fahre ihm mit den Fingern durchs Haar. Vilgot starrt wie gebannt auf den Bildschirm und scheint kaum zu merken, dass ich da bin.

»Du«, sage ich und rutsche etwas dichter zu ihm, »was hältst du davon, wenn du das Ding ausmachst, mit nach unten kommst und mir beim Pfannkuchenbacken hilfst?«

»Ich muss erst dieses Level schaffen«, sagt er.

»Dauert das noch lange?«

»Kannst du bitte leise sein? Ich muss mich *konzentrieren.*«

»Entschuldige.« Ich habe Mühe, ruhig zu bleiben. »Aber danach schaltest du aus, okay?«

Ich stehe auf, bücke mich und hebe drei verschiedene Socken auf, die auf dem Spielteppich mit den Straßen liegen.

Wir leben in merkwürdigen Zeiten. Die Stadt auf dem Teppich ist schon längst zu einer Geisterstadt geworden. Niemand fährt mehr mit Matchboxautos über die grauen Straßen, niemand parkt draußen vor einem Laden oder rast mit einem Polizeiauto mit Blaulicht und Sirenen hin und her. Kinder *spielen* nicht mehr. Sie zocken.

Mich überkommt mein übliches schlechtes Gewissen. Wir müssen unbedingt mehr darauf achten, wie viel Zeit die Kinder vor dem Bildschirm verbringen. Für Smilla ist es bereits zu spät. Und an Antons Gewohnheiten in diesem Punkt können wir möglicherweise auch nichts mehr ändern. Aber Vilgot können wir noch retten.

Als ich die Treppe hinuntergehe, beschließe ich zum x-ten Mal seit Vilgots Geburt, dass von nun an alles anders werden wird. Von jetzt an werden wir spielen, Bücher lesen, Brettspiele spielen und auf den Spielplatz gehen. Wir werden sogar in Kauf nehmen, dass sich das Kind langweilt. Schließlich entwickelt sich ein Spiel oft erst nach einer Zeit der Langeweile und dem damit verbundenen Gejammer.

Solange Smilla ein Einzelkind war, waren wir vorbildliche Eltern. Ich war gerade fertige Vorschullehrerin, erfüllt von all dem, was ich über Pädagogik und die kindliche Entwicklung gelernt hatte. Fredrik war ein begeisterter Vater, der gern herumtobte und Quatsch machte.

Simons Suizid war uns noch frisch im Gedächtnis. Wir hatten gerade erlebt, wie es jemandem ergehen kann, der sich abkapselt und aufhört, Zeit mit echten, lebendigen Menschen zu verbringen. Nicht, dass jeder Computerfreak eine Depression entwickelt oder asozial wird, aber wir wollten, dass unsere Tochter mit Freundinnen in ihrem Alter spielt und Zeit an der frischen Luft verbringt.

Als Anton geboren wurde, waren wir natürlich noch müder als beim ersten Mal, aber wir waren trotzdem guter Dinge. Wir machten Ausflüge, gingen zur Eisbahn in den Volkspark, bastelten und lasen Geschichten vor.

Dann kam Vilgot, und all unsere guten Vorsätze waren wie weggeblasen. Wir waren nur zu zweit, um Trost zu spenden, bei den Hausaufgaben zu helfen, zum Fußballtraining zu fahren und das Essen zuzubereiten. Und es gab drei Kinder. Jedes Mal, wenn ich ihrem Gejammer nachgab und sie ein Computerspiel spielen durften, sagte ich mir, es sei eine Ausnahme, weil wir *in diesem einen Moment* gestresst und überarbeitet waren. Aber es passierte immer wieder. Der Computer und das Tablet sind zu einem dritten Elternteil geworden.

»Kannst du mal kommen?«

Plötzlich steht Smilla hinter mir und gibt mir ein Zeichen, ihr zu folgen. Ich nehme an, sie will mir etwas auf dem Bildschirm zeigen, etwas, für das ich bezahlen soll. Stattdessen zieht sie die Tür hinter uns zu und bleibt einfach mitten in ihrem Zimmer stehen. Aus ihrem Gesichtsausdruck werde ich nicht schlau.

»Ist etwas passiert?«

»Das kann man wohl sagen.«

Tausend Gedanken schießen mir durch den Kopf. Über Drogen, über Jennifer, über das, was auf dieser unheilvollen Party sonst noch alles schiefgegangen sein könnte. Wurde jemand vergewaltigt? Smilla?

»Geht es etwas genauer?«

Ich versuche, die Angst zu verbergen, die mich erfasst hat – nur weil meine Tochter mir einmal etwas erzählen will, bedeutet es nicht, dass es eine katastrophale Nachricht sein muss.

»Max hat Ali gestern Abend verprügelt«, sagt Smilla ruhig. »Und er hat gesagt, er würde ihn umbringen.«

Ich versuche, diese Informationen zusammenzusetzen. Max. Ali. Umbringen. »Du meinst den Jungen, der Jennifers Freund sein könnte? Ihren Mitschüler?«

Sie nickt.

»Und du sagst, Max hat ihn *verprügelt*?«

»Ja.«

»Wer sagt das? Woher willst du wissen, dass das nicht nur ein Gerücht ist?«

Ich kann mir sehr gut vorstellen, dass Max diesen Kerl zu gern verprügeln *würde*. Aber ich kann nicht glauben, dass er es tatsächlich getan hat.

»Ich weiß es von Ali.« Smilla deutet auf ihr Telefon. »Er hat es auf Snap gepostet. Ein Auge ist total zugeschwollen, es sieht echt übel aus. Und Alis Papa hat Anzeige erstattet. Max hat auch einen Haufen rassistische Scheiße von sich gegeben.« Sie wirft mir einen vielsagenden Blick zu. »Nicht zum ersten Mal.«

Hat Smilla das also auch schon mitbekommen?

Natürlich hat sie das. Smilla ist im Ostteil von Malmö aufgewachsen. Ihre Freunde haben Wurzeln in allen Teilen der Welt, und sie reagiert sehr empfindlich auf Bemerkungen, die nahelegen, manche Menschen könnten weniger wert sein als andere.

»Das klingt total verrückt«, sage ich, trotz meiner großen Erleichterung, dass es Smilla selbst gut geht. »Aber wir sollten das Ganze besser mit Vorsicht genießen. Bis wir mehr wissen. Max' Version der Ereignisse könnte anders aussehen.«

»Ich vertraue Ali.« Smilla macht ein sehr ernstes Gesicht. »Er würde *nie* übertreiben oder sich so etwas ausdenken. Er ist völlig fertig deswegen, Mama. Max hat ihn beschuldigt, Jennifer entführt zu haben. Er sagte, er würde Ali umbringen, wenn er ihm nicht sagt, wo sie ist. Max ist doch echt krank im Kopf. Wir können echt nichts mehr mit denen zu tun haben.«

Ich weiß nicht, was ich glauben soll. Gerüchte verbreiten sich heutzutage so schnell, manchmal viel zu schnell. Ich muss daran denken, dass unser Grundschullehrer immer »Stille Post« mit uns gespielt hat, wenn am Ende der Stunde noch etwas Zeit war. Meistens war von dem Originalsatz nichts mehr übrig, nachdem er durch fünfundzwanzig kleine Münder und Ohren gewandert war.

»Smilla«, sage ich. »Hör auf, Stimmung gegen die beiden zu machen, bis ich mit Lollo gesprochen habe.«

»Was meinst du damit?«

»Du weißt schon … verbreite diese Nachricht nicht weiter.«

»Willst du mich verarschen?«, spottet Smilla. »Das ganze Internet ist voll davon.«

Ich hebe die Hände.

»Okay, ich hab's verstanden. Aber ich werde trotzdem Lollo anrufen. Man muss immer versuchen, sich beide Seiten einer Geschichte anzugucken.«

»Wie auch immer.« Smilla nimmt ihr Handy vom Schreibtisch. »Übrigens, *Missing People* organisiert heute Nachmittag eine Suchaktion für Jennifer in Klagshamn. Ich werde wahrscheinlich hingehen.«

Nein!, ist mein erster Gedanke.

»Kannst du damit umgehen?«, frage ich stattdessen.

»Warum nicht?« Sie zuckt die Achseln. »Es fühlt sich gut an, helfen zu können.«

»Das verstehe ich. Aber was, wenn …«

Was ich sagen will, ist *Was, wenn* du *Jennifer findest? Du willst sie nicht dort finden. Denn wenn du sie in Klagshamn findest, wird sie wahrscheinlich nicht mehr am Leben sein.*

Aber das kann ich natürlich nicht sagen.

»Wenn was?«

Smilla sieht mich prüfend an.

»Ach, nichts … Es ist …« Ich breche in Schweiß aus, suche fieberhaft nach den richtigen Worten. »Warum suchen sie in Klagshamn?«

»Ich nehme an, weil Jennifer gesagt hat, sie würde nach Hause fahren.«

Die Tür wird geöffnet, und Vilgot steckt den Kopf ins Zimmer.

»Du wolltest Pfannkuchen machen«, sagt er und sieht mich an.

Ich nehme seine Hand.

»Das mache ich auch. Komm, auf geht's.« Auf dem Weg zur Tür drehe ich mich noch einmal zu Smilla um. »Tu, was du willst, Schatz. Aber zieh dich warm an. Es ist eiskalt. Möchtest du, dass Papa oder ich mitkommen?«

Smilla schüttelt den Kopf.

»Ein paar von Jennifers Freunden kommen auch. Ich gehe mit ihnen.«

Vilgot hüpft die Treppe hinunter, plappert von Erdbeermarmelade und Eiscreme, die er zu seinen Pfannkuchen essen will. Ich denke an Max und daran, was Smilla mir gerade erzählt hat.

Das kann nicht wahr sein. Es *darf* nicht wahr sein. Ich kann mir schon die Schlagzeilen vorstellen: *Erfolgreicher Immobilienmakler wegen Körperverletzung angeklagt.* Oder: *Immobilienmakler aus Malmö greift Kind an.* Und obendrauf kommt noch die Islamophobie.

O mein Gott, ich muss Lollo anrufen.

Während wir Eier aufschlagen, Mehl abmessen und alles zusammenrühren, wandern meine Gedanken zur bevorstehenden Suchaktion und *Missing People*. Ich bin zwiegespalten, was diese Organisation angeht. Ich bezweifle nicht, dass es Menschen gibt, die vom aufrichtigen Wunsch angetrieben werden, zu helfen und etwas Positives für die Gemeinschaft tun zu wollen. Aber genauso sicher bin ich mir, dass viele, die an einer Suchaktion teilnehmen, es nur als Ausrede benutzen, um herumzuschnüffeln, die neuesten Gerüchte mitzubekommen und sich im Unglück anderer Menschen zu suhlen.

Gleichzeitig verstehe ich, dass man, wenn ein nahestehender Mensch verschwindet, nach jedem Strohhalm greift und jede Hilfe annimmt, die man bekommen kann.

Wenn ich an Lollos Stelle wäre, würde ich die Leute von *Missing People* vermutlich mit offenen Armen empfangen.

43

LOLLO

Das Auto rast über die Autobahn. Ich fahre zu schnell, bleibe den ganzen Weg bis zur Ausfahrt Näset auf der linken Spur und fahre mit derselben Geschwindigkeit auf der Schnellstraße 100 weiter. Am Kreisverkehr mit dem ICA-Markt hupt mich jemand an, aber das ist mir egal, ich fahre einfach weiter.

Die offene Landschaft erstreckt sich vor mir. Eine dick eingemummelte Frau trotzt der klirrenden Kälte und geht mit ihrem Hund am Wasser spazieren, sonst ist der Gehweg menschenleer. Ich gebe noch mehr Gas, muss jedoch auf die Bremse treten, als kurz vor dem Falsterbo-Kanal die Ampel auf Rot springt.

Meine Finger trommeln auf das Lenkrad. Wütend starre ich die Ampel an, als würde sie dadurch schneller umspringen. Als ich endlich Grün habe, drücke ich das Gaspedal bis zum Boden durch und fahre mit quietschenden Reifen auf die Brücke zu.

Auf der anderen Seite des Kanals wird der Blick aufs Meer von Villen und Bäumen, deren kahle Äste wie ein unscharfer grauer Film in meinen Augenwinkeln vorbeiflimmern, durchbrochen. Ich starre auf die Straße vor mir. Der Asphalt verschwindet Meter für Meter unter dem Auto.

Erst als ich Ljungen erreiche, mache ich mir Gedanken darüber, was mich in unserem Sommerhaus erwarten könnte. Ich kann mir im Grunde nicht vorstellen, dass Max irgendetwas mit Jennifers Verschwinden zu tun hat. Aber nachdem mir der Gedanke gekommen ist, muss ich es mit eigenen Augen sehen. Ich muss mir hundertprozentig sicher sein.

Mein Herz pocht schneller, als ich in das kleine Dorf abbiege. Darf man hier nur vierzig fahren? Und wenn schon, dann ist es mir egal. Ich habe das Gefühl, der Tod sitzt mir im Nacken.

Und ich muss ihm zuvorkommen.

Als das Auto über den mit Gras überwucherten Weg holpert, der zu unserem Sommerparadies am Ende der Sackgasse führt, spüre ich einen schmerzhaften Druck in meiner Brust. Sobald der Motor aus ist, öffne ich die Tür und atme ein paarmal tief ein und aus. Ein leichter Geruch nach Seetang steigt mir in die Nase, und ich warte darauf, dass das Druckgefühl nachlässt.

Mit Blicken such ich das Haus ab. Ohne die Blumentöpfe und Loungemöbel, die in den Sommermonaten auf der Terrasse stehen, sieht es trostlos aus. Die Äste der Kiefern schwanken heftig im böigen Wind.

Mein Auto ist das einzige weit und breit. Das sollte bedeuten, dass Max nicht hier ist, und ich entspanne mich ein wenig.

Doch Jennifer könnte sich im Haus verstecken. Hier gibt es einen Bus, der in dieser Jahreszeit genauso häufig fährt wie im Sommer. Viele Menschen leben das ganze Jahr über auf der Insel und pendeln jeden Tag nach Malmö und Lund.

Unvermittelt habe ich das Gefühl, dass ich auf der richtigen Fährte bin. Wenn Jennifer Probleme hätte und allein sein wollen würde, würde sie natürlich hierherkommen.

Sie hat unser Haus in Falsterbo schon immer geliebt. Seit sie geboren ist, haben wir jeden Sommer hier verbracht, jeden Mittsommer und jeden Geburtstag hier gefeiert. Jennifer hat im September Geburtstag, und normalerweise ist es dann wunderschön hier. Die Luft ist klar und kühl, doch die Sonne ist immer noch warm. Wir haben ihren Geburtstagskuchen oft draußen gegessen. Letztes Jahr waren wir sogar noch schwimmen.

Warum bin ich nicht schon früher hergekommen? Es ist, als wäre ich in einer Art Winterschlaf im Haus herumgelaufen, unfähig, einen klaren Gedanken zu fassen. Aber jetzt, wo mein Verstand endlich wieder arbeitet, ist es offensichtlich: Sie ist hier. Sie war die ganze Zeit hier.

Ich schaue auf das Panoramafenster und meine, sie auf dem Sofa sehen zu können. Den Kopf über ihr Telefon gebeugt, ihr glänzendes Haar wie ein Vorhang vor dem Gesicht.

Jennifer.

Ich stolpere über das Gras, laufe die Treppe hinauf und reiße am Türgriff. Zu meiner großen Überraschung ist die Tür verschlossen. Ich gehe ein paar Schritte nach links und spähe durchs Fenster, die Nase ans Glas gedrückt.

Da sitzt keine Jennifer auf dem Sofa. Es ist leer. Aber ich könnte schwören, dass ich sie gerade eben noch gesehen habe.

Zurück zur Tür. Ich klopfe laut.

»Jennifer?«

Schweigen.

»Jennifer.«

Nichts.

»Bist du da?«

Meine Brust schmerzt vor Enttäuschung.

»Jennifer.« Meine Stimme wird schwächer. Flüsternd, bittend. »Schatz, Mama ist hier. Bitte mach die Tür auf, und dann regeln wir alles.«

Schließlich gebe ich auf und laufe um das Haus herum, hinüber zum Holzschuppen. Vorsichtig taste ich mit der Hand an der Dachrinne entlang und finde den Ersatzschlüssel. Dass er dort liegt, bedeutet nicht notwendigerweise, dass Jennifer nicht hier ist. Sie könnte mit dem Hauptschlüssel ins Haus gekommen sein, der normalerweise am Schlüsselbrett zu Hause in Malmö hängt. Warum haben wir nicht nachgesehen, ob er noch dort hängt? Oder haben wir das?

Mit bebenden Fingern stecke ich den Schlüssel ins Schloss und drehe ihn um. Ich öffne die Tür und trete auf den marineblauen Flickenteppich.

Im Inneren des Hauses scheint die Zeit stehengeblieben zu sein. Neben dem Stapel mit den Sitzauflagen für die Gartenmöbel liegt ein gestreifter Leinenbeutel. Der Träger von einem von Jennifers Bikinis hängt heraus. Als sei sie gerade auf dem Weg zum Strand, um zu baden, und hätte die Tasche nur kurz abgelegt, um ihre Wasserflasche aufzufüllen.

»Jennifer?« Ich laufe von Raum zu Raum, entdecke aber kein Anzeichen dafür, dass das Haus bewohnt ist. Alles sieht genauso aus, wie wir es Ende Oktober für den Winter zurückgelassen haben. Die Tagesdecken liegen auf den Betten, die Kissen liegen ordentlich in einer Reihe auf dem Sofa, und die Speisekammer ist bis auf ein paar Olivengläser leer.

Sobald ich das letzte Zimmer überprüft habe, sinke ich zu Tode erschöpft auf den Fußboden im Flur.

»Jennifer!«

Tränen laufen mir über die Wangen, als ich ihren Namen rufe.

Ich weiß nicht, wie lange ich dort sitze, aber am Ende ziehe ich mein Telefon aus der Hosentasche und wähle die einzige Nummer, die im Moment Sinn für mich ergibt.

»Lollo! Wo bist du? Ich habe schon versucht, dich anzurufen. Ist Jennifer nach Hause gekommen?«

»Papa«, schluchze ich. »Du musst herkommen.«

44

FREDRIK

Ich habe geduscht und mich angezogen. Jeans und Pullover. Zu duschen und sich anzuziehen, ist etwas, was die meisten Menschen jeden Tag tun. Etwas ganz Normales. Ich spiele normal.

»Möchtest du eine Tasse?«

Nina hält die Kaffeekanne hoch, als ich die Küche betrete.

»Gerne.«

Ich durchstöbere Gläser und Tüten. Auch das ist normal. Nach einem Keks zu suchen, den man zu seinem Kaffee essen kann, ist etwas, was auch normale Leute hin und wieder tun. Normale Leute machen sich auch keine Gedanken über die Entleerung eines mit Bauschutt gefüllten Containers. Sie würden nicht überlegen, wie viel von seinem Inhalt in diesem Moment sichtbar ist. Oder ob ein schwarzer Mantel unter den anderen Sachen auffallen könnte. Und ob irgendjemand darauf stutzig reagieren könnte.

Eine leere Ballerina-Packung verrät, dass sich im Schrank einmal Kekse befunden haben. Die Schachtel mit den Aladdin-Pralinen ist auch fast leer, aber immerhin haben die Kinder drei Stück für ihre Eltern übrig gelassen. Die »ekligen« mit Likörfüllung – Ninas Lieblingspralinen.

Ich setze mich an den Küchentisch, schaue aus dem Fenster und stelle fest, dass die Nachbarn von gegenüber eine Party feiern müssen oder dass zumindest eine Art Versammlung bei ihnen stattfindet. Drei unbekannte Autos parken auf der Straße vor ihrem Haus.

»Lykke hat heute Geburtstag«, sagt Nina mit einem Blick auf das Nachbarhaus. »Vielleicht sollten wir mit ein paar Blumen rübergehen.«

»Ist es ein runder Geburtstag?«

»Sie wird sechzig.« Nina dreht sich wieder zur Kaffeemaschine um und pfeift die Melodie des Beatles-Songs *When I'm sixty-four.* Es klingt furchtbar.

Wahrscheinlich sind das die Dinge, die ich am meisten vermissen werde, wenn ich im Gefängnis bin. Nina, die mir Kaffee macht und dabei falsch pfeift, die Kinder, die alle Süßigkeiten im Haus verputzt haben.

Meine Frau stellt zwei Becher auf den Tisch. Sie nimmt eine Packung Milch aus dem Kühlschrank und setzt sich mir gegenüber. Sie schiebt sich eine dunkle Praline in den Mund, und ich gieße einen Spritzer Milch in meinen Kaffee.

»Hast du gefrühstückt?«, fragt sie.

Ich nicke.

»Brunch. Ein paar Eier und etwas Toast.«

Eine abgewandelte Version der Wahrheit. Oder besser gesagt, eine Lüge – ich habe nicht mehr als eine halbe Scheibe Toastbrot herunterbekommen, bevor ich aufgegeben habe.

»Wenigstens scheinst du keine Magenverstimmung zu haben«, sagt Nina. »Dann hättest du heute nicht schon wieder so einen Hunger gehabt.«

»Was machen die Kinder?«, frage ich, um das Thema zu wechseln.

»Anton und Vilgot sind oben. Anton spielt vermutlich Computerspiele.« Nina verdreht die Augen. »Ich hatte eigentlich vor, die Bildschirmzeit der Kinder zu begrenzen, und Vilgot hat widerwillig zugestimmt, sein Tablet wegzulegen. Aber Anton ist vollkommen ausgeflippt, als ich ihm gesagt habe, er könne nach dem Mittagessen nicht weiterspielen. Und ich habe heute nicht die Kraft für so ein Drama. Nicht jetzt, wo alles so … schwierig ist.«

»Schwierig?«

Nina hebt die Hände.

»Ja, wegen dieser Geschichte mit Jennifer. Ich kann das einfach nicht vergessen, ich bekomme das nicht aus dem Kopf. Und dann bist du da …« Sie schenkt mir ein schiefes Lächeln. »Dir geht es nicht gut, und ich kann im Moment keinen Streit mit Anton ertragen. Nicht allein. Es wäre gut, wenn wir das zu zweit machen könnten.«

Mein Magen zieht sich zusammen, als mir klar wird, dass Nina wahrscheinlich von nun an bei jedem Streit allein sein wird.

Sie sieht mich an.

»Was denkst du?«

»Worüber?«

»Über das Computerspielen.« Nina seufzt. »Hörst du mir überhaupt zu?«

»Ja, ich höre zu. Ich musste nur kurz an etwas denken, das ist alles.«

Sie beugte sich über die Pralinenschachtel.

»Mmmh. Wie kann man diese Rumrosinen nicht mögen? Die sind *so* lecker.«

Meiner Frau dabei zuzusehen, wie sie Schokolade isst, werde ich definitiv vermissen. Höchstwahrscheinlich werde ich alles aus meinem normalen Alltag vermissen. Nachts neben Vilgot zu liegen und seinen Atemgeräuschen zu lauschen, wenn er schläft. Anton in letzter Minute zum Fußballtraining zu fahren. Ich male mir aus, dass ich sogar Smillas mürrische Kommentare vermissen werde.

»Ist Smilla zu Hause?«

Nina schüttelt den Kopf.

»Nein, sie ist gerade mit dem Bus nach Klagshamn gefahren.«

Mir wird kalt.

»Klagshamn?«

»Ja, *Missing People* organisiert dort heute Nachmittag anscheinend eine Suchaktion. Smilla sagte, sie wolle helfen. Ehrlich gesagt, weiß ich nicht, ob das so eine gute Idee ist. Ich meine, was ist, wenn *Smilla* Jennifer findet oder so? Ich glaube nicht, dass sie …«

Ich schalte ab, ich will nicht mehr hören. Bittere Galle füllt meinen Mund, eine Mischung aus Kaffee und Magensäure. Ich schlucke. Und schlucke erneut.

»Fredrik?« Nina sieht mich besorgt an. »Ist alles in Ordnung?«

Die ganze Küche dreht sich.

Atme, Fredrik. Atme tief ein.

»Du bist ja kreidebleich.«

Ninas Stimme klingt dünn, wie aus weiter Ferne.

»Ich …«

Atme, verdammt nochmal!

»Das muss der Kaffee sein oder so. Vielleicht war das mit dem Kaffee keine so gute Idee im Moment, mein Magen ist …«

Ich springe vom Stuhl auf und laufe ins Badezimmer, wo ich es gerade noch schaffe, den Klodeckel hochzuklappen, bevor mein Körper das wenige, das sich in meinem Magen befindet, wieder herauswürgt.

Ein wenig Kaffee. Ein wenig Galle.

»Fredrik!« Nina steht draußen vor dem Badezimmer, ihre Stimme ist schrill. »Brauchst du Hilfe? Soll ich reinkommen?«

»Nein.« Ich lege mich hin, meine Wange auf der staubigen Badezimmermatte. »Es geht schon wieder.«

45

LOLLO

»Hallo?« Papa bleibt stehen, offenkundig schockiert, mich auf dem Fußboden neben der Eingangstür vorzufinden. »Ach Schatz!« Er eilt auf mich zu, geht in die Knie und legt mir eine Hand auf die Schulter. »Was ist los? Hat … Ist Jennifer … ist sie nach Hause gekommen?«

Ich schüttele den Kopf.

»Okay, was tust du dann hier?«

»Ich …« Ein Schluchzer steigt aus meiner Brust auf, und die Worte bleiben mir im Hals stecken. »Ich weiß nicht.«

Die Tränen lassen Teppiche, Wände und Möbel verschwimmen. Alles verschmilzt ineinander.

»Komm.« Mit einiger Mühe steht Papa auf und streckt seine Hände aus. Diese großen, warmen Hände, die mich getragen und getröstet haben. Sie haben jetzt mehr Falten und Altersflecken, aber sie sind noch genauso warm wie früher.

Ich stehe auf und stelle fest, dass Agneta draußen vor der Tür steht. Sie eilt herbei und drückt mich ganz fest.

»Das ist so schrecklich.« Meine Stiefmutter macht einen Schritt zurück und sieht mir in die Augen. »Komm, setz dich aufs Sofa, Lollo, und dann gucken wir, ob wir hier nicht irgendwo einen Kaffee auftreiben.«

Papa hat sich nicht gerührt und verlagert sein Gewicht von einem Fuß auf den anderen.

»Lennart«, sagt seine Frau scharf. »Machst du den Kaffee?«

Er nickt, und Agneta gibt ihm einen leichten Schubs in Richtung Küche.

»Er war immer ganz vernarrt in Jennifer«, flüstert sie, als Papa außer Hörweite ist. »Er nimmt das alles ziemlich schwer.«

Unter Tränen sehe ich sie an.

»Rede nicht so. Jennifer ist nicht tot!«

»Nein, natürlich nicht.« Agneta umarmt mich noch einmal und führt mich zum Sofa. »Ich meinte nur, er macht sich Sorgen, was passiert sein könnte.« Sie fügt hinzu: »Wir alle tun das.«

Kurz darauf, als Agneta zu Papa geht, der in der Küche herumhantiert, sinke ich tiefer in die dekorativen Kissen im New-England-Style. Ich weiß noch, wie viel Arbeit es mich gekostet hat, alles in diesem Stil einzurichten, der sich innen und außen widerspiegelt. Weiße Wände und hellgraue Fußböden, blaue und rote Details. Knoten und Anker. Möbel aus Messing und weiß lackiertem Holz. Der große Esstisch ist aus Treibholz gefertigt. Wie zum Teufel habe ich das alles nur geschafft?

Meine Finger bohren sich zwischen die Sofapolster. Ich ziehe meine Nägel über den rauen Leinenstoff, drücke so kräftig zu, dass es weh tut. Plötzlich ertaste ich etwas, das kein Stoff ist. Ein Stück Papier? Mit zwei Fingern fische ich es heraus und fördere ein zerknülltes Stück Papier zutage. Es ist ein Bon vom Burger King im Mobilia- Einkaufszentrum in der Stadt. Mein Blick fällt auf das Datum. 02.01.2019, 01:25:43.

Ich schlucke schwer. Wer zum Teufel hat vorgestern Nacht hier gesessen und *zwei* Hamburger gegessen? Max? Max und Jennifer? Jemand anderes?

Max hat behauptet, er hätte um diese Zeit nach Jennifer gesucht. Aber wer sonst hätte hierherkommen können? Das Versteck für den Schlüssel ist zwar nicht *so* ausgefallen, aber …

»Hier. Ein Kaffee wird dir guttun.«

Agneta stellt ein Tablett auf den Tisch. Es ist das weiße Holztablett mit einem großen blauen Stern in der Mitte. Shabby Chic. Sie reicht mir einen Becher, und ich nehme ihn gehorsam, während ich den Bon mit der anderen Hand in die Tasche meiner Jogginghose schiebe.

Eine ganze Weile sagen wir nichts, während wir an unserem Kaffee nippen. Es ist, als würden wir Kraft sammeln, um weiterzumachen. Papa starrt mit traurigem Blick aus dem Panoramafenster.

»Möchtest du darüber reden?«, fragt Agneta schließlich. »Wir wissen nur das, was in der Zeitung steht.«

Ich stelle meinen Becher auf den Tisch und hole tief Luft. Dann erzähle ich ihnen alles, von der Party der Mädchen und dem Streit, was die Polizei gesagt hat und von der heutigen Suchaktion. Ich erwähne nicht, was ich auf Jennifers Computer entdeckt habe. »Jennifer Wicked« würde sie nur aufregen und enttäuschen. Und vielleicht würden sie mir die Schuld dafür geben, dass Jennifer da gelandet ist. Der nutzlosen, ahnungslosen Mutter.

Schließlich erzähle ich ihnen von meinem Traum, dass ich Jennifer hier auf diesem Sofa habe sitzen sehen. Dass der Traum in mir Zweifel an Max geweckt hat, bleibt mein Geheimnis. Der Bon scheint ein Loch in meine Hosentasche zu brennen.

»Ich war wie besessen. Oder wie in einer Trance. Ja, genau so hat es sich angefühlt. Als wäre ich ferngesteuert. Als hätte mir jemand befohlen, hierherzukommen. Aber als ich Jennifer nicht gefunden habe … da war der Bann gebrochen.« Ich versuche, in ihren Mienen zu erkennen, ob sie mich jetzt in die Psychiatrie bringen oder nicht. »Das klingt vielleicht merkwürdig, aber … so war es.«

Papa sagt nichts, sondern räuspert sich nur. Agneta beugte sich vor und legt ihre Hand auf meine.

»Wir haben uns solche Sorgen gemacht. Lennart hat versucht, dich anzurufen. Und dir Nachrichten geschickt, aber …«

»Ich weiß«, unterbreche ich sie. »Ich habe es gesehen, aber … ich konnte einfach nicht antworten.«

»Das verstehen wir, Lollo. Wirklich.« Agneta lässt meine Hand los. »Und Gott sei Dank bist du nicht allein. Du hast Max. Wenn er nicht wäre, hätten wir schon längst an deine Tür geklopft.«

Papa schaut von seinem Kaffee auf.

»Wo ist er heute? Max?«

»Er … er ist bei der Arbeit.«

»Bei der Arbeit?« Papa sieht mich fassungslos an. »Wenn …«

»Nur eine Kleinigkeit, um die er sich kümmern muss«, sage ich rasch. »Inzwischen ist er bestimmt schon wieder zu Hause.«

»Das ist gut.« Agneta lächelt. »Sollen wir dich nach Hause fahren? Ich glaube nicht, dass du jetzt fahren solltest. Du kannst mit mir fahren, und Lennart kann den Mini Cooper zurückbringen.« Sie wendet sich an Papa. »Das ist doch in Ordnung für dich, oder?«

»Sicher. Natürlich ist es das.«

Agneta hatte meinen Vater schon immer gut im Griff.

»Und unterwegs könntest du etwas einkaufen«, fährt sie fort. »Dann kann ich später für uns alle etwas zum Abendessen machen.« Sie sieht mich an. »Du musst etwas essen. Und ich glaube nicht, dass du bei der Suchaktion dabei sein solltest, Lollo. Das wäre zu viel.«

Im Laufe der Jahre haben wir eine Menge Kämpfe ausgefochten. Als ich im Teenageralter war, versteht sich. Damals haben wir uns täglich gestritten, über die typischen Teenagerprobleme: Geld, Ausgehzeiten, Benehmen. Manchmal ist es ziemlich hitzig zugegangen.

Auch als Jennifer klein war, sind wir einige Male heftig aneinandergeraten. Ich fand, Papa und Agneta würden zu viel Zeit mit ihren sozialen Verpflichtungen und Golfen und zu wenig Zeit mit ihrer Enkelin verbringen.

Doch im Grunde ging es darum, dass ich ab und zu eine Pause von Jennifer gebraucht hätte. Und ich vermute, dass es ihnen, wie mir, zu viel war, einen ganzen Tag mit ihr zu verbringen.

Jetzt sehe ich aufrichtige Besorgnis im Blick meiner Stiefmutter. Agneta will wirklich helfen. Und zum ersten Mal seit langer Zeit überlasse ich das Ruder jemand anderem.

Ich kann einfach nicht mehr.

46

NINA

Ich setze mich auf die Bettkante und lege Fredrik eine Hand auf den Arm. Er zuckt zusammen, als würde ihm meine Berührung weh tun.

»Also …«, fange ich an. »Ich bin mir wirklich nicht sicher, ob ich dich allein lassen kann.«

Fredrik dreht den Kopf und sieht mich an.

»Warum nicht?«

»Nun …« Meine Augen füllen sich mit Tränen. »Ich … ich mache mir einfach Sorgen um dich, Fredrik. Es geht dir nicht gut. Was, wenn du dich im Schlaf erbrichst und daran erstickst …«

»Hör auf, Nina.« Seine Stimme klingt überraschend schroff. »Ich bin kein Kleinkind. Und ich bin nicht sturzbetrunken. Es gibt nichts, weswegen du dir Sorgen machen müsstest. Wenn du mich einfach eine Weile in Ruhe lässt, wird es schon besser werden.«

»Das hast du gestern auch schon gesagt.«

»Und es ging mir besser.«

Sein Blick ist hart. Kalt.

Ich stehe auf, trete ein paar Schritte vom Bett zurück und bleibe stehen. Mir fehlen die Worte. Wer ist dieser Mann in unserem Bett? Soll ich einen Psychiater anrufen? Wird er irgendwann wieder er selbst werden, oder wird er von jetzt an immer so sein?

Ich weiß nicht, was ich sagen soll. Also gehe ich stattdessen in die Küche, schütte meinen kalten Kaffee weg und fülle den Becher mit frischem auf. Fredriks Becher landet mit einem Knall in der Spüle.

Ich setze mich wieder an den Tisch. Selber Becher, frischer Kaffee. Keine Gesellschaft. Das Gleiche, aber anders.

Ich weiß nicht mehr, wie ich mit Fredrik umgehen soll. Cecilia von der Arbeit hat einmal gesagt, dass stressbedingte Krankheiten die nächsten Familienangehörigen fast genauso hart treffen wie den Patienten selbst. Damals habe ich das anders gesehen, aber jetzt begreife ich allmählich, was sie gemeint hat. Es ist schwer, nicht mehr auf deinen Partner zählen zu können, nicht zu wissen, wie viel du von ihm verlangen kannst.

Der Gedanke, dass Fredriks momentaner Zustand womöglich monatelang anhalten könnte, macht mir Angst. Dabei geht es erst seit ein paar Tagen so.

Die Theorie mit der Untreue geistert immer noch am Rande meines Bewusstseins herum, aber ich kann das nicht mit Fredriks Verhalten in Einklang bringen. Und seine Antwort, als ich ihn direkt gefragt habe, scheint mir ehrlich gewesen zu sein. Fredrik ist noch nie ein großer Schauspieler gewesen, und deswegen passt es für mich nicht zusammen. Aber irgendetwas verbirgt er vor mir. Etwas, das nichts damit zu tun hat, dass er überarbeitet ist. Aber was nur?

Könnte es etwas mit Geld zu tun haben? Hat er Angst, wir könnten in finanzielle Schwierigkeiten geraten?

Geld war bei uns schon immer knapp, und jetzt, wo wir zwei Teenager im Haus haben, ist es noch enger. Vielleicht hat Fredrik herausgefunden, dass ich an unser Erspartes gegangen bin, um Smilla die Daunenjacke zu kaufen, die sie sich zu Weihnachten gewünscht hat. Vielleicht denkt er darüber nach, wie er die Rechnung für den Glasfaseranschluss bezahlen soll, die Ende Januar fällig wird. Aber warum sagt er es dann nicht?

Mir fällt auf, dass es mit Fredrik etwa zur gleichen Zeit richtig bergab ging, als Jennifer verschwunden ist. Ein leichter Schauder erfasst mich. Könnte es da einen Zusammenhang geben?

Ich verdränge den Gedanken rasch wieder. Der einzige vernünftige Zusammenhang ist, dass er sich Sorgen um sie macht.

Die Dunkelheit hat sich über Malmö gelegt, und die Party auf der anderen Straßenseite ist immer noch in vollem Gange. Ich vermute, das wird noch eine ganze Weile so weitergehen. Lykkes dänische Verwandtschaft ist ein Ausbund an Lebensfreude.

Ich schicke eine Nachricht an Smilla.

Wie läuft es? XO

Sie antwortet nicht sofort, also greife ich nach der Zeitung. Die Schlagzeile über eine Verurteilung wegen Körperverletzung lässt mich an Max denken. Ich würde gern Lollo anrufen, aber ich beschließe, damit zu warten, bis die Suchaktion vorbei ist. Nimmt sie daran teil? Würde ich es tun?

Ich komme zu dem Schluss, dass ich vermutlich helfen würde, trotz des Risikos, dass mein schlimmster Albtraum Wirklichkeit wird. Kaum habe ich diesen Gedanken für mich formuliert, will ich ihn zurücknehmen. Wie kann ich so etwas auch nur *denken?* Warum bin ich so negativ?

Es *muss* ein glückliches Ende nehmen. Es muss einfach.

Vilgot kommt in die Küche. Er schaut über den Tisch, auf der Suche nach etwas Leckerem. Ich strecke den Arm aus und ziehe ihn für eine Umarmung an mich. Er strampelt sich frei und zeigt auf die Pralinenschachtel.

»Du hast Schokolade gegessen.«

»Nur die, die du nicht magst«, sage ich. »Iss stattdessen etwas Obst. Es gibt Clementinen.«

Vilgot geht zur Obstschale, sucht sich eine Clementine aus und legt sie vor mir auf den Tisch.

»Schälen.«

»Mama, kannst du die bitte für mich schälen«, berichtige ich ihn.

Er lächelt, so dass seine große Zahnlücke zu sehen ist, und mir geht das Herz auf. Mir wird klar, wie unglaublich glücklich ich trotz allem bin. Meine drei Kinder sind gesund und hier bei mir. Wir haben ein gutes Haus, wir haben Arbeit und jeden Tag etwas zu essen auf dem Tisch. Fredrik passt im Moment nicht ganz in dieses Bild, aber ich bin sicher, dass wir ihn wieder hinbekommen werden. Das ist nur ein vorübergehendes Problem, sage ich mir, während ich meinem Sohn die geschälte Clementine reiche.

»Was hast du gesagt?«, fragt Vilgot.

Eine kleine Furche zeigt sich zwischen seinen Augenbrauen.

»Habe ich etwas gesagt?«

Er nickt, und ich tätschele ihm den Kopf.

»Dann habe ich wohl laut gedacht.«

In diesem Moment fängt mein Telefon an zu klingeln, und Vilgot rennt die Treppe hinauf.

Ich greife zum Telefon und sehe Smillas Nummer. Mein Magen zieht sich zusammen. Warum ruft sie an? Smilla ruft mich nur selten an, sie schreibt lieber Nachrichten.

Ich nehme den Anruf an.

»Hallo, bist du auf dem Heimweg?«

Das ist keine Frage, sondern eine Hoffnung.

»Mama!«

Smilla weint in den Hörer. Ich höre Stimmengewirr im Hintergrund.

»Schatz, was ist los? Wo bist du?«

»In Klags … in Klagshamn. Mama, du musst herkommen!«

Smilla weint hysterisch, und ich höre Rauschen und scharrende Geräusche durchs Telefon. Sie braucht nicht mehr zu sagen. Ich kann mir bereits denken, was passiert ist, und ich weiß nicht, ob ich das verkraften kann.

Aber ich muss. Für Smilla.

»Kannst du zur Bushaltestelle laufen?«, frage ich, so ruhig ich kann. »Kannst du dorthin gehen und dort warten? Ich komme, in … in zwanzig Minuten bin ich da. Okay?«

Keine Antwort, nur Lärm.

»Hörst du mich, Smilla? Gehst du bitte zur Bushaltestelle?«

»Ich … bin schon unterwegs«, schluchzt sie.

Ich laufe zwischen Flur und Küche hin und her, schnappe mir die Autoschlüssel und meine Jacke. Im letzten Moment fällt mir ein, dass ich vielleicht Fredrik Bescheid sagen sollte.

»Bist du wach?«

Ich stoße die Schlafzimmertür auf und mache einen Schritt in das Dämmerlicht. Fredrik murmelt ein Ja. Er schaut zum Fenster und macht keine Anstalten, sich zu mir umzudrehen.

»Ich hole Smilla ab. Passt du so lange auf Vilgot auf?«

Fredrik dreht sich um und setzt sich auf.

»Was ist passiert?«

»Ich bin nicht sicher. Aber Smilla war völlig außer sich, also nehme ich an … Also, es scheinen keinen guten Nachrichten zu sein.«

»O mein Gott!« Entsetzt sieht mein Mann mich an. »O mein Gott!«

47
FREDRIK

Sobald die Haustür ins Schloss gefallen ist, krieche ich aus dem Bett und suche meinen Computer. Er steht auf dem Schreibtisch. Auf zitternden Beinen schwanke ich zum Stuhl und lasse mich schwer auf den Sitz fallen. Als ich den Bildschirm nicht sofort entsperrt bekomme, frage ich mich, ob ich mein Passwort vergessen habe. Ich verspüre einen Druck auf meine Schläfen. Ist Gedächtnisverlust ein erstes Anzeichen von Wahnsinn? Oder kommt das erst in einem späteren Stadium? Vielleicht habe ich schon längst den Verstand verloren.

Ich fange von vorne an, buchstabiere langsam, benutze meinen rechten Zeigefinger, und siehe da – beim dritten Versuch entsperrt sich der Bildschirm. Ich gehe zu Google und tippe »Jennifer Wiksell« ein. Ein logischer Suchbegriff. Doch auf dem Bildschirm tauchen nur alte Beiträge auf. So sehr ich auch hoch- und runterscrolle, ich finde nur Artikel und Meldungen, die schon seit Tagen online sind. Ich versuche verschiedene Kombinationen – »vermisstes Mädchen«, »Siebzehnjährige gefunden«, »vermisstes Mädchen gefunden«, »entdeckt in Klagshamn«. Keine Treffer. Alles, was ich finde, ist als gelesen markiert.

Verdammt! Die Worte auf dem Bildschirm flackern vor meinen Augen, und mit bebenden Fingern probiere ich zwei neue Wörter. Missing People. Obwohl es nur Sekunden dauert, ertrage ich es kaum, auf das Ergebnis zu warten.

Ein Foto von Jennifer ist der erste Treffer, doch im dazugehörigen Text geht es nur um die Suche, die jetzt vorbei zu sein scheint. Wahrscheinlich hatten sie noch keine Zeit, die Seite zu aktualisieren.

Jennifer lächelt mich vom Bildschirm aus an. Ich schließe die Augen.

»Papa?«

Ich reagiere so heftig, dass ich fast vom Stuhl falle. Ich drehe mich um und sehe Vilgot in der Tür stehen.

»Wollen wir Uno spielen?« Er kommt zu mir. »Guck mal!« Ein kleiner Finger deutet auf den Bildschirm. »Da ist Jennifer!«

Ich drehe mich zum Computer um und klappe ihn zu. Vilgot erschrickt von dem Knall und sieht mich verwirrt an.

»Warum machst du das?«

Mein Kopf ist leer, alles dreht sich. Am liebsten würde ich mich übergeben.

»Papa!« Vilgot zerrt an meinem Ärmel. »Warum hast du Jennifer weggemacht? Ich will sie sehen!«

»Vilgot«, sage ich mit einer Stimme, die mir unvertraut ist, aber anscheinend auf Dauer bleiben will. »Ich bin zu müde, um jetzt mit dir Uno zu spielen. Später vielleicht. Ich muss mich nur etwas ausruhen.«

Mein Sohn zieht einen Schmollmund.

»Du ruhst dich schon den ganzen Tag aus«, murrt er.

»Ich weiß. Aber ich bin müde. Mama und Smilla kommen gleich zurück.«

»Kommt Jennifer auch?«

Mir schwirrt der Kopf, Schweiß läuft mir über den Rücken.

»Nein«, flüstere ich. »Ich glaube nicht.«

Vilgot stemmt beide Hände in die Seiten und sieht mich mit zusammengekniffenen Augen an.

»Wann können wir spielen? In wie viel Minuten?«

Langsam stehe ich auf und schwanke zum Bett zurück.

»Ich weiß es nicht, Vilgot. Aber wenn du mich jetzt ausruhen lässt, bin ich bald wieder bei dir, okay?«

Er wirkt skeptisch.

»Kannst du in der Zwischenzeit nicht mit deinem Tablet spielen?«

»Darf ich? Mama hat gesagt …«

»Geh schon«, sagte ich und scheuche ihn hinaus. »Ich rede mit Mama.«

Vilgot wirbelt herum und rennt die Treppe hinauf.

Ich lasse mich zurücksinken und strecke mich auf dem Bett aus.

Ich zittere am ganzen Körper so heftig, dass es mir Angst macht. Es fühlt sich an, als würde jemand ein eisernes Band um meinen Kopf legen und immer enger ziehen.

Habe ich einen Schlaganfall? Einen Herzinfarkt? Werde ich sterben?

48

NINA

Es schneit. Die Temperatur ist auf den Gefrierpunkt gesunken, und starke Windböen erfassen das Auto, als ich auf die Autobahn fahre. Mein Blick ist stur geradeaus gerichtet, aber ich kann kaum erkennen, wohin ich fahre, meine Gedanken sind ganz woanders.

Was, wenn Jennifer tot ist?

Nein!

Nein, nein, nein.

Mit beiden Händen umklammere ich das Lenkrad und schicke ein stummes Gebet zum Himmel.

Lieber Gott, bitte lass Jennifer am Leben sein.

Ich suche nach einem Zeichen am schwarzen Himmel, etwas, das mir zeigt, dass mein Gebet erhört wurde. Doch alles, was ich außer der Dunkelheit sehe, ist der herumwirbelnde Schnee, der gegen die Windschutzscheibe schlägt.

Etwas sagt mir, dass das Schlimmste bereits eingetreten ist. Smilla wirkte schrecklich aufgewühlt. Wenn Jennifer am Leben wäre, wäre Smilla erleichtert, nicht hysterisch.

Wie geht man als Eltern mit der Nachricht um, dass sein Kind nicht mehr lebt? Wenn Jennifer tot ist, wie werden Lollo und Max dann weitermachen?

Und Smilla? Jennifer und Smilla kennen sich seit ihrer Geburt, und sie standen sich zeitweise unglaublich nahe. Wie Schwestern. Smilla *muss* begreifen, dass das, was passiert ist, nicht ihre Schuld ist. Jennifer hat die Party aus freien Stücken verlassen, niemand hat sie weggejagt.

Wenn Jennifer tot ist, werde ich jemanden zum Reden brauchen, jemanden, bei dem ich mich anlehnen kann. Fredrik ist zwar anwesend, aber es ist, als sei ich unvermittelt zu einer alleinerziehenden Mutter mit vier Kindern geworden. Im Moment kann man unmöglich mit ihm reden. Und seine Reaktion, als ich ihm von Smillas Anruf erzählt habe, war unerwartet emotional. Es war mir fast unangenehm, ihn so neben sich zu sehen, so verzweifelt.

Vielleicht liegt es an seinem Allgemeinzustand. Fredrik scheint momentan mit den Nerven am Ende zu sein. Zudem ist er einer der wenigen Erwachsenen, die Jennifer immer beigestanden haben, egal, was passiert ist. Dafür verdient er Anerkennung. Fredrik hat nie an Jennifer herumgenörgelt oder mit ihr geschimpft. Er hat sich immer Zeit für sie genommen, hat ihr zugehört und Dinge erklärt. Eine Zeitlang hat er sogar ganze Nachmittage bei den Wiksells verbracht und mit ihr Mathe geübt.

Ich vermute, dass das der Grund ist, warum mein Mann so ein beliebter Lehrer ist. Fredrik hat jeden Schüler im Blick und behandelt ihn oder sie mit Respekt. Er schafft es immer, zu dem Menschen hinter all dem Mist, in dem der Rest von uns so oft stecken bleibt, vorzudringen. Zumindest war es früher so. Ich hoffe, dass dieser Teil von ihm noch da sein wird, wenn das alles vorbei ist und er das alles durchgestanden hat.

Es war ein Schock für mich, als Fredrik eines Abends aus heiterem Himmel erklärt hat, er wolle seinen Job kündigen und noch einmal studieren, um Lehrer zu werden. In meiner Wahrnehmung war das der völlig verkehrte Zeitpunkt. Smilla war noch ein Baby, und wir wollten noch weitere Kinder haben. Wir hatten sogar schon darüber gesprochen, in ein größeres Haus zu ziehen. Aber natürlich habe ich ihn unterstützt. Fredrik war damals nicht glücklich mit seiner Arbeit und sagte, dass Leif ihn mehr oder weniger gezwungen hätte, Ingenieur zu werden.

Mein Schwiegervater ist sicherlich ein dominanter Mann mit festen Überzeugungen, aber ich habe nie verstanden, wie er Fredrik zu einem Ingenieurstudium *gezwungen* haben könnte. Fredrik war über achtzehn, als er zur Uni gegangen ist, er hätte seine eigenen Entscheidungen treffen können. Ich halte es für wahrscheinlicher, dass Simons Schicksal den Ausschlag für Fredriks Berufswechsel gegeben hat. Das Leben ist endlich, es ist wichtig, den eigenen Zielen zu folgen und so weiter.

Ich verpasse fast die Abfahrt nach Västra Klagstorp. Mit einem gefährlichen Bremsmanöver schaffe ich es noch von der Autobahn und setze meine Fahrt in westliche Richtung fort. Der Schnee treibt über die Felder und kommt in dichten Wolken angerollt, doch wenigstens schmilzt er, sobald er auf die Straße trifft. Gott sei Dank. Die Scheibenwischer haben Mühe, die Scheibe frei zu halten.

Wie wird es weitergehen, wenn Jennifer tot ist?

Natürlich wird es eine Beerdigung geben. Ich schlucke schwer. Bisher hatte ich Glück und war in meinem Leben noch nicht auf vielen Beerdigungen. Die wenigen, bei denen ich war, waren Abschiede von älteren Menschen, alten Verwandten, die ein langes, erfülltes Leben gelebt hatten. Jennifer hat – oder hatte – ihre ganze Zukunft noch vor sich.

Ich zucke zusammen. Was für eine makabre Vorstellung! Wie kann ich an Beerdigungen denken, wenn ich nicht einmal weiß, was passiert ist? Wie kann ich meine Gedanken so mit mir durchgehen lassen?

Es ist Punkt vier Uhr, und ich schalte das Radio ein. Die Lokalnachrichten bringen keine Meldung, die etwas mit Jennifer zu tun haben könnte. Ich wechsle den Sender und finde die laufenden landesweiten Nachrichten, doch auch dort kommt nichts über eine vermisste Siebzehnjährige.

Eine chinesische Raumsonde ist auf der Rückseite des Mondes gelandet, Kreditkartenbetrug nimmt in Schweden zu, und in der Sendung nach dem Wetterbericht geht es darum, wie man nach der Völlerei zu Weihnachten und Silvester am besten wieder fit wird.

Ich schalte das Radio aus, als ich im Kreisverkehr am Nygårdsvägen rechts abbiege.

Smilla steht neben der Straßenlaterne, doch ihr Gesicht ist im Schatten ihrer Kapuze verborgen. Sie ist nicht allein, es stehen noch zwei weitere junge Leute an der Bushaltestelle. Sie stehen eng aneinandergedrängt, vereint in einer Art lockerer Gruppenumarmung. Das Schneetreiben ist dichter geworden, und im Licht der Straßenlaternen sehen die Flocken größer und zahlreicher aus als in der Dunkelheit daneben.

Ich halte an, steige aus und rufe Smilla.

Sie dreht sich um und läuft auf mich zu.

»Oh, Mama!« Sie wirft sich in meine Arme. »Sie haben Jennifer gefunden. Sie ist to-o-ot!«

Smillas hochgewachsener, schlanker Körper wird von Schluchzern geschüttelt, und ihre Panik zwingt mich, meine eigene zu unterdrücken. Ich schließe sie in die Arme, streiche ihr über den Rücken ihrer Jacke und flüstere ihr »Sch« und »Ich liebe dich« ins Ohr.

Als ihre Tränen getrocknet sind, entzieht sie sich meiner Umarmung und dreht sich um. Die beiden anderen Jugendlichen stehen ein paar Schritte entfernt, aber ich kann sehen, dass sie ebenfalls geweint haben, ihre Augen sind rot und verquollen.

»Tindra und Ali gehen in Jennifers Klasse … können sie mit uns in die Stadt zurückfahren?«

»Sicher doch. Natürlich.« Es fühlt sich gut an, etwas Konkretes tun zu können, sich auf etwas konzentrieren zu können, von dem ich weiß, dass ich es kann. »Steigt ein, im Auto ist es warm.«

Warum sage ich das? Was spielt es für eine Rolle für sie, ob es im Auto warm oder kalt ist, wenn ihre Klassenkameradin tot ist?

Tindra und Ali setzen sich auf die Rückbank, Smilla kauert sich neben mich auf den Beifahrersitz. Bevor ich wende, werfe ich einen Blick nach rechts und entdecke weiter oben in der schmalen Straße eine Menschengruppe. Sie scheinen sich an der Kreuzung versammelt zu haben, genau dort, wo es zu den Wiksells geht. Viele trage gelbe Westen, einige umarmen sich. Hinter den Westen, zwischen den kahlen Ästen, ist Blaulicht zu sehen. Im Badvägen müssen ein oder mehrere Streifenwagen stehen.

Ich verstehe nicht, wie das passieren konnte. War Jennifer wirklich so betrunken, dass sie an der Endhaltestelle aus dem Bus gestiegen ist, nur ein paar hundert Meter von zu Hause eingeschlafen und dann erfroren ist?

Ein kalter Schauer läuft mir über den Rücken. Sie wurde doch wohl nicht ermordet, oder? Wer sollte Jennifer umbringen wollen? Sie hatte ja wohl kaum Kontakte zur Unterwelt von Malmö. Oder doch? Ein Freund aus dem Umfeld einer kriminellen Bande? Vielleicht ist sie zufällig in eine Schießerei geraten?

Könnte es ein misslungener Raubüberfall gewesen sein? Wurde sie vergewaltigt? Könnte der Mörder sie verfolgt, vergewaltigt und anschließend getötet haben, damit sie ihn nicht verraten kann?

Meine makabren Phantasien sind wieder da, und ich kann sie nicht aufhalten. Tausend Fragen gehen mir durch den Kopf. Wo wurde sie gefunden? Wer hat sie gefunden? Hat die Polizei schon eine Erklärung abgegeben? Aber ich will Smilla und die anderen beiden nicht bedrängen, also behalte ich meine Fragen für mich und konzentriere mich stattdessen darauf, uns heil durch das Schneetreiben nach Hause zu bringen.

Als wir den Borrebackevägen erreichen, werfe ich einen Blick in den Rückspiegel und versuche, einen Blick auf die Passagiere auf der Rückbank zu erhaschen. Sie sitzen weit auseinander und starren mit leerem Blick in die Dunkelheit.

Dem Jungen laufen leise Tränen über die Wangen. Ali. Ist das der Ali, den Max gestern verprügelt haben soll? Ja, das ist deutlich zu erkennen. Ein Auge ist blau-violett. Er wurde eindeutig von *irgendjemandem* verprügelt.

Der Anblick des weinenden Jungen mit dem blauen Auge ist herzzerreißend. Wenn Max dafür verantwortlich ist, hoffe ich aufrichtig, dass er dafür verurteilt wird. Ich hätte gute Lust, ihm persönlich eine ordentliche Tracht Prügel zu verpassen.

»Sie lag in der Kalkgrube«, sagt Smilla plötzlich.

Ich packe das Lenkrad fester.

»Im alten Steinbruch?«

»O Mama, es ist so schrecklich!«, schluchzt Smilla. »Was, wenn sie die ganze Zeit da war? Wenn ich doch nur mit ihr gefahren wäre, wenn ich doch nur …«

Sie beendet den Satz nicht, sie kann nicht. Das Schluchzen wird zu heftig. Ich lege ihr eine Hand auf den Oberschenkel, ziehe sie aber schnell wieder zurück ans Lenkrad. Bei diesem Wetter kann man nicht mit einer Hand fahren.

»Smilla, hör mir zu. Nichts von dem, was passiert ist, ist deine Schuld. Jennifer hat die Party aus freien Stücken verlassen. Du hast sie doch sogar noch gebeten, zu bleiben, oder? Du hast es versucht.«

Smilla schluchzt jetzt völlig haltlos. Nie zuvor habe ich sie so weinen hören. Die Geräusche, die sie macht, sind neu für mich und kaum zu ertragen.

»Ich hätte auch mit ihr gehen können«, höre ich Tindras

Stimme von der Rückbank. »Ich habe gehört, wie sie gesagt hat, sie würde gehen. Aber ich … ich habe nicht versucht, sie zum Bleiben zu bewegen.«

Smillas Atem beruhigt sich ein wenig.

»Hört mir zu«, sage ich und versuche, alle drei in meinen Appell einzubeziehen. »Ihr müsst aufhören, euch die Schuld zu geben. Ich weiß, dass es sich für euch anfühlen muss, als hättet ihr etwas damit zu tun, aber wie ich es verstanden habe, war es Jennifers eigene Entscheidung, die Party zu verlassen. Und es ist nicht ungewöhnlich, dass jemand eine Party früher verlässt. Das passiert ständig. Ihr hättet unmöglich wissen können, dass ihr etwas zustoßen würde.«

Niemand von den dreien sagt etwas, aber sie scheinen über meine Worte nachzudenken. Ich versuche, im Rückspiegel Augenkontakt herzustellen.

»Ist ein Erwachsener da, wenn ihr jetzt nach Hause kommt?«

Ali und Tindra nicken beide.

49

LOLLO

»Das Essen ist fertig!«

Papa steht am Fuß der Treppe und ruft herauf.

Ich bin frisch geduscht, trage saubere Kleidung und sitze auf dem Sofa im Fernsehzimmer. Unten in der Küche höre ich Agneta mit Töpfen und Geschirr klappern. Ich starre den Fernsehschirm an, ohne etwas zu erkennen. Meine Gedanken sind überall, nur nicht bei der Sendung, die gerade läuft. Niemand hat sich nach dem Ende der Suchaktion mit mir in Verbindung gesetzt, und das sollte ein gutes Zeichen sein. Aber mein Bauchgefühl sagt mir etwas anderes.

Um mich abzulenken, setze ich im Kopf ein Puzzle zusammen und versuche, mir mit Hilfe der Teile, die ich habe, ein klares Bild von meiner Tochter zu machen. Alter, Aussehen, Schuhgröße, Schulnoten und Lieblingsfächer sind einfach. Sie bilden ein stabiles Gerüst. Aber was will sie werden, wenn sie erwachsen ist? Wie geht es ihr? Mit wem verbringt sie ihre Zeit? Und warum hat sie diese schreckliche Seite auf Facebook gestellt?

Ich kann unmöglich so weitermachen. Mir fehlen zu viele Puzzleteile. Wir haben siebzehn Jahre lang unter einem Dach gelebt, trotzdem weiß ich so gut wie nichts über sie. Über meine eigene Tochter.

Die Tränen fließen wieder.

»Lollo?«

Als ich meinen Namen höre, zucke ich zusammen, dann drehe ich mich um und sehe den Mann, der jetzt die Treppe halb heraufgekommen ist.

Mein Vater. Wie alt er geworden ist! Sein früher dichtes graues Haar sieht schütter aus, das Hemd hängt locker über dem Bauch, wo es früher stramm gesessen hat. Vielleicht haben ihn die Sorgen der letzten Tage altern lassen, genau wie mich.

Es muss hart für ihn gewesen sein, plötzlich mit einer achtjährigen Tochter allein dazustehen, als er selbst gerade erst fünfunddreißig war. Als Kind konnte ich eine echte Nervensäge sein. Ich war bockig und fordernd, versuchte auf jede erdenkliche Weise, Papas ungeteilte Aufmerksamkeit zu bekommen. Als Teenager war ich nicht weniger anspruchsvoll.

Unsere Beziehung wurde besser, sobald ich ausgezogen war. Und auch meine Beziehung zu Agneta wurde besser. Erst da, mit einigem Abstand, habe ich begriffen, dass sie Papa guttut. Er war tatsächlich glücklicher, seit Agneta auf der Bildfläche erschienen war.

Manchmal ärgert es mich, dass Papa so verdammt lahm ist, dass er zulässt, dass Agneta das Sagen hat und bestimmt, wo es langgeht. Aber er scheint ihre herrische Art zu mögen, ich glaube, er genießt es, keine Entscheidungen treffen zu müssen. Sie hat die Ideen, er hat die Mittel. Praktisch.

Auf jeden Fall war mein Vater immer für mich da. Er hat immer sein Bestes gegeben, stand im Hintergrund immer bereit, um mir notfalls zu Hilfe zu kommen.

Und er liebt Jennifer.

»Wir essen jetzt.« Papas Stimme ist sanft. »Du isst doch mit uns, oder?«

Die Stimmung am Küchentisch ist natürlich gedämpft. Max ist aufgetaucht, als wir anderen gerade aus Falsterbo nach Hause gekommen sind. Er hat nicht gefragt, wo wir gewesen sind, und ich habe nicht gefragt, warum er so früh zu Hause ist. Vielleicht hat einer seiner Mitarbeiter ihn darauf hingewiesen, dass es unangemessen ist, wie gewohnt weiterzuarbeiten, wenn die eigene Tochter vermisst wird.

Wenn er überhaupt bei der Arbeit war. Der Bon vom Burger King steckt jetzt in meiner Handtasche, und ich werde Max deswegen zur Rede stellen – aber nicht vor Papa und Agneta.

Die Stille ist fast greifbar. Die einzigen Geräusche sind unser Besteck, das auf unseren Tellern klappert, und die tickende Uhr an der Wand. Tick-tack. Die Zeit verstreicht trotz allem.

Chanel kommt hereingetrottet, um zu sehen, ob irgendwelche Leckereien für sie abfallen. Papa kann nie widerstehen, ihr einen Happen zuzustecken, und auch heute wird sie nicht enttäuscht. Normalerweise würde ich Papa dafür schelten, aber dieses Mal lasse ich es bleiben. Chanels Essgewohnheiten sind unwichtig.

Nichts ist wichtig.

Außer Jennifer.

Ein Windstoß lässt die Dunstabzugshaube klappern. Auf der Rückfahrt von Falsterbo sind wir in einen heftigen Skåne-Schneesturm geraten, und seitdem ist der Wind nur noch stärker geworden. Eine dünne weiße Schicht bedeckt inzwischen den Erdboden, aber wahrscheinlich wird alles binnen eines Tages wegschmelzen.

»Wie lange soll es so bleiben?«

Agneta schaut aus dem Fenster.

»Bis zum Vormittag soll der Wind abflauen«, sagt Max. »Und gegen Mitternacht soll es aufhören zu schneien. Ich habe nachgesehen, bevor ich von der Arbeit aufgebrochen bin.«

Deshalb ist er also früher nach Hause gekommen. Um nicht bei der Arbeit eingeschneit zu werden – oder wo immer er sonst gesteckt hat. Ich schaue meinen Mann an. Er hat sein Messer beiseitegelegt und schaufelt den Reis in sich hinein. Mein Blick folgt seiner Hand, die sich mechanisch zwischen seinem Teller und seinem Mund hin und her bewegt. Auf und ab. Auf und ab. Über den Fingerknöcheln trägt er ein großes Pflaster.

»Was ist denn da passiert?«, frage ich und deute auf das Pflaster.

»Ach, nichts weiter.« Max wedelt mit seiner Gabel. »Habe mir die Hand eingeklemmt, als ich etwas am Auto repariert habe.« Er wendet sich an Papa und Agneta. »Warum schlaft ihr nicht im Gästezimmer? Es wäre leichtsinnig, bei diesem Wetter zu fahren.«

Papa sieht skeptisch aus. Ich weiß, dass er am liebsten in seinem eigenen Bett schläft, doch Agneta nickt.

»Das klingt gut«, sagt sie. »Besser, als die halbe Nacht in einer Schneewehe festzustecken.«

Papa will gerade etwas sagen, als es an der Tür klingelt.

Eine eisige Kälte legt sich über meine Brust. Ich halte den Atem an. Papa und Agneta tauschen Blicke. Sie denken dasselbe wie ich. Keiner von uns hat die Suchaktion erwähnt, als wir Falsterbo verlassen haben, aber offenbar haben wir alle den ganzen Nachmittag über gegen denselben Gedanken angekämpft.

Max steht auf und geht in den Flur. Chanel springt laut bellend und wedelnd zwischen Küche und Haustür hin und her.

Es muss deutlich zu erkennen sein, dass ich Schwierigkeiten habe, zu atmen, denn Agneta steht auf, legt mir beide Hände auf die Schultern und massiert mich sanft.

»Atme«, flüstert sie. »Wie dürfen nicht vom Schlimmsten ausgehen.«

Ich höre Stimmen im Flur. Max' Stimme natürlich und zwei weitere. In einer davon erkenne ich die von Lina Torrero.

Nein.

O nein.

Ich will nicht hier sein.

»Es ist die Polizei.«

Max steht in der Tür zur Küche, doch er ist ein anderer geworden. Sein Gesicht gehört jemand anderem. Der Mann in der Tür sieht aus wie jemand, den ich sehr gut kenne, den ich aber nicht richtig zuordnen kann.

Nein, halt. Das ist Papa. Er ist fünfunddreißig und steht auf dem rosa Teppich in meinem Zimmer, die geröteten Augen voller Tränen. Ich weiß, was er mir erzählen wird, und ich will es nicht hören.

»Sollen wir uns auf das Sofa setzen?«

Max' Stimme ist schwach und unsicher.

Ich bin nicht mehr hier. Mein Körper ist nur eine Hülle, und eine Hülle kann nicht sprechen. Lollo ist nicht hier. Sie ist irgendwo, wo sie nicht zuhören, denken oder fühlen muss.

»Lollo?«, sagt Max.

»Das ist eine gute Idee«, sagt Agneta und schafft es irgendwie, dass sich mein Körper in Richtung Wohnzimmer bewegt.

»Lina Torrero.« Jemand, der absolut nicht zu dem Bild in meinem Kopf passt, streckt mir die Hand entgegen. »Wir haben gestern telefoniert«, fügt sie hinzu.

Ich hatte mir eine Frau mittleren Alters vorgestellt. Lina Torrero scheint noch keine dreißig zu sein. Sie ist klein, hat pechschwarzes Haar, das zu einem strengen Pferdeschwanz zurückgebunden ist, und scheint ihre Wurzeln in Südamerika zu haben. Ich nehme ihre Hand und bin überrascht, wie warm sie ist. Meine eigenen Hände sind eiskalt.

»Marko Stojkovic«, sagt ein großer Mann mit einem ordentlich getrimmten Bart und streckt mir seine riesige Pranke entgegen.

Ich erkenne ihn. Er war am Neujahrstag hier.

Wir sitzen um den Couchtisch herum. Ich hole tief Luft, versuche, mich auf das Grauen vorzubereiten, das mich erwartet.

Aber ich kann mich nicht vorbereiten.

Ich will es nicht.

Agneta legt mir einen Arm um die Schulter. Die Zeit steht still und rast zugleich.

Lina Torrero sieht erst Max an und dann mich, dann öffnet sie den Mund.

»Leider muss ich Ihnen mitteilen, dass Jennifer tot ist.«

Ein Schrei bildet sich in mir, bleibt jedoch auf dem Weg nach draußen stecken. Meine Zunge ist dick, und es fühlt sich an, als würden tausend Nadeln meine Lippen durchbohren.

Max stößt einen erstickten Laut aus. Es ist ein jammerndes, wimmerndes Geräusch, das tief aus seinem Innersten zu kommen scheint. Er schlägt die Hände vors Gesicht und zittert am ganzen Körper.

Lina Torrero sitzt eine Weile ganz still da und spricht erst weiter, als Max den Kopf hebt.

»Wie Sie wissen, hat *Missing People* heute Nachmittag eine Suchaktion hier in Klagshamn durchgeführt. Sie hatten auch einen Spürhund dabei.«

Sie schweigt. Niemand sagt etwas. Mein Blick wandert zum Fenster, und im schwachen Licht der Außenbeleuchtung sehe ich die Schneeflocken herumwirbeln.

»Gegen halb vier erreichte uns ein Anruf«, fährt Torrero fort. »Der Hund hat im Kalksteinbruch dort hinten etwas entdeckt.«

»Aber warum haben Sie da nicht schon früher gesucht?«, fragt Agneta. »Jennifer wird seit der Silvesternacht vermisst, und soweit ich weiß, hat sie gesagt, sie wollte nach Hause fahren.«

Torrero nickt.

»Wir haben mit der Suche in der Gegend begonnen, in der die Party stattgefunden hat. Ich möchte nicht auf die technischen Details eingehen, aber wir konnten keine Anzeichen dafür finden, dass Jennifer tatsächlich nach Hause gefahren ist. Sie taucht bei keiner Überwachungskamera in den öffentlichen Verkehrsmitteln auf, und bei den Taxiunternehmen hatten wir auch kein Glück. Gestern Abend haben wir den Busfahrer erreicht, der in der Silvesternacht Dienst hatte, und er hat sie wiedererkannt. Leider hatten wir zu diesem Zeitpunkt keine Spürhunde zur Verfügung, aber heute Morgen hat eine unserer Hundestaffeln das Gelände abgesucht – ohne Ergebnis. Selbst Hunde machen Fehler.«

Ihre Stimme ist ernst, aber sanft und melodisch. Den Rest der Ausführungen bekomme ich nur bruchstückhaft mit, höre Worte wie »Forensik« und »Ermittlungsverfahren«, ohne darauf zu reagieren. Erst als sie »Autopsie« sagt, löst sich der Schrei in mir und findet seinen Weg nach draußen.

Mein Kopf füllt sich mit einem ohrenbetäubenden Geräusch. Meine Kehle brennt. Agneta flüstert »Schsch, schsch«, während sich ihre Finger in meine Schulter bohren. Ich dachte, sie sei diejenige, die mich aufrecht hält, aber vielleicht helfen wir jetzt einander.

Papa schaukelt auf seinem Platz vor und zurück. Seine Augen sind geöffnet, aber glasig. Papa so zu sehen ist, als würde ich einen Blick auf meinen eigenen Schmerz erhaschen. Meine Brust tut weh, mein Herz rast.

Der Schrei verebbt.

»Ich will sie sehen«, flüstere ich. »Ich will meine Tochter sehen.«

»Natürlich«, sagt Torrero. »Aber es ist besser, wenn der Rechtsmediziner seine Untersuchung vorher abschließen kann.« Sie sieht ihren Kollegen an. »Kannst du sie anrufen und fragen, wie weit sie sind?«

Er steht auf und geht in die Küche. Torrero fährt fort: »Die Ermittlungen treten jetzt in eine neue Phase, und wir würden uns gern etwas ausführlicher mit Ihnen unterhalten.« Sie sieht mich an, dann Max. »Ich verstehe es, wenn Sie heute nicht die Kraft dafür haben, aber es wäre gut, wenn wir morgen reden könnten.«

Max wischt sich die Tränen weg, reibt sich mit beiden Händen die Augen und räuspert sich.

»Wir können es genauso gut jetzt machen«, sagt er. »Schaffst du das, Lollo?«

Ich nicke, ohne die leiseste Ahnung zu haben, warum ich nicke. Ein einziger Satz wird immer wieder in meinem Kopf abgespult, egal, wie sehr ich versuche, ihn zu stoppen.

Jennifer ist tot. Jennifer ist tot. Jennifer ist tot.

50
FREDRIK

Die Schlafzimmerwände bewegen sich auf die Mitte des Raumes zu, rücken immer weiter zusammen, wobei der Sauerstoff aus dem Zimmer gepresst wird. Das Atmen fällt mir schwer, und jeder Versuch, frischen Sauerstoff in meine Lungen zu bekommen, ist eine Qual.

Ich muss hier raus, und zwar schnell. Am besten, bevor Nina und Smilla zurückkommen.

Es kann nur einen Grund geben, warum Smilla angerufen hat, und ich will nicht mit ihrer Verzweiflung konfrontiert werden. Wie kann ich mich dem Kummer meiner Tochter stellen? Was soll ich sagen? Wie soll ich Smilla je wieder in die Augen schauen? Wie zum Teufel soll ich nach dieser Sache *irgendjemandem* wieder in die Augen schauen?

Als Simon starb, war ich derjenige, der sich um die praktischen Dinge kümmern musste. Ich war derjenige, der mit der Polizei geredet hat, den Beerdigungsunternehmer angerufen und unsere Verwandten informiert hat. Mama und Papa waren wie gelähmt. Sobald ich zur Tür hereinkam, gaben sie sämtliche Verantwortung ab und luden sie mir auf.

Vielleicht waren diese Aufgaben der einzige Grund, warum ich es durch die ersten Wochen geschafft habe. Ich schrieb eine Liste und arbeitete sie Punkt für Punkt ab. Blaue Tinte auf liniertem Papier. Mama bewahrte immer einen kleinen Spiralblock in einem Regal in der Küche auf. Sie benutzte ihn gern für ihre Einkaufslisten, und ich kann mich noch deutlich daran erinnern, dass ich eine neu angefangene Liste überblättern musste, um eine leere Seite zu finden. Ganz oben stand in Mamas Handschrift *COCA-COLA.* Das Lebenselixier eines Nesthäkchens. Meine Eltern tranken nie Limonade. Der Kühlschrank im Keller wurde jedes Wochenende nur für ihn frisch aufgefüllt.

Simon und ich haben nur fünf Jahre zusammengewohnt. Wir kannten uns nicht besonders gut, aber ich mochte ihn. Und er war mein kleiner Bruder. Wann immer ich meine Eltern besuchte, versuchte ich, mir Zeit zu nehmen, mich mit ihm hinzusetzen und zu reden, von Mann zu Mann. Er war ein stilles Kind, und bei dem ganzen Trubel zu Weihnachten und Ostern konnte man ihn leicht übersehen. Doch natürlich hätte ich ihn auch anrufen können, ihn fragen, wie es ihm geht.

Scheiße. Warum war ich damals nur so verdammt egozentrisch? Ich habe mich abgerackert, wollte vorwärtskommen, aufsteigen. Dabei hat mir das, was ich tat, nicht einmal gefallen. Wenn ich damit weitergemacht hätte, wäre ich vermutlich wirklich gegen die Wand gefahren.

Ich merke, dass Nina an meiner Geschichte vom Stress bei der Arbeit zu zweifeln beginnt. Inzwischen ist sie nicht mehr besorgt, sie ist sauer. Ich muss mich zusammenreißen. Das Problem ist, dass ich die Kontrolle über meinen Körper verloren habe. Er tut nicht länger, was ich will. Was für ein unheimliches Gefühl. Unheimlich und fremd. Mein Körper war immer mein bester Freund. Er war immer gesund und kräftig und bereit für jede Herausforderung, und er ist ein wichtiger Teil meiner beruflichen Identität. Als Sportlehrer willst du ein Vorbild sein.

Wer wird mich ersetzen? Vielleicht ein junger Kerl, frisch von der Uni. Ich bin sicher, das wird Eindruck auf die Schüler machen.

Ich stehe auf, gehe in den Flur und ziehe meine Jacke an. Ich stelle fest, dass ich mein Telefon im Schlafzimmer vergessen habe, und gehe es holen.

Das Telefon ist auf lautlos gestellt, und ich habe mehrere verpasste Nachrichten. Die oberste ist von Dennis, meinem Kollegen und Tennispartner. Verdammt. Welchen Tag haben wir? Mittwoch? Donnerstag? Normalerweise spielen wir donnerstagabends, und wir hatten verabredet, vor dem Dreikönigswochenende noch einmal zu spielen. Ich schreibe eine kurze SMS und stecke das Handy in meine Tasche.

In diesem Moment fällt helles Licht durch die Milchglasscheibe neben der Eingangstür. Ein dumpfes Motorgeräusch wird lauter und verstummt. Autotüren werden zugeknallt.

In meinem Gehirn gibt es einen Kurzschluss, und ich bleibe, wo ich bin. Als Nina und Smilla durch die Tür kommen, stehe ich mitten im Flur, in Jacke und Mütze, aber ohne Schuhe an den Füßen.

Smilla läuft die Treppe hinauf, ohne ihre Wintersachen auszuziehen. Einen Moment scheint Nina ihr hinterherlaufen zu wollen, doch dann wirft sie sich stattdessen mir in die Arme.

»O Fredrik!« Sie lehnte ihren Kopf gegen meine Brust und schluchzt auf. »Es ist so furchtbar! Jennifer ist tot. Sie haben sie im Kalksteinbruch gefunden.«

»Nein.« Ich überspiele einen Schwindelanfall, in dem ich mich an meine weinende Frau klammere. »Wie … wissen sie schon, was passiert ist?«

Nina lehnt sich zurück und sieht mich mit glänzenden Augen an.

»Keine Ahnung. Ich weiß nur, dass sie nach ihr gesucht haben und dass ein Spürhund sie gefunden hat. Das hat Smilla gehört.«

Ich will gerade etwas darüber sagen, dass Jennifer ziemlich betrunken gewesen sein muss, um dort zu landen, aber dann lasse ich es bleiben.

Alles, was du sagst, kann und wird in einem Prozess gegen dich verwendet werden.

»Wie geht es Smilla?«, frage ich stattdessen.

»Ich weiß nicht.« Nina löst sich aus meiner Umarmung, wischt sich die Tränen mit einem Fausthandschuh ab. »Sie steht unter Schock, glaube ich. Schwankt zwischen verschiedenen Emotionen. Ich … ich hoffe, wir können ihr den Trost spenden, den sie braucht. Vielleicht wird sie professionelle Hilfe brauchen.«

Erneut überkommt mich ein Schwindelgefühl, und ich schlucke schwer. Nina mustert mich von Kopf bis Fuß und runzelt die Stirn.

»Wo willst du hin?«

Automatisch greife ich mit beiden Händen nach der Mütze und ziehe sie etwas tiefer über die Ohren.

»Ich wollte einen Spaziergang machen.«

»Draußen tobt ein höllischer Schneesturm. Und Smilla …« Nina deutet mit einem Nicken zur Treppe. »Ich meine … ich könnte vielleicht etwas Hilfe brauchen.«

»Ich bleibe nicht lange weg. Nur eine kleine Runde um den Block.«

»Du fühlst dich also wieder besser?«

Ihre Stimme klingt ein klein wenig gereizt.

»Ein bisschen.« Ich finde meine Winterstiefel, die die meiste Zeit unberührt im Regal stehen. Ich schlüpfe hinein und binde sie ordentlich zu. »Und etwas frische Luft kann nie schaden.«

Nina seufzt und bückt sich, um ihre Handtasche vom Boden aufzuheben.

»Ach, übrigens …« Sie öffnet die Tasche und wühlt darin herum. »Heute Nachmittag hat eine Frau von der Polizei angerufen.«

Mein Herz setzt einen Schlag aus, dann läuft es Amok. Der Mantel. Verdammt. Jemand muss ihn gefunden haben.

»Sie wollte mit dir sprechen, und sie sagte, sie hätte dich ein paarmal angerufen.« Nina sieht mich an. »Hattest du dein Telefon ausgeschaltet?«

Mein Herz pocht so laut, dass ich kaum verstehe, was sie sagt.

Nina schaut auf ein zerknittertes Stück Papier.

»Ihr Name ist Lina Torrero.«

»*Ich* soll die Polizei anrufen? Warum?«

»Ich weiß es nicht.« Nina geht bereits die Treppe hinauf und dreht sich noch einmal um. »Ich habe nicht gefragt. Aber ich kann mir vorstellen, dass es um Jennifer geht. Ich habe versprochen, dass du dich meldest.«

51
NINA

Im Wohnzimmer ist es dunkel. Die einzige Lichtquelle ist der Adventskranz auf dem Tisch vor mir. Mein Blick wird von den Flammen angezogen, das flackernde Licht spiegelt sich in meinem Glas und verleiht dem Rotwein einen wärmeren Ton.

Ich hebe das Glas, führe es an meine Lippen und nehme einen großen Schluck. Meine Kehle fühlt sich warm an, und schon bald breitet sich die Wärme im ganzen Körper aus. Meine Schultern entspannen sich ein wenig. Nach ein paar weiteren kleinen Schlucken hören meine Gedanken auf, um Aufmerksamkeit zu buhlen. Sie stellen sich in einer Reihe auf und warten, bis sie dran sind. Es ist nicht schwer zu verstehen, warum Alkohol süchtig macht.

Anton hat gute Nacht gesagt, aber wenn ich darüber nachdenke, ist er bestimmt noch wach. Wenn man es ihm nicht verbietet, kann er glatt bis zum Morgengrauen seine Computerspiele spielen. Ich werde später einmal aufstehen und nach ihm sehen müssen.

Smilla und Vilgot schlafen in unserem Doppelbett. Smillas Tränen waren ansteckend, also saß ich am Ende mit zwei hysterischen Kindern da. Meine Lösung bestand darin, sie beide in ein Bett zu legen und beiden die Hand zu halten, bis sie eingeschlafen sind.

Smilla kann nicht aufhören, sich Vorwürfe zu machen. Sie

glaubt, Jennifer hätte sich wegen ihres Streits selbst getötet. Ich kann mir nur schwer vorstellen, dass es ein Selbstmord war. Jennifer wirkte immer so stark und selbstbewusst, zumindest vordergründig. Aber ein Raubmord oder eine Vergewaltigung kommen mir genauso unwahrscheinlich vor.

Auf jeden Fall habe ich den Großteil des Abends mit dem Versuch verbracht, Smilla zu überzeugen, dass ihr Streit allein nicht zum Selbstmord geführt haben kann. Ich weiß nicht, wie oft ich gesagt habe »Wenn Jennifer sich das Leben genommen haben sollte, muss es andere Gründe dafür geben, die wir nicht kennen.« Aber Smilla hat mir nicht zugehört. Sie hat geweint und geschrien und war minutenlang überhaupt nicht mehr ansprechbar.

Ich habe zum Telefon gegriffen und die Notrufnummer gewählt, aber kurz bevor jemand abgenommen hat, habe ich plötzlich gezögert, unsicher, wie ich erklären soll, was los ist, und habe wieder aufgelegt. Kurz darauf hat sich Smilla auch wieder gefangen. Sie war immer noch aufgewühlt, aber sie hat wieder auf mich reagiert.

Wie erwartet, ist Fredrik überhaupt keine Hilfe. Er liegt jetzt in Smillas Bett und scheint überhaupt nichts dagegen zu haben, ein Zimmer für sich allein zu haben. Als er von seinem Spaziergang nach Hause gekommen ist, hat er sofort gute Nacht gesagt und ist nach oben gegangen. Mein Mann benimmt sich immer merkwürdiger. Mehrere Tage liegt er völlig erledigt im Bett, und dann geht er plötzlich spazieren – mitten im Schneesturm.

Ich stelle das Glas auf den Tisch und lehne mich gähnend auf dem Sofa zurück. Dieser Tag fühlt sich an wie ein ganzes Leben. Ich kann kaum glauben, dass Smilla erst heute Morgen von der Polizei befragt worden ist. Apropos Polizei – warum will Lina Torrero mit Fredrik sprechen? Ich habe keine Gelegenheit gehabt, ihn zu fragen, ob er sie zurückgerufen hat.

Wahrscheinlich will sie nur wissen, wie es Jennifer in letzter

Zeit gegangen ist. Fredrik und Jennifer hatten ein gutes Verhältnis. Ich glaube fast, Fredrik kannte sie besser als Lollo und Max. Es mag unfair klingen, aber manchmal hatte ich das Gefühl, dass sie sich überhaupt nicht für ihre Tochter interessieren, dass sie nur Deko war, ein Accessoire für Lollos perfektes Instagram-Leben.

Dann holen die Ereignisse des Tages mich wieder ein, und ich habe Mühe, zu atmen.

Jennifer ist tot.

Sie ist nicht mehr am Leben.

Noch vor wenigen Tagen stand sie aufgedonnert in unserer Küche und bescherte mir graue Haare. Jetzt ist sie nicht mehr da, und wir werden sie nie wieder sehen.

Es ist unfassbar. Unwirklich.

Das neue Jahr hatte mit einem heftigen Kater begonnen, und seitdem ist es nur noch schlimmer geworden. Und doch sind meine Sorgen nichts gegen das, was Lollo durchmacht.

Ich versuche, mir vorzustellen, wie es gerade bei den Wiksells aussieht. Ich bin sicher, dass sie auch Probleme haben, einzuschlafen. Gibt es irgendwelche Hilfsangebote, wenn einem so etwas passiert? Musst man sich selbst um Beistand und Unterstützung kümmern, oder geht das automatisch, wenn man über einen Todesfall in der Familie informiert wird?

Ich frage mich, wie Max es wohl aufnimmt. Macho-Max. Herr Wiksell, der nie ernst sein kann, der immer über alles Witze machen muss. Aber aus dieser Sache kann er unmöglich einen Scherz machen, oder? Nein, natürlich nicht.

Und Lollo. Die arme, arme Lollo. Natürlich verdient Max genauso viel Mitgefühl, aber ich fühle mehr mit meiner Freundin als mit ihrem Mann. Lollo hat ihre Mutter verloren, als sie klein war. Sie hat nicht oft darüber gesprochen, aber es muss traumatisch gewesen sein.

Das Leben ist so verdammt unfair.

Ich nehme mein Glas und trinke einen Schluck Wein. Soll ich mich bei Lollo melden? Anrufen oder ihr eine Nachricht oder vielleicht Blumen schicken? Wie verhält man sich, wenn jemand sein Kind verloren hat? Es kommt mir aberwitzig vor, einen Blumenstrauß zu schicken. Wer kümmert sich um Blumen, wenn das eigene Leben gerade zerbricht?

Ich bin sicher, dass Lollos Facebook-Timeline voll mit Kondolenznachrichten ist, mit Herzen und weinenden Emojis. Aber ich habe kein Bedürfnis, meine Emotionen dort öffentlich zur Schau zu stellen. Außerdem kennen Lollo und ich uns schon unser halbes Leben, und in so einer Situation sollte Trost nicht über die sozialen Medien gespendet werden. Aber sie anzurufen … Nein, das wäre, als würde ich in dreckigen Clogs über die handgefertigten Bodenfliesen der Wiksells stapfen. Zumindest jetzt, wo sie gerade erst von Jennifers Tod erfahren haben.

Ich setze mein Glas ab und nehme mein Telefon, suche Lollo in meiner Kontaktliste und öffne eine neue Nachricht.

Liebe Lollo,

Weiter komme ich nicht. Was um alles auf der Welt soll ich schreiben? Was würde ich hören wollen, wenn ich an ihrer Stelle wäre? Darüber will ich nicht einmal nachdenken.

Ich habe gehört, was passiert ist, und es tut mir schrecklich leid, wir sind alle fassungslos. Wir haben Jennifer geliebt.

Nein.

Wir haben so viele schöne Erinnerungen an

Nein.

Ich werfe das Telefon neben mich auf das Sofa, trinke Wein und starre aus dem Fenster. Es schneit immer noch, aber nicht so heftig. Eine plötzliche Melancholie überkommt mich. Warum habe ich niemanden zum Reden? Muss ich das hier ganz allein durchstehen?

Meine Finger tasten nach dem Telefon, und rasch habe ich Malena im Messenger gefunden.

Bist du wach?, schreibe ich. *Zeit zum Reden?*

Ein grüner Punkt unter ihrem Profilbild verrät mir, dass sie online ist. Ich starre auf den Chat, als würde sie dadurch schneller antworten. Und vielleicht hilft es tatsächlich, denn schon bald taucht ein einziges Wort auf dem Display auf.

Unbedingt.

»Du hast es schon gehört, oder?«, ist das Erste, was ich sage.

»Ja. Ich habe es vor einer Weile im Internet gelesen.«

Malenas Stimme macht das Unwirkliche realer, und das Atmen fällt mir schwer.

»Smilla … sie hat bei der Suche geholfen«, bringe ich schließlich heraus.

Malena schnappt hörbar nach Luft.

»Was? Das hat sie gemacht?«

»Sie wollte es so. Ich glaube nicht, dass ich sie hätte aufhalten können. Aber sie war nicht diejenige, die Jennifer gefunden hat, Gott sei Dank. Es war jemand von *Missing People,* jemand mit einem Hund. Seltsam, dass die Polizeihunde nichts gefunden haben. Ich habe gestern Morgen einen Hundeführer in Klagshamn gesehen.«

Es herrscht ein kurzes Schweigen, bevor Malena weiterspricht.

»Das ist echt verrückt«, sagt sie. »Du denkst immer, solche Dinge passieren nicht im wirklichen Leben, und dann passiert es *Jennifer.*«

»Ich habe das Gleiche gedacht«, sage ich. »Und wir haben neulich noch so einen Mist über sie geredet. Das fühlt sich so …«

»Na und?«, fragt meine Freundin. »Du glaubst doch wohl nicht, es wäre deine Schuld, oder?«

Unwillkürlich muss ich lächeln.

»Ich habe heute ein paar Stunden damit verbracht, Smilla begreiflich zu machen, dass nichts davon ihre Schuld ist … und jetzt sitze ich hier und fühle mich selbst schuldig.«

»Ich bitte dich, Nina. Warum?« Malena klingt fast verärgert.

»Du weißt schon … wegen der Party und so. Dass wir sie hier haben feiern lassen und alles aus dem Ruder gelaufen ist.«

»Vergiss die Party«, sagt Malena entschieden. »Jennifer könnte Selbstmord begangen haben oder …«

»Glaubst du das wirklich?«, unterbreche ich sie.

»Ich weiß es nicht.« Malena seufzt. »Was sollte sonst passiert sein?«

»Keine Ahnung«, sage ich. »Aber Selbstmord und Jennifer scheint nicht wirklich zusammenzupassen. Sie war nicht der Typ dafür.«

»Es gibt keinen besonderen Typ, wenn es um Selbstmord geht«, wendet Malena ein.

»Nein, natürlich nicht …« Ich verliere kurz den Faden, rede aber weiter. »Es ist nur so, dass Lollo nie etwas darüber gesagt hat, dass es Jennifer nicht gut geht.«

»Vielleicht wusste sie es nicht.« Malena hat einen Hustenanfall, macht danach aber dort weiter, wo sie stehengeblieben ist. »Viele Leute schleppen ihre Probleme mit sich herum, ohne darüber zu reden. Es ist ganz normal, dass sie solche Dinge für sich behalten. Glaub mir, ich habe schon einiges erlebt.«

Ein paar Kerzen sind bis zum Deko-Moos runtergebrannt, und ich beuge mich vor und puste sie vorsichtshalber alle aus.

»Vielleicht ist genau das der Grund, warum wir sie hätten unterstützen müssen, anstatt uns über sie aufzuregen.«

Ein Bild von Fredriks blassem Gesicht taucht vor meinem inneren Auge auf. Ich blinzle ein paarmal, damit es verschwindet, und fixiere das halbleere Weinglas vor mir.

»Ich sitze hier ganz allein mit einem Glas Wein«, bekenne ich. »Ich brauchte etwas, um runterzukommen.«

»Das machst du genau richtig«, sagt Malena. »Ich könnte auch etwas gebrauchen, um ruhiger zu werden.«

Ihre Zustimmung veranlasst mich, nach meinem Glas zu greifen und einen großen Schluck zu nehmen.

»Hast du mit Lollo gesprochen?«, frage ich.

»Nein.« Malena seufzt wieder. »Ich hätte mich schon Anfang der Woche bei ihr melden sollen, und jetzt fällt es mir noch schwerer. Außerdem ... was sagt man in so einem Moment?«

»Ich weiß es nicht. Ich habe gerade versucht, ihr eine Nachricht zu schreiben, aber es hört sich einfach alles falsch an.« Mir kommt eine Idee. »Hast du nicht Lust, morgen mit mir einen Kaffee zu trinken? Es würde sich gut anfühlen, etwas zu reden.«

»Morgen?« Ich höre Malena in ihrer Wohnung herumgehen. »Ich muss nur kurz etwas nachsehen. Bleib kurz dran.« Eine ganze Weile ist nur Rascheln zu hören. »Ja, das würde passen«, sagt sie schließlich. »Hast du nachmittags Zeit?«

Gott sei Dank gibt es Malena. Sie kannte Jennifer, und sie kennt Lollo. Aber vor allem benimmt sie sich inmitten des derzeitigen Chaos ganz normal.

»Das passt perfekt«, sage ich, bis mir die Lage hier zu Hause einfällt. »Vorausgesetzt, Smilla geht es besser. Ich weiß nicht, ob ich sie allein lassen will.«

»Ist Fredrik nicht da?«

»Ja, aber ...« Etwas schwillt in meiner Kehle an. Ich versuche, den Kloß runterzuschlucken, aber es funktioniert nicht. »Wir ... ich erzähle es dir morgen.«

»Gut.« Malena zögert kurz. »Ist alles in Ordnung, Nina?«

»Nein.« Meine Kehle ist wie zugeschnürt. »Nein, es ist nicht alles in Ordnung, aber ...« Ich hole tief Luft. »Bitte entschuldige.«

»Du brauchst dich nicht zu entschuldigen«, sagt Malena sanft. »Ich kann mir vorstellen, dass du im Moment eine schwere Zeit durchmachst, mit Smilla und Jennifer und allem.«

»Aber es ist nicht nur das. Es ist auch Fredrik. Er ...« Es fühlt sich an, als würde es unter meinem Ohr und in meiner Kehle brennen, meine Augen sind kurz vorm Überlaufen. »Er benimmt sich so merkwürdig. Er sagt, er ist gestresst wegen der Arbeit. Aber ich weiß nicht ... Zuerst dachte ich, er hätte eine andere ...«

Ich werde von Tränen überwältigt, und ich kann nicht mehr weitersprechen. Es ist, als hätte ich diese Tränen gesammelt und in mir aufbewahrt, und jetzt ist kein Platz mehr für noch mehr Tränen. Sie quellen nur so aus mir heraus und bahnen sich ihren Weg über die Hand, die das Telefon hält, bis der Saum meines Pullovers feucht wird.

Malena wartet geduldig, bis ich aufhöre zu schluchzen.

»Willst du darüber reden?«, fragt sie.

»Wenn ich jetzt damit anfange, wirst du mich nicht mehr bremsen können und die halbe Nacht aufbleiben müssen.« Ich schluchze und lache gleichzeitig, was zusammen ein grunzendes Geräusch ergibt. »Wahrscheinlich ist es besser, wenn wir damit bis morgen warten.«

Wir verabreden uns für drei Uhr im Espresso House bei Hansa und legen auf.

Ich wechsle zur Messenger-App und beginne zu tippen.

Liebe Lollo, ich habe von Jennifer gehört. Es ist einfach schrecklich, und es tut uns allen schrecklich leid, was passiert ist. Ich weiß nicht, was ich sagen soll, ohne dass es pathetisch oder dumm klingt. Aber ich möchte, dass du weißt, dass wir an dich denken und mit dir mitfühlen.
Ich hoffe, du hast jemanden, der dich unterstützt. Versprich mir, dass du dich meldest, wenn wir irgendetwas für dich tun können.
Herzliche Umarmungen von Nina, Fredrik und den Kindern

4. JANUAR 2019

FREITAG

52

LOLLO

Ich treffe Jennifer im Grenzbereich zwischen Traum und Wachsein. Sie ist gerade neu geboren und liegt auf meiner Brust, mit einer winzigen weißen Baumwollmütze auf dem kleinen Kopf. Sie ist so klein, dass selbst die kleinste Mütze noch zu groß ist. Ich betrachte dieses faltige Bündel Mensch zu gleichen Teilen mit Entsetzen und Liebe. Ein neues Leben. Meine Verantwortung.

Plötzlich ist sie ein Jahr alt, kommt angestolpert, die pummeligen Finger fest um den Griff ihres Lauflernwagens geklammert, ihre Windel dient als Airbag, falls sie fällt.

Dann ist sie fünf, und ihre Zöpfe fallen ihr ins Gesicht. Sie geht zu einem Kindergeburtstag, und ich habe ihr einen Rock und eine Bluse mit Puffärmeln angezogen. Wir sind kaum aus der Tür, da zieht sie sich schon die Strumpfhose aus. Ich schimpfe mit ihr und packe sie am Arm. Das Gummiband drückt auf ihren Bauch.

Wenig später ist sie elf. Ein großes, schlankes Fußballmädchen mit geröteten Wangen, Schweiß auf der Stirn und einem breiten Lächeln. Sie hat soeben ein Tor geschossen. Oder vielleicht eine phantastische Grätsche hingelegt.

Die jugendliche Jennifer ist eher verschwommen. Zuerst steht sie im Flur, auf dem Weg zur Schule. Ihr Pullover ist tief ausgeschnitten, und sie trägt zu viel Make-up. Dann liegt sie auf ihrem Bett, das Gesicht ungeschminkt, in bequemen Klamotten. Sie hat ihren Computer auf dem Schoß und lernt für eine Klassenarbeit. Geschichte. Vielleicht auch Sozialkunde.

Jennifer verblasst, und ich kneife die Augen fest zu, um an diesem Ort zu bleiben. Meine Hände fuchteln durch die Luft. Ich schreie, weine und bettele.

Ich will mein geliebtes Mädchen nicht verlassen.

Ich will nicht.

Will nicht …

Als ich die Augen aufschlage, sehe ich helles Tageslicht hinter den Jalousien. Mein Gesicht ist nass. Habe ich im Schlaf geweint? So muss es gewesen sein. Aber wie kann das möglich sein? Wie kann ich schlafen, wenn Jennifer tot ist?

Jennifer ist tot.

Jedes Mal, wenn mir diese Worte durch den Kopf gehen, empfinde ich körperlichen Schmerz. Als würde sich ein Messer in meinen Bauch bohren. Oder in meine Brust.

Es tut so verdammt weh.

Mein Telefon liegt auf dem Nachttisch. Habe *ich* es dorthin gelegt? Ich weiß nicht mehr, wie ich gestern Abend ins Bett gekommen bin. Ich erinnere mich nur noch vage daran, auf dem Sofa gesessen zu haben, mit dieser Polizistin, Lina Torrero, und ihrem Kollegen. Papa und Agneta waren auch dort. Sind sie überhaupt nach Hause gefahren? Ich lausche auf Geräusche im Haus, doch ich höre nichts. Das Haus ist ruhig. Ungewöhnlich ruhig.

Reflexhaft nehme ich das Telefon und entsperre es. Ich merke, dass ich hoffe, eine Nachricht von Jennifer zu sehen. Ein zittriger Schluchzer entweicht mir. Nie wieder – nie wieder! – wird eine Nachricht von Jennifer auf meinem Telefon ankommen. Nie wieder eine Nachricht aus dem Nachtbus, *Bin unterwegs* oder *Bin in fünf Minuten zu Hause,* die mit einem oder zwei Herzen endet.

Nie wieder.

Es gibt andere Nachrichten auf meinem Telefon. Sehr viele. Ich lese ein paar, darunter auch eine von Nina, aber schon bald lege ich das Telefon beiseite. Alles, was die Leute schreiben, ist bedeutungslos. Keine Worte können mir Jennifer zurückbringen.

Mehrere Freunde wollen wissen, ob sie etwas tun können. Aber was sollten sie schon tun können? Keiner kann etwas tun.

Jennifer ist tot.

Es klopft leise an der Tür, und Papa steckt seinen Kopf durch den Spalt. Er kommt herein und bleibt ein paar Schritte vor dem Bett stehen.

»Wie geht es dir?«

Mein Kopf explodiert, meine Kehle zieht sich zusammen, die Rippen drohen meine Lungen zu zerquetschen. Ich bringe keinen Ton heraus und zittere haltlos.

Papa setzt sich auf die Bettkante, streicht mir das Haar aus dem Gesicht und versucht, mir mit sanften, gleichmäßigen Bewegungen den Kopf zu streicheln.

»Weine«, sagt er. »Weine einfach.«

Es ist wie das Echo aus einer anderen Zeit.

Vielleicht bleibt er für zwei Minuten. Oder zehn. Oder eine Stunde. Ich habe keine Ahnung. Am Ende habe ich keine Tränen mehr.

»Wo ist Max?«

Meine Stimme ist kratzig.

»Er ist mit Agneta in der Küche.« Papa zieht die Decke gerade, stopft sie um mich herum fest, genauso wie damals, als ich klein war. »Wir dachten, wir bleiben noch, bis die Polizei hier gewesen ist, um mit dir zu reden.«

In diesem Moment betritt Agneta das Zimmer. Sie kommt zum Bett, nimmt meine Hand und drückt sie.

»Wie geht es dir?«

Ehe ich antworten kann, geht sie zum Fenster, hantiert mit den Jalousien herum und zieht sie halb hoch, bis ich ein kleines Stück vom grauen Januarhimmel sehe.

Papa drückt meinen Arm und steht mit einiger Mühe auf.

»Der Pfarrer, der Jennifer konfirmiert hat, hat gerade angerufen«, sagt Agneta, die wieder am Bett steht. »Er hat Max angerufen, genauer gesagt.«

»Anders Edwall?« Ich sehe sie an. »Was wollte er?«

»Ich nehme an, er wollte seine Anteilnahme zeigen und … du weißt schon, seine Hilfe anbieten. Max hat seine Nummer notiert, für den Fall, dass du mit ihm reden willst.«

»Ich glaube nicht an Gott«, flüstere ich und spüre, wie meine Kehle sich erneut zuzieht.

»Ich denke, es geht eher darum, ob du jemanden zum Reden brauchst.« Agneta steht jetzt an der Tür. »Die Polizei wollte gegen zehn kommen.«

Ich weiß nicht, wie ich es schaffen soll, aufrecht zu sitzen und mit Fremden über meine tote Tochter zu reden. Das kommt mir völlig absurd vor. Aber kurz darauf wird mir klar, dass sie aus einem ganz bestimmten Grund kommen. Sie werden herausfinden, was passiert ist. Und wer es getan hat.

Wenn dieser Sandmann meine Jennifer getötet hat, hoffe ich, dass er den Rest seines Lebens hinter Gittern verbringt. Oder in der Hölle verrottet. Dasselbe gilt natürlich für Petter Silvén. Es gilt für jeden, egal, wer es getan hat.

Ich muss mich zusammenreißen. Denn ich muss alles in meiner Macht Stehende tun, um diesen Mistkerl zu schnappen.

»Was haben sie euch erzählt?«

Ich schwinge meine Beine über die Bettkante. Papa und Agneta wirken überrascht, sie scheinen nicht mit der plötzlichen Energie in meinen Bewegungen gerechnet zu haben.

»Wer soll uns was erzählt haben?«, fragt Agneta.

»Die Polizei natürlich. Über Jennifer. Wissen sie, was passiert ist? Wie sie in die Kalkgrube gekommen ist?«

»Sie haben uns eigentlich überhaupt nichts gesagt ...« Papa zuckt die Achseln. »Sie haben nur Fragen gestellt.«

Ich starre ihn an.

»Mit euch haben sie auch geredet?«

Er nickt.

»Nur kurz. Nachdem sie mit Max geredet haben.«

Ich verstehe gar nichts.

»Aber warum?« Ich stehe auf. »Was könntet *ihr* ihnen erzählen? Ihr habt Jennifer seit Weihnachten nicht mehr gesehen.«

»Es ging nicht direkt um ihr Verschwinden«, sagt Agneta. »Ich vermute, sie wollten sich ein Bild machen ...« Sie zögert kurz, fährt dann aber fort. »Ein Bild von der Familie, von den Menschen um Jennifer herum.«

Der Boden unter meinen Füßen schwankt. Ich versuche, mir einen Reim auf das zu machen, was Agneta sagt. Dann wird mir kalt. »Sie denken doch nicht, dass es Selbstmord war, oder? Dass sie ... Dass wir nicht ...«

»Lollo.« Agneta legt eine Hand auf meine. »Sie haben nicht gesagt, was sie denken. Und ich denke, das werden sie auch nicht tun, bis sie sicher Bescheid wissen.«

»Ich komme gleich«, murmele ich. »Ich muss nur vorher duschen.«

Das Wasser rinnt über meinen nackten Körper. Ich schließe die Augen und versuche, die Gedanken zu ignorieren, die mich bedrängen. Vergeblich.

War Jennifer so unglücklich, dass sie sich das Leben genommen hat?

Gab es Anzeichen dafür, die wir nicht erkannt haben?

Hätte uns irgendetwas auffallen müssen?

Eines der Gedichte, die ich auf Jennifers Computer gefunden habe, kommt mir in den Sinn.

Ich liebe dich.
Ich hasse dich.
Aber mich hasse ich mehr.

Meine Tränen folgen dem Wasser und verschwinden durch die Schlitze im verchromten Abfluss.

53

FREDRIK

Malmö wirkt, als sei es nur aus braunen und grauen Farbtönen gemalt. Unser Viertel zeigt noch Spuren des gestrigen Sturms, die nach Norden gelegenen Rasenflächen sind weiß gefleckt, und auf beiden Seiten des Sallerupsvägen hat der Schneepflug einen schmalen Streifen Schnee hinterlassen. Doch je näher ich der Innenstadt komme, desto brauner wird es.

Kaum zwei Tage sind vergangen, seit ich nach Klagshamn gefahren bin, doch das Auto fühlt sich fremd an, als sei mein Körpergedächtnis komplett gelöscht worden. An der Kreuzung Drottninggatan vergesse ich, die Kupplung zu treten, und das Getriebe knirscht, als der Motor absäuft.

So früh am Morgen ist auf den Straßen nicht viel los, trotzdem habe ich Mühe, einen Parkplatz zu finden. Offenbar haben sich viele Leute zwischen Neujahr und dem Dreikönigstag freigenommen, denn die Seitenstraßen hinter dem Polizeirevier sind vollgeparkt. Schließlich finde ich doch noch eine Parklücke, dazu ein Schild, das mir sagt, welche Park-App hier funktioniert.

Seit Silvester fürchte ich diesen Moment, aber ich bin bemerkenswert entspannt, als die Glastüren des riesigen Gebäudes sich hinter mir schließen. Vielleicht liegt es daran, dass die meisten Dinge, vor denen man sich fürchtet, in der Vorstellung schlimmer sind als in der Realität. Oder vielleicht habe ich immer noch die Fähigkeit, einen kühlen Kopf zu bewahren, wenn es darauf ankommt.

Denn vermutlich kommt es jetzt darauf an.

Wer auch immer mich verhört, wird wahrscheinlich dafür ausgebildet sein, Nervosität und Unsicherheit zu erkennen. Also muss ich ruhig und gefasst wirken. Das ist meine einzige Chance. Wenn sie mich bereits verdächtigen, aber keine konkreten Beweise haben, könnte ich damit durchkommen, solange ich für alles eine plausible Erklärung liefern kann und nicht zusammenbreche.

Du hast nichts getan, Fredrik.

Du hast nur mit Jennifer gesprochen.

Und du hast niemals einen Mantel in einem Container in Elisedal versteckt.

Du warst nie dort, du weißt nicht einmal, wo das ist.

Ich gehe zum Empfang und erkläre mein Anliegen. Die Frau hinter der Glasscheibe reicht mir einen Besucherausweis und bittet mich, mich zu setzen. Die Bank ist hart und unbequem. Aber hier soll sich auch niemand wohlfühlen. Ich schaue mich um. Ein junger Mann auf der nächsten Bank starrt ausdruckslos vor sich und wippt mit einem Fuß. Wird er wegen irgendetwas verdächtigt? Oder ist er hier, um eine Zeugenaussage zu machen? Was auch immer, er wirkt ziemlich nervös.

»Fredrik Andersson.«

Erschrocken springe ich auf und sehe mich demselben Polizisten gegenüber, der vor ein paar Tagen bei uns zu Hause gewesen ist. Mein Herz schaltet einen Gang höher. Dieser Mann hat etwas an sich, das mir Unbehagen bereitet. Vielleicht ist es sein eindringlicher Blick. Oder sein ruhiges Auftreten. Es wirkt trügerisch, wie die Ruhe vor dem Sturm.

»Wow, Sie sind ja wirklich auf Zack.«

Ich stöhne innerlich auf. Die Phrase könnte vielleicht als Berufskrankheit durchgehen, aber ich glaube nicht, dass ich sie je zuvor benutzt habe.

»Marko Stojkovic«, sagt der hochgewachsene Polizist und streckt mir seine Hand entgegen. »Wir haben uns letzten Dienstag schon gesehen.«

Wir schütteln Hände, und ich hoffe, dass das, was gerade auf meinem Gesicht zu sehen ist, einem Lächeln ähnelt.

»Hier entlang.«

Stojkovic geht vor mir tiefer in das Gebäude hinein. Der Flur ist öde und verlassen. Keine Menschenseele ist zu sehen, nur eine endlose Reihe geschlossener Türen. Ich versuche, an dem entspannten Gefühl, das ich gerade eben noch hatte, festzuhalten.

Ich muss das hier in Ordnung bringen. Eine andere Chance habe ich nicht.

Für einen Moment sehe ich Nina vor mir, so wie ich sie am Silvesterabend gesehen habe, bevor alles den Bach runtergegangen ist. Ihre Frisur, die weichen Locken in ihrem Nacken, ihr grünes Kleid und das breite Lächeln.

Geliebte Nina.

»Bitte, hier herein.«

Stojkovic ist vor einer der Türen stehen geblieben. Sie steht weit offen, und er bedeutet mir, einzutreten. Der Raum ist sehr klein. Der Boden ist grau, die Wände sind weiß, und die einzigen Möbel sind ein Tisch und vier Stühle. Es sieht genauso aus, wie ich mir ein Verhörzimmer immer vorgestellt habe. Kalt und unpersönlich.

Wir setzen uns an den Tisch, ich auf der einen, Stojkovic auf der anderen Seite.

»Die leitende Ermittlerin wird jede Minute hier sein«, sagt er.

Ich nicke und schaue aus dem Fenster. Alles, was ich sehe, ist ein neblig-grauer Himmel. Ich schaue wieder zurück und sehe

Stojkovic an, zwinge mich, den Blick nicht zu senken. Das muss eine ihrer Taktiken sein. Sie lassen mich allein mit ihm warten und sehen, wie ich mich verhalte.

Kurz darauf wird die Tür geöffnet, und eine kleine Frau in den Dreißigern betritt den Raum. Ihr langes, dunkles Haar ist zu einem hohen Pferdeschwanz zusammengebunden, und sie trägt wie ihr Kollege Zivilkleidung.

Ich will aufstehen, doch die Frau machte einen Schritt auf mich zu und streckt ihre Hand aus.

»Bleiben Sie ruhig sitzen«, sagt sie und drückt meine Hand überraschend kräftig. »Bitte entschuldigen Sie, dass Sie warten mussten. Lina Torrero«, fährt sie fort. »Ich leite die Ermittlungen.«

»Fredrik Andersson«, sage ich unnötigerweise.

Schließlich weiß sie sehr gut, wer ich bin.

Lina Torrero lässt meine Hand los und nimmt neben Stojkovic Platz, der vor dem einzigen Computer im Raum sitzt.

»Also …« Torrero blättert in einigen Papieren. »Dann können wir ja anfangen.« Sie schaut zu mir auf. »Haben Sie irgendwelche Fragen, bevor wir anfangen?«

Ich schüttele den Kopf, doch meine Gedanken überschlagen sich. *Sollte* ich Fragen haben? Sollte ich einen Aufstand machen und fragen, was zum Teufel ich hier verloren habe? Sollte ich eine Szene machen, weil sie mich in den Weihnachtsferien aufs Revier bestellt haben?

Lina Torrero schaltet ein Aufnahmegerät auf dem Tisch ein, nennt die Namen der Anwesenden sowie das Datum und die Uhrzeit der Befragung. Genau wie im Film.

»Wie geht es Ihnen?«, fragt sie.

Ich bin baff.

»Wie es mir geht?«

Lina Torrero lässt die Frage einen Moment im Raum schweben, ehe sie weitermacht.

»Ihre Frau sagte, Sie hätten sich in den letzten Tagen nicht wohlgefühlt.«

»Nein, ich meine, ja. Das stimmt.« Stojkovics Blick brennt Löcher in meinen Schädel. »Ich habe im Moment viel Stress bei der Arbeit. Und dann diese Sache mit Jennifer Wiksell natürlich. Ich hatte einen jüngeren Bruder, der sich das Leben genommen hat. Er war ein paar Jahre jünger als Jennifer, als es passierte, aber … Nun, man denkt immer … Es sind harte Erinnerungen.«

Sie nickt.

»Sie sind Lehrer, richtig?«

»Ja, Oberstufe. Mathe und Sport.«

Torrero schaut auf das oberste Blatt Papier und sieht mich wieder an.

»Haben Sie eine Idee, warum Sie hier sind?«, fragt sie.

»Bestimmt nicht, um über meine Gesundheit zu reden«, antworte ich in dem Versuch, witzig zu sein.

Weder Torrero noch Stojkovic lächeln.

»Ich nehme an, es hat etwas mit Jennifer zu tun«, füge ich hastig hinzu. »Aber ich weiß ehrlich nicht, wie ich helfen kann. Sie haben mit Smilla gesprochen, meiner Tochter. Sie und Jennifer haben in unserem Haus eine Party gefeiert, aber Jennifer hat nur kurz hallo gesagt, bevor wir zu ihren Eltern gefahren sind. Ich habe eigentlich gar nicht mit ihr gesprochen.«

Stojkovics Finger fliegen über die Tastatur. Was tut er da? Was ich gerade gesagt habe – ist das wirklich etwas, das er aufschreiben muss?

Torrero räuspert sich.

»Können Sie Ihre Beziehung zu Jennifer Wiksell beschreiben?«

»Beziehung? Wir hatten keine Beziehung.«

Ich muss nicht einmal den Empörten spielen.

»Soweit ich weiß, standen Sie und Jennifer sich recht nahe«, sagt Lina Torrero ruhig. »Sie mochte Sie.«

Ich atme langsam aus.

»Jennifer und ich sind gut miteinander ausgekommen. Sie hat es nicht immer leicht gehabt, und …«

»Können Sie das näher ausführen?«, unterbricht Torrero mich.

»Was?«

»Sie sagten, Jennifer habe es nicht immer leicht gehabt.«

Ich tue so, als würde ich einen Moment über die Frage nachdenken, und dann trage ich die Antwort vor, an der ich mehrere Tage lang herumgefeilt habe.

»Nun ja, Jennifers Eltern haben immer sehr hohe Ansprüche an ihre Tochter gestellt. Gleichzeitig hatten sie aber kaum Zeit für sie. Ich war vermutlich einer der wenigen Erwachsenen, die ihr wirklich zugehört haben. Ehrlich gesagt, war sie ziemlich schwierig, als sie klein war, sie versuchte ständig, auf den unterschiedlichsten Wegen Aufmerksamkeit zu bekommen. Was wahrscheinlich teilweise daran lag, dass sie kaum Bestätigung von ihren Eltern gekriegt hat. Aber wenn man sich Zeit genommen und mit ihr geredet hat, war sie wie jedes andere Kind.« Ich lehne mich zurück gegen die harte Stuhllehne. »In der Schule passiert das ständig. Die meisten Schüler sind nicht schwierig, wenn man sie mit Respekt behandelt. Und ihnen Zeit lässt.«

»Wann haben Sie sich mit ihr getroffen?«, fragt Torrero.

Ich erstarre.

»Wir haben uns nicht getroffen. Ich meine, wir haben uns gesehen, wenn unsere Familien sich getroffen haben. Als die Mädchen kleiner waren, war das häufiger, und dann immer noch zu Mittsommer und zu Silvester. In den letzten Jahren haben Smilla und Jennifer nur mit uns gegessen und sind dann später zu ihren eigenen Partys gegangen.«

»Sie haben also nie Zeit allein mit ihr verbracht, nur Sie und Jennifer?«

»Nein, das haben wir nicht.« Ich entspanne mich wieder.

»Eine Zeitlang, vor ein paar Jahren, brauchte sie Unterstützung in Mathe. Ich bin zu den Wiksells gefahren und habe ihr geholfen. Es waren zwei, drei Abende in der Woche, und wenn ich mich recht entsinne, waren Lollo und Max an einem dieser Abende beide nicht da.«

»Aber darüber hinaus haben Sie sich außer bei den Familientreffen nie allein mit Jennifer getroffen?«

»Nein.«

Ich sehe Stojkovic fest an.

Lina Torrero sagt nichts, während sie auf ihre Papiere schaut. Alles, was ich neben dem Rascheln der Blätter höre, ist das Summen der Lüftung oben an der Decke.

Ich schaue in den Himmel und versuche mir vorzustellen, wie es wäre, dieses Gebäude nie wieder zu verlassen, in einem kleinen Raum von dieser Größe eingesperrt zu sein, mit einem einzigen, vergitterten Fenster zur Welt.

»Hatten Sie je telefonischen Kontakt zu ihr?«, fragt Torrero plötzlich.

»Nicht oft«, antworte ich. »Ein oder zwei Mal hat sie mich angerufen, wenn sie Hilfe bei einer Matheaufgabe brauchte.«

Torrero nickt nachdenklich.

»Ich kann mir nicht vorstellen, über welche Matheaufgaben Jennifer Wiksell mit Ihnen sprechen wollte, als sie Sie in der Silvesternacht angerufen hat.«

Die Unterhaltung verläuft genau so, wie ich es erwartet – und gewollt – habe.

»Mich angerufen?« Ich mache ein nachdenkliches Gesicht. »Ich habe in der Silvesternacht nicht mit Jennifer telefoniert.«

Lina Torrero schiebt mir ein Blatt Papier unter die Nase.

»Laut dem Protokoll des Providers hat Jennifer Sie kurz nach Mitternacht angerufen.«

Ich schüttele den Kopf.

»Das muss ein Fehler sein. Ich habe Silvester nicht mit Jennifer telefoniert. Ich habe mich in unserer Küche von ihr verabschiedet und ihr einen guten Rutsch gewünscht.«

»Die Protokolle der Telefongesellschaften sind normalerweise sehr genau«, sagt Torrero trocken. »Und der Anruf dauerte mehrere Minuten.«

Sie legt einen schlanken Finger auf das Blatt zwischen uns.

Ich hebe die Hände.

»Dann muss sie mich wohl angerufen haben, und ich habe aus Versehen irgendwie abgenommen. Mein Telefon steckte in meiner Hosentasche, und so was kann passieren. Dass man aus Versehen jemanden anruft oder einen Anruf annimmt, meine ich.« Ich lasse meinen Blick zwischen Torrero und Stojkovic hin- und herwandern. Sie wirken nicht überzeugt. »Ich schwöre, dass ich in der Silvesternacht nicht mit Jennifer telefoniert habe.«

»Kommen Sie.« Die Ermittlerin hebt ihre Stimme. »Sie sind nicht der Erste, der das Märchen vom Telefon in der Tasche erzählt. Sie können uns genauso gut die Wahrheit sagen.«

Torreros unerwarteter Wechsel im Tonfall lässt mein Herz heftig pochen, ich kann meinen Puls bis in die Fingerspitzen fühlen. *Bleib ruhig, Fredrik,* befehle ich mir. *Sie versuchen, dich aus der Reserve zu locken, also bleib bei deiner Geschichte. Gib ihnen gar nichts.*

Ich setze mich aufrecht hin und sehe die Polizisten, ohne zu blinzeln, an.

»Ich *sage* die Wahrheit. Glauben Sie, ich sitze hier und lüge Ihnen ins Gesicht?«

Stojkovic und Torrero wechseln Blicke. Vielleicht verständigen sie sich mit irgendeinem Geheimcode, denn plötzlich lehnt Torrero sich zurück.

»Okay, belassen wir es dabei.« Sie kann ihren Ärger nicht verbergen. »Aber was glauben Sie, was Jennifer gewollt hat?«

»Woher soll ich das wissen?«

Torrero sieht mich ausdruckslos an.

»Sie könnten eine Vermutung anstellen.«

Ich seufze, doch insgeheim bin ich erleichtert, wieder auf dem richtigen Weg zu sein.

»Nun …« Ich zögere mit der Antwort. »Wahrscheinlich hatte es etwas mit der Party zu tun. Vielleicht wollte sie mir sagen, dass die Sache aus dem Ruder gelaufen ist. Vielleicht hat sie gehofft, wir würden nach Hause fahren und Smilla erwischen, bevor sie Zeit hätte, die Verwüstungen aufzuräumen.«

Torrero runzelt die Stirn.

»Warum sollte Jennifer das wollen?«

»Sie haben sich gestritten«, erinnere ich sie. »Vielleicht dachte Jennifer, das sei eine gute Möglichkeit, sich zu rächen.«

Stojkovics Finger tanzen über die Tastatur, und Torrero beugt sich ein kleines Stück vor.

»Können Sie uns kurz den Ablauf der Silvesternacht schildern? Fangen Sie um sieben Uhr abends an.«

»Ich war auf der Party«, sage ich. »Bei den Wiksells.«

»Und Sie haben die Party nie verlassen?«

»Sicher, als wir nach Hause gefahren sind. Gegen halb drei. Aber das habe ich Ihnen bereits erzählt.«

Die Polizistin nickt und schiebt ihre Papiere zu einem ordentlichen Stapel zusammen.

»Vielen Dank, Fredrik«, sagt sie. »Und danke, dass Sie so kurzfristig gekommen sind.«

Sie schaut auf die Uhr, sagt laut die Uhrzeit und schaltet den Rekorder ab. Wir stehen auf und schütteln uns die Hände.

»Tut mir leid, dass ich nicht weiterhelfen kann«, sage ich auf dem Weg zur Tür.

»Ich denke, wir sind ein ganzes Stück weitergekommen.« Lina Torrero sieht mich an. »Es ist doch hoffentlich in Ordnung, wenn wir uns noch einmal melden, falls sich etwas Neues ergibt?«

»Natürlich. Rufen Sie einfach an. Ich gehe immer ran.« Ein Lachen steigt in meiner Kehle auf, und ich schaffe es gerade noch rechtzeitig, ein Lächeln daraus zu machen, bevor ich schließe: »Es sein denn, ich habe das Telefon aus Versehen auf stumm geschaltet.«

Stojkovic geht mir voraus den Flur entlang und bringt mich zum Ausgang.

Auf meinem Weg in die Freiheit wird mir klar, dass sich Torreros Bemerkung, sie seien »ein ganzes Stück weitergekommen«, auf zwei völlig unterschiedliche Weisen interpretieren lässt. Und hat Stojkovic bei ihren Worten nicht genickt?

Die vertraute Übelkeit ist wieder da. Kalter Schweiß läuft mir über den Rücken, und meine Beine können mein Gewicht kaum tragen, als ich den kurzen Weg vom Polizeirevier durch die Seitenstraße zurücklege.

Auf dem Fahrersitz breche ich zusammen und lehne den Kopf ans Lenkrad, während das Schwindelgefühl langsam nachlässt.

54

NINA

Fredrik ist bei der Polizei. Er war still, als er gegangen ist, und wirkte nervös und gereizt.

Ich habe versucht, einen Scherz zu machen, und sagte, ich hoffe, dass sie ihn nicht gleich einsperren. Doch Fredrik machte nicht einmal den Mund auf, schnaubte nur und verscheuchte mich mit einer Handbewegung, als sei ich ein lästiges Insekt.

Mein Laptop steht vor mir auf dem Küchentisch, im Hintergrund gluckert die Kaffeemaschine. Vilgot schaut fern, Smilla und Anton schlafen. Man könnte fast glauben, es sei ein typischer Morgen in den Weihnachtsferien. Niemand käme auf die Idee, dass die Freundin unserer Tochter gerade tot in einem alten Kalksteinbruch gefunden wurde. Nichts deutet darauf hin, dass ich ein Kind habe, das kurz vor einem Nervenzusammenbruch steht, und einen Mann, den ich nicht mehr wiedererkenne.

Ich google mich durch Hunderte von Beschreibungen von stressbedingten Krankheiten. Es ist offensichtlich, dass Stress ein weit verbreitetes Problem ist. Wer will, kann sich auf unzähligen Blogs, Foren und Wellnesswebsites darüber informieren.

Die Beschreibung des Burnout-Syndroms auf *Vårdguiden,* dem Leitfaden des Gesundheitssystems, wirkt im Vergleich zu vielen anderen Darstellungen ausgewogen und sachlich. Ich bleibe auf der Seite und fange an zu lesen.

Du hast keine Energie und leidest unter einer großen Müdigkeit, die nicht verschwindet, gleichgültig, wie lange du dich ausruhst.

Passt.

Du bist leicht reizbar, ängstlich und deprimiert.

Ich lese schneller.

Möglicherweise leidest du unter verschiedenen Magen-Darm-Beschwerden.

Meine Erleichterung ist so groß, dass ich weinen könnte. Alles, was da steht, trifft im Moment auf Fredrik zu. Und wenn das Problem einen Namen hat, muss es auch lösbar sein.

Endlich etwas Positives. Ich stehe auf und gehe zur Kaffeemaschine. Es wird immer klarer, was zu tun: Da Fredrik – entsprechend der Diagnose – Probleme hat, Dinge zu erledigen, werde ich dafür sorgen müssen, dass er beim Arzt anruft. Das wird heute noch geschehen, sobald er zur Tür hereinkommt. Fredrik braucht Hilfe, und diese Hilfe wird er bekommen.

Ich hole einen Becher aus dem Schrank, schenke mir Kaffee ein und schaue aus dem Fenster. Mein Blick wird sofort von der verwelkten Amaryllis angezogen. Die einzige Existenzberechtigung für diese Pflanze scheint es zu sein, mir ein schlechtes Gewissen zu machen. Ich gehe zur Fensterbank, schnappe mir den Topf und stelle ihn in die Spüle. So, das Weihnachtsausmisten hat offiziell begonnen.

Im Internet habe ich gelesen, dass es lange dauern kann, bis man sich von einem Burnout erholt. Ich klammere mich an das Wort »kann«. Fredrik ist stark und fit, er wird sich wahrscheinlich rasch erholen. Ich wünsche es mir – für ihn und für mich. Ich weiß nicht, wie lange ich es aushalte, wenn er so ist wie in den letzten paar Tagen.

Smilla steht auf der Türschwelle. Sie trägt ihren karierten Weihnachtspyjama, die Haare sind zerzaust, und ihre Augen sind klein und verquollen.

Hastig stelle ich meinen Becher ab, gehe zu ihr und umarme sie lange und fest.

»Guten Morgen, mein Schatz. Wie fühlst du dich?«

Sie windet sich aus meiner Umarmung.

»Wie Scheiße.«

Ihre Antwort gibt mir Hoffnung. Der scharfe Unterton in Smillas Stimme erinnert mich an ihr übliches, mürrisches Teenager-Ich. Gestern konnte ich nichts als Verzweiflung hören.

»Ich verstehe. Was möchtest du zum Frühstück?«

Sie zuckt die Achseln.

»Ist noch Kakao da?«

»Wenn Anton nicht alles aufgebraucht hat.« Ich ziehe einen Stuhl hervor. »Setz dich, ich mache dir einen.«

Smilla lässt sich auf den Stuhl fallen und zieht die Zeitung zu sich, die unangetastet auf dem Tisch liegt. Mein erster Impuls ist, sie ihr aus der Hand zu reißen. Ich war so mit Googeln beschäftigt, dass ich noch keine Zeit hatte, zu lesen, was heute über Jennifer berichtet wird. Ich bin mir ziemlich sicher, dass es mindestens einen Artikel über die Entdeckung im Steinbruch gibt.

Gleich darauf wird mir klar, dass Smilla bereits alles, was es über Jennifer zu lesen gibt, auf ihrem Smartphone gelesen haben muss. Ich kann sie nicht vor der Wirklichkeit abschirmen.

Smilla blättert durch die Zeitung, während ich Brot, Butter und Käse heraushole.

»Es ist so seltsam …«, sagt sie nach einer Weile.

Ich drehe mich um.

»Was ist seltsam?«

»Das alles.« Sie deutet auf die Zeitungsseite vor ihr und beginnt, laut vorzulesen: »Die siebzehnjährige Jennifer Wiksell, die seit Silvester in Malmö vermisst wird, wurde gestern Nachmittag in der Nähe ihres Hauses tot aufgefunden.« Smilla dreht sich zu mir um. »Ich kann einfach nicht kapieren, dass sie von Jennifer reden. Von *meiner* Jennifer.« Ihre Stimme klingt belegt. »Du liest die ganze Zeit solche Sachen, über Mädchen, die verschwinden, die vergewaltigt und umgebracht werden. Aber es ist immer so, als würdest du einen Film sehen. Jetzt geht es um jemanden, den ich kenne … kannte … Es ist so beängstigend *real.* Ich kann einfach nicht glauben, dass Jennifer tot ist.«

Sie bricht über dem Tisch zusammen. Ich eile zu ihr, gehe neben ihr in die Hocke und nehme sie in die Arme.

»Ich weiß, Liebes. Ich weiß.«

So sitzen wir eine ganze Weile, Smilla auf dem Stuhl, den Kopf an meine Schulter gelehnt. Ich auf dem Boden kniend, die Arme um meine warme und lebendige Tochter geschlungen. Es ist egal, dass mir die Beine einschlafen. Sie ist hier bei mir.

Smilla wird wieder ruhiger, stellt klar, dass es jetzt reicht mit dem Umarmen, und zieht die Zeitung erneut zu sich heran.

»Hier steht noch etwas …« Sie überfliegt den langen Text. »Hier. Sieh mal.«

Ich folge Smillas Zeigefinger und lese: *Die Polizei schließt nicht aus, dass ein Verbrechen vorliegt.*

»Das muss doch heißen, dass es kein Selbstmord war, oder?«

Mit flehendem Blick sieht sie mich an.

»Wahrscheinlich«, sage ich und kann beinahe sehen, wie die Last von Smillas Schultern genommen wird.

Ich überfliege den Rest des Artikels und lese etwas über eine Zeugenaussage, die laut dem Kriminalreporter vom *Sydsvenskan* ein ganz neues Licht auf die Ermittlungen werfen könnte. Offenbar hat ein Däne Silvester in Klagshamn gefeiert, ist in derselben Nacht noch nach Hause gefahren und hat es geschafft, nichts von dem ganzen Wirbel um das vermisste Mädchen mitzubekommen. Bis jetzt.

»Du hast recht«, sage ich. »Das klingt, als könnte etwas anderes dahinterstecken.«

Smilla steht auf und reißt ein Papiertuch von der Rolle, trocknet sich die Augen und putzt sich die Nase.

»Ich wette, irgendein dreckiger alter Mann hat sie getötet.« Sie wirft das zusammengeknüllte Tuch in den Müll. »Wenn sie den Scheißkerl nicht finden, der es getan hat, werde ich ihn selbst finden. Und umbringen.«

Ich nicke. Wut kann ein guter Motivator sein.

»Was immer passiert ist, ich bin sicher, die Polizei gibt ihr Bestes. Und du hast schon getan, was du konntest, indem du ihnen alles erzählt hast, was du weißt.«

»Aber ich konnte ihnen kaum etwas erzählen …«

Smilla verstummt, als die Haustür geöffnet wird und Fredrik in den Flur kommt. Er lässt den Kopf hängen, es ist offensichtlich, dass es ihm nicht gut geht. Seine Bewegungen ähneln denen eines alten, gebrechlichen Mannes. Oder denen von jemandem, der alles verloren hat.

»Hallo, hallo.«

Meine Stimme klingt falsch und hohl. Ich hatte gehofft, dass der Besuch bei der Polizei Fredriks Stimmung heben würde – dass die frische Luft und eine andere Umgebung ihm Erleichterung verschaffen würden. Meine Enttäuschung ist so überwältigend, dass ich mich nicht beherrschen kann.

»Hallo! Hast du mich gehört?«

Ein blasses Gesicht blickt auf und sieht mich über das Geländer hinweg an.

»Ich habe dich gehört.«

»Dann kannst du auch gern antworten«, sage ich und werde lauter. »Damit ich weiß, dass du mich gehört hast.«

Fredrik hält sich am Handlauf fest, als er die Stufen zur Küche hochsteigt, als könnte er jeden Moment zusammenbrechen. Sofort bereue ich meine gemeine Bemerkung, und mein Ärger verwandelt sich in Selbstverachtung.

Reiß dich zusammen, Nina, ermahne ich mich. *Du hast gerade einen Artikel über Burnout gelesen. Fredrik benimmt sich nicht absichtlich so. Du solltest ihm* helfen, *ihn nicht noch weiter runterziehen.*

Smilla schaut von der Zeitung auf.

»Scheiße.« Sie starrt ihren Vater an. »Du musst *richtig* krank sein.«

Fredrik lächelt gezwungen und wuschelt Smilla durchs Haar.

»Ich bin nur ein wenig überarbeitet«, sagt er. »Aber das wird schon wieder.«

»Wo wir gerade dabei sind.« Ich versuche, ruhig und gelassen zu klingen. »Ich habe gerade etwas über Burnout gelesen, und …«

Fredrik ist schon auf dem Weg aus der Küche, und wenn ich gerade noch ein bisschen Geduld aufbringen konnte, so ist sie jetzt wie weggeblasen. Ich stehe auf.

»Kannst du wenigstens hierbleiben, wenn ich mit dir rede?«

Fredrik dreht sich um und sieht mich an.

»Darf ich zuerst auf die Toilette, oder ist es dir lieber, dass ich in die Hose pinkle?«

Smilla verdreht die Augen, und ich mache einen Schritt auf Fredrik zu.

»Warum sagt du dann nicht, dass du auf die Toilette gehst? Warum gehst du weg, ohne ein Wort zu sagen?«

Als Fredrik mich ansieht, ist er plötzlich wieder da. Dieser kalte, harte Blick.

»Ich wusste nicht, dass ich dich über jeden meiner Schritte zu informieren habe.« Seine Stimme ist beherrscht. »Darf ich jetzt gehen, oder brauche ich dafür deine Erlaubnis?«

Mir brummt der Kopf, und ich hebe die Hände.

»Um Himmels willen, Fredrik, es geht doch nicht um eine verdammte Erlaubnis, und das weißt du auch.« Ich lasse die

Hände wieder sinken. »Es geht darum, dass ... dass du einfach weggehst, während ich mit dir rede.«

Wortlos dreht Fredrik sich um. Er reißt die Badezimmertür auf und schließt sie krachend hinter sich. Ich stehe da und starre die geschlossene Tür an.

Ist das mein Mann? Seit wann ist er so ein Idiot? Ich muss mir auf die Zunge beißen, um nicht laut zu schreien. Wenn Smilla nicht hier sitzen würde, würde ich es tun. Laut schreien.

So eine verdammte Scheiße! Ich will nicht hier sein. Ich halte das nicht mehr aus, ich muss hier raus.

»Smilla«, sage ich und stelle meine Becher in die Spülmaschine. »Pack deine Zahnbürste und ein paar Klamotten zum Wechseln ein.«

Verwirrt sieht sie mich an.

»Wohin gehen wir?«

»Zu Oma und Opa.«

Ich drücke den Deckel auf die Butterpackung, als mir einfällt, dass Claudia mit ihrer Familie dort ist. Ich zögere für den Bruchteil einer Sekunde, bis ich entscheide, dass es mir scheißegal ist, ob sie da sind. Es ist mir egal, dass es eine riesige Aufregung geben wird, dass Mamas wohlorganisierte Essensplanung durcheinandergerät und ich tausend Fragen zu beantworten haben werde.

Ich muss hier raus.

Meine Verabredung mit Malena muss ich verschieben. Ich werde ihr eine Nachricht schicken, sie wird es verstehen.

»Heute?« Smilla runzelt die Stirn. »Aber wir wollten doch erst morgen fahren.«

»Ich habe es mir anders überlegt. Und ich bin sicher, Oma und Opa werden sich freuen, wenn wir früher kommen.«

MITTSOMMERABEND 2018

FREDRIK

Ich sehe sie schon, als sie die Straße zum Haus heraufkommt. Sie ist barfuß und trägt ihre Schuhe in der Hand. Sie setzt ihre Füße auf den Grasstreifen zwischen den zerfurchten Reifenspuren. Eine kleine weiße Tasche baumelt an ihrem Oberschenkel, sie hängt an einer Goldkette, die quer über ihrer Brust liegt. Wie ein vergoldeter Sicherheitsgurt. Es kann noch nicht lange nach Mitternacht sein, vielleicht halb eins. Warum ist sie schon wieder zurück?

Ich habe es mir im Korbsessel gemütlich gemacht und richte mich jetzt auf. Die Welt um mich herum dreht sich. Scheiße, ich bin betrunken.

Jennifer ist nur noch wenige Meter entfernt, als sie aufschaut. Zuerst wirkt sie überrascht – und vielleicht ein wenig verwirrt –, doch dann lächelt sie breit und kommt auf die Terrasse.

»Wo sind die anderen?«

»Schlafen. Die Pardy …« Ich merke, dass ich lalle und Mühe habe, die Worte zu formen. »Die Party ist vorbei.«

Sie setzt sich mir gegenüber und lässt die Schuhe auf die Holzplanken fallen.

»Aber du bist nicht im Bett?«

»Nein, ich bin … Ich muss erst etwas nüchterner werden. Ich hatte …« Ich huste und würge und muss saure Galle herunterschlucken. »Ich hatte heute Abend etwas zu viel.«

»Dann solltest du eine Runde schwimmen.« Jennifer klatscht in die Hände. »Das wird dich wieder nüchtern machen.« Prompt ist sie wieder auf den Beinen und zerrt mich aus dem Stuhl. »Komm schon.«

Ich versuche zu protestieren, aber mir fehlt die Kraft, und schon torkele ich über den Rasen wie eine Stoffpuppe.

»Du meine Güte!« Jennifer kichert. »Wie viel hast du denn getrunken?«

Es riecht kräftig nach Kiefern und Salzwasser und nach etwas Würzigem, das wohl Parfüm ist. Von dem Geruch wird mir schwindelig und schlecht. Meine Füße sinken tief in den weichen, leicht feuchten Sand. Ich trete mitten auf einen Kiefernzapfen und schreie auf.

Jennifer stöhnt und ächzt, schafft es aber am Ende doch, mich den ganzen Weg durch die Sanddünen zu schleifen. Endlich sind wir am Strand. Schimmernd und dunkel breitet sich das Meer vor uns aus. Die Luft ist mild, es ist fast windstill.

»Schön, nicht wahr?«

Ihr ganzes Gesicht ist ein einziges großes Lächeln.

Ich schaue hinaus auf die Ostsee und lasse die feuchte Nachtluft in meine Lungen strömen. Plötzlich scheint alles um mich herum schärfere Konturen anzunehmen.

Was tue ich hier?

»Verdammt, warte …« Ich sehe Jennifer an. »Das fühlt sich nicht richtig an.«

Etwas in ihren Augen verschwindet, aber das Lächeln bleibt.

»Ach, komm schon, sei nicht so ein Feigling.« Sie nimmt ihre Tasche ab und wirft sie in den Sand, streift rasch Kleid und BH ab und stellt sich vor mich. »Wir springen nur kurz rein. Ein wenig Nachtschwimmen hat noch niemandem geschadet.«

Ich wende den Blick ab und fange an, an meinem Gürtel und dem Hosenknopf zu nesteln.

»Okay«, murmele ich. »Wir hüpfen kurz rein.«

Wir gehen ins Wasser. Es bleibt lange flach, und wir müssen ziemlich weit laufen, bis es uns bis an die Hüfte reicht. Ich tauche unter, lasse mich vom Meer umarmen. Als ich wieder auftauche, sehe ich, dass Jennifer meinem Beispiel gefolgt ist. Ganz in der Nähe taucht ihr Kopf wieder auf.

»Du hattest recht«, sage ich und blinzele das Wasser aus meinen Augen. »Das macht munter.«

Jennifer lächelt, und ich kann sehen, dass sie meinen Oberkörper mustert. Ich habe das Gefühl, von ihr mit Blicken verschlungen zu werden. Ich tauche unter, mache ein paar Züge in Richtung Horizont. Ich drehe mich auf den Rücken und paddele spritzend mit den Füßen.

Jennifer steht immer noch bis zur Taille im Wasser. Der leere Strand und der Nachthimmel bilden eine dramatische Kulisse für sie. Die ganze Szene sieht aus wie ein Gemälde. Sie streckt die Arme aus, teilt die glatte Wasseroberfläche und taucht neben mir wieder auf.

»Ziemlich schön, nicht wahr?«

Schwere Wassertropfen bahnen sich ihren Weg aus ihrem Haar nach unten, laufen an ihrem Hals hinunter und folgen den weichen Kurven ihrer Brüste.

Ich wende den Blick ab.

»Ich hab genug.« Nach den paar Schwimmzügen atme ich heftig. »Ich bin heute nicht ganz in Form.«

Jennifer packt meinen Arm, zieht sich zu mir und stellt ihren Fuß viel zu dicht neben meinen.

»Wenn ich merke, dass du ertrinkst, verspreche ich, dich zu retten.«

Da ist er wieder, dieser hungrige Blick. Ihre Augen sind vom selben tiefen Blau wie das Meer. Es ist schwer, aus ihrer Miene schlau zu werden.

Ohne jede Vorwarnung wirft Jennifer ihre Arme um meinen Hals. Sie schlingt ein Bein um meine Schenkel, klammert sich an mich und drückt ihre Brüste an meine nackte Brust.

»Was tust du da?«

Ich versuche, sie auf Abstand zu halten, doch es fühlt sich an, als würde ich in einem Schraubstock festsitzen. Sie weigert sich, mich loszulassen.

Mein Körper reagiert blitzschnell. Ich will es nicht, aber es passiert trotzdem. Nur die nasse Unterwäsche trennt Jennifers Bauch von meinem pochenden Genital.

»Was zum Teufel!«

Ein heftiger Stoß. Sie taucht fast unter, schafft es nur knapp, sich auf den Beinen zu halten.

Mit langen Schritten wate ich in Richtung Strand. Ich will rennen, aber ich unterdrücke den Impuls.

Mir schwirrt der Kopf. Soll ich mich entschuldigen? Das ist doch wohl unnötig, oder? Sie ist diejenige, die sich auf mich gestürzt hat. Was sollte das überhaupt? War das eine Art Probe? Oder plant sie, das gegen mich zu verwenden? Wenn ja, warum?

Hinter mir höre ich Jennifer durch das flache Wasser stapfen. Mein Schädel pocht, der Kater meldet sich. Ich muss daran denken, etwas Wasser zu trinken, bevor ich ins Bett gehe.

Unsere Kleider liegen dort, wo wir sie zurückgelassen haben. Ich drehe mich um, ziehe meine Unterhose aus und beeile mich, meine Jeans anzuziehen. Jennifer schlüpft in ihr Kleid und stopft ihre nasse Unterhose und den BH in ihre Tasche.

»Wo ist Smilla?« Meine Jeans klebt an den Beinen, und ich zupfe daran herum. »Ist sie noch auf der Party?«

Jennifer zuckt mit den Schultern.

»Ich denke schon.«

Sie sieht wütend aus, aber ich will nicht über das reden, was gerade passiert ist. Mein Blick ist auf die Kiefern gerichtet, und ich stelle mir das Bett im Gästezimmer vor. Ich male mir aus, ich würde bereits dort liegen, ganz nah bei Nina.

»Sollen wir gehen?«

»Noch nicht.« Jennifer nimmt meine Hand. »Komm.«

»Warte.« Ich löse meine Hand aus ihrem Griff. »Wohin gehen wir?«

»Dort drüben.«

Sie lächelt verschmitzt und deutet auf die nächstgelegene Strandhütte. Es ist die letzte in einer unregelmäßigen Reihe kleiner Hütten, tief im Sand versunken und umgeben von kratzigem Strandroggen.

Ich schüttele den Kopf.

»Ich halte es für besser, wenn wir jetzt zurückgehen.«

»Musst du so schrecklich erwachsen sein?« Jennifer schmollt. »Mach dich mal ein bisschen locker.«

Ich knöpfe einen Knopf an meinem Hemd zu, dann bücke ich mich und hebe die Unterhose auf, die jetzt nass und sandig ist.

»Ich *bin* erwachsen.«

»Ja klar.« Sie grinst. »Aber das bedeutet nicht, dass du auch langweilig sein musst. Komm schon. Mittsommer ist nur einmal im Jahr.«

Irgendwo tief in meinem Inneren weiß ich, dass es eine schlechte Entscheidung ist. Und ich begreife nicht, wie sie es schafft, mich zu überreden. Vielleicht bin ich immer noch betrunken und unbesonnen. Vielleicht will ich nett sein. Oder ich ertrage die Vorstellung nicht, alt und langweilig zu wirken.

»Okay. Aber danach gehen wir wieder zurück.«

Jennifer setzt sich an die Vorderwand der Strandhütte und klopft in den Sand neben sich.

»Hier ist noch Platz.«

Sobald ich sitze, fischt sie etwas aus ihrer Tasche, das wie eine selbstgedrehte Zigarette aussieht. Sie wedelt damit vor meinem Gesicht herum.

»Du rauchst?«, frage ich.

»Keine normalen Zigaretten.«

»Aber …« Ich sehe sie an. »Was ist das? Du nimmst doch keine Drogen, oder so einen Mist?«

»Nur einen Joint zu besonderen Gelegenheiten.« Jennifer kichert, doch als ich nichts sage, fügt sie rasch hinzu: »Das ist alles, ich *schwöre.*« Sie stößt mich mit dem Ellenbogen in die Seite. »Hast du nie gekifft?«

»Nun …«

»Was soll das heißen – ›nun‹?« Jennifers Blick scheint mich zu durchbohren. »Entweder, du hast, oder du hast nicht.«

Das Wasser vor mir ist nicht länger die Ostsee, sondern der Pazifik. Die Erinnerung an eine Strandparty, an helles Bier und eine warme Nacht blitzt in mir auf. Bon Jovis »Runaway« aus einer riesigen Box.

»1988.« Ich fahre mit den Fingern durch den kühlen Sand. »Ich war als Austauschschüler in den USA. Es war ein verdammt lustiges Jahr. Und da drüben ist es viel üblicher, Gras zu rauchen … genauso verbreitet wie Alkohol. Also, ja, ich habe es probiert. Aber seitdem nicht mehr, und nie in Schweden.«

»Dann wird es aber wirklich Zeit.« Sie zückt ihr Feuerzeug, nimmt einen tiefen Zug und bläst den Rauch langsam aus. »Du bist dran.«

Ich schaue auf den Joint zwischen Jennifers schlanken, braun gebrannten Fingern.

»Nein.« Ich schüttele den Kopf. »Wie würde das denn aussehen? Ich bin schließlich Lehrer und so.«

»Wie das aussieht? Niemand kann dich hier sehen. Entspann dich!«

Ich zögere einen Moment. Dann nehme ich den Joint, halte ihn an meine Lippen, inhaliere den Rauch und huste.

Jennifer lächelt.

»Ein bisschen eingerostet?«

Ich nicke und ziehe noch einmal. Ich behalte den Rauch lange in meiner Lunge, dann blase ich ihn mit geschlossenen Augen aus.

Wir lehnen an der Hütte und reichen den Joint zwischen uns hin und her. Ich blicke hinaus auf das ungewöhnlich ruhige Meer, spüre, wie mein Körper ganz weich wird, und lasse meinen Gedanken freien Lauf.

Jennifer dreht sich zu mir.

»Ist dir schon einmal aufgefallen, dass diese Strandhütten aussehen wie riesige Nistkästen für Vögel?«

Ihr Kichern und mein eigenes tiefes Lachen gehen mir unter die Haut. Ich versuche, nicht zu lachen, aber ich kann nicht aufhören. Je mehr ich daran denke, dass ich nicht lachen sollte, desto mehr lache ich. Am Ende wälzen wir uns beide auf dem Boden und kichern hysterisch.

Als unser Gelächter endlich nachlässt, bleiben wir auf dem Rücken liegen und kommen langsam wieder zu Atem. Eine Wolkenbank schiebt sich langsam über den graublauen Himmel.

Mühsam richte ich mich auf und stütze mich auf einen Ellenbogen, um Jennifer anzusehen.

»Du bist echt verdammt witzig. Weißt du das?«

Sie lächelt.

»Und du bist verdammt sexy.«

Ich lege meinen Zeigefinger an meine Lippen.

»Pst.«

Jennifer kommt auf die Knie, beugt sich über mich und nimmt meinen Zeigefinger weg. Dann drückt sie ihre Lippen auf meine. Ich bin völlig unvorbereitet, verliere das Gleichgewicht und falle nach hinten. Jennifer setzt sich rittlings auf mich und fängt an, sich an meinem Schritt zu reiben.

Zuerst liege ich nur da, vollkommen gelähmt. Mein Verstand reagiert träge, als würden die Gedanken durch zähen Teer schwimmen. Ich bin unter ihrem Gewicht gefangen, wie ein Tier in einer Falle.

Erst als ihre Lippen mein Ohr fast berühren und sie flüstert: »Ich liebe dich!«, kann ich endlich reagieren.

»Scheiße!« Ich schiebe sie von mir und stehe auf. »Was zum Teufel tust du da?«

Jennifer springt auf.

»Ich?« Ihre Wangen sind gerötet. »Du willst es doch! Glaubst du, ich würde es nicht merken?«

Mein Herz pocht wild, ich schaue mich um.

»Ich will gar nichts! Wie kannst du nur …«

Jennifer sieht aus, als würde sie gleich anfangen zu weinen.

»Aber wir lieben uns doch!«

O mein Gott. Was sagt sie da? Ich mache einen Schritt vor und hebe sanft ihren Kopf mit beiden Händen an.

»Jennifer.« Tränen quellen ihr aus den Augen, und ich wische sie fort. »Hör zu. Ich kenne dich, seit du auf der Welt bist. Und ich liebe dich wie meine eigene Tochter. Aber das hier …« Ich schüttele den Kopf. »Das ist alles schrecklich schiefgelaufen. Das war ein Fehler. Und es wird nie wieder vorkommen. Es ist unsere Entscheidung, dass es nie wieder passieren wird.«

Jennifer dreht sich um und rennt zum Haus.

55

LOLLO

»Vielen Dank, Lollo«, sagt Lina Torrero. »Ich verstehe, dass es sehr schwierig für Sie sein muss.«

Wir stehen im Flur. Torrero und ihr Kollege, dessen Namen ich vergessen habe, sind auf dem Weg nach draußen.

»Ich musste es tun«, flüstere ich. »Für Jennifer.« Mein Blick trifft den der Polizistin, und ich versuche, mit ruhiger Stimme zu sprechen. »Versprechen Sie mir, dass Sie denjenigen finden, der sie umgebracht hat.«

»Wie ich schon sagte.« Torrero öffnet den Reißverschluss ihrer Jacke. »Wir wissen noch nicht, ob es überhaupt einen Täter gibt. Aber ich verspreche, dass wir unser Möglichstes tun, um herauszufinden, was passiert ist.«

Ihre braunen Augen sind voller Wärme, und ihr Handschlag ist fest. Ich vertraue dieser Frau.

Sobald die Tür hinter ihnen ins Schloss fällt, höre ich das Scharren von Stühlen auf dem Boden und das Klappern von Geschirr in der Küche.

Agneta kommt in den Flur. »Ist es gut gelaufen?«

Ich zucke die Achseln.

»Wie soll ich das beurteilen?«

»Ich bin sicher, dass es gut gelaufen ist.« Sie legt mir eine Hand auf den Arm. »Lennart und ich überlegen, jetzt nach Hause zu fahren.«

Papa sieht mich an.

»Wenn du magst, können wir Chanel mitnehmen. Falls es das für dich einfacher macht …«

»Das wäre wirklich nett von euch.«

Ich liebe meinen Hund, aber im Moment traue ich mir selbst nicht, vor allem traue ich mir gerade nicht zu, ein lebendiges Wesen am Leben zu erhalten. Meine verschwommenen Erinnerungen an gestern Abend machen mir Angst.

Papa umarmt mich, und ich bekomme weiche Knie.

»Ich glaube, ich muss mich hinlegen. Findet ihr alles?«

Papa führt mich zum Sofa im Wohnzimmer, und ich merke, dass er Mühe hat, nicht zusammenzubrechen.

»Du sagst doch Bescheid, wenn wir wiederkommen sollen, nicht wahr?«, fragt er. »Oder wenn du möchtest, dass wir noch etwas bleiben.«

»Nehmt Chanel und fahrt nach Hause«, sagte ich, ohne wirklich zu wissen, was ich will. »Max ist hier. Und wir fahren bald nach Lund.«

»Lollo, ich wünschte …« Papa nimmt meine Hand. »Ich wünschte, ich könnte irgendetwas tun, um Jennifer zurückzubringen.«

Tränen laufen ihm über die faltigen Wangen, und plötzlich sitze ich in meinem pinkfarbenen Schlafzimmer in dem Haus, in dem wir in den Achtzigern gewohnt haben. Ich sitze an meinem weißen Schreibtisch und male mit meinen neuen Stiften. Fein säuberlich aufgereiht wie ein Regenbogen liegen sie in dem Blechkasten. Papa steht in der Tür. Er sagt etwas, dann wendet er sich ab. Das hat er oft gemacht. Das Gesicht abgewendet, während seine Schultern sich zuckend hoben und senkten.

Ich lege mich auf das Sofa und schließe die Augen. Mein Körper fühlt sich ausgelaugt und kraftlos an, wie nach einer Lebensmittelvergiftung. Die Befragung durch die Polizei muss mich stärker mitgenommen haben als gedacht.

Aber es war auch anstrengend. Ich hatte wirklich Mühe, mich zu konzentrieren, weil meine Gedanken ständig in alle möglichen Richtungen abgeschweift sind. Während der Befragung war meine Kehle von Tränen wie zugeschnürt. Natürlich weiß ich, dass es für jemanden in meiner Lage vollkommen normal ist, traurig zu sein. Doch ich hatte Angst, die Kontrolle zu verlieren. Bestimmt hätte ich nicht mehr aufhören können zu weinen, wenn ich einmal angefangen hätte.

Ich höre Papa im Flur in Babysprache mit Chanel reden, während Agneta auf der Suche nach dem Trockenfutter und der Leine herumwühlt. Ob Max dabei irgendeine Hilfe ist, ist unklar, aber das ist mir im Moment auch egal.

Das Gespräch mit Torrero und ihrem Kollegen hat uns überhaupt keine Klarheit gebracht. Im Gegenteil. Es hörte sich an, als würden sie in erster Linie davon ausgehen, dass es ein Unfall gewesen ist. Gleichzeitig haben sie einen Selbstmord nicht ausgeschlossen. Torreros Kollege hat erklärt, dass sie noch nicht sicher sein können, weil sie immer noch auf den Bericht der Gerichtsmedizin warten.

»Nur im Fernsehen arbeiten sie rund um die Uhr«, sagte er mit einem Lächeln.

Als ob das witzig wäre. Ich weiß, was ein Gerichtsmediziner tut, aber ich will ganz gewiss nicht daran erinnert werden. Und überhaupt könnte kein Witz auf der Welt mich im Moment zum Lachen bringen.

Ich werde nie wieder lachen können.

Wir können Jennifer heute sehen. Was bedeutet, dass die Mitarbeiter der Forensik doch ziemlich schnell gewesen sein müssen. Torrero hat versprochen, uns dort zu treffen.

Ich weiß nicht, wie ich das schaffen soll. Ich weiß nicht einmal, wie ich es von diesem Sofa ins Auto schaffen soll. Gleichzeitig will ich es tun. Ich muss mein kleines Mädchen sehen.

Weder Torrero noch ihr Kollege schienen sich sonderlich für Jennifers zweiten Facebook-Account zu interessieren. Die meisten ihrer Fragen betrafen ihren Freundeskreis. Sie wollten wissen, mit wem Jennifer sich nach der Schule getroffen hat, und fragten sogar nach ihrer Beziehung zu unseren Freunden.

»Gibt es in Ihrem Bekanntenkreis jemanden, der Jennifer möglicherweise etwas antun wollte?«

Jetzt kommt mir diese Frage ziemlich komisch vor. Als ob Lisen oder Fredrik irgendetwas mit der Sache zu tun hätten.

Ich verstehe es einfach nicht. Wenn ich Polizistin wäre, würde ich mir doch als Erstes jede Person genau angucken, die mit Jennifer Wicked auf Facebook befreundet ist. Besonders diesen Sandmann würde ich genauer unter die Lupe nehmen. Angesichts der Unterhaltung, die die beiden kurz vor Jennifers Verschwinden über den Messenger geführt haben, sollte man meinen, das verstünde sich von selbst. Ich habe sowohl den Sandmann als auch Petter Silvén mehrmals erwähnt, bin damit aber offenbar auf taube Ohren gestoßen. Aber vielleicht haben sie bereits mit ihnen gesprochen?

Torrero und ihr Kollege haben sich ebenso vage über das weitere Vorgehen wie über die aktuelle Lage geäußert. Das ist ausgesprochen ärgerlich. Als Familie sollten wir in gewissem Maße Einblick in die Ermittlungen erhalten. Das sollte unser gutes Recht sein.

Lina Torrero ist zu unserer Ansprechpartnerin bei der Polizei auserkoren worden, und in dieser Rolle könnte sie ruhig etwas offener sein. Wir haben ihre direkte Durchwahl bekommen, und sie hat gesagt, wir können sie jederzeit anrufen. Aber was soll das bringen, wenn sie uns nichts sagt?

»Wir gehen jetzt, Lollo.«

Ich öffne die Augen und sehe Agneta, eingemummelt in Mantel und Mütze. Papa steht dicht hinter ihr und hält Chanel auf dem Arm. Er winkte zaghaft, und Agneta wirft mir einen Luftkuss zu.

Die E22 teilt die Landschaft in zwei Hälften. Max nimmt die Ausfahrt Lund Nord, biegt am Kreisverkehr links ab und fährt in Richtung Stadtzentrum. Dieser Teil der Stadt weckt normalerweise Erinnerungen an die Zeit, in der Nina und Malena hier studiert haben. All die wilden Partys, auf die sie mich eingeschmuggelt haben, den Lundkarneval Ende April.

Heute weckt die Stadt keine nostalgischen Gefühle in mir. Mir ist schlecht, und ich schaue starr geradeaus, ohne etwas zu sehen. Ich versuche, alle Gedanken aus meinem Kopf zu vertreiben. Trotzdem sind sie die ganze Zeit dort. Die Gedanken.

Auf dem Weg hierher haben wir kein einziges Wort gewechselt. Es gibt nichts zu sagen.

Die Stimme des Navis informiert uns, dass unser Ziel rechts von uns liegt. Wir parken vor einem großen Gebäudekomplex aus rotem Klinker und steigen aus dem Wagen. Ein eisiger Wind fegt zwischen den Gebäuden hindurch und über uns hinweg, er findet seinen Weg unter Hosen und Mäntel.

Ich zitterte am ganzen Körper und klammere mich an Max, um nicht umzufallen. Wie kann mein Mann so gerade und sicher gehen? Warum bricht er nicht zusammen?

Ich bemerke Lina Torrero nicht, bis ihre Stimme in mein Bewusstsein drängt.

»Hallo, gut, dass Sie hergefunden haben.«

Sie hält eine Tür auf, und kurz darauf drängen wir uns in einen Raum, der aussieht wie das Wartezimmer eines Zahnarztes. Es gibt einen Garderobenständer, ein paar Stühle und eine geschlossene Toilettentür.

Das Wartezimmer des Todes.

Wir ziehen unsere Mäntel aus. Eine Frau mit lockigem silbergrauem Haar und Brille taucht auf und schüttelt uns die Hand. Sie stellt sich mit Eva-Lena vor, die Krankenhausgeistliche.

Eva-Lena hat Jennifer gesehen und sagt, sie sehe schön aus und dass wir sie berühren dürften, wenn wir mögen.

Ich will fragen, wie sie nach einer Autopsie schön aussehen kann, doch ich habe Angst, dass ich mich übergeben muss, sobald ich den Mund öffne, also lasse ich die Pastorin weiterreden.

»Ich bin hier, um Sie zu unterstützen«, sagt sie. »Wenn es Ihnen recht ist, würde ich gern ein Gedicht vorlesen. Wir können auch beten oder zusammen singen. Aber das liegt ganz bei Ihnen. Und wenn Sie in der Kapelle lieber allein sind, lassen Sie es mich einfach wissen, ich warte dann hier.«

Ich habe keine Ahnung, was ich will. Mir schwirrt der Kopf, als sei der eiskalte Wind mir ins Gebäude gefolgt. Ich lasse meinen Blick auf einem Punkt links von der Toilettentür ruhen und versuche, mich gegen das Kommende zu wappnen.

Jede Sekunde, die verstreicht, bringt uns dem endgültigen Abschied näher.

»Was, wenn sie sich irren?«

Meine Stimme ist kaum zu hören, doch Torrero versteht mich.

»In Bezug auf die Tote?« Sie legt mir eine Hand auf den Arm und drückt sanft. »Es tut mir leid, Lollo, aber ich fürchte, es liegt kein Irrtum vor.«

»Nun, dann …« Die Pastorin sieht erst Max an, dann mich. »Sollen wir?«

Sie geht durch die Schwingtüren, und wir treten ein.

Max und ich stehen nur da. Mein Blick wandert über die rot verklinkerten Wände, die brennenden Kerzen und einen Wandteppich in Blautönen. Am Ende habe ich alles gesehen bis auf das, weswegen ich hergekommen bin. Der Grund, warum wir hier sind.

Torrero und die Pastorin halten sich im Hintergrund, während Max und ich uns langsam der Bahre nähern.

Ich schließe die Augen und bete stumm. *Bitte lass es ein Irrtum sein. Sag, dass es nicht sie ist.* Doch als ich die Augen öffne, liegt sie dort, und ich muss mir in die Hand beißen, um nicht laut aufzuschreien.

Jennifer sieht aus, als würde sie schlafen. Eine Decke ist bis zu ihrem Kinn hochgezogen, und ihr Haar ergießt sich über das Kissen. Ihre Haut leuchtet weiß unter den Sommersprossen, und ihre Lippen haben einen leichten Blaustich – aber sie ist es wirklich.

Schweigend stehen wir nebeneinander und schauen auf unser totes Kind. Unsere wunderschöne Tochter.

Ich klammere mich an Max' Arm und spüre, wie Schluchzer als stumme Wellen durch seinen Körper rollen.

Ich selbst bin hin und her gerissen zwischen dem Bedürfnis, meinen Kummer laut herauszuschreien, und dem Wunsch, auf der Stelle tot umzufallen.

Eine Mutter sollte sich nicht von ihrem Kind verabschieden.

56

FREDRIK

»Nina, bitte …« Ich sehe sie an und bekomme fast Angst. Ihre braunen Augen glühen vor Zorn. »Es tut mir leid. Ich wollte nicht …«

»Halt den Mund!« Nina hält eine Hand in die Höhe. »Wenn ich jetzt nicht gehe, werde ich Dinge sagen, die ich später bereue. Du kannst genauso gut ein paar Tage allein bleiben.« Sie seufzt. »Und du kannst dir überlegen, ob du in der Klinik anrufen willst oder nicht.«

»Warum kommt Papa nicht mit?«

Vilgot steht vollständig angezogen im Flur. Er hat seinen Ninjago-Rucksack in der einen Hand und richtet die Frage an seine Mutter, obwohl ich direkt danebenstehe.

Ich bin noch nicht einmal schuldig gesprochen worden, doch für meinen Sohn bin ich bereits unsichtbar. Für eine schreckliche Sekunde habe ich das Gefühl, ihn zum letzten Mal zu sehen, und ich muss all meine Kraft aufbringen, um nicht zu weinen.

»Papa geht es nicht gut«, antwortet Nina, während sie wütend in der Schublade kramt. »Er wird zu Hause bleiben und sich ausruhen … Wo zum Teufel sind meine Handschuhe? Hast du meine Handschuhe gesehen, Fredrik?«

Handschuhe?

»Anton!« Nina stapft die halbe Treppe hinauf, geht bis zum

nächsten Treppenabsatz und ruft nach oben: »Kommst du endlich? Smilla wartet im Wagen auf uns.«

Anton kommt mit einem offenen Rucksack in der einen und seinem Telefon in der anderen Hand die Treppe heruntergepoltert. Er schlüpft in seine Sneakers, und ich rechne damit, dass Nina ihn bittet, lieber seine Stiefel anzuziehen, doch heute lässt sie es durchgehen. Stattdessen schickt sie die Kinder zum Auto.

»Tschüss, Papa!«, ruft Vilgot.

Anton wirft mir einen verstohlenen Blick zu, ehe er aus der Tür verschwindet.

Nina ist noch da und sieht mich an. Sie sieht nicht mehr wütend aus, nur traurig. Ich warte darauf, dass sie etwas von Scheidung sagt, dass sie nachgedacht und entschieden hat, unsere Wege sollten sich trennen.

Ich fühle mich leer.

Willenlos.

Kraftlos.

Es ist, als hätte sich ein dichter Nebel um meinen Verstand gelegt. Ich kann nicht denken, und meine gesamte Existenz ist verschwommen und unklar.

In gewisser Weise ist es ganz gut, dass sie gehen. Im Moment bin ich weder als Ehemann noch als Vater zu gebrauchen.

Gleichzeitig ist das genau die Situation, die ich vermeiden wollte. Sechs Monate lang hat mich die Vorstellung gequält, Jennifer könnte sich eine Geschichte ausdenken und mein Leben ruinieren. Dann kam Silvester, und jetzt geht so oder so alles kaputt.

Doch die Polizei muss nicht kommen, um mich abzuholen. Meine Familie verlässt mich freiwillig. Vielleicht sollte ich einfach aufgeben.

»Tschüss, Fredrik.«

Nina kommt zu mir und umarmt mich. Ich atme den Duft

von Acqua di Giò ein und werde von einem Ansturm von Gefühlen überwältigt, die so intensiv sind, dass ich nach Luft schnappe.

Meine Brust brennt. Ich will ihr sagen, wie sehr ich sie liebe. Ich will sie um Verzeihung bitten, weil ich alles ruiniert habe, und ich will sie anflehen, mich nicht zu verlassen, egal, was geschieht. Doch die Worte bleiben mir im Hals stecken, das Feuer ist bereits zu Asche geworden, und ich bleibe stumm.

Sie lässt mich los und hebt ihre Reisetasche vom Boden auf.

»Ich hoffe, dass es dir Sonntag besser geht. Dann können wir reden. Bitte lies dir durch, was der *Vårdguiden* über Burnout schreibt. Wenn du die Kraft dazu hast.«

Und dann sind sie fort.

57

LOLLO

Ich weiß nicht, wie lange ich schon auf dem Sofa liege, als Max sich neben meinen Füßen aufs Polster fallen lässt.

»Wie geht es dir?«

Er legt eine Hand auf meinen Arm und streicht langsam über den Stoff meines Pullovers. Seit Jennifers Verschwinden haben wir einander kaum berührt. Es ist, als hätte alles, was passiert ist, uns weiter auseinandergetrieben – dabei sollte es genau andersherum sein.

Was ist mit uns los? Abgesehen von der Tatsache, dass wir es nicht geschafft haben, gut für unser einziges Kind zu sorgen.

Eine große Dunkelheit breitet sich in meiner Brust aus, drückt auf meine Lungen und presst die Atemwege mit aller Macht zusammen. Ich kann kaum noch atmen, geschweige denn sprechen.

Max nimmt meine Hand.

»Das war eine dumme Frage«, murmelt er. »Du brauchst nicht zu antworten.«

Ich schaue meinen Mann an. Seine Augen sind rot umrandet und geschwollen, sein Haar ist strähnig. Er sieht müde und ausgezehrt aus. Aber ich kann keinerlei Mitleid für ihn aufbringen.

»Wir haben versagt«, sage ich. »Wir waren als Eltern absolut nutzlos.«

Max zieht überrascht die Brauen hoch, sein Blick ist schmerzerfüllt.

»Sag das nicht, Lollo.«

Ich lasse seine Hand los, richte mich auf und rutsche zurück bis in die Sofaecke.

»Aber es ist doch wahr!« Ich hebe hilflos die Hände. »Wir haben eine Tochter gehabt, aber wir haben sie nicht gekannt. Wir haben uns nur um uns selbst gekümmert.«

»Das ist nicht fair dir selbst gegenüber. Oder mir.«

»Fair?« Tränen laufen mir über die Wangen, als die Worte über meine Lippen kommen. »Wir sind diejenigen, die Jennifer gegenüber nicht fair waren. Wir hatten keine Geduld. Wir … wir haben sie *getötet.*«

Max starrt mich an.

»Das meinst du nicht ernst. Du stehst unter Schock. Ich …«

»Und du.« Ich ziele mit dem Zeigefinger auf meinen Mann. »Wo warst du, als Jennifer verschwunden ist? Wo zum Teufel warst du, als ich dich gebraucht habe? Du hast gesagt, du warst bei der Arbeit. Das allein ist doch schon krank. Aber das Schlimmste von allem ist, dass du nach Lindängen gefahren bist und einen unschuldigen Jungen verprügelt hast. Nur weil er Muslim ist.«

Max fährt zusammen.

»Woher weißt du das?«

»Aus dem Internet.« Ich hebe meine Stimme. »Hast du wirklich geglaubt, ich würde nichts davon erfahren? Was zum Teufel hast du dir dabei gedacht? Hast du *überhaupt* irgendwas gedacht? Du bist so verdammt verliebt in deinen Job – was werden deine Kunden wohl sagen, wenn sie in der Zeitung von Körperverletzung und Volksverhetzung lesen? Glaubst du, das ist gut fürs Geschäft?«

Max öffnet den Mund, um etwas zu sagen, aber ich kann nicht aufhören.

»Ganz nebenbei – warst du überhaupt bei der Arbeit?«

Ich springe vom Sofa auf und gehe in den Flur.

»Lollo, was redest du da?« Max folgt mir. »Was willst du damit sagen?«

Ich hebe meine Handtasche vom Boden auf, setze sie auf der Chaiselongue ab und wühle darin herum.

»Hier.« Ich halte ihm den Bon vor die Nase. »Erklär mir das.«

»Was?« Er reißt mir den Bon aus der Hand, fängt an, ihn zu lesen, und zuckt die Achseln. »Was ist damit?«

»Siehst du es nicht? Lies vor, was da steht!«

»Beruhige dich, Lollo!«

»Beruhige dich, beruhige dich! Ist das alles, was du dazu zu sagen hast?« Speichel fliegt mir aus dem Mund, und meine Augen brennen von den Tränen. »Wie willst du erklären, dass du in Falsterbo gesessen und Hamburger gegessen hast, während du angeblich nach Jennifer gesucht hast?«

Max seufzt.

»Ich habe nach ihr gesucht. Die ganze Nacht. In der Stadt und in Falsterbo.«

»Du hast nichts von Falsterbo gesagt.«

»Kann sein.« Er legt den Bon auf die Kommode. »Aber ich war dort. Unterwegs habe ich Hunger bekommen, also habe ich beim Burger King in Mobilia angehalten und die Burger mit ins Sommerhaus genommen.«

»*Zwei* Burger?«

»Was?«

»Warst du so hungrig, dass du zwei Burger mit Pommes gegessen hast?«

Max zuckt mit den Schultern.

»Ja.«

»Ich glaube dir nicht.«

»Glaub doch, was du willst. Aber ich sage die Wahrheit: Ich habe Jennifer gesucht, und nebenbei habe ich ein großes Geschäft abgeschlossen. Eine Villa in Bellevue. Du kannst jeden im Büro danach fragen.«

»Das spielt keine Rolle. Du bist zur Arbeit gegangen, obwohl Jennifer vermisst wurde. Das zeigt doch *genau,* wie wenig du dich für sie interessiert hast.«

Max fährt sich mit einer Hand durchs Haar.

»Wer im Glashaus sitzt, sollte nicht mit Steinen werfen. Du hast vielleicht mehr Zeit zu Hause verbracht, aber du hast dich doch auch mehr um deinen verdammten Blog gekümmert als um Jennifer.«

Ich weiß, dass er recht hat, und das macht mich nur noch wütender. Die ganze Dunkelheit, die mich von innen erdrückt, muss heraus, bevor ich explodiere. »Entschuldige bitte, aber wer von uns ist denn zu den Elternabenden und Elternsprechstunden gegangen? Wer hat bei den Fußballturnieren Hot Dogs verkauft? Wer hat Pausenbrote geschmiert und Sportbeutel gepackt? Alles, was du je getan hast, war arbeiten!«

Eine Ader an Max' Stirn tritt hervor, es sieht aus, als könnte sie jeden Moment platzen.

»Geholfen hat es offenbar nicht.«

Ich starre ihn mit offenem Mund an.

»Was hat nicht geholfen?«

»Pausenbrote zu schmieren. Denn du hast gerade gesagt, wir hätten als Eltern versagt. *Wir* hätten versagt. Aber vielleicht sind Pausenbrote und Sportbeutel kein Ersatz für Liebe?«

Was zum Teufel!

»Habe ich Jennifer keine Liebe geschenkt?« Meine Stimme erfüllt den Flur. »Ist es keine Liebe, Hot Dogs zu verkaufen und Sporttaschen zu packen und Essen zuzubereiten? Ist es meine Schuld, dass sie keine Liebe mehr haben wollte, als sie ins Teenageralter gekommen ist? Ist es meine Schuld, dass sie mit den Türen geknallt hat und nichts mehr von sich erzählt hat?«

Die Dunkelheit ist jetzt überall, in meinem ganzen Körper. Ich mache einen Schritt nach vorn, trete so dicht an Max heran, dass ich seinen heißen Atem an meiner Stirn spüre.

»Steh nicht hier herum und halte mir einen Vortrag über Liebe! Du hast deinen Job doch immer mehr geliebt als dein eigenes Kind.«

Max' Nasenflügel zittern leicht. Für den Bruchteil einer Sekunde denke ich, er wird mich schlagen, doch stattdessen ist es, als würde jede Wut plötzlich aus ihm abfließen. Sein Blick ist müde, und seine Stimme klingt fremd, als er sagt:

»Jennifer war nicht mein Kind.«

58

FREDRIK

Ich sollte erleichtert sein, endlich allein zu sein, mich ausruhen zu können, ohne gestört zu werden. Aber ich kann mich nicht entspannen. Sobald ich die Augen schließe, sehe ich Marko Stojkovic vor mir. Es fühlt sich an, als könnte er jeden Moment an unserer Tür auftauchen und seine Handschellen und den Schlagstock zücken.

Ich setze mich aufs Sofa, stehe jedoch sofort wieder auf, wandere durchs Haus, schleiche um meinen Laptop herum. Schließlich klappe ich ihn auf.

Ich hatte mir geschworen, keine Zeile mehr über Jennifers Verschwinden zu lesen, aber es ist, als hätte jemand anders die Kontrolle über meine Finger übernommen. Sie fliegen über die Tastatur und fördern alles Mögliche zutage, von rührseligen Geschichten in den großen Boulevardblättern bis zu merkwürdigen Diskussionen in obskuren Foren.

Ein Idiot im Flashback-Forum behauptet, Jennifer habe online Sex verkauft, und findet, »die kleine Hure hat bekommen, was sie verdient hat«. Ein Medium aus Småland sagt, Jennifer sei überhaupt nicht tot, sie sei nur kurzfristig zu Besuch in der Geisterwelt. Eine Klassenkameradin, Samira, erzählte dem *Aftonbladet,* dass Jennifer »wahrscheinlich eines Tages Premierministerin geworden wäre« und dass es »so krass ist, dass Jennifer nach den Ferien nicht zurück in die Schule kommt«.

Mir ist übel, aber ich kann nicht aufhören zu lesen. Es ist, als müsste ich weitermachen. Eine Art selbstverletzendes Verhalten.

Die Zeit vergeht, und ich weiß nicht, wie lange ich schon auf den Bildschirm starre, als ich auf einen ungelesenen Artikel auf der Website vom *Expressen* stoße. Die Schlagzeile schreit ihre Botschaft in großen schwarzen Lettern heraus:

SPIELENDE KINDER FINDEN TELEFON
DES TOTEN MÄDCHENS

Ich starre die Worte an, als seien sie in einer anderen Sprache geschrieben. Mein Herz schlägt wie besessen, während meine schweißnassen Hände den Cursor über den Bildschirm führen. Ich verfehle den Link und muss ein paarmal klicken, bevor der Artikel sich öffnet.

Die Polizei in Malmö erhielt am Freitagmorgen unerwartete Hilfe bei den Ermittlungen zum Tod der 17-jährigen Jennifer Wiksell. Der *Expressen* hat bereits über das Verschwinden der Schülerin und das Auffinden ihrer Leiche am Donnerstagnachmittag durch *Missing People* berichtet. Sie wurde im See im alten Kalksteinbruch in Klagshamn gefunden, etwa 15 Kilometer vom Malmöer Stadtzentrum entfernt.

Bei der unerwarteten Hilfe handelt es sich um ein Mobiltelefon, das, wie es heißt, der Toten gehört hat.

Die sechs Jahre alte Belinda Bogdani, die das Telefon gefunden hat, übergab das Telefon eigenhändig der Polizei.

»Das Telefon lag unter Belindas Bett, als ich heute Morgen ihr Zimmer aufgeräumt habe«, sagt Belindas Mutter, Edona Bogdani. »Belinda und ein paar Freunde haben es gefunden, als sie am Dienstag im Wäldchen hinter der Bushaltestelle gespielt haben. Sie dachten wahrscheinlich, jemand hätte es dort verloren. Das Display war zerbrochen, und sie konnten es nicht einschalten. Belinda hat das Telefon mit nach Hause genommen und es dann vergessen. Ich dachte sofort daran, was passiert ist, und habe die Polizei verständigt.«

Meine letzte Hoffnung schwindet dahin. Es besteht die mikroskopisch kleine Chance, dass es keine Kopie von Jennifers Telefon auf irgendeinem Server gibt. In diesem Fall hätte die Polizei nur die Daten des Providers gehabt. Doch wenn sie das Telefon in die Hände bekommen, haben sie Zugriff auf wesentlich mehr Daten. Nachrichten, Chats. Alles. Und nicht nur auf die Sachen aus der letzten Zeit.

Ich nehme meine rastlose Wanderung durch das Haus wieder auf. Die Angst frisst mich auf, ich spüre schon den Atem von Marko Stojkovic in meinem Nacken. Mehr als einmal meine ich, das Telefon klingeln zu hören, doch wenn ich nachsehe, ist das Display schwarz.

Was soll ich tun? Gibt es irgendetwas, das ich tun *kann*?

Nein, lautet die knappe Antwort. Ich kann gar nichts tun.

Nur warten.

Auf meiner fünften oder sechsten Runde durchs Wohnzimmer bleibe ich vor der Hausbar stehen. Ein kleiner Whiskey ist vielleicht gar nicht so schlecht. Es ist sicher nicht empfehlenswert, harten Alkohol zu trinken, wenn man nichts im Magen hat, aber ich habe wirklich keinen Hunger, und ein kleiner Schluck könnte mein System wieder in Gang bringen. Mir Appetit machen.

Mit Bedacht nehme ich ein Whiskeyglas, studiere die Auswahl in der geplünderten Bar und entscheide mich für einen mittelklassigen Laphroaig, der Smillas Freunden offenbar nicht geschmeckt hat.

Ich lasse die bernsteinfarbene Flüssigkeit ein paarmal im Glas kreisen, ehe ich einen kräftigen Schluck nehme. Der Whiskey schmeckt nicht so angenehm wie sonst, aber ich mag das brennende Gefühl, als er meine Kehle herunterrinnt.

Nach ein paar Gläsern fühle ich mich endlich einigermaßen entspannt. Der Nebel in meinen Kopf lichtet sich ein wenig, und Stojkovic rückt in den Hintergrund.

Ich schaue mich im Wohnzimmer um, nehme meine Umgebung auf eine Weise wahr, wie ich es bisher nie getan habe. Ich mustere jedes Möbelstück, die Bücher im Regal, den Couchtisch und die Bilder an den Wänden. Ich komme zu dem Schluss, dass es hier gemütlich ist. Garantiert nicht so schick wie bei Lollo und Max, aber insgesamt ganz gemütlich.

Sind sie glücklicher als wir? Ich berichtige: Natürlich sind sie *jetzt* nicht glücklich. Selbstverständlich nicht. Aber waren sie vorher glücklicher?

Lollo und Max haben immer gewirkt, als stünden sie sich sehr nahe. Ich habe die beiden immer als vereinte Front gegen den Rest der Welt wahrgenommen. Aber natürlich kann das auch Fassade gewesen sein. Die meisten Menschen über dreißig wissen, dass Geld und Besitz keine Garanten für Glück sind. Du kannst ein phantastisches Haus am Meer haben, eine ganze Reihe nagelneuer Autos und den neuesten Weber-Grill und *trotzdem* zutiefst unglücklich sein.

Ich nehme noch einen Schluck und schließe die Augen, als die Wärme des Whiskeys sich in meinem Körper ausbreitet.

Was ist Glück? Die Liebe gefunden zu haben? Irgendwo habe ich gelesen, dass unsere Anbetung der romantischen Liebe erst ein paar Jahrzehnte alt ist.

Meiner Meinung nach führt das übergroße Vertrauen in eine Paarbeziehung als Lösung aller Probleme nur zu mehr Depressionen. Denn nicht alle finden den richtigen Partner, egal, wie sehr sie auch nach ihm suchen. Und diejenigen von uns, die glauben, sie hätten ihn gefunden – wie können wir jemals sicher sein, dass er wirklich der *Richtige* ist?

Wahrscheinlich war ich früher einmal glücklich.

59

LOLLO

»Was sagst du da?«

Mein Schädel pocht, und meine Finger kribbeln. Ich starre meinen Mann an.

»Es tut mir leid, Lollo, ich …« Max macht ein unglückliches Gesicht, als er nach Worten sucht. »Sie war … Jennifer war nicht mein Kind«, wiederholt er schließlich.

Ich verlasse den Flur. Ich würde gern aus dem Haus rennen, aber ich komme nicht weiter als bis ins Wohnzimmer, wo ich auf die Sofakante sinke.

»Ich verstehe nicht …« Meine Gedanken überschlagen sich, finden keinen Halt. »Wie kannst du das sagen?«

Max lässt sich schwer in den Sessel auf der anderen Seite des Tisches sinken. Er beugt sich vor und stützt für einen Moment den Kopf in die Hände, bevor er sich aufrichtet und mir in die Augen blickt.

»Ich bin steril, Lollo. Ich weiß es, seit ich fünfzehn bin und Mumps hatte. Der Arzt, der mich behandelt hat, sagte, ich würde nie eigene Kinder bekommen können.«

»Aber …«

Max hebt die Hand.

»Warte.«

Ich beiße mir in die Unterlippe. Der Schmerz erinnert mich daran, dass ich noch lebe.

»Ich wollte es dir erzählen«, sagt Max. »Aber der richtige Zeitpunkt dafür kam nie. Und dann hast du damit angefangen, dass du ein Baby haben willst. Als Nina mit Smilla schwanger war, hast du nur noch davon gesprochen …« Er seufzt. »Ich wollte dich nicht enttäuschen. Ich hatte Angst, du würdest mich verlassen, wenn ich dir die Wahrheit sage.«

»Aber wer …?«

In dem Moment, in dem ich die Worte ausspreche, wird mir klar, dass Max es nicht weiß. Ich bin die Einzige, die …

»Keine Ahnung«, sagt Max schnell. »Ich habe mir nie die Mühe gemacht, es herauszufinden.«

»Aber warst du nicht …« Ich schaue auf meinen Schoß, dann hebe ich den Kopf und sehe meinen Mann an. »Warst du nicht …«

»Wütend auf dich, weil du mich betrogen hast, meinst du?« Max lehnt sich im Sessel zurück.

Ich nicke nur, denn das Sprechen fällt mir schwer, während ich in meinem Gedächtnis die Zeit vor der Schwangerschaft durchstöbere, die Monate zähle und mich frage, wie das möglich sein kann.

»Nein.« Er wirft mir ein schiefes Lächeln zu. »Eigentlich war ich sogar ganz froh. Es bedeutete, dass ich meinen Makel nicht preisgeben musste. Ich fühlte mich wie ein Versager, es war mir peinlich, dir nicht das geben zu können, was du dir am meisten gewünscht hast.«

Meine Wangen werden heiß, als ich die Bilder einer wilden Silvesterparty vor meinem inneren Auge sehe. Wir waren alle bei Malena. Keine von uns hatte schon Kinder, aber Nina war hochschwanger mit Smilla. Vermutlich hatten wir alle das Gefühl, das sei unsere letzte Chance, es noch einmal so richtig krachen zu lassen.

Neun Monate später wurde Jennifer geboren.

»Aber ich dachte immer … ich meine, ich will nicht, dass du denkst, ich …« Die Gedanken entgleiten mir. »Bist du sicher, dass du steril bist?«

Max nickt.

»Hundertprozentig.«

Meine Finger haben aufgehört zu kribbeln, aber der Kopfschmerz ist noch da. Ich lege einen Arm auf die Sofalehne und versuche erneut, einen der unzähligen Gedanken zu fassen zu bekommen, die mir durch den Kopf gehen. Vergebens. Es klappt nicht.

»Ich glaube nicht, dass du mir seitdem noch einmal untreu gewesen bist«, fährt Max fort. »Natürlich kann ich das nicht mit Sicherheit wissen, aber ich habe mir deswegen niemals Sorgen gemacht. In dem Jahr bevor Jennifer geboren wurde, haben wir ziemlich heftig gefeiert, und ja, ich muss wohl zugeben, dass ich auch nicht gerade ein Engel gewesen bin. Als du mir gesagt hast, dass du schwanger bist, fand ich, dass wir quitt sind.«

Vergrabene Erinnerungen kommen an die Oberfläche. Ich erinnere mich, wie Max und ich nach wilden Partynächten vor unserer Wohnung torkelnd aus dem Taxi gestiegen sind, betrunken und wütend. Sobald wir die Haustür hinter uns geschlossen hatten, fingen wir an, uns anzuschreien. Meistens ging es darum, dass einer von uns etwas zu freundlich zu jemand anderem von unseren Freunden gewesen war oder zu oft mit jemandem getanzt hatte. Diese Streits endeten typischerweise mit Versöhnungssex auf dem Teppich. Es fühlt sich so weit weg an, als wären das gar nicht wir gewesen.

Und was auf dieser Silvesterparty vor achtzehn Jahren passiert ist … Ich habe es tatsächlich geschafft, die Erinnerung daran komplett zu verdrängen. Man erinnert sich vermutlich nur an das, woran man sich erinnern will.

»Ich … ich weiß nicht, was ich sagen soll. Es ist … ich …«

Ich beiße mir kräftiger auf die Lippe und schmecke Blut.

Max steht auf und kommt zu mir.

»Ich verstehe dich, Lollo.« Er nimmt meine Hand und drückt sie fest. »Wie gesagt, ich hatte beschlossen, es dir nie zu sagen. Es gab keinen Grund dafür, oder? Es ist mir dieses Mal nur herausgerutscht, und das tut mir sehr leid …«

Ich schüttele den Kopf und versuche, meinen bereits überlasteten Verstand zu zwingen, diese neue Information zu erfassen. Hat Max mir soeben erzählt, er hätte mich betrogen? Ich habe nicht einmal die Kraft, um mich darüber aufzuregen.

Mein Blick wandert über die Wand rechts vom Sofa. Eine ganze Wand voll mit Schwarz-Weiß-Fotos meiner Familie. Ich schlucke, zwinge mich, es neu zu denken: Schwarz-Weiß-Fotos von dem, was *einmal meine Familie war.*

Die Fotowand ist sehr dekorativ und ist von vielen bewundert worden. Die meisten Fotos habe ich selbst gemacht, und ich erinnere mich, dass ich sie nach einem Tipp in irgendeiner Zeitschrift gerahmt und arrangiert habe.

Jennifer, eingefangen in einem Luftsprung am Strand von Falsterbo.

Max vor dem Eiffelturm, die Sonnenbrille über die Stirn geschoben und Lachfalten in den Augenwinkeln. Er schaut die Fotografin verliebt an. Mich.

Es gibt ein Foto von uns dreien zusammen. Agneta hat es auf der Party an Max' fünfzigstem Geburtstag aufgenommen. Wir stehen nebeneinander, Max und ich. Ich habe meinen Arm unter seinen geschoben und lehne mich an ihn, als wäre er mein Fels in der Brandung. Jennifer steht vor Max. Er hat eine Hand auf ihre Schulter gelegt, und ihr Gesicht ist nach oben gerichtet. Lächelnd schaut sie zu ihm auf.

Diese Wand war ein Zeugnis unseres Familienglücks. Jetzt ist sie nur noch ein trauriges Denkmal für alles, was zerstört wurde.

Ich kann die Worte nicht zurückhalten. Sie liegen mir schon so lange auf der Zunge, aber es schien unmöglich, sie laut auszusprechen. Jetzt nicht mehr. Alle Grenzen sind bereits überschritten.

»Du hast ein Kind verprügelt.« Langsam drehe ich mich zu Max um. »Wie also kann ich sicher sein, dass du Jennifer nichts angetan hast? Dass du nicht derjenige bist, der …«

Zuerst scheint Max nicht zu begreifen, was ich sage. Doch dann weiten sich seine Pupillen.

»Verdammt, Lollo.« Er lässt meine Hand fallen. »Jetzt hör aber auf damit. Wie kannst du so etwas auch nur denken? Ich habe Jennifer geliebt!«

60

NINA

Mama öffnet die Tür, bevor ich den Finger auf den Klingelknopf legen kann, und Vilgot wirft sich seiner Großmutter in die Arme. Ganz unerwartet kommen mir bei dieser Szene die Tränen. Mama richtet sich auf und sieht mich an. Ich sehe die Sorge in ihrem Blick, aber ich will jetzt nicht über Fredrik reden, nicht vor den Kindern. Stattdessen trete ich vor und umarme sie.

»Danke, dass wir schon früher kommen dürfen.«

»Du bist immer willkommen, Nina. Das weißt du doch.«

Ich spähe über Mamas Schulter und suche zwischen den Jacken an der Garderobe nach dem elfenbeinfarbenen Mantel.

»Wo ist Claudia?«

»Sie sind in Lund.« Mama lässt mich los und zupft ihre Bluse zurecht. »Zu Besuch bei einer alten Klassenkameradin. Darya, vielleicht erinnerst du dich an sie?«

»Natürlich.«

Darya Hosseini war eine verwöhnte Göre. Ihr Papa war Anwalt, ihre Mama Ärztin. Darya steckte von Kopf bis Fuß in Designerklamotten, hatte ein eigenes Pferd und ließ keine Gelegenheit aus, von den teuren Reisen ihrer Familie zu erzählen.

Claudia blieb oft stumm, wenn Darya von Miami erzählte oder vom Skifahren in den französischen Alpen. Ich habe mir immer gewünscht, ich könnte etwas sagen, dass sie zum Schweigen bringen würde, aber Campingurlaub auf Öland war nichts, womit man großartig angeben konnte.

Es war, als hätte Darya ständig das Bedürfnis, Claudia niederzumachen, und ich habe nie verstanden, warum meine Schwester sich das hat gefallen lassen. Warum sie sich weiterhin mit Darya abgegeben hat? Vielleicht hat Claudia ihre Freundin als Eintrittskarte in ein Leben benutzt, das andernfalls für sie vollkommen unerreichbar geblieben wäre. Immerhin durfte Claudia in der großen Villa in Professorsstaden spielen. Sie durfte das Pferd streicheln und konnte sich in Daryas glänzenden Reitstiefeln spiegeln.

»Sie werden dort zu Abend essen«, sagt Mama.

Als ich meine Jacke ausziehe, entdecke ich Papa im Wohnzimmer. Er sitzt auf seinem Lieblingssessel, die Füße auf dem Hocker, und lächelt übers ganze Gesicht.

»Hallo, Carolina!«

Ich bin jedes Mal von neuem überrascht, wenn er meinen vollen Namen benutzt. Heutzutage höre ich ihn nur noch, wenn ich beim Zahnarzt aufgerufen werde oder etwas in der Art. Papa ist die einzige, mir nahestehende Person, die sich hartnäckig weigert, mich Nina zu nennen.

Ich winke, hänge meine Jacke an einen freien Haken und drehe mich wieder zu Mama.

»Schlechtes Timing von uns, gerade dann aufzukreuzen, wenn ihr euch einmal ausruhen könntet.«

»Ach, mach dir deswegen keine Sorgen.« Ihr Lächeln wirkt ein wenig gequält. »Wir werden etwas Einfaches machen. Köttbullar und Kartoffeln, das mag jeder.«

Smilla und Anton kommen durch die Tür.

»O weh«, ruft Papa aus seinem Sessel. »Das sieht aber gar nicht gut aus.«

Fragend sehen die Kinder sich um.

»Das da.« Papa deutet auf die weißen Earphones, die in ihren Ohren stecken. »Da wächst euch was raus.«

Anton verzieht keine Miene, doch Smilla lächelt und verdreht die Augen. Vilgot lacht glucksend und will ins Wohnzimmer rennen.

»Halt, stopp!«, rufe ich. »Die Schuhe!«

In dem überfüllten Flur ist es stickig und heiß, und wie immer habe ich das Gefühl, zu stören. Mama und Papa führen ein ruhiges Leben, in dem alles seinen festen Platz hat. Da genügt es schon, dass meine große, lärmende Familie über die Schwelle tritt, um diese wohlgeordnete Routine völlig über den Haufen zu werfen.

Dieses Mal sind wir wenigstens nicht die Ersten, die alles durcheinanderbringen. Claudias Familie war zuerst hier. Pauline mag ein gut erzogenes, perfektes Kind sein, doch ich sehe trotzdem die Spuren, die sie hinterlassen hat. Eine nackte Babypuppe steht auf dem Kopf an Papas Gummistiefel gelehnt, und mitten auf dem Boden liegt ein aufgeschlagenes Pippi-Langstrumpf-Buch, das Mama noch nicht weggeräumt hat.

Nach dem Abendessen mit zwei umgestoßenen Gläsern Milch und einem großen Preiselbeermarmeladenfleck auf der Tischdecke beschließt Papa, noch einmal mit Vilgot nach draußen zu gehen. Smilla und Anton verdrücken sich, sobald sie ihre Teller in die Spülmaschine geräumt haben, und ich lasse sie.

Wie es die Tradition will, bleiben Mama und ich in der Küche. Manchmal ärgere ich mich darüber, dass Papa und Fredrik es immer schaffen, einen großen Bogen um die Küche zu machen, wenn wir zusammen sind. Papa hält stets einen Sicherheitsabstand zum Herd ein, was allerdings auch Mamas Schuld ist. Sie findet, er stehe nur im Weg, und scheucht ihn weg, sobald er Anstalten macht, sich zu nähern. Doch Fredrik ist in der Küche genauso zu Hause wie ich. Nur wenn wir bei meinen Eltern sind, hängt er sich an Papa und wird zum Pascha.

Wie Papa hat auch Claudia es immer geschafft, Küchenarbeiten zu umgehen. Es ist, als würde sie wie ein schlüpfriger Aal immer wieder wegflutschen. Erst war sie zu klein dafür, und dann … Nun, dann ging es einfach immer so weiter. Ich kann nur hoffen, dass sie sich in diesem Punkt gebessert hat. Sie kann nicht einfach mit ihrer ganzen Familie herkommen, tagelang bleiben und sich benehmen, als hätte sie in einem Luxushotel eingecheckt. Unsere Eltern werden alt. Und Claudia ist inzwischen eine erwachsene Frau.

Mama füllt die Essensreste in Plastikdosen. Sie nimmt Aufkleber, schreibt mit schwarzem Stift darauf und klebt sie auf die Deckel. *KÖTTB. + KART. 1 P.* Ich spüle die Töpfe und Schüsseln ab und trockne mit perfekt gebügelten Geschirrtüchern ab, was nicht ins Abtropfgestell passt.

Wir arbeiten schweigend. Ich weiß, dass Mama vor Neugier platzt, dass sie auf eine Erklärung für unser überraschendes Auftauchen wartet. Und natürlich muss ich es ihr sagen. Die Frage ist nur, was ich sagen soll.

Vor wenigen Stunden war ich noch fast so weit, die Scheidung einzureichen. Aber je weiter wir uns von Malmö entfernt haben, desto größer sind meine Zweifel geworden. Aus einem unbehaglichen Gefühl in meinem Bauch sind regelrechte Krämpfe geworden. Jetzt habe ich immer noch Bauchschmerzen.

Wie habe ich nur einen kranken Menschen allein lassen können? Wie kann ich so hart zu Fredrik sein, wenn er sich krank fühlt?

Was, wenn er selbstmordgefährdet ist?

Aber nein, das ist er bestimmt nicht. Das hätte ich gemerkt. Fredrik ist schon eine ganze Weile mürrisch und neben der Spur. Nicht depressiv. Aber dann denke ich daran, was Malena gesagt hat, als wir über Jennifers Verschwinden gesprochen haben. Dass es für Selbstmord keinen bestimmten Typ gibt. Und dass Menschen ihre Probleme oft für sich behalten.

Beim Abendessen haben wir kurz erwähnt, was passiert ist, aber zum Glück sind meine Eltern nicht ins Detail gegangen, solange Vilgot dabeisaß. Er weiß, dass Jennifer tot ist, aber das ist alles. Smilla balanciert auf einem schmalen Grat, und ich habe bisher kaum die Gelegenheit gehabt, mit Anton zu reden.

Verdammt, Fredrik! Warum musst du ausgerechnet jetzt zusammenbrechen, wenn Jennifer verschwindet und stirbt? Ich will jetzt für meine Kinder da sein. Ich möchte im Trauerprozess für sie da sein, für ihre Fragen da sein, da sein, um ihnen hilfreiche Antworten zu geben. Fredrik und seine angeschlagene Gesundheit stehen mir dabei im Weg.

Ich trockne eine weitere Servierplatte ab und beobachte meine Mutter, die im Küchenschrank nach weiteren Plastikdeckeln sucht. Ihr Rücken wirkt krummer als beim letzten Mal, als ich sie gesehen habe, ihre Augen müder. Aber das kann ich mir auch nur einbilden. Vielleicht projiziere ich meinen eigenen Zustand auf sie.

»Wir haben uns gestritten«, sage ich schließlich.

Mama drückt auf einen Deckel, bis es klickt, dann dreht sie sich zu mir um.

»Worüber?«, fragt sie.

»Fredrik geht es nicht gut«, erkläre ich. »Wie ich neulich sagte …«

»Ist es schlimmer geworden?«

»Ich denke schon. Aber er will nicht akzeptieren, wie schlimm es ist, und weigert sich, Hilfe zu suchen. Ich drehe noch durch! Ich kann nicht mehr mit ihm reden.«

Ich gebe Mama einen kurzen Überblick über die Lage, und als ich fertig bin, sieht sie mich entsetzt an.

»Das klingt ziemlich schlimm, Nina. War es wirklich so eine gute Idee, ihn allein zu lassen, wenn es ihm so schlecht geht?«

Ich sehe sie an.

»Er will keine Hilfe! Was bringt es, wenn ich da bin, wenn er sich weigert, mit mir zu sprechen?«

»Stimmt auch wieder. Aber ich dachte …« Mama zögert kurz. »Ich habe mich nur gefragt … was, wenn es ihm noch mal so richtig schlecht wird?«

»Dann kann er sich selbst die Schuld geben.«

Ich knalle die Tür des Küchenschranks zu und höre das Porzellan darin leise klappern.

»Du könntest ihn heute Abend anrufen«, schlägt Mama vor.

»Klar. Oder *er* könnte *mich* anrufen.«

Mama zieht die Augenbrauen hoch.

»Fredrik ist derjenige, der krank ist.«

Ich weiß nicht, ob es an Jennifers Tod liegt oder an meiner Angst um meinen Mann. Wahrscheinlich ist es eine Kombination aus beidem.

»Und was ist mit mir?« Meine Stimme bricht, und meine Augen füllen sich mit Tränen. »Fragt irgendjemand vielleicht einmal danach, wie es *mir* geht? Jennifer ist tot! Meine Kinder sind verstört, und mein Mann wird verrückt oder so.« Ich sinke auf einen Küchenstuhl. »Ich kann einfach nicht mehr.«

In der Küche ist es still. Wie das Meer nach einem wütenden Sturm.

Eine warme Hand legt sich auf meine Schulter.

»Es wird sich alles finden, du wirst schon sehen.«

»Aber wie?«

Meine Stimme ist piepsig, und ich habe das Gefühl, vierzig Jahre in der Zeit zurückzureisen. Dieselbe Küche, dieselbe Mama.

Sie tätschelt meine Schulter.

»Wir können nicht ändern, was Jennifer zugestoßen ist. Aber ich bin ziemlich sicher, dass du ein paar Stunden Ruhe gebrauchen könntest.«

»Aber Fredrik … du hast gesagt …«

»Geh und leg dich eine Weile in unserem Schlafzimmer hin.« Mama lässt mich los und tritt an die Spüle. »Ich verspreche, dir die Kinder vom Leibe zu halten. Und sobald du dich ausgeruht hast, trinken wir eine Tasse Tee. Es gibt frisch gebackenen Toscakaka.« Sie lächelt verhalten. »Was hältst du davon?«

Tee und Mandelkuchen können meine Probleme nicht lösen, aber Ruhe – ein paar Stunden Schlaf – kann bestimmt nicht schaden.

»Danke«, sage ich. »Das klingt gut.«

61

FREDRIK

Ich muss eingeschlafen sein, denn die Musik lässt mich so heftig aufschrecken, dass ich fast vom Sessel falle. Zuerst weiß ich nicht, woher sie kommt. Langsam drehe ich den Kopf, auf der Suche nach der Lärmquelle.

Schließlich begreife ich, dass die Musik von meinem Handy stammt. »Pour Some Sugar on Me«, mein Klingelton. Doch diese Erkenntnis bringt keine Erleichterung, ganz im Gegenteil. Mit pochendem Herzen beuge ich mich über den Tisch und schaue auf das Display.

Ich erkenne die Nummer nicht, also nehme ich an, dass es die Polizei ist. Sie haben Jennifers Telefon. Inzwischen werden sie gelesen haben, was immer in ihren Apps und Nachrichten aus der Silvesternacht zu finden ist. Jennifer wäre nicht Jennifer, wenn sie die Busfahrt nach Klagshamn nicht damit verbracht hätte, Lügen über mich zu verbreiten.

Oder es ist der Mantel. Vielleicht hat ein Wachmann mich in Elisedal gesehen und sich die Autonummer gemerkt. Jemand könnte den Container durchwühlt haben und eine Verbindung zwischen dem Mantel und dem Mann hergestellt haben, der mitten in der Nacht in einem Industriegebiet herumgefahren ist.

Jetzt ist alles aus.

Der Song fängt wieder an, ein wenig lauter als vorher. Ich

starre die Zahlen auf dem Display an, kann mich aber nicht überwinden, das Telefon anzurühren.

Dann fällt mir etwas ein. Wenn die Polizei mich in Verdacht hätte, etwas mit Jennifers Tod zu tun zu haben, würden sie mich wohl kaum vorher anrufen, oder? Sie würden einfach herkommen und mich verhaften.

Das gibt den Ausschlag.

Das Telefon ist glatt und rutscht mir zweimal aus der Hand, bevor ich es richtig zu fassen kriege.

»Hallo?« Ich räuspere mich. »Wer ist da?«

»Hallo Fredrik. Hier ist Lollo.«

Ich schlucke.

»Lollo?«

»Ja, ich bin's.« Sie klingt gereizt. »Können wir uns treffen? Ich muss mit dir reden. Mit dir allein.«

Die Hand, die das Telefon hält, zittert.

»Reden?« Mein Mund ist trocken wie Sandpapier. Ich feuchte meine Lippen mit der Zunge an und schmecke sauren Whiskey. »Warum?«

»Ich will nicht am Telefon darüber reden. Können wir uns in der Stadt treffen?«

Ich schließe die Augen, um den Raum daran zu hindern, sich im Kreis zu drehen, aber das macht es nur noch schlimmer. Also mache ich die Augen wieder auf.

»In der Stadt?«

Lollo seufzt.

»Ja, oder wo auch immer. Ich will nur mit dir reden, Fredrik.«

»Hm ... Nina hat das Auto. Sie ist in Höör ... mir geht es nicht gut, ich ...«

»Sind die Kinder bei Nina?«, unterbricht Lollo mich.

»Ja.«

Meine Familie hat mich verlassen.

»Gut. Dann komme ich zu dir.«

Nein.

Nein!

NEIN.

»Ich weiß nicht, Lollo, ich …«

»Fredrik, es ist wichtig. Ich sitze schon im Auto und bin in zwanzig Minuten da, okay?«

Gleich darauf bricht das Gespräch ab, und ich sitze mit dem stummen Telefon in der Hand da.

Was um alles auf der Welt kann so wichtig sein, dass Lollo mich sehen muss, einen Tag, nachdem man ihre Tochter tot aufgefunden hat?

Es *muss* etwas mit Jennifer zu tun haben. Vielleicht hat Lollo irgendwelche Beweise gefunden. Ein Tagebuch. Einen Brief, den Jennifer nie abgeschickt hat. Sie wird mich zwingen, alles zu gestehen.

Mit bebenden Fingern rufe ich die Anrufliste auf meinem Telefon auf. Ich drücke die oberste Nummer und höre es am anderen Ende klingeln. Ich warte.

Keine Antwort.

Verflucht.

Mein Herz rast. Ich sehe mich im Raum um, als könnte ich hier irgendwo die Lösung für meine Probleme finden. Fehlanzeige.

Hastig stehe ich auf, ich kippe fast um und versuche, mich zu erinnern, wie viele Gläser Laphroaig ich heruntergekippt habe, bevor ich eingeschlafen bin. Drei? Vielleicht auch vier.

Mein Schädel pocht, und das Schwindelgefühl zwingt mich zurück in den Sessel.

62

LOLLO

Ich lege auf, werfe das Telefon auf den Beifahrersitz neben mir und lehne den Kopf gegen die Kopfstütze.

Dieses neue Wissen überschattet alles andere. Mir ist klar, dass das nur vorübergehend ist, dass es nur eine Möglichkeit ist, mich ein wenig von dem Horror abzulenken und mich auf etwas zu konzentrieren, das ein wenig leichter zu bewältigen ist. Aber ich lasse mich davon mitreißen, weil ich nicht an den Tod denken will.

Ich fahre wie in Trance. Gas, Bremse, Blinker. Zwanzig Minuten später steht mein Mini Cooper in der Einfahrt des Reihenhauses der Anderssons. Die Autotür fällt krachend zu, und ich laufe über den unebenen Weg zur Haustür.

Das Haus wirkt verlassen, und ich schaue mich zögernd um. Mittlerweile ist es dunkel, und in den Fenstern der anderen Häuser leuchten Adventskerzen und Weihnachtssterne. Hinter dem Vorhang eines Fensters auf der anderen Straßenseite kann ich die Umrisse von zwei Leuten sehen. Vor einem anderen Haus spielen zwei Kinder mit einem Hund.

Im Haus der Anderssons gibt es kein Lebenszeichen. Das Küchenfenster ist schwarz, aber ich sehe ein schwaches Licht, das von einer Lampe tiefer im Haus kommen muss, vielleicht aus dem Wohnzimmer.

Ich drücke auf den Klingelknopf, und auf der anderen Seite

der zerkratzten Tür ertönt ein schrilles Geräusch. Ich kann nicht glauben, dass sie diese Tür immer noch nicht ersetzt haben. Wie lange wohnen sie schon hier? Achtzehn Jahre? Sie hätten sie wenigstens neu streichen können.

Ich klingele wieder, aber nichts passiert. Ich will gerade mein Telefon aus der Handtasche ziehen, als ich ein leises Scharren aus dem Inneren des Hauses höre. Kurz darauf geht die Tür auf, ein schmaler dunkler Spalt öffnet sich. Ich stecke den Kopf hinein und schnappe nach Luft.

»Mein Gott, Fredrik. Ist alles in Ordnung mit dir?«

Er lächelt schief.

»Kann man nicht gerade sagen.«

Ich glaube nicht, dass ich Fredrik jemals zuvor in so schlechter Verfassung gesehen habe, nicht einmal, wenn er früher nach unseren wilden Partys schwer verkatert war.

»Bist du krank?«

Fredrik schüttelt den Kopf.

»Nee, nur etwas überarbeitet …«

Er steht im Dämmerlicht, streicht sich mit einer Hand durchs Haar und wiederholt die Bewegung mehrere Male, als hätte er einen Tick entwickelt. Sein blasses Gesicht ist von dunklen Bartstoppeln bedeckt, die ein wenig zu lang sind, um noch attraktiv zu sein. Seine Lider hängen herunter.

Mein erster Impuls ist, auf der Stelle kehrtzumachen und zum Auto zurückzulaufen. Aber jetzt bin ich hier, und wer weiß, wann ich wieder die Gelegenheit bekomme, ungestört mit Fredrik zu reden. Dann kann ich die Sache auch genauso gut jetzt hinter mich bringen.

»Darf ich hereinkommen?«

»Lollo, ich …« Er schwankt und muss sich am Türrahmen festhalten. »Ich bin müde. Richtig müde.«

Ich starre ihn an.

»Da bist du nicht der Einzige.«

»Tut mir leid.« Fredrik öffnet die Tür und tritt einen Schritt zurück. »Es tut mir leid, Lollo. Es ist … es tut mir so, so leid. Ich weiß nicht, was ich sagen soll …«

»Danke.« Ich betrete den Flur, hänge meine Jacke an einen Garderobenhaken und drehe mich um. »Du brauchst nichts weiter zu sagen. Können wir einen Kaffee trinken?«

Wir gehen in die Küche. Ich setze mich an den Küchentisch, während Fredrik zur Kaffeemaschine geht. Er steht einfach nur da, mit der Kanne in der Hand, und schwankt hin und her.

»Hast du getrunken?«

»Nur etwas Whiskey. Aber ich glaube, ich vertrage gerade nicht besonders viel. Ich …«

Fredrik verliert den Faden, und ich stehe auf und nehme ihm die Kanne aus der Hand.

»Setz dich.«

Gehorsam nimmt er auf einem der Küchenstühle Platz, während ich den Wasserhahn aufdrehe und Wasser für vier Tassen einlaufen lasse. Ich finde eine Filtertüte, falte den Rand und drücke sie in den Plastikfilter. Im Schrank über dem Herd steht die Blechdose von Zoégas. Diese Küche ist mir fast so vertraut wie meine eigene. Nach so vielen Nachmittagskaffees und Partys hier finde ich fast alles ohne Probleme. Doch mit Fredrik hier allein zu sein, ist eine neue Erfahrung.

»Lollo«, sagt Fredrik mit einer unerwarteten Schärfe in der Stimme.

Ich drehe mich um.

»Warum bist du hier?«

Ich schalte die Kaffeemaschine an, gehe zurück zum Tisch und lasse mich auf einen Stuhl sinken.

»Ich muss dir etwas sagen.«

Neugierig sieht er mich an, und mein Herz schlägt schneller.

»Erinnerst du dich noch …«, beginne ich zögerlich. »Erinnerst du dich noch an die Silvesterparty bei Malena? Es war die Party vor dem Jahr, in dem Smilla und Jennifer geboren wurden.«

Zuerst ist Fredriks Miene völlig ausdruckslos, als würde er sich nicht daran erinnern, wer Malena ist. Doch dann scheint er aufzuwachen und streicht sich erneut mit der Hand durchs Haar.

»Du meinst, als … als du und ich …«

Ich nicke und betrachte die traurige Gestalt vor mir. Wie konnte ich mich jemals zu diesem Mann hingezogen gefühlt haben? Habe ich diesen Mann wirklich einmal attraktiv gefunden? Oder wollte ich nur Max ärgern?

Wir waren eine ziemlich große Gruppe, die in jenem Jahr bei Malena Silvester gefeiert hat, etwa zwanzig Leute. Fredrik und ich saßen beim Essen nebeneinander, und er kam immer wieder darauf zurück, wie langweilig Nina während ihrer Schwangerschaft geworden sei. Zuerst beschwerte er sich nur darüber, wie müde sie war, doch irgendwann begann er herumzujammern, dass sie keinen Sex mehr hätten. Kurz darauf fühlte ich eine Hand auf meinem Schenkel.

Zuerst war ich völlig sprachlos. Was tat er da? Dieses Herumgefummel passte gar nicht zu Fredrik, und mein erster Impuls war, ihm eine zu knallen. Doch dann merkte ich, dass Max mit einer von Malenas Single-Freundinnen flirtete, und beschloss, es ihm mit gleicher Münze heimzuzahlen.

Je mehr wir tranken, desto dreister wurden Fredriks Annäherungsversuche, bis wir schließlich im Badezimmer landeten. Leider kann ich nicht behaupten, ich hätte keine Schuld gehabt – wir hatten beide den Verstand verloren. Andererseits glaube ich, dass keiner von uns wirklich so weit gehen wollte. Ich weiß noch, dass Fredrik unmittelbar davor etwas davon murmelte, dass wir besser aufhören sollten. Aber da hatte ich mich schon entschieden.

Die Ernüchterung kam in dem Moment, als er ihn aus mir rauszog. Ich habe mich so geschämt! Es fühlte sich alles so falsch und unnötig an. Wir versprachen einander, nie ein Wort darüber zu verlieren, was gerade passiert war. Dann verließen wir nacheinander, mit ein paar Minuten Abstand, das Badezimmer.

Um Mitternacht willigte Max ein, dass wir versuchen würden, ein Baby zu bekommen. Ich nehme an, wir empfanden beide Reue wegen unseren Flirts beim Abendessen, und in einem Anfall von Neujahrssentimentalität gab er nach.

Als der Morgen dämmerte, schliefen wir zusammen, und als sich ein paar Wochen später herausstellte, dass ich schwanger war, redete ich mir ein, dass das Baby unmöglich von Fredrik sein konnte. Wenn ich mich richtig erinnerte, waren wir vorsichtig gewesen.

»Fredrik«, sage ich. »Dies ist der absolut falsche Zeitpunkt, es dir zu sagen. Aber ich dachte trotzdem, du solltest es wissen …«

Er sieht mich verwirrt an, streicht mit der Hand durch sein Haar.

Ich hole tief Luft und sage, wie es ist.

»Jennifer war deine Tochter.«

63

FREDRIK

Mein whiskeytrunkenes Hirn hat Mühe, zu verstehen, was Lollo da sagt.

Es ist zu groß. Zu unvorstellbar. Zu schmerzhaft.

»Willst du denn gar nichts dazu sagen?«

Mit Tränen in den Augen sieht sie mich an.

Ich blinzle und versuche, zu begreifen. Mir ist klar, dass alles, was ich sage, nur falsch sein kann.

»Sag etwas!«, wiederholt Lollo.

Ich kann ihr nicht in die Augen sehen. Hastig wende ich den Kopf ab und schaue aus dem Küchenfenster.

Ich sehe nicht die Straßenlaternen, die identischen Häuser oder die Kerzenleuchter in den Fenstern der Nachbarn. Stattdessen sehe ich Bruchstücke des Mittsommerabends: Jennifers Lächeln, wie das Haar ihr über das eine Auge fällt, ihre Sommersprossen, ihre Brüste … die sich plötzlich in Lollos Brüste verwandeln, in einem Badezimmer irgendwo in der Stadt, vor langer Zeit. Schweiß, Lust, ihr warmer Körper an meinem.

O Gott.

Übelkeit hebt meinen Magen, windet sich wie eine dicke, schwarze Schlange. Ich versuche, ruhig zu atmen, versuche, all meine Gedanken beiseitezuschieben. Aber sie werden nicht verschwinden. Sie drängen sich und wollen hinaus. Sie schieben und schubsen, nehmen Raum ein und füllen meinen ganzen Kopf aus.

Im nächsten Moment sehe ich die letzte Silvesternacht vor meinem inneren Auge. Ich sehe Jennifer den schmalen Pfad entlangtorkeln. Den Nebel, den Regen. Ich kneife die Augen zusammen, aber ich kann nicht verhindern, dass sich neue Bilder vor die alten drängen. Der durchnässte Mantel, das schwarze Wasser des Kalksteinbruchs.

Mein Herzschlag gerät außer Kontrolle. Ich springe von meinem Stuhl auf.

»Es tut mir leid.«

Lollo runzelt die Stirn.

»Was hast du gesagt?«

Ich bin genauso ahnungslos wie sie. Wer hat sich gerade entschuldigt?

»Was hast du gesagt?«, fragt sie noch einmal.

Ich weiß, dass ich den Mund halten sollte, aber ich kann den Wortschwall nicht mehr aufhalten. Er dehnt sich in meiner Kehle aus, bis ich das Gefühl habe, zu ersticken.

»Ich wollte das nicht.«

Lollos Miene ist nicht länger neugierig, sondern abwartend, vielleicht sogar misstrauisch.

»Wovon redest du da?«

Eine winzige Stimme in meinem Inneren versucht, mich aufzuhalten, ermahnt mich, dass es noch nicht ausgestanden ist. Aber die Stimme ist zu schwach. Mein Puls rast und übertönt alles andere.

»Es tut mir leid, Lollo, ich hätte es dir erzählen sollen, aber …«

Ich sinke auf den Stuhl, von dem ich gerade erst aufgesprungen bin, und stütze den Kopf in die Hände.

»Fredrik.« Dieses Mal ist es Lollo, die aufsteht. »Was faselst du da?«

Als ich nichts sage, schlägt sie mit der Faust auf den Tisch.

»Antworte mir, verdammt nochmal!«

Gott, wenn du existierst, dann hilf mir jetzt. Ergreife die Gelegenheit und zeige dich.

»Fredrik?«

Ich nehme meine Hände fort und sehe Lollo an. Louise Wiksell, seit mehr als der Hälfte unseres Lebens die beste Freundin meiner Frau. Diese für gewöhnlich so beherrschte Frau hat sich vollkommen verwandelt. Ihr Haar ist strähnig, die Kleidung zerknittert. Und in ihrem Blick liegt diese abgrundtiefe Verzweiflung.

»Ich hätte ihr folgen sollen«, murmele ich. »Ich hätte sie nicht allein lassen dürfen.«

Im Hintergrund zischt die Kaffeemaschine. Ich muss bald unsere Becher holen. Vielleicht auch etwas Milch.

»Über wen redest du da?«, fragt Lollo. »Nina?«

»Nein, ich … Sie hat mich in der Silvesternacht angerufen, und ich bin in Panik geraten, ich wollte nicht …«

»Warte eine Sekunde.« Lollo macht einen Schritt auf mich zu. »Du redest von *Jennifer*?«

Eine ungeheure Müdigkeit breitet sich in meinem Körper aus. Ich möchte mich hinlegen. Einfach ganz ruhig liegen und kein Wort mehr zu irgendjemandem sagen. Doch ein Wort bringe ich trotzdem noch heraus.

»Ja.«

Lollo starrt mich an.

»Aber was …? Warum hat sie dich angerufen? Was hat sie gesagt? Was …?«

»Sie wollte reden«, unterbreche ich sie. »Jennifer war enttäuscht von mir, und sie wollte reden.«

Ich sehe Lollos Verwirrung, sehe, wie sie verzweifelt versucht, meine zusammenhangslosen Sätze in eine verständliche Ordnung zu bringen. Ihr Blick wandert hektisch umher. Sie sieht mich an, dann die Haustür, dann wieder mich. Plötzlich reißt sie die Augen weit auf, die Pupillen sind so groß, dass ihre blaue Iris schwarz wirkt.

»Warst du das?«, flüstert sie. »Hast du Jennifer umgebracht?«

Nein!, will ich rufen. Nein, ich habe sie nicht umgebracht.

Aber natürlich habe ich es getan.

Ich habe meine eigene Tochter getötet.

»Hör zu, Lollo. Sie ist gefallen. Ich wollte ihr helfen, aber …«

Lollo sieht sich um, entdeckt ihre Handtasche und hebt sie vom Boden auf.

»Ich rufe die Polizei.« Ihre Stimme ist schrill, mit einer Hand kramt sie fieberhaft in der Tasche, ohne den Blick von mir abzuwenden. »Hast du mich verstanden? Ich rufe sie jetzt sofort an.«

Langsam weicht sie vom Tisch zurück, als hätte sie Angst, ich könnte sie angreifen.

Als wäre ich ein Mörder.

»Es ist vollkommen in Ordnung, wenn du die Polizei rufst«, sage ich und merke, dass ich es ernst meine. »Aber bitte, lass mich erst alles erklären.«

»Ich will kein Wort mehr von dir hören!«

Lollo schreit. Sie hält ihr Telefon, als würde sie mit einer Waffe auf mich zielen.

Und ich wünschte, es wäre so. Ich will sterben. Aber bevor alle anfangen, ihre Wahrheiten zu erzählen, will ich, dass Lollo meine hört.

»Fünf Minuten«, flehe ich. »Gib mir fünf Minuten.«

Sie sagt nichts, sondern starrt mich nur mit so etwas wie Hass im Blick an. Also rede ich weiter.

»Ich … ich habe ihr nicht weh getan.« Meine Stimme ist belegt, die Wörter kommen stockend. »Du … du musst mir glauben. Ich weiß, dass es falsch von mir war, sie dort zu lassen. Ich hätte sie nach Hause zerren sollen, hätte sie zwingen sollen …

Aber sie hat sich geweigert. Was also hätte ich tun sollen? Es tut mir so leid. Ich weiß, dass es keine Rolle spielt, was ich sage, aber du musst mir glauben, dass es niemals meine Absicht war. Ich verstehe nicht, wie sie in den Steinbruch gekommen ist!«

Lollo scheint sich ein wenig zu beruhigen.

»Aber warum?« Sie lässt die Hand mit dem Telefon sinken. »Fredrik, *warum*?«

Ich seufze.

»Das ist eine lange Geschichte, aber …« Tränen brennen hinter meinen Lidern. »Das ist es nicht … Ich habe Jennifer geliebt.«

Lollo versteift sich.

»Geliebt?«

Sie spuckt das Wort aus, als hätte sie einen Bissen von etwas Ekligem im Mund.

»Nicht auf *diese* Weise. Wir … Du weißt doch, dass Jennifer und ich gut miteinander ausgekommen sind. Ich habe versucht, ihr ein Vorbild zu sein, habe versucht, ihr zuzuhören und Geduld mit ihr zu haben. Aber in der Silvesternacht … wir haben uns im Wäldchen getroffen, und …«

»Was zum *Teufel* habt ihr im Wäldchen getrieben?«

Wenn das überhaupt möglich ist, dann sind Lollos Augen jetzt noch schwärzer als vorher.

»Es ist nicht so, wie du denkst.«

Ich stehe auf und mache einen Schritt auf sie zu.

Lollo weicht zurück.

»Bleib, wo du bist!«, ruft sie. »Fass mich nicht an!«

»Lollo, hör mir zu. Wir haben uns nur unterhalten, wir …« Meine Wangen sind nass, und Tränen verschleiern meinen Blick. »Es fing an, als Jennifer und ich letzten Mittsommer schwimmen waren. In der Nacht. Sie ist von der Party in Falsterbo zurückgekommen und dachte, wir sollten kurz ins Wasser springen. Ich glaube, sie hat es sich in den Kopf gesetzt, dass wir, dass wir irgendwie …«

Ich sollte meinen Mund halten, aufhören, mich immer tiefer reinzureiten. Warum habe ich den Mittsommerabend überhaupt erwähnt? Es gibt keinen Grund, ihn ins Spiel zu bringen. Aber es ist, als ob jetzt alles auf den Tisch kommen müsste.

Unerwartet macht Lollo ein paar schnelle Schritte in Richtung Spüle, und dann hält sie auch schon eines unserer Küchenmesser in der Hand.

»Du verdammter Pädophiler!« Sie stürzt ich auf mich. »Ich bringe dich um!«

64

NINA

»Hast du schon mit Lollo gesprochen, seit sie Jennifer gefunden haben?«

Smillas Frage kommt so unerwartet, dass ich nach Luft schnappe. Ich drehe den Kopf zu ihr, sie sitzt neben mir auf dem Sofa. Die Beine hat sie angewinkelt, die Nase am Handy.

»Nein«, sage ich. »Ich habe ihr eine SMS geschickt.«

Smilla sieht mich an.

»Ist Lollo nicht so etwas wie deine beste Freundin?«

Ich muss über die Frage nachdenken, bevor ich antworte. Die traurige Wahrheit ist, dass Lollo und Malena alles sind, was ich habe. Und die letzten fünfzehn Jahre habe ich damit zugebracht, mich über sie zu ärgern, vor allem über Lollo.

»Lollo und Malena sind meine ältesten Freundinnen«, sage ich schließlich. »Aber ich weiß nicht, ob ich sie deswegen auch meine besten Freundinnen nennen kann.«

Smilla runzelt die Stirn.

»Wenn Lollo und Malena nicht deine besten Freundinnen sind, wer ist es dann?«

»O … Cecilia, vielleicht. Und Eva.«

»Wer sind die?«

»Meine Kolleginnen.«

»Ich habe sie noch nie gesehen«, sagt Smilla. »Sie können nicht deine besten Freundinnen sein.«

»Vielleicht nicht.« Ich zucke mit den Schultern. »Aber, weißt du … als Erwachsene, wenn du Vollzeit arbeitest und eine Familie hast, ist es schwierig, Zeit mit jemandem zu verbringen, der weder Kollege noch Familie ist. Zumindest nicht, wenn die Kinder klein sind.«

»Du solltest Lollo anrufen«, sagt Smilla.

Meine Tochter hat recht. Ich traue mich nur nicht. Ich habe Angst, mehr hineingezogen zu werden als nötig. Ich habe Angst, dass ich am Ende Lollos Trümmerteile einsammeln muss. Wie zum Teufel soll ich Lollo wieder zusammenflicken, wenn Fredrik ebenfalls zusammengebrochen ist?

»Ich weiß, Schatz. Ich weiß.«

Ich ziehe Smilla an mich, lege ihr einen Arm um die Schultern und schaue zur Küche, wo Mama das Abendessen zubereitet. In diesem Moment schaut sie auf, und unsere Blicke treffen sich. Mama lächelt zufrieden und widmet sich wieder ihren Küchenarbeit.

Man kann über meine Mutter sagen, was man will, aber sie kennt mich gut. Eine Stunde Schlaf hat meiner Stimmung gutgetan, endlich kann ich wieder einigermaßen klar denken.

»Du kannst immer mit mir reden«, murmele ich und vergrabe meine Nase in Smillas Haar. »Egal, worüber. Vergiss das nicht.«

Sie sieht mich an.

»Du glaubst, Jennifer hätte sich umgebracht.«

»Ich weiß es nicht. Die Polizei scheint andere Theorien zu haben.« Ich lehne mich zurück. »Es ist sehr gut möglich, dass Jennifer depressiv war … hat sie dir gegenüber irgendetwas gesagt? Hat sie mal erwähnt, dass sie gerade eine schwere Zeit hätte oder so?«

»Nein. Aber wir hatten im Herbst kaum Kontakt.«

»Depression könnte ein Grund sein, warum sie sich zurückgezogen hat«, sage ich. »Psychische Probleme unter Teenagern nehmen immer mehr zu …«

Smilla nickt.

»Ich glaube, ich habe keine einzige Freundin, der es nicht schlecht geht. Mehr oder weniger jedenfalls.«

»Aber das ist doch nicht normal.« Ich lege beide Arme um sie und drücke sie fest. »Wie geht es *dir* eigentlich?«

Ich bin eine Heuchlerin. Wie kann ich Lollo vorwerfen, sich nicht um Jennifer zu kümmern, wenn ich selbst nicht anders bin? Was weiß ich schon wirklich über meine Tochter und ihre Welt? Die Scham löst eine Hitzewelle aus, die an meinem Kopf beginnt und bis in die Fußspitzen läuft. Schweißperlen sammeln sich an meiner Oberlippe, und ich wische sie mit dem Zeigefinger weg.

Smilla schmiegt sich enger in meine Umarmung.

»Abgesehen von dieser Sache mit Jennifer … geht es mir eigentlich ganz gut.«

Ein Schauer läuft durch ihren Körper.

»Bitte entschuldige.« Ich löse die Umarmung ein wenig. »Das war eine dumme Frage.«

»Ich glaube, ich habe es noch gar nicht richtig begriffen.« Smilla seufzt. »Dass Jennifer tot ist, meine ich.«

Eine ganze Weile sagen wir nichts. Ich sehe zu, wie Mama Tee kocht, Tassen und Teller auf ein Tablett stellt. Sie benutzt immer noch das hässliche Tablett aus lackiertem Kiefernholz, das Claudia im Werkunterricht in der Mittelstufe gemacht hat.

»Es gab Gerüchte über Jennifer«, sagt Smilla.

Sie beugt sich vor, legt ihr Handy auf den Couchtisch und lässt sich zurück an meine Brust sinken.

»Was für Gerüchte?«

»Über Drogen und so.«

»Ich verstehe.« Ich versuche, meinen Schrecken zu verbergen, aber mir ist klar, dass Smilla so, wie sie gerade sitzt, wahrscheinlich meinen Herzschlag hören kann. »Glaubst du, da war was dran?«, frage ich. »An diesen Gerüchten?«

»Ich habe es nicht geglaubt.« Smilla seufzt erneut. »Oder vielleicht wollte ich es nicht glauben. Aber jetzt frage ich mich doch … Du weißt schon, wenn sie depressiv war und …«

Ich versuche, dem Gedankengang meiner Tochter zu folgen, auch wenn meine eigenen Gedanken herumflitzen wie Flipperkugeln.

»Du meinst, sie könnte psychische Probleme gehabt haben, und Drogen waren für sie ein Weg, damit klarzukommen? Dass sie high war und verwirrt und aus Versehen in den Steinbruch gefallen ist?«

Smilla windet sich.

»Nein, ich denke eher, dass …« Sie dreht sich so, dass sie mich ansehen kann. »Du weißt doch, dass in der Zeitung steht, dass die Polizei ein Verbrechen nicht ausschließen kann.«

Ich nicke, und Smilla fährt fort.

»Vielleicht gab es einen Drogendealer, der sauer war, weil sie nicht bezahlt hat …« Sie schaut auf ihre Hände und dreht ihre Armbanduhr, bis der Verschluss unter ihrem Handgelenk liegt. »Oder wie auch immer so etwas abläuft.«

Ich stelle mir Jennifer vor. Sie sieht Smilla so ähnlich. Eine Zeit lang, als sie etwa zehn waren, haben die Mädchen sich einen Spaß daraus gemacht, den Leuten weiszumachen, sie wären Zwillinge. Sie hatten denselben Haarschnitt, kauften sich die gleichen Klamotten und machten sich vor Lachen buchstäblich in die Hose, wenn sie es hinbekamen, dass man sie verwechselte. Es gibt ein Foto aus dieser Zeit, auf dem sie Hand in Hand in Falsterbo stehen. Fröhlich und sommersprossig.

Kann es wirklich sein, dass Jennifer Drogen genommen hat?

Einerseits klingt das völlig verrückt. Andererseits wäre es auch keine große Überraschung. Drogenprobleme würden nur alles bestätigen, worüber ich mir schon immer Sorgen gemacht hatte. Dass ihr keine Grenzen gesetzt wurden. Das Gefühl, dass alles Mögliche passieren konnte, sobald Jennifer in der Nähe war.

Aber Lollo und Max hätten doch sicherlich gemerkt, wenn Jennifer auf die schiefe Bahn geraten wäre, oder? Merkt man es nicht sofort, wenn jemand längere Zeit Drogen konsumiert? Und Jennifer hatte Silvester so strahlend und frisch ausgesehen.

Ich rutsche ein kleines Stück zur Seite, damit ich meine Tochter genau ansehen kann.

»*Du* nimmst aber keine Drogen, oder?«

Smilla reißt die Augen auf.

»Was denkst du eigentlich von mir?«

»Ich bin deine Mutter. Ich muss das fragen.«

Von jetzt an werde ich immer einen Schritt voraus sein und nicht warten, bis irgendwelche Gerüchte die Runde machen.

Smilla rückt von mir ab und wirft mir einen vorwurfsvollen Blick zu.

»Vertraust du mir nicht?«

»Natürlich tue ich das.« Ich streichle ihre Wange. »Aber … über was für Drogen reden wir hier eigentlich? Die Jennifer genommen haben soll, meine ich.«

»Keine Ahnung. Wie gesagt, es war ein Gerücht. Vielleicht hat sie nur einmal etwas ausprobiert. Manche Leute kommen auf solche Ideen.«

Smilla nimmt ihr Telefon vom Tisch. Ein deutliches Signal. Sie will nicht weiterreden und fühlt sich wahrscheinlich bedrängt. Aber ich habe nicht vor, es zu lassen. Du bekommst keine Antworten, wenn du keine Fragen stellst. Ich schätze, Kinder müssen bedrängt werden. Wenn sie erwachsen sind, werden sie verstehen, dass wir sie aus Sorge ausgefragt haben.

Ich muss mit Fredrik über diese Drogengeschichte reden und herausfinden, ob ihm irgendetwas aufgefallen ist. Ob er etwas gehört hat.

Apropos Fredrik. Und psychische Probleme. Ich würde es mir nie vergeben, wenn ihm jetzt etwas zustoßen würde. Wenn er sich etwas antun würde oder …

Ich stehe vom Sofa auf.

»Hast du mein Telefon gesehen?«

»Es lag auf der Kommode im Flur, jedenfalls vor dem Essen.« Smilla blickt nicht von ihrem Display auf. »Willst du Lollo anrufen?«

»Ja«, sage ich. »Aber zuerst rufe ich deinen Papa an.«

65

LOLLO

Meine Hand umklammert den schwarzen Plastikgriff. Ich halte den ausgestreckten Arm vor mir, ziele mit dem Messer auf Fredrik und sehe, wie die Adern an seiner Stirn pochen. Sein Blick glüht vor Schreck.

Dieser feige, kranke, jämmerliche Mistkerl!

»Wie lange geht das schon?«, rufe ich. »Fickst du sie schon, seit sie ein kleines Mädchen war?«

Bilder flackern schnappschussartig auf, als würde ich einen Film im Schnelldurchlauf ansehen.

Jennifer mit drei, die mit einem Bilderbuch auf Fredriks Schoß sitzt.

Jennifer mit sechs, ein lächelnder Fredrik, der ihre Hand nimmt und ihr beim Krocketspiel hilft.

Jennifer mit vierzehn. Sie sitzt am Küchentisch vor dem aufgeschlagenen Mathebuch, Fredrik ist bei ihr.

Wer weiß, wo er seine Hände hatte, wenn niemand hingeschaut hat?

»Lollo, bitte …« Fredrik steht stocksteif da, nur seine Lippen bewegen sich, als er flüstert: »Ich habe nie …«

»Ich hasse dich. Ich werde dich umbringen, ich …« Ich reiße mich zusammen, ohne unvorsichtig zu werden. Ich lasse das Messer vor Fredriks Gesicht herumtanzen. »Nein, warte. Ich werde dir den Schwanz abschneiden. Mit dem Tod würdest du viel zu leicht davonkommen. Ich will sehen, wie du in der Hölle schmorst!«

Meine Wut treibt mich an. Sie hält mich aufrecht und am Leben, während ich am liebsten alles vergessen würde.

Doch bevor ich aufgebe, muss Fredrik sterben. Und sein Tod wird nicht schnell kommen, er wird sich in die Länge ziehen und außerordentlich schmerzvoll sein.

Ich will diesem schwächlichen Stück Scheiße gerade befehlen, die Hosen herunterzulassen, als hinter uns eine E-Gitarre zu spielen beginnt. Das Geräusch lenkt mich ab. Es dauert nur eine Millisekunde, doch Fredrik erkennt seine Chance und ergreift sie. Er packt mein Handgelenk, verdreht es und drückt es nach hinten, so dass das Messer jetzt auf mich gerichtet ist. Ich weiche zurück, während ich mich mit aller Kraft gegen ihn wehre. Ein scharfer Schmerz durchfährt mein Handgelenk. Fredrik mag wie ein Wrack aussehen, aber er ist überraschend stark.

»Du Scheißkerl«, zische ich. »Ich hasse dich. *Hasse dich.*«

»Lollo, ich … ich will dir nicht weh tun.« Fredrik ist außer Atem. »Kannst du bitte einfach das Messer weglegen und stattdessen mit mir reden?«

»Wir haben nichts zu bereden. Nichts. Kapiert?«

Die Musik wird lauter. Woher kommt sie?

»Verdammt, verdammt, verdaaaammt!«

Ich schreie im Takt mit dem brüllenden Mann im Hintergrund. Speicheltropfen fliegen in Fredriks Gesicht, und als ihm ein Tropfen ins Auge fliegt, zuckt er zusammen. Zur gleichen Zeit werfe ich mich nach vorn und setze dabei mein ganzes Gewicht ein.

Fredrik taumelt zurück und kracht mit der Schulter gegen die Kühlschranktür. Die unerwartete Bewegung bringt mich ebenfalls aus dem Gleichgewicht.

Was als Nächstes passiert, dauert nur einen Sekundenbruchteil. Und zugleich habe ich das Gefühl, dass ich schon sehen kann, was passieren wird, bevor es tatsächlich passiert. Ich sehe, wie Fredrik mit einem dumpfen Schlag auf den Boden kracht, ich sehe mich selbst folgen, und ich sehe, wie sich die Messerklinge in die dünne Haut gleich unter Fredriks Schlüsselbein bohrt.

Ein lähmendes Gefühl breitet sich in meinem Körper aus, ich kann keinen Muskel rühren. Mein Blick ist auf das Messer gerichtet, nur der Griff ist noch zu sehen.

Fredrik starrt mich an. Sein Gesicht ist blass, und sein Mund bewegt sich, doch es kommt kein Ton über seine Lippen. Ich weiß, dass ich etwas unternehmen sollte, aber alles, woran ich denken kann, ist ein schwarz-weißer Stummfilm.

Erst als die nervtötende Musik verstummt, kann ich aufstehen und mein Handy suchen. Nach zwei fehlgeschlagenen Versuchen tippen meine bebenden Finger die Ziffern in der richtigen Reihenfolge. *Eins eins zwei.*

Mit dem Telefon am Ohr eile ich zurück zu Fredrik. Ich sinke neben ihm auf die Knie, doch ich kann nur hilflos neben ihm sitzen.

Was soll ich machen? Soll ich ihn auf die Seite drehen? Oder ihn am besten so liegen lassen?

»Notrufzentrale, was für einen Notfall möchten Sie melden?«

Eine kühle Stimme spricht in mein Ohr.

»Das Messer«, keuche ich. »Sie müssen kommen! Sofort!«

»Was ist passiert?«, fragt die Stimme.

»Ein Unfall. Mit einem Messer. Wir sind gefallen, und jetzt …«

»Wo sind Sie?«

Die Ruhe des Mannes am anderen Ende der Leitung provoziert mich, und mein Kopf fühlt sich an, als sei er von innen vollkommen blank poliert. Ich erinnere mich nicht mehr, in welcher Straße sie wohnen.

»Ich weiß es nicht!« Mein Herz pocht. »Ich kann mich nicht erinnern!«

Ich schreie, dass sie verdammt nochmal in der Lage sein sollten, den Anruf zurückzuverfolgen. Gleichzeitig fällt mit etwas von einer App ein, die ich vielleicht hätte herunterladen sollen, als Fredrik plötzlich den Mund aufmacht und mit monotoner Stimme den Straßennamen runterleiert.

Ich wiederhole, was er gesagt hat, und die Stimme redet weiter.

»Atmet die verletzte Person?«

»Ja. Ja, er atmet. Soll ich das Messer herausziehen?«

»Nein«, sagt die Stimme und klingt nicht mehr ganz so ruhig. »Fassen Sie es nicht an. Warten Sie nur auf das Eintreffen der Rettungssanitäter. Hilfe ist unterwegs.«

Nach ein paar weiteren Fragen scheint der Mann das Gefühl zu haben, die Situation sei unter Kontrolle, doch er bleibt am Telefon.

Ich schalte den Lautsprecher ein, setzte mich neben Fredrik und lege das Telefon auf den Fußboden zwischen uns.

»Es tut mir leid«, flüstere ich und lehne mich gegen den Kühlschrank. »Es tut mir leid.«

Er liegt vollkommen still und hat die Augen geschlossen. Jeder Atemzug scheint ihm schreckliche Schmerzen zu bereiten.

Mir kommt der Gedanke, dass er sterben könnte. Dann hätte ich Ninas Mann umgebracht.

Und Jennifers Papa.

Mein Kopf dröhnt und hämmert. Ich schließe die Augen und wünsche mich weit, weit weg, während ich Fredriks mühsamem Atem lausche.

»War Jennifer …« Er hustet. »War sie wirklich meine Tochter?«

Ich nicke, ohne die Augen zu öffnen, und merke, dass mir Tränen über die Wangen laufen.

»Sie … sie hat gelebt«, fährt Fredrik fort. Er presst die Worte heraus, muss immer wieder innehalten, um zu Atem zu kommen. »Sie ist … zur Straße … gegangen. Unsicher. Aber sie ist gelaufen … ich … habe sie gesucht. Bin zurückgegangen. Hab … sie nicht … gefunden. Tut mir … leid.«

Er schweigt.

Die Kaffeemaschine gluckert.

In der Ferne höre ich das Geräusch näherkommender Sirenen.

66

NINA

»Spreche ich mit Carolina Gonzales Andersson?«

Das ist schon das zweite Mal heute, dass jemand mich Carolina nennt. Aber diese Stimme hat nichts von Papas Wärme. Im Gegenteil, sie klingt ausgesprochen förmlich. Ich stehe vom Sofa auf und eile in den Flur, raus aus dem Lärm im Wohnzimmer. Vilgot spielt mit seinem Großvater Mensch-ärgere-dich-nicht, und sie sind, milde ausgedrückt, sehr engagiert bei der Sache.

»Ja, das bin ich.«

Ich höre ein raschelndes Geräusch, als würde jemand ein Blatt Papier umblättern.

»Sind Sie mit Fredrik Andersson verheiratet?«

Bei dieser Frage beginnt mein Herz doppelt so schnell zu schlagen. Das Blut schießt mir aus dem Kopf, und meine Fingerspitzen kribbeln merkwürdig.

»Ja …«

»Ich bin froh, dass ich Sie erreiche. Mein Name ist Helga Gunnarsdottir. Ich bin Ärztin und rufe aus der Skåne Universitätsklinik an.«

Ich taumele zum Hocker neben der Kommode, mein Rücken rutscht an der Wand nach unten, und ich lande mit einem Plumps auf der Sitzfläche.

»Es geht um Ihren Mann«, sagt die Frau am Telefon.

Die Worte, nach denen ich suche, haben sich ineinander verheddert, und aus meinem Mund kommt kein Ton.

»Sie brauchen sich keine Sorgen zu machen«, fährt die Ärztin fort. »Die Lage ist ernst, aber nicht lebensbedrohlich.«

»Was ist passiert?« Ich springe auf und fange an, an der vollen Garderobe nach meiner Jacke zu suchen. »Wo ist er? Ich bin nicht zu Hause. Ich bin … ich bin in Höör. Bei meinen Eltern. Aber ich kann in etwa einer Stunde in Malmö sein.«

Mama und Smilla kommen beide in den Flur. Sie stehen nebeneinander und sehen mich mit großen Augen an.

»Fredrik wurde sediert und schläft jetzt.« Helga Gunnarsdottir spricht mit einem melodiösen isländischen Akzent. »Es ist nicht nötig, dass Sie überstürzt aufbrechen. Er liegt auf der Intensivstation, und dort sind keine Besucher erlaubt. Mit etwas Glück wird er morgen auf die Normalstation der Pneumologie verlegt, dort können Sie ihn dann besuchen.«

»Auf die Lungenstation?« Ich halte inne und lasse den Arm sinken, mit dem ich nach der Jacke gesucht habe. »Warum muss er auf die Lungenstation?«

»Ihr Mann hatte einen Pneumothorax.« Sie schweigt kurz, dann fügt sie hinzu: »Ein Loch in der Lunge.«

»Was? Aber wieso … wie ist das passiert?«

»Eine Stichwunde«, sagt die Ärztin. »Aber wie ich schon sagte, sein Zustand ist stabil, und es geht ihm den Umständen entsprechend gut. Ich bin sicher, dass er Sie schon morgen anrufen kann.«

»Eine Stichwunde?« Ich muss mich wieder setzen. »Er war zu Hause! Er wurde zu Hause niedergestochen?«

Mama und Smilla sind immer noch hier. Mama schlägt beide Hände vor den Mund, und Smillas Gesicht ist kreideweiß.

»Leider kann ich Ihnen keine genaueren Informationen dazu geben«, sagt Helga Gunnarsdottir.

»Aber ich bin seine Frau.« Meine Stimme bricht. »Ich … ich habe das Recht, zu erfahren, was passiert ist.«

»Hm, ja …« Die Ärztin klingt plötzlich verlegen. »Ihr Mann hat uns ausdrücklich gebeten, keine Einzelheiten preiszugeben. Nicht einmal Ihnen gegenüber.«

Das Telefon droht mir aus der Hand zu rutschen, und ich umklammere die weiche Plastikhülle fester.

Betrügt Fredrik mich am Ende *doch*? War es eine frühere Geliebte, die mit dem Messer auf ihn losgegangen ist? Oder eine aktuelle?

Ein Einbrecher war es ganz bestimmt nicht. Wir haben keine wertvollen Kunstgegenstände oder kostbaren Antiquitäten. Oder vielleicht ist jemand eingebrochen, um Antons Spielkonsole zu stehlen. Ich versuche, mir so eine Situation auszumalen, und komme zu dem Schluss, dass es völlig absurd ist. Außerdem würde Fredrik nie versuchen, Widerstand zu leisten. Er würde den Dieben alles gegeben, was sie wollen, und wahrscheinlich sogar noch helfen, alles ins Fluchtauto zu tragen.

Die Ärztin räuspert sich, und ich werde in die Wirklichkeit zurückgeholt, kann mich aber nicht erinnern, wo wir stehengeblieben sind.

»Ihr Mann wird sich höchstwahrscheinlich wieder vollständig erholen«, sagt Helga Gunnarsdottir und fügt hinzu: »Wir melden uns natürlich, sobald sich sein Zustand verändert.« Sie schweigt kurz. »Ist das so für Sie in Ordnung?«, fragt sie.

Es ist nicht in Ordnung. Überhaupt nicht.

»Natürlich«, sage ich. »Danke für den Anruf.«

Ich lege auf und starre das Telefon an.

»Wer war das?« Mama kommt zu mir geeilt. »Nina, was ist los?«

»Das war das Krankenhaus … es ist …« Ich sehe Mama an. »Fredrik wurde niedergestochen.«

Smilla sieht aus, als würde sie jeden Moment ohnmächtig werden, und ich stehe auf.

»Es ist alles gut, Schatz.« Ich ziehe sie an mich. »Papa wird wieder gesund, die Ärztin hat gesagt, dass er sich wieder vollständig erholt.«

Die Arme um meine Tochter geschlungen, versuche ich gegen das Gefühl anzukämpfen, dass meine Welt aus den Fugen geraten ist.

67

LOLLO

Der Eingangsbereich des Polizeireviers ist fast vollkommen leer. Ein Wachmann hinter einer Glasscheibe nickt den beiden uniformierten Polizisten zu, die mich begleiten. Ich bekomme einen Besucherausweis, dann gehen wir einen langen Korridor entlang.

»Da sind wir«, sagt die rothaarige Frau, die sich mir als Sally vorgestellt hat. Sie hält die Tür zu einem kleinen, spärlich möblierten Zimmer auf. »Bitte setzen Sie sich. Lina Torrero ist unterwegs.«

Ich setze mich auf einen der vier Stühle, dankbar, hier zu sein.

Sally und ihr Kollege sind im Krankenhaus aufgetaucht, nur wenige Minuten nachdem der Krankenwagen bei der Notaufnahme vorgefahren ist. Sobald sie erfuhren, dass Lina Torrero unsere Ansprechpartnerin in einer laufenden Ermittlung ist, haben sie sie angerufen.

»Möchten Sie etwas trinken?« Der Polizist, der etwa in meinem Alter ist, aber immer noch einen riesigen Hipsterbart hat, sieht mich an. »Kaffee? Tee? Wasser?«

»Ein Glas Wasser, bitte.«

Er nickt mir kurz zu und verschwindet im Flur.

Ich lehne mich an die harte Rückenlehne, schließe die Augen und versuche so zu atmen, wie ich es gelernt habe, um mein Wohlbefinden zu steigern. Ich denke an die Hunderte Yogastunden, die ich im Laufe der Jahre besucht habe. Ich hätte nicht erwartet, dass sie sich jetzt als ausgesprochen nützlich erweisen würden, hier in einem Vernehmungszimmer. Aber nach ein paar tiefen Atemzügen lässt das Druckgefühl in meiner Brust tatsächlich nach. Nicht ganz, aber fast.

Die Tür klappert. Der Bärtige kommt zurück, zusammen mit Lina Torrero, und wir schütteln uns zum dritten Mal heute die Hand. Der Bärtige stellt ein Glas Wasser vor mich hin und verlässt den Raum, während die beiden Frauen mir gegenüber Platz nehmen.

Sally fängt an, etwas in einen Computer einzutippen. Torrero legt einen dünnen Plastikordner auf den Tisch und klappt ihren Laptop auf. Sie nimmt ein Smartphone aus ihrer Gesäßtasche und legt es auf den Ordner.

»Wie geht es Ihnen?«

Wenn mir irgendjemand anders diese Frage gestellt hätte, wäre ich wütend geworden. Aber ich mag Lina Torrero. Sie scheint nicht zu fragen, weil sie dazu verpflichtet ist, sondern weil es sie wirklich interessiert.

»Nicht so gut«, sage ich.

Torrero teilt ihren Pferdeschwanz in der Mitte und zieht an den beiden Strängen, um ihr Haargummi fester zu ziehen.

»Ich hoffe, es ist in Ordnung, dass wir Sie hierhergebracht haben.« Sie lässt ihr Haar los. »Im Krankenhaus ist es immer etwas zu chaotisch, um sich zu unterhalten.«

Ich nicke, und die Polizistin fährt fort.

»Zuerst und vor allem möchten wir natürlich mehr über den Vorfall von heute Abend erfahren.«

»Ich wollte das nicht.« Meine Wangen werden heiß, und ich kann ihr nur schwer in die Augen sehen. »Es war ein Unfall. Es …«

»Warten Sie.« Torrero schaltet ihr Telefon ein und legt es auf die Mitte des Tisches. Sie nennt das Datum, die Uhrzeit und die Namen der anwesenden Personen. »So«, sagt sie. »Erzählen Sie mir, was bei den Anderssons passiert ist.«

»Ich …« Meine Hand zittert, als ich nach dem Wasserglas greife. »Max und ich, wir … wir hatten uns gestritten. Und ich … ich musste mit jemandem reden. Über alles, was passiert ist …« Ich will trinken, verfehle meinen Mund und fange die Tropfen, die mir übers Kinn laufen, mit der freien Hand auf. »Nina war nicht zu Hause, aber Fredrik bat mich herein. Er setzte einen Kaffee auf … Und dann fing er plötzlich an, davon zu reden, dass er Jennifer in dieser Nacht, Silvester, gesehen hat … und ich …« Ich stelle das Glas ab und schaue die beiden Frauen vor mir an. »Ich habe rotgesehen. Ich habe nicht nachgedacht!«

Torrero fragt mich nach Einzelheiten, und Sally macht sich Notizen.

»Soweit ich weiß, will Fredrik keine Anzeige gegen Sie erstatten«, sagt Torrero, als ich fertig bin.

Ich nicke, und die Polizistin informiert mich, dass sie trotzdem wegen Körperverletzung ermitteln müssen.

»Solange Fredrik seine Meinung nicht ändert, wird aber vermutlich nicht viel mehr passieren«, fügt sie hinzu.

»Und was ist mit Fredrik und Jennifer?« Ich sehe Torrero an. »Er hat *zugegeben,* sie in der Silvesternacht gesehen zu haben. Dem werden Sie doch nachgehen, oder?«

»Wir werden Fredrik auf jeden Fall dazu befragen, sobald sein Zustand es erlaubt«, sagt Torrero. »Aber er sagt, Jennifer habe noch gelebt, als er sie am Gads Väg zurückgelassen hat.«

»Das *sagt* er.« Ich hebe die Hände. »Aber glauben Sie ihm das wirklich?«

»Ich habe versucht, Sie und Max zu erreichen, nachdem wir uns in Lund gesehen haben.« Die Polizistin sieht auf ihren Laptop und dann zu mir. »Und jetzt weiß ich wenigstens, warum *Sie* nicht ans Telefon gegangen sind.« Sie lächelt schief. »Haben Sie übrigens eine Ahnung, wo Max sein könnte?«

Ein unbehagliches Gefühl breitet sich in meinem Bauch aus. Was zum Teufel hat er vor?

»Nein. Ich bin mit dem Auto weggefahren und habe seitdem nichts mehr von ihm gehört.«

»Ich verstehe.« Lina Torrero sucht meinen Blick. »Der Grund, weshalb ich mit Ihnen beiden sprechen wollte, ist, dass wir neue Erkenntnisse in Jennifers Fall gewonnen haben. Wir haben Informationen, die nahelegen, dass wir es hier nicht mit einem Unfall zu tun haben.«

Ich öffne den Mund, doch Torrero kommt mir zuvor.

»Wir gehen ab sofort davon aus, dass es sich um Mord handelt.« Sie weicht meinem Blick nicht aus. »Und ich möchte ausdrücklich darauf hinweisen, dass bei diesen neuen Erkenntnissen Fredrik Andersson *keine* Rolle spielt. Wir haben vermutet, dass er in der fraglichen Nacht Kontakt zu Jennifer hatte, und das hat sich inzwischen bestätigt. Aber wir glauben nicht, dass Fredrik derjenige ist, der Jennifer getötet hat.«

Verwirrt sehe ich die Polizistin an, versuche zu begreifen, was sie mir sagen will.

Mord.

Jennifer wurde *ermordet*?

»Möglicherweise sieht es so aus, als hätte Fredrik etwas falsch gemacht«, fährt Torrero fort. »Vielleicht hätte er Jennifer überzeugen müssen, nach Hause zu gehen. Aber die Tatsache, dass er ohne sie zur Party zurückgekehrt ist, ist für sich genommen kein Verbrechen.«

»Aber … aber was ist dann passiert?« Ich schaue zwischen den beiden Frauen hin und her. »Wollen Sie mir sagen, dass sie sich danach noch mit jemand anders getroffen hat? War es dieser

Sandmann? Einer der Männer von der Facebookliste? Petter Silvén? Habt ihr ihn überprüft? Er wohnt ganz in der Nähe, er …«

Ich verstumme, als ich merke, dass ich abschweife. Torreros freundliche braune Augen treiben mir die Tränen in die Augen.

»Ich fürchte, wir können Ihnen nicht sagen, wen wir überprüft haben oder auch nicht«, sagt sie ruhig. »Wir können Ihnen auch nicht sagen, woran wir im Moment arbeiten. Wir wollten Ihnen zunächst einmal mitteilen, dass wir den Vorfall jetzt als Mordfall bewerten und entsprechend behandeln. Außerdem müssen wir Ihnen noch ein paar weitere Fragen stellen …« Etwas in der Miene der Polizistin ändert sich, und sie macht eine kurze Pause, ehe sie auf den Punkt kommt. »Der Autopsiebericht ist da.«

Ein Bild entsteht vor meinen Augen. Der steife Körper eines Mädchens auf einem kalten Edelstahltisch. Mein Magen zieht sich zusammen. Ich sehe mich nach etwas um, in das ich kotzen könnte, doch dann schaffe ich es, das, was mir hochkommt, wieder herunterzuschlucken.

»Was ist los?«, fragt Sally. »Geht es Ihnen gut?«

Ich nicke und nehme einen Schluck Wasser. Ich suche in meiner Erinnerung nach anderen Bildern, nach einem, das Jennifer lebendig zeigt – mit dem Strahlen in ihren Augen und einem Lächeln auf den Lippen. Stattdessen sehe ich ein blasses Gesicht, stumme Lippen und geschlossene Augen.

»Nun …« Torrero sucht erneut meinen Blick. »Laut dem Bericht hatte Jennifer Spuren von Cannabis und Tramadol im Blut.«

»Das kann nicht sein«, flüstere ich. »Das muss ein Irrtum sein.«

»Leider ist es das nicht.« Torrero schaut auf den Bildschirm vor sich. »Es war nicht besonders viel, aber in Kombination mit Alkohol …«

»Das muss ihr jemand eingeflößt haben.« Ich werfe den beiden Frauen flehentliche Blicke zu, meine Stimme gewinnt an Stärke. »Jennifer hat keine Drogen genommen! Das hätten wir gemerkt.«

Noch während meine Worte von den kahlen Wänden widerhallen, beginnen meine Zweifel zu wachsen. Wie kann ich so sicher sein, dass Jennifer keine Drogen genommen hat? Schließlich hatte ich auch keine Ahnung, was sie im Internet getrieben hat.

»Jemand muss es ihr auf der Silvesterparty untergemogelt haben.« Ich höre das Zögern in meiner Stimme. »Eine … eine einmalige Geschichte.«

»Nein.« Lina Torrero beginnt, in dem dünnen Ordner zu blättern. »Vielleicht haben Sie davon gehört, dass jemand Jennifers Telefon gefunden hat?«

Sie legt ein Foto auf den Tisch und dreht es um, so dass ich es sehen kann. Das Foto zeigt ein winziges, altmodisches Handy. Es ist blau, und es sieht aus wie mein allererstes Mobiltelefon, das Max mir irgendwann Anfang der 2000er zum Geburtstag geschenkt hat.

»Das ist nicht Jennifers Telefon.« Ich deute auf das Foto. »Sie hatte ein iPhone. Das neuste Modell.«

»Jennifer hatte zwei Handys.« Torrero nimmt das Foto zurück. »Ihr iPhone haben wir nicht gefunden, aber wir konnten eine Kopie der Daten herunterladen. Dieses hier …«, sie deutet auf das Foto, »hatte keinen Vertrag. Es war ein Prepaid-Handy.«

»Aber … wofür hat sie das gebraucht?« Ich sehe die dunkelhaarige Frau verwirrt an. »Konnten Sie herausfinden, wen sie angerufen hat?«

Torrero legt das Foto zurück in den Ordner.

»Sie hat vor allem SMS damit verschickt. Das Prepaidhandy war ein Drogenhandy, sie hat damit Dealer und Kunden angerufen. Und ja, wir konnten ein paar von Jennifers Kontakten nachverfolgen. Aber mehr kann ich Ihnen dazu im Moment nicht sagen.«

Ich beuge mich über den Tisch, stütze den Kopf auf die Hände und fange an zu weinen.

Mord. Drogen. Der Sandmann. Fredrik. Max. Soll ich Max anrufen? *Will* ich ihn anrufen? Könnte er irgendwie in diesen Scheiß verwickelt sein? Soll ich Torrero diese Gedanken mitteilen?

Ich bin so müde. So unglaublich müde.

Als ich endlich den Kopf hebe, steht eine Schachtel Taschentücher neben meinem Wasserglas. Ich nehme ein Tuch, putze mir die Nase und trockne mir die Augen.

»Sie müssen mich für die schlechteste Mutter der Welt halten.«

Die Antwort kommt einen Hauch zu spät.

»So dürfen Sie nicht denken«, sagt Lina Torrero. »Das kann jedem passieren. Allen Menschen, aus allen sozialen Schichten. Wir können alles für unsere Kinder tun, und trotzdem geraten sie in Schwierigkeiten. Glauben Sie mir, niemand ist dagegen gefeit.«

DREIKÖNIGSTAG 2019

SAMSTAG

68

FREDRIK

Lina Torrero mustert mich.

»Sind Sie sich absolut sicher, dass Sie Louise Wiksell nicht anzeigen wollen?«

»Ja«, sage ich. »Es war ein Unfall. Lollo war aufgebracht, und ich … ich hatte zu viel getrunken.«

Die Polizistin lehnt sich in ihrem Stuhl zurück, schlägt die Beine übereinander und sieht mich mit skeptischer Miene an.

»Sie hatten Glück.« Ihr Blick wandert zum Schlauch, der in meiner rechten Lunge steckt. »Es hätte wesentlich übler ausgehen können.«

Was soll ich dazu sagen? Gestern war ich überzeugt, dass meine letzte Stunde gekommen wäre. Der Schmerz war unbeschreiblich. Jeder Atemzug hat wie Feuer gebrannt, und mein Leben hat angefangen, sich buchstäblich vor meinen Augen abzuspulen wie ein Film. Ich war überrascht, wie panisch ich war. Ich habe gedacht, ich sei bereit, zu sterben, und dass das mein einziger Ausweg wäre. Aber in dem Moment, als ich mit einem Messer in meiner Lunge auf dem Küchenboden gelegen habe, da wusste ich es.

Ich will nicht sterben.

Ich will leben.

Lina Torrero steht auf. Ihre Kollegin, die Rothaarige, an deren Namen ich mich nicht erinnere, klappt ihr Notizbuch zu und schiebt die beiden Stühle zurück an die Wand. Sie nickt mir kurz zu, zieht schnell ihre Jacke über und verschwindet im Flur.

Torrero bleibt an der Tür noch einmal kurz stehen.

»Wir melden uns auf jeden Fall bei Ihnen.« Sie deutete auf den Drainageschlauch in der Wunde. »Wenigstens muss ich mir jetzt keine Sorgen machen, dass Sie abhauen.«

Als wieder Ruhe eingekehrt ist, schließe ich die Augen und versuche, die Informationsflut zu ordnen, die mich gerade überspült hat. Aber es führt nirgendwo hin. Vielleicht liegt es an der Art der Informationen, vielleicht liegt es auch an den Medikamenten, an den Schmerzmitteln, die im Moment durch meinen Körper gepumpt werden.

Torrero sagte, Jennifer sei ermordet worden.

Ermordet.

Offenbar hatte sie auch Drogen genommen. Tramadol, Cannabis. Vielleicht noch mehr.

Ich habe sofort gestanden, dass wir letzten Sommer zusammen gekifft haben. Schließlich musste ich erklären, warum ich das Treffen mit ihr in der Silvesternacht verschwiegen hatte. Aber ich habe hoch und heilig geschworen, dass ich Jennifer niemals über irgendwelche anderen Drogen habe sprechen hören.

Offenbar hat sie Jugendliche in ihrem Umfeld damit versorgt. Es war keine große Sache, aber trotzdem.

Scheiße, Jennifer. Wie konnte alles nur so verdammt schiefgehen?

Mein Kopf sinkt zurück ins Kissen. Ich hole tief Luft, bemerke meinen Fehler zu spät und stöhne laut auf.

Eine zufällig vorbeikommende Krankenschwester steckt den Kopf zur Tür herein.

»Haben Sie Schmerzen?«

Ich schüttele den Kopf.

»Drücken sie einfach auf den Knopf, wenn Sie Hilfe brauchen«, sagt sie und eilt davon.

Meine Gedanken kehren zu meinem Gespräch mit Torrero zurück, und ich versuche, mir die Details in Erinnerung zu rufen.

Wenn ich Torrero richtig verstanden habe, gelte ich nicht als Verdächtiger für den Mord. Ich scheine wegen gar nichts verdächtigt zu werden – außer vielleicht wegen meines schlechten Urteilsvermögens.

Torrero war ziemlich wortkarg, behauptete aber, sie stünden bei den Ermittlungen kurz vor dem Durchbruch. Sie hofft, den Fall aufgeklärt zu haben, noch bevor das Wochenende vorbei ist. Heute ist Samstag. Das muss bedeuten, dass sie bereits wissen, wer der Mörder ist.

Jennifer wurde ermordet.

Das ist absurd. Was könnte sie getan haben, um irgendjemandem einen Grund zu geben, sie zu töten?

Ein junges Mädchen.

Meine Tochter.

Auf einmal bin ich wieder am Strand, zusammen mit Jennifer in dieser blauen Mittsommernacht. Ich will nicht daran denken. Ich will nicht daran erinnert werden, wie knapp es war. Obwohl es gar nicht *ich* gewesen bin, der auf ihre Avancen reagiert hat. Es war mein Reptiliengehirn.

Meine Finger tasten auf dem Nachttisch herum, und ich kriege mein Telefon zu fassen, ohne den Oberkörper zu bewegen. Auf dem Display wird eine neue Nachricht angezeigt.

Fahre jetzt los. / N

Die Nachricht wurde vor fast einer Stunde gesendet. Ich lasse das Telefon auf die Bettdecke fallen und schaue zur Zimmerdecke hinauf. Dort gibt es keine Risse, nur ein perfektes symmetrisches Raster aus weißen Platten.

Nina.

Was zum Teufel soll ich Nina sagen?

Heute Morgen haben wir kurz miteinander gesprochen, gleich

nachdem ich hierher verlegt worden bin. Sie war natürlich vollkommen hysterisch und hat die ganze Nacht kein Auge zugetan.

Ich habe ihr gesagt, dass ich nicht am Telefon mit ihr darüber reden will, und sie gebeten, so bald wie möglich ins Krankenhaus zu kommen. Doch ich fürchte mich vor der Reaktion meiner Frau.

Mir dämmert, dass das meiste, was Jennifer und mich betrifft, ein Geheimnis zwischen der Polizei und mir hätte bleiben können – wenn ich die Nerven behalten hätte. Aber jetzt …

Lollo weiß, dass ich am Mittsommerabend mit Jennifer schwimmen war. Sie weiß, dass wir uns in der Nacht gesehen haben, in der Jennifer verschwunden ist. Und es ist offensichtlich, dass ich das, was später passiert ist, hätte verhindern können, wenn ich sie von unserem Treffen im Wäldchen nach Hause zu den Wiksells geschleift hätte. Zumindest hätte ich verhindern können, dass es in jener Nacht geschehen ist.

Wenn es denn wirklich zu diesem Zeitpunkt passiert ist.

Lollo wird mir niemals verzeihen. Und ich bezweifle, dass sie ihre Gedanken für sich behalten wird.

Was bedeutet, dass ich keine Wahl habe. Nina muss meine Version der Geschichte hören.

69

NINA

»Aber ich verstehe das nicht! *Warum* ist Lollo zu uns gekommen?« Ich stehe mitten im Zimmer, mein Herz pocht heftig, Tränen und Rotze fließen mir ungehindert übers Gesicht. Ich habe das Gefühl, mein ganzer Körper zerfließt zu einer Pfütze auf dem glänzend grauen Linoleumboden. »Du musst mir erklären …«

Meine Stimme erstirbt, als ein hoher Ton in meinem Kopf zu schrillen beginnt. Vor meinen Augen tanzen weiße Punkte, ich schnappe mir einen Stuhl und lasse mich auf die harte Sitzfläche fallen. Vorgebeugt, den Kopf in die Hände gestützt, warte ich, bis das Schrillen nachlässt, dann blicke ich wieder auf.

Der Kopfteil des Bettes ist hochgefahren, und Fredrik liegt schwer in den Kissen. Sein Gesicht hat fast dieselbe Farbe wie der Kissenbezug. Neben dem Bett steht ein Tropfhalter. Er hat einen Schlauch in der Seite und venöse Zugänge am Handgelenk und am Ellenbogen. Ein Bildschirm zeigt zwei verschiedene Werte an, einer davon muss Fredriks Puls sein.

»Warum?«, flüstere ich. »Warum war sie bei uns zu Hause?«

»Keine Ahnung. Sie sagte …« Fredrik schluckt und fährt mit gepresster Stimme fort.

»Sie sagte, sie hätten sich gestritten. Lollo und Max, meine ich. Lollo ist ins Auto gestiegen und einfach losgefahren. Sie wollte weg. Und irgendwann ist sie bei uns gelandet.«

Ich nehme mein Telefon aus der Tasche, blinzle die Tränen weg und schaue auf die Anrufliste.

»Sie hat vorher nicht angerufen.«

»Aber ich sagte doch gerade …« Stöhnend richtet Fredrik sich ein Stückchen weiter auf. »Sie hat es nicht geplant.«

Ich schließe erneut die Augen, reibe mir die Schläfen und versuche zu verdauen, was ich soeben erfahren habe. Von dem Bad mitten in der Nacht. Von den Lügen. Von der Scham und der Schuld.

»Also …« Ich öffne die Augen. »Du hast also wegen Silvester gelogen, um zu verheimlichen, was letzten Sommer passiert ist?«

Fredrik nickt.

»Obwohl nichts passiert ist«, fügt er rasch hinzu. »Du musst mir glauben, Nina. Wir haben wirklich nur gekifft. Aber du weißt doch, wie Jennifer ist … wie sie *war.* Sie hätte sich alles Mögliche ausdenken können. Und nach MeToo und allem …« Er sieht mich mit seinem Dackelblick an. »Wer hätte mir denn geglaubt? Niemand! Ich wäre der geile alte Bock gewesen. Jeder hätte sich auf Jennifers Seite gestellt. Sie ist enttäuscht und wütend gewesen. Sie hätte dafür sorgen können, dass ich gefeuert werde, dass meine Familie und meine Freunde sich gegen mich wenden, sie …«

Fredrik verstummt und schaut an die Zimmerdecke.

Ich weiß nicht, was ich sagen soll. Ich hatte die ganze Zeit den Verdacht, dass irgendetwas nicht stimmt, und zwar nicht nur dieser angebliche Stress bei der Arbeit, wie er mir weismachen wollte. Ich hatte sogar schon mit dem Gedanken gespielt, Fredriks Verhalten könnte etwas mit Jennifer zu tun haben. Aber das hätte ich mir niemals vorstellen können. Es ist jenseits aller Vernunft.

»Ich verstehe …« Fredrik holt tief Luft und verzieht das Gesicht vor Schmerz, ehe er weiterredet. »Ich verstehe, dass es schwer für dich ist, mir in diesem Punkt zu vertrauen, aber ich schwöre dir …«

»Du meinst«, unterbreche ich ihn, »du willst damit sagen, dass Lollo auf dich eingestochen hat, weil sie dachte, du hättest Jennifer getötet?«

Er nickt erneut.

»Ich dachte ja selbst, ich hätte sie getötet. Nicht direkt mit meinen eigenen Händen natürlich. Aber ich dachte, was geschehen ist, sei meine Schuld, und ich würde dafür ins Gefängnis gehen. Sie hat sich am Kopf gestoßen und geblutet, und ich hatte Angst, sie könnte eine Gehirnerschütterung haben. Zuerst dachte ich, sie würde vielleicht irgendwo liegen und erfroren sein. Und dann, als sie gefunden wurde, war ich überzeugt, dass sie wegen ihrer Verletzung in den Steinbruch gefallen ist, dass sie benommen oder verwirrt gewesen ist. Es gibt so etwas wie grob fahrlässige Tötung. Wenn du zum Beispiel jemanden allein lässt, der in Gefahr ist …«

»Halt den Mund!«

Ich tue das, was Vilgot immer macht, wenn er unter Druck steht: Ich halte mir die Ohren zu und kneife die Augen fest zusammen. Es ist eine wirksame Methode, die Welt auszuschließen. Alles wird dunkel, und ich höre nur noch meinen eigenen Herzschlag in den Ohren pochen.

Meine Gedanken sind außer Kontrolle, unmöglich einzufangen oder aufzuhalten. Ich mache die Augen wieder auf und betrachte den Mann in dem Bett vor mir. Ich lasse den Blick über das strähnige, ungewaschene Haar, die angegrauten Bartstoppeln, die eingefallenen Wangen wandern. Über die Tränen, die ihm übers Gesicht laufen.

Wer ist er? Was hat er getan? Kann ich ihm glauben, was er mir erzählt?

»Ich gehe jetzt.« Als ich aufstehe, stößt die Armlehne des Stuhls gegen das Bett. »Ich muss nachdenken.«

Meine Jacke zusammengeknäult unter dem Arm, gehe ich zur Tür.

»Kommst du morgen wieder?«, fragt Fredrick leise hinter mir.

Ich drehe mich um.

»Vielleicht.«

70

LOLLO

Ein Schluchzer steigt in meiner Kehle auf, und ich versuche mich abzulenken, indem ich Chanel ansehe. Papa hat sie heute Morgen hergebracht. Ich konnte die Stille im Haus nicht ertragen und wollte ihre Pfoten auf dem Parkett hören, wollte ihr Fell zwischen den Fingern spüren.

Jetzt läuft sie am Wegesrand entlang, die Nase im Laub vom letzten Jahr vergraben. Der Pudel wirkt vollkommen unberührt von allem, was passiert ist. Aber vielleicht begreift Chanel mehr, als wir ahnen, vielleicht spürt sie den Verlust, ist aber klug genug, sich auf uns zu konzentrieren, die wir übrig geblieben sind.

Wir sind unterwegs zur kleinen Landzunge, und ich bin dick vermummt mit Schal, Mütze und Sonnenbrille. Die Sonne glänzt mit Abwesenheit, aber ich will den Leuten nicht in die Augen schauen müssen. Am liebsten würde ich anderen Menschen ganz aus dem Weg gehen, aber ich musste aus dem Haus raus.

Weg von Max.

Mein Mann belügt mich seit mehr als siebzehn Jahren. Woher zum Teufel soll ich wissen, ob er nicht auch in anderen Dingen die Unwahrheit sagt, wenn er mich über das belügt, was das Wichtigste überhaupt sein sollte: unser Kind? *Mein Kind.*

All die Male, wenn ich ihn angerufen habe und er nicht rangegangen ist. All die Male, wenn er lange gearbeitet hat, Golf gespielt hat oder auf Geschäftsreise war. War das die Wahrheit? Waren es Lügen?

Kann ich wirklich darauf vertrauen, dass es Max war – und zwar Max allein –, der am frühen Mittwochmorgen die Hamburger in Falsterbo gegessen hat? Kann ich darauf vertrauen, dass er sich nicht mit Jennifer getroffen hat?

Max hat hoch und heilig geschworen, dass er ihr nie etwas angetan hat. Er wirkte ehrlich bestürzt, dass ich ihn überhaupt verdächtige. Im Grunde glaube ich auch nicht, dass Max etwas damit zu tun hat. Aber allein die Tatsache, dass dieser Verdacht in mir aufkeimt …

Heute Morgen habe ich noch einmal das Jahrgangsbuch der Schule herausgeholt. Ich habe in den Klassenfotos geblättert und mir das Bild des Jungen genauer angeschaut, den Max verprügelt hat. Ali. Er sieht ziemlich gut aus. Und er muss ziemlich intelligent sein, sonst wäre er nicht auf dem Gymnasium. Wie zur Hölle konnte Max auf einen Siebzehnjährigen losgehen? Was für ein verdammter Feigling. Ein jämmerlicher, unreifer Feigling.

Kann ich mit einem Mann zusammenleben, den ich – und sei es nur für einen Moment – für fähig halte, jemanden umzubringen? Will ich mit einem Mann zusammenleben, der wahrscheinlich wegen Körperverletzung verurteilt werden wird?

Max ist derjenige, der Unrecht getan hat, aber sein schlechter Ruf wird mich genauso hart treffen. Wir haben denselben Nachnamen. Was, wenn er sein Maklerbüro verkaufen muss? Denn wer will das wichtigste Geschäft seines Lebens schon in die Hände eines Kriminellen legen? Ich nicht.

In diesem Fall werden wir wahrscheinlich alles verlieren. Unser Leben und unsere Freunde. Seit der Angriff auf Ali publik geworden ist, habe ich keinen Ton mehr von Lisen oder Ivanka gehört. Keine Zeitung hat den Namen des »erfolgreichen Immobilienmaklers aus Malmö, der einen wehrlosen Jungen verprügelt hat« veröffentlicht. Doch die Leute sind nicht blöd. Jeder weiß, von wem die Rede ist.

Seltsam ist nur, dass Max keinerlei Reue zeigt. Er behauptet, die Polizei sei zu lasch gewesen, und wenn sie die Informationen über Ali ernst genommen hätten, hätte er den Jungen in Ruhe gelassen. Eine merkwürdige Logik. Denn wie es aussieht, hat Ali überhaupt nichts mit der Sache zu tun.

Mein Mann macht mir Angst. Wer ist er? Wer war er all die Jahre?

Chanel lässt sich von ihrer Nase lenken und läuft im Zickzack über den Pfad. Meine Gedanken folgen einem ähnlichen Muster und landen schließlich bei Fredrik. Dem Mann, der Jennifers Vater war. Der Jennifers Vater *ist.*

Denn ich bin ja immer noch Jennifers Mutter, oder?

Ich spüre einen stechenden Schmerz in der Brust. Das Messer, das Fredriks Lunge durchbohrt hat, scheint sich direkt in mein eigenes Herz gebohrt zu haben. Jemand dreht es am Griff hin und her.

Ich kann die Tränen nicht zurückhalten. Sie tropfen unter meiner Brille hervor, und die Welt um mich herum verschwimmt in einem braunen Nebel. Unbewusst werden meine Schritte länger. Chanel hängt an ihrer Leine wie ein Handschuh an der Schnur. Sie muss schon seit einer ganzen Weile winseln, aber das dringt erst zu mir durch, als sie immer lauter wird.

Ich bleibe stehen und lasse den Pudel sein Geschäft verrichten, dann marschiere ich weiter. Es ist, als versuchten meine Beine, vor meinem Kopf und allem, was darin ist, zu fliehen.

Ich werde Nina nie wieder in die Augen schauen können. *Niemals.*

Und Fredrick, dieser verdammte Idiot. Kann ich ihm wirklich vertrauen? Er sagt, Jennifer habe noch gelebt, als er sie allein gelassen hat. Aber kann er das auch beweisen?

Torrero behauptet, Fredrik sei unschuldig. Aber auch die Polizei kann Fehler machen. Vielleicht hat sie das nur gesagt, um Fredrik vor mir zu schützen. Befürchtet Torrero, ich könnte noch einmal mit dem Messer auf ihn losgehen?

Und dann ist da diese Sache, von der Fredrik gesprochen hat … dass er und Jennifer am Mittsommerabend zusammen schwimmen waren. Wie war das noch? Es ist alles so verworren … Ein verdammtes Durcheinander!

Unvermutet beginnt Chanel zu kläffen. Ich schaue auf und sehe ein Kaninchenjunges in einiger Entfernung auf dem Weg sitzen. Es sitzt da wie paralysiert und zittert. Starrt dem sicheren Tod ins Auge.

Wusste Jennifer, dass sie sterben würde? Hatte sie Zeit, sich zu fürchten, als sie ihrem Mörder begegnet ist? Hat sie um Hilfe geschrien? Hat sie um ihr Leben gefleht?

Das Messer in meiner Brust wird erneut umgedreht, und ein Schluchzer kriecht zwischen meinen Lippen hervor. Es ist ein seltsames Geräusch. Unheimlich. Ich erkenne meine eigene Stimme nicht wieder.

Das Kaninchen erwacht aus seiner Schockstarre, springt los und verschwindet zwischen den Bäumen.

71

NINA

Ich stürme die Korridore hinunter, ohne mich damit aufzuhalten, die Schilder zu lesen. Ich lasse mich von meinem Orientierungssinn zum Ausgang führen. Ich muss hier raus, ich brauche Sauerstoff und Tageslicht. Ich brauche Zeit, um in Ruhe nachdenken zu können. Ich muss versuchen, zu verstehen. Wenn es überhaupt möglich ist, irgendetwas zu verstehen.

Endlich entkomme ich dem Übelkeit erregenden Krankenhausgeruch. Erleichtert fülle ich meine Lungen mit reiner, kalter Januarluft und eile den Gehweg entlang in Richtung Parkhaus.

Kurz vor dem Zebrastreifen sehe ich einen alten Mann, der mühsam einen Rollstuhl vor sich herschiebt. Im Rollstuhl sitzt zusammengesunken eine Frau mit einer Handtasche auf dem Schoß. Der Anblick des alten Paares bringt mich fast zum Weinen. Werden Fredrik und ich zusammen alt werden? Will ich das?

Ein Bild meiner kraftlosen Schwiegereltern blitzt kurz in mir auf. Ihr Schweigen, ihre stummen Vorwürfe.

»Nina!«

Zuerst begreife ich gar nicht, dass jemand nach mir ruft. Doch schließlich fällt der Groschen, und ich drehe mich um. Eine Frau in einer weißen Jacke läuft über den Gehweg. Sie ist klein, hat mittellanges blondes Haar und hält einen Joghurtbecher in der Hand. Sie kommt mir vage bekannt vor, aber ich kann sie nicht einordnen.

»Du erkennst mich nicht, oder?«

Jetzt steht sie vor mir. Lila Socken in weißen Birkenstocks, ein großes Lächeln auf dem Gesicht.

»Äh …« Mein bereits überhitztes Gehirn schaltet auf Hochtouren. »Vielleicht.«

»Victoria.« Die Frau streckt ihre Hand aus. »Vicky.«

»O mein Gott! Das tut mir leid!« Ich nehme ihre Hand und schüttele sie. »Vicky. Jetzt weiß ich wieder. Wie geht es dir?« Mit der anderen Hand greife ich automatisch nach meinen Augen und der verlaufenen Wimperntusche. »Arbeitest du jetzt hier?«

Wir lassen die Hände los, und Vicky nickt.

»Sogar in derselben Abteilung wie Malena.«

Es ist offensichtlich, dass Malena und ich uns auseinandergelebt haben. Vor zehn Jahren hätte ich so etwas gewusst. Als wir noch studiert haben, ist Vicky oft mit uns losgezogen. Wir haben zusammen in Malenas WG-Küche gegessen, Kaffee in Lundagård getrunken und in der Unibibliothek gelernt.

Vicky sieht noch genauso aus wie früher, aber wie ich hat sie ein paar Kilo zugelegt. Aus irgendeinem Grund fühlt sich das inmitten des ganzen Elends gut an.

»Wie lange arbeitest du schon in Malmö?«, frage ich.

»Seit letztem Sommer«, antwortet Vicky. »Ich war jahrelang in Lund. Und dann eine Weile in Eslöv, an der Klinik dort.« Sie lächelt wieder. »Wie ich höre, habt ihr immer noch Kontakt, Malena, Lollo und du.«

»Na ja …« Ich versuche, zu lächeln, aber ich spüre, wie meine Haut sich zusammenzieht, als ob ich nicht genug davon hätte. »Nicht so oft wie in der guten alten Zeit. Aber wir feiern normalerweise Silvester zusammen, zumindest …«

Der Satz hängt in der Luft, und Vicky beugt sich plötzlich vor und senkt die Stimme.

»Ganz furchtbar, diese Sache. Das mit Jennifer.« Sie schüttelt den Kopf. »Das muss das Schrecklichste sein, was einem zustoßen kann. Sein Kind zu verlieren.«

Ich nicke nur und hoffe inbrünstig, dass Vicky bald wieder zurück muss in die Notaufnahme. Ich will meine innere Zerrissenheit nicht vor jemandem ausbreiten, den ich seit einer halben Ewigkeit nicht gesehen habe.

Doch Vicky scheint es nicht eilig zu haben. Statt zu gehen, kommt sie sogar noch näher. Sie steht so dicht vor mir, dass ich merke, wo sie ihre Pause verbracht haben muss – in einem dieser Glaskäfige, in denen Patienten und Angestellte zusammenstehen und rauchen können. Umgekehrte Inkubatoren.

»Ich kann kaum glauben, dass das wirklich passiert ist«, fährt Vicky fort. »Erst Theo, und jetzt das … Ich meine, da fragt man sich doch …«

»Theo?« Ich mache einen Schritt zurück und sehe die Frau vor mir an. »Was meinst du damit?«

»Ups.« Sie hebt eine Hand vor den Mund, redet jedoch gleich weiter. »Ich dachte … ich meine, ihr steht euch so nahe. Ich dachte, du wüsstest Bescheid.«

»Ich weiß, dass Theo ein paar Probleme hatte und die Schule gewechselt hat. Aber soweit ich weiß, läuft es jetzt besser für ihn.«

»Na ja …« Vicky zögert kurz, kommt dann aber wieder in Fahrt. »Vielleicht sollte ich dir das nicht erzählen, aber …« Sie sieht sich um, als fürchte sie, jemand könnte sie belauschen. »Aber ich mache es trotzdem. Du brauchst ja nicht zu sagen, dass du es von mir weißt.«

Ich versuche, nicht zu interessiert zu schauen, aus Angst, sie könnte es sich anders überlegen.

»Es war im letzten Herbst.« Vicky schaut erneut über ihre Schulter. »Eines Nachts wurde Theo in die Notaufnahme eingeliefert. Mit Krämpfen.«

Ich starre sie an.
»Was? Warum? Was war denn mit ihm los?«
»Tramadol.« Sie spricht noch leiser. »Und Gras.«
Mir wird flau im Magen.
»Theo?« Meine Stimme ist hoch und schrill, ich kann es nicht kontrollieren. »Cannabis?«
Vicky sieht mich ernst an.
»Er hätte sterben können. Wir waren so kurz davor, ihn zu verlieren.« Sie deutet einen winzigen Spalt zwischen Daumen und Zeigefinger an. »Aber er hatte Glück.«
Ich versuche zu begreifen, was Vicky mir soeben erzählt hat. Ich bin gleichermaßen entsetzt und ein wenig beleidigt. Warum wusste ich nichts davon? Und dieses ganze unvermittelte Gerede über Drogen.
»Scheiße«, sage ich.
Es ist das Erste, das mir in den Sinn kommt.
»Große Scheiße«, bestätigt Vicky. »Ich habe die Erstversorgung gemacht, und es war kein schöner Anblick. Malena und ich haben seitdem ziemlich viel darüber geredet, also … Ich denke, ich habe niemandes Privatsphäre verletzt.«
»Keine Angst.« Ich winke ab. »Das ist schon in Ordnung. Ich werde nichts sagen. Ich bin sicher, Malena wird mir davon erzählen, wenn sie sich dazu in der Lage fühlt.«
»Da bin ich mir sicher«, sagt Vicky. »Übrigens, weißt du, was mit ihr los ist?«
»Was soll mit ihr los sein?«
Plötzlich habe ich das Gefühl, in einem Paralleluniversum zu leben.
»Na ja …« Vicky zögert, bevor sie fortfährt. »Seit Silvester ist sie krankgemeldet.«
Ich sehe sie an.
»Davon hat sie gar nichts gesagt, aber …«

»Vielleicht hat sie zu wild gefeiert?« Vicky lächelt, doch zugleich hat ihr Blick etwas Gehetztes. »Du, ich muss zurück, sonst reißen mir die Kollegen den Kopf ab.« Sie umarmt mich kurz. »Aber es war nett, dich zu sehen, Nina. Pass auf dich auf und grüß Lollo von mir.«

Ich stehe da und sehe der weiß gekleideten Frau nach, die den Gehweg entlangeilt.

72

LOLLO

»Chanel ist wieder zu Hause!«

Ich nehme den schmutzigen Hund von der Leine, scheuche ihn in den Flur und gehe wieder hinaus in die Kälte. Ich trete gegen die Tür, die mit einem befriedigenden Knall zuschlägt.

Im Auto zücke ich mein Telefon, klicke auf *Kontakte* und tippe den Buchstaben M ins Suchfeld. Ich wähle einen der Namen aus und warte.

Hallo, du hast die Nummer von Malena Lagergren gewählt. Ich kann im Moment nicht ans Telefon gehen, aber …

Ich werfe das Telefon auf den Beifahrersitz und spüre Tränen hinter meinen Lidern brennen. Vermutlich sollte ich wirklich Geduld haben und zu Hause bleiben, bis sie sich meldet. Aber wieder hineinzugehen, kommt mir vollkommen unmöglich vor. Allein bei der Vorstellung, mich im selben Haus aufzuhalten wie Max, zieht sich alles in mir zusammen.

Jennifers Sachen haben die gleiche Wirkung auf mich. Ihre Schuhe im Flur, ihre Zahnbürste im Badezimmer, ihre Sportsachen auf dem Wäscheständer … jeder Gegenstand scheint meinen Namen zu rufen. Da hilft es auch nicht, wenn ich die Augen schließe oder wegschaue. Spuren von Jennifer gibt es überall im Haus. Heute Morgen waren es ihre Ohrringe auf der Ablage im Badezimmer, bei deren Anblick die Beine unter mir wegzusacken drohten.

Ich muss hier raus. Ich muss diesen Druck loswerden, alles rauslassen. Und ich muss etwas tun. Ich kann nicht einfach stillsitzen und meinen Gedanken freien Lauf lassen.

Ich könnte vielleicht bei Lisen anklopfen. Oder zu Ivanka gehen. Aber sie scheinen nichts mehr mit uns zu tun haben zu wollen. Außerdem kennen wir uns auch gar nicht so gut. Wir feiern zusammen, aber wir weinen nicht zusammen.

Jetzt, wo Nina nicht mehr in Frage kommt, bleibt nur noch Malena übrig. Sie hat mich schon weinen sehen.

Ich fahre rückwärts von der Auffahrt, während ich mir einzureden versuche, dass sie zu Hause sein wird. Hatte sie nicht irgendetwas davon gesagt, dass sie über das Dreikönigswochenende Urlaub hat und zu Hause bleibt? Bestimmt hat sie nur ihr Telefon auf stumm gestellt. Oder sie nimmt ein Bad.

Bis zu Malenas Wohnung am Ortsrand von Tygelsjö sind es keine zehn Minuten mit dem Auto. Ich fahre den Gessievägen hinunter und sehe zu, wie sich der Öresund hinter den Wiesen vor mir ausbreitet. Das Wasser ist in Klagshamn immer nahe, deswegen sind wir auch hierhergezogen. Und natürlich, weil – zumindest damals – gute Leute mit gesicherten finanziellen Verhältnissen hier lebten.

Wir wollten, dass Jennifer auf eine Schule mit Gleichgesinnten geht, wollten all den Problemen aus dem Weg gehen, mit denen sich die Schulen in der Stadt herumschlagen müssen. Doch das Dorf ist gewachsen, und in den letzten zwei Jahren ist die Schülerschaft auf dem Gymnasium immer gemischter geworden. Ich bin sicher, dass Jennifer von einem dieser zugezogenen Sozialhilfeempfänger dazu verführt worden ist, Drogen zu probieren.

Verdammt, verdammt, verdammt!

Ich schlage auf das Lenkrad ein, und das Auto gerät ins Schlingern. Ein Minivan kommt mir entgegen. Ein paar schreckliche

Sekunden lang verliere ich die Kontrolle und male mir schon einen Frontalzusammenstoß aus. Der Fahrer des Minivans hupt, doch dann bekomme ich den Wagen wieder in den Griff und bin wieder auf der richtigen Fahrspur. Mit pochendem Herzen biege ich nach Tygelsjö ab und versuche, meinen hektischen Atem zu beruhigen.

Mitten in die Erleichterung, einem Unfall entgangen zu sein, beschleicht mich ein unbehagliches Gefühl. Zuerst kann ich gar nicht sagen, was mich stört, doch dann wird mir klar, was es ist.

Seit Silvester hat Malena sich nicht bei mir gemeldet. Sie hat kein Wort geschrieben, seit sie und Adde in ihr Taxi gestiegen und nach Hause gefahren sind. Keine Danke-für-die-Party-SMS am Neujahrstag. Und kein einziges Mal hat sie irgendein Anzeichen von Besorgnis – oder Mitgefühl – wegen Jennifers Verschwinden zum Ausdruck gebracht.

Natürlich könnte ich mich auch irren. Womöglich habe ich Malenas Versuche, mich zu erreichen, unter den Hunderten von Nachrichten überlesen, die mich seit Silvester erreicht haben. Oder sie hat geschrieben, aber die Nachricht ist nie angekommen, weil sie kein Netz hatte oder aufgrund irgendeines anderen technischen Problems. Ja, es könnte tausend Gründe geben, warum ich nichts von ihr gehört habe.

Trotzdem fällt es mir schwer, diesen Gedanken zu ignorieren.

Gegenüber von Malenas Einfahrt ist eine freie Parklücke. Ich bleibe im Auto sitzen und betrachte die Welt durch die schmutzige Windschutzscheibe. Das Viertel ist noch relativ neu und besteht vornehmlich aus einstöckigen Gebäuden mit braunen Fassaden. Malenas Wohnung ist modern, hat einen kleinen Garten und liegt ganz in der Nähe von Theos Schule. Doch vermutlich werden sie bald in Addes Haus nach Vellinge ziehen. Malena bleibt nie lange an einem Ort. Neuer Mann, neue Adresse.

Ein Stück weiter hinten tritt eine Frau in einer langen Strickjacke aus einem der Häuser. Ihre Jacke flattert im leichten Wind. Sie läuft den gepflasterten Gehweg herunter, einen zusammengeknoteten Müllsack in der Hand. Sobald der Sack in der Tonne gelandet ist, zieht sie die Strickjacke enger um sich und eilt zurück ins Warme.

Gerade als ich meine Hand auf den Türgriff legen will, bewegt sich etwas im Rückspiegel. Es sieht aus wie ein Streifenwagen. Mir wird immer flau im Magen, wenn ich ein Polizeiauto sehe, vor allem, wenn ich am Lenkrad sitze. Aber heute ist es kein Gefühl von Flauheit, es ist, als würde ich einen Schlag in den Magen bekommen.

Ich drehe mich um und stelle zu meinem Schrecken fest, dass es tatsächlich ein Streifenwagen ist – und dass er auf mich zu kommt. Meine Hand rutscht vom Türgriff, und mein Herz klopft hoch oben in meiner Kehle. Ich beobachte, wie der auffällige Volvo an mir vorbeifährt, wendet und schließlich auf der anderen Straßenseite parkt.

Zwei uniformierte Polizisten steigen aus, nur wenige Meter von Malenas Briefkasten entfernt. Die Polizistin deutet auf das Haus, in dem Malena wohnt. Im selben Moment entdeckt sie mich und sagt etwas zu ihrem Kollegen. Der überquert die Straße, kommt zu meinem Auto und klopft an das Seitenfenster auf der Fahrerseite.

Ich lasse die Scheibe herunter.

»Hallo.« Der Polizist lächelt, doch ich habe das starke Gefühl, eingehend gemustert zu werden. »Warten Sie auf jemanden?«

»Nein …« Ich habe meinen Atem zu lange angehalten und muss nach Luft schnappen, um weiterreden zu können. »Nein, ich habe mich verfahren. Ich habe nur angehalten, um nach der Adresse zu suchen.«

»Wo wollen Sie hin?« Sein Blick landet auf dem Beifahrersitz, wo mein Telefon immer noch so liegt, wie ich es hingeworfen habe. »Vielleicht kann ich Ihnen weiterhelfen.«

»Danke, aber ich komme schon zurecht. Ich muss nur vorher noch jemanden anrufen.«

Er wünscht mir einen guten Tag und kehrt zu seiner Kollegin zurück, die inzwischen zu Malenas Tür gegangen ist.

Ich habe kaum genug Zeit zum Ausatmen, bevor sich die Wohnungstür öffnet. Die blau gekleideten Polizisten verdecken die Sicht, und ich kann nicht erkennen, wer im Dämmerlicht der Wohnung steht.

Ich versuche, aus der Szene vor meinen Augen schlau zu werden, doch ich tappe vollkommen im Dunkeln. Es ist, als würde man versuchen, in eine TV-Serie einzusteigen, wenn gerade schon die letzte Folge läuft. Ich sehe Menschen in verschiedenen Rollen, aber ich habe keine Ahnung, was sie tun.

Was macht die Polizei hier? Ist Theo etwas zugestoßen? Oder sind sie hinter Adde her?

Kurz darauf verschwinden die Polizeibeamten im Inneren des Hauses, und Malenas Gesicht taucht in der Türöffnung auf. Sie entdeckt mich und erstarrt, doch dann schließt sie die Tür, ohne eine Miene zu verziehen.

15. APRIL 2019

MONTAG

73

NINA

Ich friere. Der Bund meiner Hose schneidet in meine Taille ein, und der Blazer ist zu eng. Im harten Morgenlicht stelle ich fest, dass dieses Halstuch den falschen Blauton hat. Er beißt sich mit meinem Anzug. Warum habe ich keine bequeme, warme Kleidung ausgewählt?

Menschen stehen an den Wänden. Die meisten von ihnen wirken entspannt, als ob Gerichtsverhandlungen und tote Siebzehnjährige ganz alltäglich für sie wären.

Lollo scheint noch nicht hier zu sein. Insgeheim hoffe ich, dass sie erst auftaucht, wenn ich im Gerichtssaal Platz genommen habe.

Wir haben ein paar höfliche Nachrichten über Messenger ausgetauscht, doch seit der Beerdigung haben wir uns nicht mehr persönlich getroffen. Und ehrlich gesagt, glaube ich auch nicht, dass eine von uns die andere im Moment treffen will. Die Tatsache, dass Lollo ihre Tochter verloren hat, ist schon schlimm genug. Aber die Umstände machen alles noch schlimmer.

Zu Beginn des Jahres habe ich den Wert unserer Freundschaft in Frage gestellt. Jemand mit einem Sinn für Ironie und schwarzen Humor muss mich gehört haben. Jetzt muss ich nicht mehr darüber nachdenken, was wir nächstes Silvester machen. Und ich bezweifle, dass wir eine Einladung zum Mittsommerabend in Falsterbo bekommen werden.

Lollo und Max haben sich getrennt, aber ich bin nicht sicher, ob es auf eine Scheidung hinauslaufen wird. Ist Lollo bereit, das Geld, das Haus und das Sommerhaus zu opfern? Trauer kann eine Ehe durchaus zermürben – ich brauche mir ja nur meine Schwiegereltern anzusehen. Mir persönlich würde es schwerfallen, Max seinen Angriff auf Ali zu verzeihen. Doch die beiden sind ein eingespieltes Team, Lollo und Max haben immer füreinander eingestanden.

Ich müsste mal auf die Toilette. Ich habe schon den ganzen Morgen Bauchkrämpfe und habe keinen Bissen von meinem Frühstück herunterbekommen. Die Uhr an der Wand sagt, dass es in nur fünf Minuten losgeht. Kann ich das noch schaffen?

Plötzlich erstirbt das Stimmengewirr, und alle Blicke schwenken in dieselbe Richtung. Ich drehe mich um und sehe Lollo und Max hereinkommen, begleitet von einer Frau in maßgeschneidertem Kostüm und hochhackigen Pumps. Die Frau lächelt und nickt nach links und rechts. Max und Lollo schauen beide auf den Boden und gehen zielstrebig zur Tür.

Ich würde am liebsten fliehen, doch ich weiß, dass ich bleiben muss, wo ich bin. Wenn doch nur Fredrik hier wäre, dann könnte ich mich hinter ihm verstecken.

Die Tür zum Gerichtssaal öffnet sich, und die Menge setzt sich in Bewegung. Aus dem Augenwinkel beobachte ich Max und Lollo und zwinge mich, gerade stehen zu bleiben.

Lollo blickt auf. Für eine kurze, atemlose Sekunde sehe ich ihr in die Augen, und auf meinen Armen bildet sich eine Gänsehaut. Es ist, als würde ich in einen bodenlosen Abgrund blicken.

Max tut, als würde er mich nicht sehen. Er wurde wegen Körperverletzung angeklagt, die Verhandlung liegt erst wenige Wochen zurück. Weder Fredrik noch ich waren dort, aber es wird gemunkelt, dass er entweder einen Monat Gefängnis oder eine elektronische Fußfessel bekommt. Ich weiß nicht, worauf ich hoffen soll.

»Nun.« Die vorsitzende Richterin, eine Frau mit kurzen grauen Haaren und hellroten Brillengläsern, wendet sich an Malena, und ich höre zu. »Wir werden jetzt Malena Lagergren anhören, die uns mit ihren eigenen Worten erzählen wird, was in der fraglichen Nacht geschehen ist. Diese Aussage wird ebenfalls aufgezeichnet werden.« Die Richterin nickt ermutigend. »Bitte, fangen Sie an.«

Meine Freundin muss im Gefängnis gut zehn Kilo abgenommen haben. Ihre Schultern wirken spitz, als würde die schwarze Bluse an einem zu großen Kleiderbügel hängen. Sie reibt sich nervös die Hände, der Blick ist auf den Tisch vor sich gerichtet. In der Stille, die den Worten der Richterin folgt, bin ich sicher, dass Malena zusammenbrechen wird. Doch schließlich beginnt sie zu sprechen.

»Ich war auf der Party im Haus von Jennifers Eltern, Lollo und Max Wiksell. Wir kennen uns schon sehr lange, seit der Schulzeit.« Ihre Stimme ist leise, aber gefasst. »Wir haben zu Abend gegessen, und … Nun, mein Freund und ich haben uns gestritten. Es war eigentlich nichts Ernstes, aber wir waren beide ziemlich betrunken, und der Streit geriet außer Kontrolle. Kurz nach Mitternacht ging ich hinaus in den Vorgarten, um mich abzukühlen, und als ich vor die Tür trat, sah ich Fredrik Andersson.«

Ich erstarre. Ich habe das Gefühl, dass dieser Name von nun an beschmutzt ist, dass er jetzt verbrannt und hässlich ist.

Fredrik Andersson. Der Mann, den ich einst mehr als alles auf der Welt geliebt habe. Der Mann, dem ich versprochen haben, ihn in guten wie in schlechten Zeiten zu lieben.

Es ist schwer, in schlechten Zeiten zu lieben. Manchmal kommt es mir unmöglich vor. Doch ich glaube, wir müssen versuchen, wieder zueinanderzufinden, schon allein den Kindern zuliebe. Ich muss einfach Fredriks Version der Geschichte glauben. Sonst werde ich verrückt.

Malenas Stimme dringt wieder zu mir durch.

»Er ging den Gartenweg vor dem Haus entlang, und er schien in großer Eile zu sein. Ich wurde neugierig und bin ihm gefolgt.«

Sie hält inne und nimmt einen Schluck aus dem Wasserglas vor ihr. Das Geräusch wird vom Mikrophon verstärkt, doch davon abgesehen, ist es totenstill im Saal. Es ist, als würde jeder im Raum den Atem anhalten.

»Ich hielt Abstand«, fährt Malena fort, »und versteckte mich zwischen den Bäumen. Und ich wollte gerade wieder umdrehen, als Jennifer auftauchte.«

Malena beschreibt den Streit, der damit endete, dass Fredrik zur Party zurückkehrte, während Jennifer in die andere Richtung davonschwankte.

»Ich konnte nicht verstehen, worüber sie sich stritten. Sobald er an mir vorbei war, lief ich Jennifer nach …«

Zum ersten Mal an diesem Morgen schaut Malena vom Tisch auf. Sie dreht den Kopf und sieht Lollo an.

»Ich wollte …« Ihre Stimme bricht, und sie fängt von vorn an. »Ich wollte Jennifer *helfen*! Ich fand, sie sollte in ihrem Zustand nicht allein draußen sein. Aber es war völlig hoffnungslos. Sie schrie die ganze Zeit, sie würde alles und jeden hassen.«

Ich schaue zu Lollo. Sie sitzt vollkommen still, ihr Rücken ist gerade, und ihre Hände ruhen auf ihrem Schoß. Wie kann sie nur so unbeteiligt aussehen? Ich dagegen habe Herzrasen, mir ist entweder eiskalt oder ich schwitze.

»Ich habe versucht, Jennifer dazu zu bewegen, nach Hause zu gehen«, sagt Malena. »Ich bin ihr gefolgt, habe sie angebettelt und angefleht. Aber sie ist einfach immer weitergegangen. Obwohl sie sich kaum aufrecht halten konnte, stapfte sie weiter, überquerte die Straße und bog in den Weg ein, der zum Sprungturm führt. Als wir fast beim alten Steinbruch waren, fing sie an, von Theo zu reden.« Malena wendet sich direkt an die vorsitzende Richterin. »Theo ist mein Sohn.«

Ihre Verteidigerin beugt sich vor und flüstert Malena etwas ins Ohr. Malena winkt ab und wendet sich wieder der kurzhaarigen Richterin zu.

»Jennifer steht also vor mir, sieht mir ins Gesicht und erzählt mir, dass *sie* diejenige ist, die Theo dazu verführt hat, Cannabis und Tramadol zu probieren. Sie hat sogar zugegeben, dass *sie* ihm das Zeug verkauft. *Weil er so fertig war.*« Malenas Stimme ist kräftiger geworden, doch sie weint haltlos, und unter ihrer Nase glitzert Rotz. »Ich war wütend. Ich habe sie angeschrien, habe von ihr verlangt, sich zu entschuldigen. Hat sie denn nicht verstanden, was sie getan hat? Theo hätte sterben können!«

Die vorsitzende Richterin bittet Malena, das näher auszuführen, und ihre Verteidigerin versucht erneut, ihr etwas zu sagen. Doch Malena schüttelt nur den Kopf und redet weiter.

»Theo hat Jennifer *geschützt.* Den ganzen Herbst über hat er sich geweigert, mir zu sagen, wer ihm die Drogen verkauft hat. Und sie hat mich ausgelacht! Mein Sohn hatte in Lebensgefahr geschwebt, und Jennifer hat mir einfach ins Gesicht gegrinst. Sie sagte, es sei doch nicht ihre Schuld, wenn er ›so ein Schwächling‹ sei.«

Mein Halstuch fühlt sich an wie eine Schlinge. Ich löse den Knoten und reiße es herunter. Es ist mir egal, wenn jetzt zu viel von meinem Dekolleté zu sehen ist. Hoffentlich ist das hier bald vorbei.

»Jennifer war ziemlich unsicher auf den Beinen«, schluchzt Malena. »Also habe ich sie am Arm festgehalten. Aber sie hat immer wieder versucht, sich loszureißen, und irgendwann hatte ich keine Lust mehr, ihr zu helfen.«

Malena ist vollkommen eingenommen von ihrer eigenen Geschichte, und die Verteidigerin wirft ihrer Mandantin resignierte Blicke zu.

»Ich war schrecklich wütend.« Ein Schatten legt sich über Malenas Gesicht. »Und Jennifer redete einfach immer weiter. Sie war so respektlos, so unhöflich …«

Sie verstummt und schließt die Augen. Die Sekunden verstreichen, und die Menge wird von einer leichten Unruhe erfasst. Einige Leute fangen an, auf ihren Stühlen herumzurutschen. Die Richterin will gerade etwas sagen, als Malena plötzlich ihre Augen öffnet und erneut zu Lollo schaut.

»Ich habe Jennifer geschubst.« Ein Raunen geht durch den Zuschauerraum, doch das Geräusch erstirbt, als Malena fortfährt. »Sie ist ins Wasser gefallen. Aber … aber es war kein harter Stoß! Und ich war sicher, dass sie wieder aus dem Wasser klettern würde. Ich wollte nicht, dass sie stirbt!« Ein Wimmern kommt aus Malenas Mund, dann reißt sie sich zusammen und flüstert: »Es tut mir so leid, Lollo. Bitte vergib mir!«

Sie verbirgt ihr Gesicht in den Händen, und heftige Schluchzer lassen ihren ganzen Körper beben.

74

FREDRIK

Nina schaut aus dem Fenster.

»Wie hoch wird die Strafe wohl ausfallen?«

Sie stellt die Frage, ohne mich dabei anzuschauen. So ist es jetzt immer, sie vermeidet es, mir in die Augen zu schauen.

»Keine Ahnung«, sage ich. »Ich glaube nicht, dass sie wegen Mordes verurteilt wird. Was passiert ist, ist ja nicht geplant gewesen. Vielleicht Totschlag … Oder fahrlässige Tötung.«

»Armer Theo.« Nina seufzt. »Ich frage mich, was jetzt mit ihm passieren wird.«

Ich weiß, dass Malena alles, was sie getan hat, nur wegen Theo getan hat. Aber ich sage kein Wort. Nina würde es nicht verstehen. *Sie war nicht dort. Am Rand des Steinbruchs.*

»Und Max?« Nina legt ihre Hände um ihren Becher und bläst auf den dampfenden Kaffee. »Hast du noch etwas gehört?«

Ich schüttele den Kopf.

»Das Urteil kann jeden Tag kommen.«

Man könnte meinen, wir würden uns über Gerichtsverfahren unterhalten, über die wir etwas in der Zeitung gelesen oder im Fernsehen gesehen haben. Ich wünschte, es wäre so. Hier zu sitzen und über Mord und Verurteilungen in Zusammenhang mit unseren Freunden zu sprechen, ist völlig bizarr. Das ist jenseits von Gut und Böse, jenseits aller Überlegungen oder Pläne, die wir hätten schmieden können.

»Es ist einfach so …«, Nina holt tief Luft, dann atmet sie zitternd aus, »… tragisch. Alles. Malena … Und Jennifer, die es einfach nicht mehr gibt. Ich kann es einfach nicht fassen.« Sie stellt ihren Becher ab und öffnet den Hosenknopf. »Es ist verrückt. Unwirklich.«

Nina verstummt, und mein Blick folgt ihrem. Draußen scheint die Sonne auf den staubigen Gehweg. Der Baum neben Lykkes Auffahrt ist eine weiß-rosa Farbexplosion, die Buchenhecke schmückt sich mit verschiedenen Grüntönen. Das zarte Grün überall geht mir auf die Nerven.

»Trotzdem bin ich froh, dass ich hingegangen bin«, sagt Nina nach einer Weile. »Zum Prozess, meine ich. Es fühlt sich irgendwie wie ein Abschluss an. Oder so ähnlich.«

Sie hat mir erzählt, was im Gerichtssaal passiert ist, während ich draußen gesessen und darauf gewartet habe, als Zeuge aufgerufen zu werden. Und ich stimme ihr zu, dass wir beide Malenas Version der Ereignisse in der Silvesternacht hören mussten, wenn wir die Chance haben wollen, weiterzumachen. Malenas Geschichte schmälert in keiner Weise meinen Anteil an den Geschehnissen, aber sie klärt einige offene Fragen.

War es Schicksal oder Zufall, dass sie mir gefolgt ist? Sie hätte genauso gut zur Party zurückkehren können, sich mit Adde versöhnen und bis in die frühen Morgenstunden zu Max' mieser Musik tanzen können. Dann wäre sie Jennifer nie begegnet.

Wann war der Polizei klargeworden, dass Malena etwas mit der Sache zu tun hatte? Ich vermute, auf dem alten Telefon, das diese Kinder im Wäldchen gefunden haben, waren Textnachrichten, die sie zu Theo führten. Doch offenbar gab es auch einen Zeugen, der in der Silvesternacht in der Nähe des Steinbruchs eine Frau in Partykleidung gesehen hatte, die sich seltsam benahm.

Wie Nina erzählt, war Malena nach dem Vorfall in ihrer Panik auf die Idee gekommen, den ganzen Weg nach Tygelsjö zu Fuß zu laufen. Doch dann war sie wieder zu Vernunft gekommen, hatte begriffen, dass es zu weit war und dass sie Adde und Theo nicht einfach bei den Wiksells lassen konnte. Vielleicht hat Malena einen Umweg genommen und ich bin ihr deshalb nicht begegnet, als ich noch einmal zurückgegangen bin, um nach Jennifer zu suchen.

Die Trumpfkarte der Staatsanwaltschaft jedoch scheinen forensische Beweise zu sein, denn Spuren von Malenas DNA wurden unter Jennifers Fingernägeln gefunden.

Ich habe viel darüber nachgedacht, warum ich Jennifer nicht gesehen habe, als ich ihren Mantel gefunden habe. Jetzt ist das Bild ein wenig klarer geworden.

Man hat ihre Leiche an einer nur schwer zugänglichen Stelle gefunden, nicht weit vom offenen Bereich mit dem Sprungturm entfernt. Malena behauptete auf Nachfrage, dass sie und Jennifer am Turm vorbeigegangen seien und schließlich dort gestanden hätten, wo die Leiche gefunden wurde.

Meine Theorie ist, dass Jennifer irgendwo in der Nähe des Sprungturms in den See gefallen ist, unglücklich aufgeschlagen ist und auf der Stelle tot war. Ich glaube, dass Malena die Leiche dann von der offenen Stelle weggeschafft hat und dass dabei der Mantel verloren gegangen ist. Der muss dann abgetrieben sein und sich zwischen den Ästen verfangen haben, wo ich ihn später gefunden habe.

Oder Jennifer hat ihren Mantel auf dem Pfad verloren, und ein paar Kinder haben ihn am nächsten Tag ins Wasser geworfen. Wie auch immer, ich habe vor, diese Theorien für mich zu behalten.

»Deshalb hat sie also die ganze Zeit gehustet«, sagt Nina plötzlich. Sie schien die ungeschriebene Regel, mich nicht anzuschauen, vergessen zu haben, und ich sehe, dass in ihren braunen Augen Tränen schimmern. »Als wir telefoniert haben ... Ich glaube, es war am Tag nach Neujahr. Sie hat die ganze Zeit gehustet. Sie muss sich erkältet haben, als sie mitten in der Nacht draußen herumgelaufen ist, nur in diesem Paillettenkleid und den Nylons.«

Möglicherweise war dieses Paillettenkleid meine glückliche Rettung gewesen. Ohne das Kleid wäre Malena wahrscheinlich niemandem aufgefallen, und die Aufmerksamkeit hätte sich ganz auf mich konzentriert. Ihre DNA war in keiner Datenbank abgespeichert, und es war allein Jennifers Kommunikation mit Theo, zusammen mit der Zeugenaussage, die die Polizei in die richtige Richtung gelenkt hat.

»O Gott.« Nina wischt sich ein paar Tränen weg und lässt den Kopf in den Nacken fallen. »Ich weiß einfach nicht, was ich von Malena halten soll. Natürlich wollte sie nicht, dass das passiert. Aber natürlich hätte sie bleiben müssen, um sich zu vergewissern, dass Jennifer nicht verletzt war.« Nina sieht mich an. »Wie kann sie einfach weggehen?«

Ich warte darauf, dass meine Frau merkt, dass sie die falsche Person fragt. Aber sie scheint zu glauben, meine Rolle in diesem Drama sei geklärt.

»Aber eigentlich verstehe ich Malena doch«, fährt sie fort. »Dass sie vor Wut einfach durchgedreht ist. Ich meine, alles, was Jennifer über Theo gesagt hat. Und zur gleichen Zeit ... Ist es nicht erschreckend, dass sie so lange die Fassade aufrechterhalten konnte? Wir haben zweimal miteinander telefoniert, und beide Male klang sie vollkommen normal. Vielleicht war ich aber auch zu sehr durch den Wind, um irgendetwas zu bemerken. Das fühlt sich so unangenehm an. Ich dachte, ich würde Malena kennen, würde wissen, wer sie ist.« Nina stellt ihren Becher auf den Tisch. »Ist dir übrigens aufgefallen, wie sie aussieht? Malena, meine ich. Ich konnte sie kaum ansehen. So blass und mager ...«

Nina ist offensichtlich mitgenommen von den Stunden im Gerichtssaal und muss sich Luft verschaffen. Ich bin selbst aufgewühlt, doch es war nicht Malenas Geständnis, das mich am meisten erschüttert. Es war Lollo.

Während meine Zeugenaussage saß Lollo stocksteif da und blickte starr geradeaus. Sie hatte einen strengen Zug um den Mund, der ihr einen Gesichtsausdruck verlieh, den ich nie zuvor bei ihr gesehen habe.

Louise Wiksell wird niemals vergeben, so viel ist klar.

Nina steht auf und geht zur Kaffeemaschine, um sich nachzuschenken. Auf dem Weg zurück zum Tisch bleibt sie vor mir stehen und streichelt mir langsam über die Wange.

»Werden wir das durchstehen?«, fragt sie.

Seit fast vier Monaten stelle ich mir genau dieselbe Frage. Und von Anfang an wollte ich nur eines – das alles durchstehen. Aber jetzt weiß ich es nicht mehr.

Welchen Preis bin ich bereit zu zahlen, um unsere Ehe zu retten?

Nina hat keine Ahnung, was vor achtzehn Jahren in diesem Badezimmer passiert ist. Trotzdem wird sie immer die Oberhand behalten, etwas haben, das sie mir unter die Nase reiben kann. Und ich kann es ihr nicht einmal verübeln. Wie soll sie mir vertrauen können?

Wir haben Smilla und Anton mit einer zensierten Version der Geschehnisse in der Silvesternacht abgespeist. Anton scheint den Köder samt Haken geschluckt zu haben, doch Smillas Blick, mit dem sie mich anschaut, hat sich verändert.

»Vielleicht«, antworte ich. »Ich hoffe es.«

Nina lächelt, beugt sich herunter und küsst meine Stirn.

3. MAI 2019

FREITAG

75

LOLLO

»Wie geht es dir heute?«

Die Frage bringt mich wie immer völlig aus der Fassung. Ich muss mich konzentrieren, um nicht zu hyperventilieren.

»Es tut mir leid, ich …«

»Lollo«, sagt Anders sanft. »Entschuldige dich nicht. Du hast jedes Recht, traurig zu sein.«

Anders Edwall ist der Pastor, der Jennifer getauft, konfirmiert und begraben hat. Er ist einer der wenigen Menschen, denen ich vertraue. Bei Anders kann ich alle Seiten von mir zeigen, selbst diejenigen, die nicht zum Bild einer trauernden Mutter passen.

Bei unseren ersten Gesprächen war ich vor allem wütend. Auf Malena, auf Fredrik, auf Max, auf das Leben im Allgemeinen. Anders' ruhige Gelassenheit hat mich nur noch wütender gemacht. Ich wollte, dass er genauso wütend ist wie ich.

Mit etwas Abstand erkenne ich, dass es sinnvoll ist, wenn einer von uns bei klarem Verstand bleibt. Anders regt sich sehr wohl darüber auf, was passiert ist, das weiß ich. Aber er ist auch jemand, der anderen professionell Trost spendet – und offenkundig habe ich genau das gebraucht.

Nach ein paar Treffen in Anders' Büro habe ich begriffen, dass ein Teil meines Zorns gegen mich selbst gerichtet war. Und damit konnte ich nur schwer umgehen. Es ist immer noch schwer.

Unsere Anwältin rief heute Morgen an. Ich bin mir immer

noch nicht ganz sicher, warum, sie hatte uns nichts wirklich Neues mitzuteilen. Wahrscheinlich wollte sie vor allem unsere Erwartungen in Bezug auf Malenas Verurteilung dämpfen. Die Strafe wird vermutlich nicht zum Verbrechen passen. Bei weitem nicht. Offenbar spielt es auch überhaupt keine Rolle, dass Malena gestanden hat. Und das ist einfach nicht richtig, verdammt! Meine Tochter ist tot, jeder weiß, wer sie umgebracht hat – und trotzdem sollen wir Nachsicht zeigen.

Wie auch immer. Ich bezweifle, dass Malena Lagergreen in der Lage sein wird, nach dem, was passiert ist, noch ein normales Leben zu führen. Vermutlich könnte man sagen, dass das eine milde Strafe ausgleicht.

Die Frage ist, ob sie die ganze Wahrheit gesagt hat. Dieser »kleine« Schubs könnte genauso gut etwas ganz anderes gewesen sein. Max sagt, ich solle die Sache auf sich beruhen lassen, aber ich hasse es, es nicht zu wissen. Ich hasse es, dass Malena Bescheid weiß, während ich auf ihr Wort vertrauen muss.

Denn das tue ich nicht.

Max und ich leben wieder zusammen. Der Hauptgrund ist, dass ich es nicht ertrage, bei Papa und Agneta zu wohnen. Aber ich hatte auch Zeit zum Nachdenken. Über Max. Über uns.

Alles, was ich ihm in Zusammenhang mit Jennifers Tod vorgeworfen habe, war im Nachhinein betrachtet ungerecht. Max hat immer rund um die Uhr gearbeitet, er war schon immer telefonisch schwer zu erreichen. Dieses Verhalten hat nicht erst mit Jennifers Verschwinden angefangen. Außerdem vermute ich, dass ihm der Job in diesen Tagen wohl als Ventil gedient hat. Wenn Max im Büro war, konnte er sich auf seine Abschlüsse konzentrieren und alles andere ausblenden.

Er hat sich bei Ali und dessen Familie entschuldigt. Das war eine Bedingung, die ich gestellt habe, bevor ich wieder nach Hause gezogen bin. Und er hat hoch und heilig geschworen, dass er – und niemand sonst – die beiden Hamburger im Sommerhaus gegessen hat.

Es ist ein Geben und Nehmen. Immerhin habe ich mit seinem Freund geschlafen. Seinem *ehemaligen* Freund.

»Weißt du, was das Schlimmste ist?«

Ich sehe zu Anders, und er schüttelt den Kopf.

»Dass ich genau wie meine Mutter geworden bin.« Meine Kehle ist plötzlich ganz eng, und ich muss schlucken. »Mama hat mir nie gesagt, dass sie mich liebt. Zumindest kann ich mich nicht daran erinnern. Und ich weiß nicht, ob ich Jennifer jemals gesagt habe, dass ich sie liebe. Ich meine, von Angesicht zu Angesicht. Vielleicht habe ich es geschrieben …« Ich starre mein Telefon an, das auf dem kleinen Tisch zwischen uns liegt. »… auf diesem verdammten Handy.«

Jetzt weine ich, und ich lasse die Tränen fließen. Es ist mir egal, dass es mich hässlich macht. Anders reicht mir eine Packung Taschentücher. Sie kommen alle heraus, als ich eines herausziehe, und verteilen sich über den ganzen Tisch. Ich fluche leise vor mich hin, hebe eines auf und putze mir die Nase.

»Wenn ein Mensch stirbt …« Anders sammelt die unbenutzten Tücher auf und legt sie zu einem Stapel zusammen. »Wenn es ein unerwarteter Tod ist, ist es für die Hinterbliebenen oft am schwersten. Man trauert nicht nur um einen geliebten Familienangehörigen oder Freund, sondern auch um all die Dinge, für die nie die Zeit da war, sie auszusprechen.«

Ich nicke. Wir haben schon zuvor darüber gesprochen, aber ich habe das Bedürfnis, noch einmal genauer darauf einzugehen. Anders scheint das zu verstehen, zumindest beschwert er sich nie darüber, dass ich mich wiederhole.

»Zur gleichen Zeit«, fährt er fort, »können wir nicht ständig mit dem Gedanken herumlaufen, dass jeder Tag der letzte sein könnte. Das könnten wir nicht ertragen. Niemand könnte das.

Wir müssen glauben, dass wir alle Zeit der Welt haben, oder wir würden den Verstand verlieren.« Er schiebt seine Brille hoch, doch sie rutscht sofort wieder nach unten. »Und denk daran, dass Worte nicht alles sind. Wir können unsere Liebe auch durch unser Handeln zeigen. Ich vermute, dass deine Mutter viele schöne Dinge für dich getan hat. Genau wie du liebevolle Taten für Jennifer vollbracht hast.«

»Ich weiß nicht …« Ich hole tief Luft und atme langsam wieder aus. »Ich weiß einfach nicht, wie ich damit leben soll. All die Dinge, die ich nie gesagt habe. All die Dinge, die ich nie getan habe.«

Anders beugt sich vor und legt seine warme, trockene Hand auf meine.

»Du hast eine Menge durchgemacht, und es wird dauern, bis diese Wunden heilen.«

»Werden sie jemals heilen?«

Ich klinge wie ein trotziges Kind, doch er lächelt nur sein freundliches Pastorenlächeln. Anfangs fand ich dieses Lächeln nervtötend, doch inzwischen mag ich es.

»Vielleicht nicht vollständig. Aber normalerweise legt sich die Zeit wie eine Schutzschicht über die Dinge, die schwierig für uns sind. Gehst du immer noch zu deinem Psychologen?«

Ich nicke, und Anders lächelt erneut.

»Über das zu reden, was passiert ist, ist ein wichtiger Teil im Heilungsprozess.«

Damit hat er recht. Reden ist wichtig, es klärt die Atmosphäre. Und je mehr ich darüber nachdenke, desto klarer wird mir, was ich zu tun habe.

Auf dem Weg aus Anders' Büro nehme ich mein Telefon vom Tisch und rufe die Nummer auf.

76

FREDRIK

Nina ist auf dem Weg zur Haustür, die Arme voller Taschen und Tüten. Vilgot, der ihr helfen soll, hat einen Ball gefunden und rennt auf den Rasen.

»Fredrik.« Sie dreht sich um. »Kannst du die Sachen von der Rückbank mitnehmen?«

Ich öffne die Wagentür, nehme die Tüte mit dem Thai-Essen in eine Hand und sammle mit der anderen die Bankunterlagen ein.

Wir waren in der Stadt, bei einem Treffen mit unserem persönlichen Bankberater. So persönlich ist er eigentlich gar nicht, er entspricht eher dem stereotypen Bild eines aalglatten Verkäufers. Aber nach einigen gründlichen Berechnungen – und nachdem er mich mehr oder weniger genötigt hat, einen Vertrag für eine neue private Rentenversicherung zu unterschreiben – durften wir eine weitere Hypothek in Höhe von ein paar hunderttausend Kronen auf das Haus aufnehmen.

Es wird Zeit für die große Renovierung, die wir all die Jahre aufgeschoben haben. Gewiss, das lag hauptsächlich am Geld – und daran, dass wir keines hatten. Aber Zeit und Energie waren auch immer ein Hindernis.

Ich habe nicht direkt Freudensprünge gemacht, als Nina vor ein paar Wochen vorgeschlagen hat, wir sollten noch einen Kredit aufnehmen und uns nach einer Baufirma umsehen. Aber merkwürdigerweise war ihre Begeisterung ansteckend. Nach allem, was passiert ist, ist es schön, etwas Konkretes zu haben, auf das wir uns konzentrieren können, ein gemeinsames Projekt. Die Neugestaltung unseres Hauses könnte ein Weg für uns sein, einen Neuanfang zu machen.

Der Geruch von Curry und Zitronengras steigt aus der Tüte auf und lässt mir das Wasser im Munde zusammenlaufen. Smilla und Anton werden sich freuen, wenn sie das Abendessen für heute sehen. Sie beschweren sich immer, dass wir so selten etwas zum Mitnehmen vom Imbiss holen. »Alle anderen« machen das »die ganze Zeit«.

Ninas Telefon fängt an zu klingeln, als ich gerade in den Flur komme. Sie findet es schnell, doch als sie sieht, wer sie anruft, zögert sie.

Ich hoffe nur, die Bank hat ihre Meinung nicht geändert.

Sie wirft mir einen vielsagenden Blick zu und hält sich das Telefon ans Ohr. Es muss meine Schwiegermutter sein. Inger hat ein besonderes Talent dafür, immer genau dann anzurufen, wenn wir essen wollen.

»Hallo, Lollo.«

Meine Frau klingt unnatürlich fröhlich. Ich kann Lollos Stimme nur als gedämpftes Murmeln hören, trotzdem weiß ich genau, warum sie anruft.

»Was hast du gesagt?«

Nina, die gerade Vilgots Rucksack an den Haken hängen wollte, erstarrt mitten in der Bewegung. Dann dreht sie sich langsam um und starrt mich an.

Der Boden unter meinen Füßen ist verschwunden.

DANK DER AUTORIN

Ohne Freunde, Bekannte und Bekannte von Bekannten, die alle mithelfen und bereit sind, über alles Mögliche zu reden, vom Justizsystem bis zu Bootsmodellen, wäre das Leben als Autorin viel schwieriger. Dieses Mal haben mehrere von euch sogar das ganze Manuskript gelesen – vielen Dank.

Viveka Smidvall und Martin Eggert haben meine Fragen zur Polizeiarbeit beantwortet, Pernilla Qvarfordh hat ihr Wissen über Notfallmedizin beigesteuert, und Daniel Krona hat mir bei meinen Fragen über Rechtsmedizin geholfen. Maria Lundberg hat mir einen Einblick in ihre Erfahrungen mit dem Abschiednehmen gegeben. Danke an euch alle, dass ihr so großzügig eure Zeit und euer Wissen mit mir geteilt habt.

Lena Sanfridssons scharfer Verstand als Leserin hat meinem fast flugfertigen Manuskript Flügel verliehen. Danke Lena. Du bist ein Star.

Anette Eggert, Mattias Edvardsson und Mårten Melin haben das Manuskript mehrere Male gelesen und mir wertvolles Feedback gegeben. Außerdem haben sie mich von Anfang bis Ende unermüdlich unterstützt und angefeuert. Ihr seid Gold wert.

Ein Buch ist eine Teamleistung, und hinter *Happy New Year* steht ein Traumteam: meine Verlegerin Helena Ljungström und meine Lektorin Katarina Ehnmark-Lundquist vom Albert Bonniers Verlag, meine Agentin Christine Edhäll und ihre Kolleginnen bei der Ahlander Agency. Euch allen gilt mein herzlicher Dank. Es ist ein Privileg, mit euch zu arbeiten.

Mama und Papa, danke, dass ihr mich immer unterstützt und ermutigt habt. Ihr seid in so vielerlei Hinsicht meine Vorbilder.

Micke, Lukas und Elvira. Danke für eure Geduld, Liebe und unendliche Unterstützung. Ich liebe euch.

Malin Stehn

Nur eine Lüge

Zwei Familien. Eine tödliche Verbindung

Emily Brandt hat ihre Schlosshochzeit minutiös geplant. Nur drei Dinge hat sie nicht unter Kontrolle: das Wetter, ihre Mutter Annika und ihren Bruder Erik. Das Wetter spielt mit, doch während der extravaganten Feier kommt es zu Spannungen unter den Gästen. Verschüttete Wahrheiten kommen an die Oberfläche, und kurz nach Mitternacht liegt eine Leiche am Ufer des Öresunds. Was zerriss die idyllische Mittelklasse-Existenz der Familien Brandt und Nihlzén? Freundschaften und Ehen sind zersplittert; und jetzt, acht Jahre später, treffen alle wieder aufeinander – denn Emily Brandt und William Nihlzén wollen heiraten.

Aus dem Schwedischen
von Friederike Buchinger
432 Seiten, Klappenbroschur

Weitere Informationen finden Sie auf
www.fischerverlage.de